SPEAKER FOR THE DEAD

死者代言人

[美] 奥森·斯科特·卡德 著
段跣 高颖 译

浙江文艺出版社
Zhejiang Literature & Art Publishing House

果麦文化 出品

CONTENTS

CHARACTER

卢西塔尼亚星球

人类

皮波 Pipo
（外星人类学家）

利波 Libo
（皮波的儿子）

米罗 Miro
（外星人类学家）

欧安达 Ouanda
（利波的女儿）

加斯托 Gusto
（外星生物学家）

西达 Cida
（外星生物学家）

娜温妮阿 Novinha
（加斯托和西达的女儿）

埃拉 Ela
（娜温妮阿的女儿）

佩雷格里诺 Peregrino
（主教）

波斯基娜 Bosquinha
（市长）

奥尔拉多 Olhado
（娜温妮阿的儿子）

金 Quim
（娜温妮阿的儿子）

格雷戈 Grego
（娜温妮阿的儿子）

科尤拉 Quara
（娜温妮阿的女儿）

坡奇尼奥（猪仔）

鲁特 Rooter

人类 Human
（鲁特的儿子）

曼达楚阿 Mandachuva

吃树叶者 Leaf-eater

特隆海姆星球

安德·维京 Andrew "Ender" Wiggin
（代言人）

华伦蒂 Valentine
（安德的姐姐）

简 Jane
（安德的助手）

PROLOGUE
序幕

星际议会成立之后的1830年，也就是新元1830年，一艘自动巡航飞船通过安塞波[①]发回一份报告：该飞船所探测的星球非常适宜于人类居住。人类定居的行星中，拜阿是距离它最近的一个有人口压力的行星。于是星际议会做出决议，批准拜阿向新发现的行星移民。

如此一来，拜阿人就成为见证这个新世界的第一批人类成员，他们是巴西后裔，说葡萄牙语，信奉天主教。新元1886年，第一批拜阿移民走下自己的飞船，在胸前画着十字，将这个星球命名为卢西塔尼亚——葡萄牙的旧称。接下来他们为当地的植物和动物分类命名。五天之后，他们认识到，那种他们最初称为“坡奇尼奥”——即葡萄牙语“猪仔”[②]——的住在森林里的小动物，其实根本不是动物。

自从残暴邪恶的安德屠灭虫族之后，这还是人类第一次发现另一种智慧生命形式。

---

① 安塞波：作者杜撰的一种通讯工具，不受光速限制，任何距离都可以实现即时通讯。

② 本书中出现了许多葡萄牙语单词和句子，视情况音译或直接写出葡萄牙语原文。

从技术文明的角度看，猪仔们很原始，但他们使用工具，建造房屋，也有自己的语言。“这是上帝赐予我们的另一次机会，”拜阿大主教宣布，“将我们从屠杀虫族的罪孽中救赎出来。”

星际议会的议员们所信奉的神明各不相同，还有的并不相信神明，但大家一致同意大主教的看法。卢西塔尼亚的居民来自拜阿，按照惯例，星际议会向该星球颁发了天主教特许状，同时规定，这个人类殖民地必须限制在一个特定区域中，不得扩张，人口也不能超过一定限度。所有这些规定都是从一条至高无上的法律中引申出来的：

人类无权侵扰猪仔。

CHAPTER

01

皮波

即使是邻村的居民，我们都不能完全做到将他们视为和自己一样的人。在这种情况下，怎么可能假定我们会将另外一种进化路线完全不同于人类的、有能力制造工具的社会化生物视为自己的兄弟，而不是野兽？视为向智慧圣坛前进道路上的同行者，而不是竞争对手？

但这种不可能出现的局面正是我希望看到和渴望看到的。将对方视为异族还是异种①，决定权不在被判断的一方，而是取决于判断的一方。当我们宣布不同于人类的另一种智慧生命形式是异族时，其含义并不是说对方达到并跨越了某个道德上的门槛——跨过这道门槛的是我们自己。

——德摩斯梯尼《论异族》

① 本书对生命形式的分类：生人——人类，与我们同处一个星球、一个世界，只不过来自外地；异乡人——来自不同星球的人；异族——另一种族的智慧生命，可以视同人类；异种（贬义）——包括一切动物，人类无法与之交流的别种智慧生命也包括在这一类中，是真正异化于人、无法沟通的生命。

在“坡奇尼奥”中，鲁特是最让人头痛，但又是对研究者最有帮助的一个。每次皮波去他们的林中空地时他总在那儿，尽量回答皮波受法律限制不方便直接提出的问题。皮波依赖他，可能太依赖了。鲁特和其他不负责任的年轻人一样，常常胡闹和恶作剧。但他同时也善于观察，喜欢探索、刺探人类的秘密。皮波不得不时时小心提防，以免落进鲁特给他设下的陷阱。

不久之前，鲁特还在折腾大树。只凭足踝和大腿内侧的角质垫夹住树干，双手各持一根他们称为爸爸棍的木棍，一面爬一面有节奏地振臂敲击树干。

听见响声后，曼达楚阿钻出木屋，用男性语言对鲁特吆喝了几声，又用葡萄牙语道：“P'ra baixo, bicho！”附近的猪仔们对他的葡萄牙语大为赞赏，纷纷两腿用力互搓起来，发出咝咝的声响。喝彩声中，曼达楚阿兴奋地向空中一蹦。

这时树上的鲁特身体后仰，快掉下来时双手一扬，比画了个敬礼的姿势，身体一个后空翻，落到地上跳了几步，稳稳站住，没有摔倒。

“嗬，成了杂技演员啦。”皮波说。

鲁特朝他走来，夸张地摇晃着身体，大摇大摆。他这是在模仿人类，配上那个扁扁的上翘的拱嘴，模样可笑极了。真像猪。难怪别的星球上的人管他们叫“猪仔”。早在1886年时，第一批来这个星球的人在首次发回的报告中就是这么称呼他们的，到1925年卢西塔尼亚殖民地正式成立时，“猪仔”这个名字已经根深蒂固，再也改不掉了。数以百计的人类世界上的外星人类学家称他们“卢西塔尼亚原住民”，但皮波清楚得很，这只是一种专业姿态而已。除了写学术论文，外星人类学家平时照样叫他们“猪仔”。皮波自己通常用葡萄牙语称他们“坡奇尼奥”，他们看来并不反对。他们则自称“小个子”。可话又说回来，不管称呼体面与否，事实摆在那：比如现在这个时候，鲁特看上去百分之百像一头直立的猪。

“杂技演员。”鲁特重复着这个新词，“是指我刚才的动作吗？对这种动作你们有个特别的词儿？是不是有人整天做这种动作，这就是他们的工作？”

皮波脸上挂着笑容，心里却暗暗叹了口气。法律严禁他向猪仔透露人类社会的情况，唯恐破坏猪仔的文化。可鲁特不放过任何机会，竭力揣测皮波的一言一行，推究其含义。这一次皮波只能责怪自己，一句评论无意间又为对方打开了一扇窥探人类生活的窗口。这种事时有发生，他跟坡奇尼奥在一起时太放松了，以至于说话也不那么谨慎了。真危险啊，随时随地提防着，既要获取对方信息，又不能泄露己方情报，这种游戏我可真不在行。利波，我那个嘴巴严实的儿子，这方面已经比我强了，而他当我的学徒还没多长时间呢。他满十三岁多久了？四个月。

“我要有你腿上那种皮垫就好了。”皮波说，“那么粗糙的树皮，换了我皮肤肯定会被擦得血淋淋的。”

“我们都会十分难过的。”鲁特的身体忽然凝住不动了。皮波估计对方的姿势是表示有点担心，也许是某种身体语言，提醒其他坡奇尼奥小心提防。也有可能表示极度恐惧，可是皮波知道，自己还从来没见过哪个坡奇尼奥显示出极度恐惧的模样。

不管那个姿势表示什么含义，皮波立即开口安抚他：“别担心，我岁数太大，身体软乎乎的，不如你们有劲，不可能像你们那样爬树。这种事还是你们年轻人在行。”

他的话起作用了，鲁特的身体马上恢复了活动。“我喜欢爬到树上去，什么东西都看得见。”鲁特在皮波面前蹲下来，把脸凑近他，“你能带一只大动物来吗？就是那种能在草丛上面跑，连地面都碰不到的动物。我跟他们说我见过这种动物，可大家都不相信我。”

又一个陷阱。怎么着，皮波，你这个外星人类学家，你想羞辱这个你正在研究的种群中的一分子，让他大丢面子吗？你愿意谨遵星际议会制定的这方面的严格法律吗？类似情况没什么先例可循。人类此前只遭遇过一种外星智慧生命——虫族。那已经是三千年前的事了。那一次遭遇以虫族全族死亡而告终。而这一次，星际议会已经拿定主意，确保不出差错。即使有什么差池，也是和虫族交往截然不同的另一方向的差错。所以，对坡奇尼奥要透露最少信息，保持最少接触。

一刹那鲁特明白了皮波的犹豫和他谨慎的沉默。

“你什么事都不告诉我们，从不。”鲁特说，“你观察我们，研究我们，可你从不让我们进你们的围栏，去你们的村子观察你们，研究你们。”

皮波尽可能诚实，但与谨慎相比，诚实毕竟是第二位的。“你说你们学到的很少，我们学到的很多。那为什么你能说斯塔克语[1]和葡萄牙语，可我说不好你们的语言？”

“因为我们更聪明。”鲁特一仰身，屁股一转，背朝皮波，“回你的围栏里去吧。”

皮波马上站起身来。不远处，利波正和三个坡奇尼奥待在一起，看他们如何将干枯的梅尔多纳藤捶成盖屋顶的苫子。他看见皮波的举动，马上来到父亲身边，准备离开。皮波领着他走开，两人一句话都没说。人类语言坡奇尼奥说得很流利，所以不能当着他们的面谈论今天的发现，有什么话只能进了围栏再说。

回家花了半个小时，一路下着大雨。两人走进围栏大门，爬上外星人类学家工作站所在的小山。皮波看着门上用斯塔克语写着“XENOLOGER（外星人类学家）”的标志。这就是我的工作，皮波想，至少别的人类世界是这么称呼的——外星人类学家。当地人不这么说，这个词用葡萄牙语发音简单得多，当地人都说 Zenador，即使说斯塔克语

---

① 斯塔克语（Stark）：作者杜撰的人类通用语，源于英语。

时也用这个词，而不是Xenologer[①]。语言就这样改变了。要不是可以即时联通各个人类世界的安塞波，人类不可能长久保持一种通用语。星际间航船来往太少，耗时又太长。没有安塞波的话，一个世纪里，斯塔克语就会分化为上万种方言。如果让电脑模拟一下卢西塔尼亚星球的语言变迁过程可能挺有意思的，看斯塔克语会不会逐渐衰退，还是将葡萄牙语吸收同化进去。

“爸爸。”利波说。

这时，皮波才发现自己站在工作站十米外的地方。走神了。我的思想最活跃的时候，想的问题却跟专业没什么关系。可能是因为他们对我的专业规定了太多条条框框，重重束缚之下，我不可能知晓和理解任何东西。外星人类学这门学问比教会还要神秘。

用掌纹打开门锁，皮波走进工作站，他知道这个晚上将如何度过。两人会在电脑终端前花几个小时，记录今天与猪仔交流时自己做了什么。皮波会阅读利波所做的笔记，利波则读皮波的笔记。完成之后皮波再写一份报告，之后由电脑汇编两人的笔记，通过安塞波即时发送给其他人类世界的外星人类学家。数以百计的人类世界上，上千名科学家将自己全部的生涯用于研究我们所了解的一种外星人种族。除了通过卫星发现的一点点情况之外，这些同事所能依赖的只有利波和我发给他们的材料。最小化干预，真是一点不假啊。

可皮波一走进工作站，立即发现让人身心愉快的晚间工作泡汤了。身穿修女长袍的学校校长堂娜[②]·克里斯蒂正在屋里等他。是他哪个岁数小的孩子在学校里惹麻烦了？

---

① 书中有时用Xenologer，有时用Zenador，后者是葡萄牙语。译文无法区别，均统一译为“外星人类学家”。

② 堂娜（Dona）：西班牙语中对女性的尊称，与之对应，对男性的尊称为“堂”。

“不，不。”堂娜道，“你的其他孩子都很好，除了利波。我觉得他年龄太小，不应该离开学校到这里工作，哪怕是当学徒。”

利波站在一旁一声不吭。他很聪明，皮波心想。堂娜·克里斯蒂是一位很有才华的年轻女子，很可爱，甚至十分漂亮。但她首先是个修会[①]教友，属于 Filhos da Mente de Cristo——基督圣灵之子修会。克里斯蒂对无知愚行发起火来样子可一点都不迷人，正因为这种蔑视的怒火，不少“聪明人”才少做了许多蠢事。别作声，利波，否则别想有好果子吃。

“但我来这里不是为你的孩子。”堂娜·克里斯蒂说，“我是为娜温妮阿来的。”

用不着校长说出姓名全称，每个人都知道娜温妮阿是谁。可怕的德斯科拉达瘟疫过去才八年。这场瘟疫险些将刚开始起步的殖民地彻底消灭，找到治疗方法的就是娜温妮阿的父母加斯托和西达——本地的外星生物学家。不幸的是，病因和药物发现得太晚，没来得及拯救他们的生命。他们两人的葬礼是最后一场为疫病死者举行的葬礼。

皮波记得很清楚，那场由佩雷格里诺主教亲自主持的葬礼弥撒上，小女孩娜温妮阿拉着市长波斯基娜的手。不，是市长拉着小女孩的手。当时的情景又清晰地出现在他的脑海中，当时的感受也随之浮现。她对眼前发生的一切会怎么想？他记得当时问自己。这是她双亲的葬礼，一家人只剩她一个人活下来，可整个殖民地的人却是那么欢欣鼓舞。我们的欢乐是对她父母最好的赞美，可她是那么幼小，这一切她能理解吗？他们奋斗了，成功了，在死前日渐衰弱的日子里发现了拯救我们的灵药。为了感激他们给予我们的这份珍贵礼物，我们才聚在这里。但是对你来说，娜温妮阿，你失去了父母，正如此前失去你的兄长一样。五百位死者啊，

---

① 修会：天主教徒的一种组织，与修道院不同。详见第十章注。

六个月间，这个小小的殖民地举行了上百次弥撒，每一场葬礼，人们都被笼罩在悲痛、恐惧和绝望之中。现在，在你父母的葬礼上，你和从前的我们一样悲痛绝望——而我们却没有，我们没有你那种痛苦悲伤，占据着我们心灵的只有喜悦，脱离苦海的喜悦。

看着她，皮波极力想象她的感受，可他想起的只有失去自己七岁的女儿玛丽亚时的痛苦。死亡的阴风拂过她，使她的身体扭曲变异，到处长出菌状物，血肉肿大或腐坏，一条非腿非臂的新肢从她臀部长出，头上脚上肌肤剥落，露出里面的骨骼。她甜蜜可爱的躯体就在他们眼前渐渐毁坏，意识却始终保持着清醒，清楚地感受着身体遭受的所有痛苦，最后她痛哭流涕，乞求上帝让她死去。皮波想起了这一切，也想起了那场为她还有另外五位死者举行的安魂弥撒。当他坐着、跪着、站着，身边是他的妻子和幸存的孩子，他感到教堂里所有人是一条心，他的痛苦也是所有人的痛苦。他失去了自己的长女，痛苦仿佛一条剪不断的纽带，把他和他所处的社会紧紧联系在一起。这种联系就是他的慰藉，是他可以依靠的东西。理应如此，一人的哀悼也是全体的哀悼。

小娜温妮阿没有这种慰藉。可以说，她的痛苦比皮波所经历的更为强烈。至少皮波还有一个家，他是个成年人，不是陡然间丧失了全部生活根基的惊恐万状的小孩子。她的悲痛没有将她与社会更紧密地联系在一起，而是把她远远推离这个社会。这一天，所有人都在欢庆，除了她。这一天，所有人都在赞美她的父母，只有她一个人悼念着他们。她只想他们活着，只要他们能活着，哪怕找不到救治其他人的药物也行。

她的孤独是如此强烈，皮波从自己坐的地方都能感受到。娜温妮阿飞快地从市长手里抽回手。随着弥撒的进行，她的泪水干了，最后她独自一人默然枯坐，仿佛一个不肯与她的俘获者合作的囚徒。皮波心疼她。可他知道，即使自己上前去安慰她，他也无法隐匿自己的喜悦：德斯科拉达瘟疫终于结束了，再也不会夺走自己孩子的生命了。这种喜悦她会发觉的，于是他想安慰她的努力也就成了对她的嘲弄，会把她更远地推离人群。

弥撒结束后，她怀着痛苦走在大群好心人中间。他们的举止是多么残酷啊，不住地告诉她，她的父母必定成为圣人，必定坐在上帝身边。对一个孩子来说，这算什么安慰？皮波轻声对自己妻子说："今天的事，她永远也不会原谅咱们。"

"原谅？"康茜科恩不是那种马上就能明白丈夫想法的妻子，"她父母又不是被我们杀害的——"

"可是我们今天全都兴高采烈，对吗？为了这个，她永远不会原谅咱们。"

"胡说。她只是一时不明白罢了，她还太小。"

她什么都明白，皮波心想。玛丽亚不是什么都明白吗？她比现在的娜温妮阿还小呢。

岁月流逝，八年过去了。八年间他时时见到她。她和他儿子利波同龄，利波十三岁前两人在学校里一直同一个班。他听过她在班级里做的读书报告和演讲。她的思维条理分明、见解深刻，给他留下了很深的印象。但与此同时，她又极其冷漠，与其他人完全不接触。皮波的孩子利波也很内向，但总还有几个好朋友，也能赢得老师们的喜爱。可娜温妮阿一个朋友都没有，她不能像其他孩子一样，得意时与自己的朋友对视，让他们分享自己的喜悦。没有一个老师真心喜欢她，因为她拒绝交流，拒绝做出任何反应。"她的感情彻底麻木了。"一次皮波问起她时，克里斯蒂这么说，"我们没有办法接触她的思想。可她发誓说自己好得很，完全不需要改变。"

现在堂娜·克里斯蒂来到工作站，和皮波谈娜温妮阿的事。为什么跟我谈？皮波只能想出一个理由："难道，娜温妮阿在你学校里这么多年，只有我一个人问起过她？"

“不是只有你一个人。”克里斯蒂回答，“几年前，关心她的人很多。当时教皇为她父母举行了宣福礼[1]。大家都想知道，身为加斯托和西达的女儿，她可曾发现什么与她父母有关的圣迹。很多人都说他们发现了奇迹，证明加斯托和西达已经成为圣人。”

“他们竟然问她这种问题？”

“关于她父母的圣迹有很多传言，佩雷格里诺主教必须调查清楚。”提起卢西塔尼亚那位年轻的精神领袖，克里斯蒂撇了撇嘴。据说基督圣灵之子修会与天主教会的关系十分复杂，上下级层次一直没有理顺。“她的回答可能会有帮助。”

“我明白了。”

“她的回答大致是这样的：如果她的父母当真能够倾听人间的祈祷，在天堂里又有一点儿影响力的话，那他们为什么不回答她的祈祷，从坟墓里复活？她说，只有那种奇迹才真正有意义，这种事从前也有过先例。如果她父母有能力创造奇迹，却不这么做，那只能说明他们并不爱她，不愿意回应她的祈祷。她宁可相信父母是爱她的，只不过没有能力做出行动。”

“真是个天生的雄辩家。”皮波说。

“天生的雄辩家加捣蛋鬼。她告诉主教，如果教皇决定为她父母举行宣福礼，教会等于宣布她父母恨她。卢西塔尼亚请求追封她父母为圣人，等于表示这个殖民地的人藐视她。如果这种请求得到批准，那将是教会卑鄙可耻的明证。佩雷格里诺主教脸都气青了。”

“我知道他还是向教廷提出了请求，追封她父母为圣人。”

“这是为了整个殖民地。再说，圣迹确实存在。”

---

① 宣福礼：天主教宣布死者已经升天，得到上帝赐福的仪式。

“谁谁一摸圣坛，头就不疼了，于是大喊：‘Milagre！— os santos me abençoaram！’”奇迹啊！——圣人赐福于我了！

“对于圣迹，罗马教廷有严格的认证手续，必须有比你说的更加实质性的内容才行。这些你也知道。反正，教皇恩准，同意我们将这个小城命名为米拉格雷（圣迹之城）。我猜，现在大家每一次提起这个名字，娜温妮阿心里那股火就更往上冲一点。”

“我看她心里是一块冰，每次刺激都让她的心更冷一些。谁知道那种情绪到底是什么温度。”

“随便吧。皮波，问起她的人不止你一个，但过问她本人生活、关心她而不是她那得到赐福的父母的，只有你一个人。”

想想都让人难过。除了卢西塔尼亚的学校负责人克里斯蒂以外，没有人关心这个女孩子。这么多年里，只有皮波对她流露出一丝温情。

“她有一个朋友。”利波开口了。

皮波简直忘了儿子也在这儿。利波安安静静一言不发，别人很快就不注意他了。克里斯蒂看来也吃了一惊。“利波，”她说，“我们真是太不谨慎了，当着你的面议论你的同学。”

“我现在是见习外星人类学家了。”利波提醒她，表明他不是学校里的孩子了。

“她的朋友是谁？”皮波问道。

“马考恩。”

“马科斯·希贝拉。”克里斯蒂解释道，“那个高个子男孩——”

“噢，对了，长得像只卡布拉①的那个。”

---

① 卡布拉：西班牙语Cabras（山羊），作品中杜撰的卢西塔尼亚星球上的一种大型食草群居动物。

“他的确很结实。”校长说，“我没发现他们俩要好。”

“有一回惹了祸，大家都怪马考恩。她知道事情的经过，就站出来替他说话。”

“你把她的动机想得太好了，利波。”堂娜道，“她是想整整那帮真正惹了祸又诿过于马考恩的孩子。我觉得这种解释更确切一点。”

“可马考恩不这么看。”利波道，“他盯住她看的样子我见过一两次。虽说不过分，但的确透着点儿喜欢。”

“你喜欢她吗？”皮波问道。

利波静了一会儿。皮波知道这是什么意思。他在审视自己，寻找答案。不是想找出他觉得可以取悦大人的答案，也不是寻找激怒大人的回答。一般来说，他这个年龄孩子的想法不是前者就是后者。但利波不一样，他审视自己是想发现自己的真实想法。

“我觉得，”利波说，“我也理解，她不希望别人喜欢她。她觉得自己是个过客，随时可能转身回家去。”

堂娜·克里斯蒂严肃地点点头：“对，说得太对了。她就是这样想的。但是现在，利波，我们不能像刚才那么不小心了，我只好请你离开我们，让我和你爸爸——”

她话还没说完，利波已经转头走了。走时一点头，微微一笑，意思是，是的，我理解。儿子动作生硬迅速，皮波一看就知道，大人让他出去他很生气。这小子有种天分，能让大人们隐隐约约觉得和他相比，不成熟的反倒是大人。

“皮波。”校长道，“她想接替父母成为外星生物学家，要求提前测试。”

皮波扬起眉毛。

“她说她从孩提时代起就开始研究这个领域，说自己已经可以着手从事这方面的工作了，不需要经过学徒期的实习。”

“她才十三岁呀，对不对？”

“以前也有过类似的先例。提前参加测试的人很多，还有一个年龄比她还小。当然，那是两千年前的事了，关键是，这种事是可以允许的。不用说，佩雷格里诺主教反对，但波斯基娜市长指出，卢西塔尼亚殖民地亟需外星生物学家——愿上帝保佑她务实的心灵。我们迫切需要开发出一大批新的食用植物，更适应卢西塔尼亚的土壤，产量更高，也可以改善我们的饮食。用市长的话说：‘我们需要外星生物学家，哪怕是个婴儿，只要能干好工作就行。’”

“你要我测试她？”

“恳请你同意。”

“我很愿意。”

“我告诉过他们，说你会答应的。”

“我要向你坦白，我还有其他动机。”

“哦？”

“我本来应该多照看照看那孩子。希望现在还不算太晚。”

克里斯蒂笑了一声。“唉，皮波，你愿意尝试我当然高兴。但请相信我，我亲爱的朋友，接触她的心灵就像在冰水里洗澡一样。”

“我想象得出。我相信对接触她的人来说，确实像在冰水里洗澡。但她会有什么感受？冷到她那种程度，别人的接触肯定会让她觉得热得像火。”

“你可真是个诗人。”克里斯蒂说道，语气里没有嘲讽的意思，她的确是这么想的，“猪仔们知不知道，我们派出了自己最能言善辩的人作为跟他们交流的大使？”

“我尽我所能告诉了他们，但他们很怀疑。”

“我让她明天到你这儿来。提醒你，测验时她的态度肯定非常冷淡，测试之前想交流的话她肯定会拒绝的。”

皮波笑道："我担心的只是测验之后会发生什么。如果没通过，对她的影响可就太恶劣了。可真要通过了，我的麻烦就开始了。"

"为什么？"

"利波肯定会盯着我不放，也要求提前测验，成为正式的外星人类学家。他要是通过的话，我就无事可干了。只能回家蜷着，等死。"

"真是个满脑子胡思乱想的傻瓜，皮波。米拉格雷真要有谁能把自己十三岁的孩子当作同事看待，那就是你。"

校长走了，皮波和利波像往常一样开始工作，记录日间与坡奇尼奥的接触经过。皮波想着利波的工作、他的思考方式、他的见识和他的工作态度，把这些与来卢西塔尼亚殖民地前他见过的研究生做比较。利波也许还小，还有许多理论和知识需要学习，但从他的方法上看，他已经成长为一个真正的科学家，而且有一颗善良的心。晚间工作结束后，两人一块儿步行回家，头上是卢西塔尼亚那个很大的月亮，投下闪烁明亮的光。皮波决定，从今以后，要把利波当成一个真正的同事对待，无论他是否已经参加测试。其实真正重要的东西，测试是测不出来的。

还有，不管她高不高兴，皮波决心看看娜温妮阿具不具备真正的科学家所必需的那种无法测试的素质。如果她不具备，死记硬背的知识再多，皮波也不会让她过关。

皮波没打算让她舒服。娜温妮阿也知道大人们不打算听她的回答时会说些什么。或者凶巴巴，或者甜言蜜语：没问题，你当然可以参加考试，但没必要这么着急呀，我们还是慢慢来，到时候我担保你一次就能过关。

娜温妮阿不想等，她已经准备好了。

"你的测试题随便多难都行。"她说。

他脸上冷冰冰的，他们都是一个德行。行啊，冷冰冰就冷冰冰，怕他们不成，她可以冰死他们。"我没打算在测试题上为难你。"他说。

“我只要求你一件事：列出题目，我好尽快做完。我不想一天天拖下去。”

他若有所思，顿了顿：“你可真心急啊。”

“我准备好了。根据星际法令，我任何时候都可以参加测试。参不参加考试只取决于我和星际议会，没有哪条规定说外星人类学家可以违背星际考核委员会的指令。”

“那你没认真研究过那些法律文书。”

“十六岁之前参加考试，我只需要获得我的法定监护人的同意。我没有法定监护人。”

“正好相反。”皮波说，“从你父母死亡那天起，波斯基娜就成了你的法定监护人。”

“她同意我参加测试。”

“还得经过我的同意。”

娜温妮阿看到了对方严峻的眼神。她不认识皮波，但以为这种眼神跟其他人没什么区别，都是想让她服从，想管住她，阻止她实现自己的理想，破坏她的独立，想让她俯首听命。

一瞬间，冷漠如冰化为炽热怒火。“你懂什么外星生物学！你只知道走出围栏，跟猪仔们说说话。你连基因的基本原理都不懂。你凭什么对我指手画脚！卢西塔尼亚需要外星生物学家，他们缺少外星生物学家已经八年了。你还想让他们等得更久，为什么？只因为你想自己管事！”

出乎她的意料，对方一点也没有慌了手脚。既不退让，也没有大发雷霆。她的话就跟没说一样。

“我明白了。”他平静地说，“你想成为一名外星生物学家，是因为你对卢西塔尼亚人民强烈的爱。大众有这个需要，所以你要牺牲自己，终生无私奉献，而且开始得越早越好。”

听他这么一说，这个理由真是傻透了。她心里完全不是这么想的。“这个理由不够好吗？”

“如果你说的是真话，这个理由已经足够了。”

“你说我是个骗子？”

“说你是个骗子的可是你自己。你口口声声称卢西塔尼亚的人民如何如何需要你。可你生活在我们这个群体中，一辈子都生活在我们中间。你准备为我们牺牲自己，却并不认为自己是这个群体中的一员。”

看来他和其他大人不一样。那些人总是相信谎话，同时希望把她变成众人眼中那种好孩子。“我凭什么应该把自己当成群体中的一员？我不是。”

他严肃地点着头，仿佛在思考她的回答。“那么，你到底属于哪个群体？”

“除了你们之外，卢西塔尼亚只剩下一个群体——猪仔。我可没有跑出围栏和那伙崇拜树木的家伙混在一起，对不对？”

“卢西塔尼亚存在许多不同的群体。比如你，你是个学生，学生就是一个群体。”

“我跟他们不是一伙。”

“这我知道。你没有朋友，没有和你关系亲密的人，你参加弥撒，但从来不做忏悔。你站得远远的。只要有可能，殖民地的事你根本不沾边。你跟人类生活根本没有接触。种种迹象表明，你是完全孤立的。”

娜温妮阿没料到有这种攻击。他在猛戳她的痛处，而她却无力招架。“就算这样，也不是我的过错。”

“这我知道，我也知道这种情形是什么时候开始的。我还知道这种情况一直延续到今天，责任在谁。”

“难道是我？”

“是我，还有其他所有人。可我的责任最大，因为我理解发生在你身上的事，却没有做出行动。截至今日。”

“而今天，你要阻止我实现我生活中唯一重要的目标！多谢你的关心！”

他再一次严肃地点点头，好像接受并认可她的讥讽。“但从另一个角度看，娜温妮阿，你的态度对错与否其实并不重要。米拉格雷是一个社会，不管它是怎么对待你的，这个社会与其他社会其实没什么两样，它必须尽最大可能为它的全体成员谋福利。”

“你所说的全体成员，意思是除我之外卢西塔尼亚上的所有人，也排除猪仔。”

“对一个殖民地来说，外星生物学家是十分重要的。特别是像我们这样一个殖民地，周围一圈围栏，永远地限制了我们的扩张。我们的外星生物学家必须找出办法，提高每英亩土地上蛋白质和碳水化合物的产量。这就是说，必须从基因上改造地球出产的玉米、马铃薯——”

“使之最大限度地适应卢西塔尼亚的环境。你到底是怎么想的？我想一辈子从事这项工作，我会连最起码的了解都没有吗？”她反问。

“你的终身事业，是啊，投入全部的身心，改善你所鄙视的人民的生活。”

娜温妮阿这才发现对方给自己设下的陷阱。可是太晚了，她已经栽了下去。“你的意思是说，外星生物学家只有热爱使用他研究出来的产品的人民，才能从事自己的工作？”

“你爱不爱我们，我不感兴趣。我必须了解的是，你的想法到底是什么？为什么一门心思地想从事这项工作？”

“这方面的心理原因其实非常简单：我父母为这项工作而死，我希望继承他们的事业。”

“也许是，”皮波道，“也许不是。娜温妮阿，在同意你参加测试之前，我想知道也必须知道的是，你到底属于哪个群体？”

“你自己已经说过了！我不属于任何群体。”

“这是不可能的。我们定义一个人的依据就是他属于哪个群体、不属于哪个群体。我是这样、这样、这样的，不是那样、那样、那样的。可你的定义呢，全是否定性的。我可以列一个无穷无尽的单子，说明你不属于哪些群体。可一个真正从内心深处相信自己不属于任何一个群体的人，肯定不会继续活着。他们都死了，无一例外。或者身体死亡，或者意识死亡，发疯了。”

“你说的就是我。我是个地地道道的疯子。”

“你没有发疯。你心里有一种执着地追求某种目的的感觉，这种感觉驱使着你，鞭策着你。我相信，如果给你参加考试的机会，你肯定会通过的。但在我给你这个机会之前，我必须知道：通过考试之后，你想成为一个什么样的人？你的信念是什么？你属于什么群体？你关心什么？你爱的是什么？”

“反正不是这个世界或其他任何世界上的事。”

“我不相信你的话。”

“在这个世上，我从来不认识任何一个好人，除了我的父母，而他们已经死了！就连他们都——真正重要的事情，没有一个人懂。”

“你呢？”

“我也跟别人一样，什么都不懂，因为我也是人，对不对？没有人真正理解别人，包括你在内，假装高深，装出同情别人的模样，你的本事只够让我像这样哭一场！因为你有权力阻止我做自己真正想做的——”

“你真正想做的不是外星生物学家。”

“是的！至少是我想做的事情的一部分。”

“其他部分是什么？”

“是你现在正在做的事，做你那份工作。你现在做的全都错了，你实在太笨了。”

“你是说，当外星生物学家的同时还要当外星人类学家？”

“他们干了件大蠢事：专门创立一门学科去研究猪仔。全是一伙老掉牙的人类学家，拿顶新帽子朝头上一扣，就大模大样成了外星人类学家。但光靠观察猪仔的行为方式什么也别想发现！他们的进化路线跟人类完全不一样。你必须了解他们的基因，他们细胞内部的活动。还有这里的其他动物的细胞，因为没有什么孤立于环境的事物，没有谁能够生活在隔离状态中——”

不用跟我长篇大论，皮波想，告诉我你的感受。为了更刺激她一下，他轻声道：“除了你。”

这一招起作用了。她从轻蔑冷淡变成怒火万丈，攻击起他来：“你永远别想了解他们！可是我了解！”

“你怎么那么关心他们？猪仔们又不是你的什么人。”

“你是不会理解的。你只不过是个本本分分的天主教徒。”她以轻蔑的态度说道，“我说的是列在禁书名单上的一本书。”

皮波眼睛一亮，一下子明白了对方的意思。“《虫族女王和霸主》。”

“他生活在三千年以前。我不知道他是谁，只知道他自称为死者的代言人。他是真正理解虫族的人。我们把虫族杀了个精光，彻底消灭了我们遭遇的唯一一种外星智慧生命。但他理解他们。”

“你想写有关坡奇尼奥的书，像最早那位代言人为虫族著书一样？”

“听听你是怎么说的，说得好像跟写一本学术论文一样简单。你不知道《虫族女王和霸主》那样的书是怎么写成的。对他来说是怎样的痛苦——将自己化身为外星人，进去再出来，带着对那个被我们摧毁的伟大种族最深切的爱。他与人类历史上最邪恶的人——安德生活在同一时代，异族屠灭者安德，就是摧毁虫族的那个人。他所做的却是尽可能重建被安德破坏的一切，死者代言人希望让死者复活。”

“他做不到。”

“他做到了！他让他们复活了。只要读过这本书，你就会明白的！

我不知道耶稣，听了佩雷格里诺主教讲道，我不知道那些修士有什么本事，能把圣饼变成血和肉，能赦免哪怕一毫克的罪孽。但死者代言人不同，他让虫族女王获得了新生。”

“那么她在哪儿？”

“就在这儿！在我心里！”

他点点头。“你心里还有其他人——死者代言人。你想成为他那样的人。”

“那本书里说的是真话，我一生中只在那本书里看到过真话。”她说，“真正让我信服的只有它。你想听到的不就是这个吗？我是个异端，终身工作，目的只想在好天主教徒碰都不该碰一下的诉说真理的禁书目录中再添一本新书。”

“我想听的，”皮波温和地说，“只是你从属于哪个群体，而不是你不属于哪些群体，后者可是太多太多了。你和虫族女王是一类，和死者的代言人是一类，这个群体可真是非常小啊。数目很小，却拥有伟大的心灵。这么说来，你不想跟其他孩子混在一块。那些孩子之所以混在一起，目的只有一个，就是排斥其他孩子。你这么做了，别人就会看着你说，可怜的孩子，被完全孤立了。但是，你知道一个秘密，你知道自己是谁。你是一个能够理解外星人思想的人，因为你有一个不从属于别人的头脑。你知道不同于人类是什么含义，因为没有任何一个人类群体将你视为和群体成员一样的人类。”

“这会儿你竟然说我连人都不是了？你不让我参加测试，逼得我哭得像个什么都不懂的小女孩，你羞辱我，现在居然说我连人都不是了？”

“你可以参加测试。”

这几个字眼在空中回响。

“什么时候？”她悄声问。

“今晚或明天，随你的便。你准备好之后，我随时可以停下手里的工作测验你。”

“太谢谢了！谢谢你，我要——”

“要成为死者代言人。我会尽我所能帮助你。除了我的学徒，就是我的儿子利波，法律禁止我在与坡奇尼奥见面时带上任何人。但我会把我们的笔记给你看，告诉你我们了解到的一切，包括我们的推测和分析。你则可以让我们了解你的研究成果，告诉我们你对这个星球生物的基因有什么发现，可以帮助我们了解坡奇尼奥。等我们掌握了足够的知识，你就可以着手创作你想写的那本书，成为一位代言人。不过这一次，不是为死者代言。坡奇尼奥们还没有死呢。”

娜温妮阿实在忍不住，她破涕为笑。“生者的代言人。”

“我也读过那本《虫族女王和霸主》。”他说，“除了这类著作之外，我实在想不出一个更适合放置你的大名的地方了。”

但她还是没有完全信任他，不敢相信他许诺的一切。“那，我希望常常到这个地方来，随时都可以来。”

“回家上床睡觉时我们要锁门的。”

“我是说其他时间。你肯定会烦我，会让我走开，会隐藏资料不让我看，你会埋怨我唠叨，让我闭嘴。”

“咱们现在刚刚成为朋友，你就把我当成骗子和乱发脾气的白痴。”

“可你会那样的，人人都那样。他们都巴不得我离他们远远的。”

皮波耸耸肩。“这能说明什么？每个人都有希望独自待一会儿的时候。有时候我也会巴不得你离我远远的。但我现在就告诉你，即使遇上这种时候，即使我让你走开，你也用不着走。”

这是她平生听到的最离奇的话。“简直不可思议。”

“只有一条：你要向我保证，永远不溜出围栏接触坡奇尼奥。这种事是绝不允许的。如果你不听我的话，悄悄做了，星际议会将关闭我们这里的研究项目，禁止人类与他们接触。你能保证做到吗？如果你做出那种事，一切——我的工作、你的工作——都会彻底完蛋。”

“我保证。”

“你什么时候参加考试？”

“现在！我可以现在就考吗？”

他轻声笑起来，伸出手去，看都不看就按了下终端。终端启动了，第一批基因模型出现在终端上方的空中。

“你试题都准备好了！”她说，“早就准备同意我考试！你一直知道你会批准我考试的。”

他摇了摇头。“我是这么希望的。我对你有信心。我希望帮助你实现自己的梦想，只要这种梦想是正当的。”

如果不找出几句话刺他一下，她就不是娜温妮阿了。“我明白了，你是评判别人梦想的法官。”

也许他没发现其中的讥刺。他只笑了笑，说道：“信念、希望，还有爱——总共三项，但最重要的一项是爱。”

“你并不爱我。”她说。

“嗬，”他说，“我是个评判梦想的法官，而你是个评判爱的法官。好吧，我宣布，你怀有美好梦想的罪名成立，判决你为实现梦想终身辛勤工作。我只希望，你不会哪天宣判我爱你的罪名不成立。”他陷入了沉思，“德斯科拉达瘟疫夺走了我的一个女儿，玛丽亚。如果她活着，现在只比你大几岁。”

“我让你想起她了？”

“我在想，如果她活着，肯定一点儿都不像你。”

她开始考试。考了三天，她通过了，分数比许多研究生高得多。日后回想起来，她不会把这场考试当成自己职业生涯的开端，童年的终结，以及对她具备从事这一行业所必需的天赋的肯定。她会记住这场考试，因为这是她进入皮波的工作站的起点。在那里，皮波、利波和娜温妮阿三个人形成了一个群体。自从埋葬她的双亲后，这是第一个真正包容她的集体。

过程并非一帆风顺，尤其是开始的时候。娜温妮阿很难摆脱她冷眼对人的习惯。皮波理解她，早就做好了准备，原谅她的种种冷言冷语。但对利波来说，这可是一场严峻的考验。过去的外星人类学家工作站是他跟父亲独处共享的地方，而现在，未经他同意，又添了第三个人，一个冷漠苛求的人。两人同岁，但娜温妮阿跟他说话时完全把他当成一个什么都不懂的小孩子。更让他气恼的是，她是个正式的外星生物学家，享有成年人的种种待遇，而他却仍然是个见习期的学徒。

利波尽量忍耐。他天性温和，惯于宁静处事，不愿意公开表示自己的不满。但皮波了解自己的儿子，明白他心里的怨气。过了一段时间，就连不大敏感的娜温妮阿也开始认识到自己对利波太过分了，一般的年轻人绝对无法容忍。不过她没有改变对他的态度，反倒把如何对待利波当成一种挑战，想方设法要激怒这个异常宁静、温和而英俊的男孩子。

“你是说，经过这么多年研究之后，”一天她说，“你连猪仔是如何繁殖后代的都不知道？你怎么知道他们都是雄性？”

利波和和气气回答道：“他们掌握我们的语言之后，我们对他们解释了男性与女性的区别，他们乐意把自己称为男性，把其他那些猪仔，我们看不到的，称为女性。”

“但你还是什么都不知道，说不定你还觉得他们是靠出芽来繁殖的吧？或者有丝分裂？”

她的语气如此不屑一顾，利波却没有立即反驳。皮波觉得自己简直可以听到儿子的思维：细心地一遍遍重组语句，直到回答的话不含怒气、不带挑衅色彩。“我也希望我们的工作可以更加深入，比如检查他们的身体组织。”他说，“这样就可以把我们的研究成果提供给你，让你与卢西塔尼亚细胞生命模式做比对。”

娜温妮阿吓了一跳。“你的意思是你们连组织样本都没有？”

利波的脸有点发红，但回答的声音还是很镇定。这孩子，哪怕在宗教裁判所里接受讯问时也会这么不动声色。“确实很笨，我同意你的看法。”利波说，“不过我们担心坡奇尼奥不理解我们为什么需要他们身体的切片。如果他们中有一个以后生病了，他们说不定会认为是我们给他们带去了疾病。”

“为什么不能搜集他们身体上自然脱落的部分呢？一根毛发也能告诉你许多东西。”

利波点点头。房间另一边终端旁的皮波认出了这个动作——利波跟父亲学的。“地球上许多原始部落都相信，自然脱落的身体组织中含有他们的生命和力量。如果猪仔认为我们拿这些脱落部分是要对他们施魔法，怎么办？”

“你不是会说他们的语言吗？我想他们中也有一些会说斯塔克语。”她一点也不掩饰自己的轻蔑态度，“你就不能对他们解释解释吗？”

“你说得对。”利波轻声说，“但如果我们对他们解释取得组织样本的目的，我们就会教给他们生物科学知识。自然发展状态中，他们一千年后才会掌握这种知识。正因为这个原因，法律才禁止我们对他们解释这类事情。”

娜温妮阿总算有点惭愧了。“想不到最少接触的禁令对你们的约束这么大。”

她不再傲慢了。皮波很高兴。但又担心她一下子变得过分谦卑。这孩子孤立于人群之外的时间太久了，说起话来像朗读科学著作。皮波担心现在教她正常人的行为举止已经太晚了。

事实证明还不晚。一旦她明白皮波和利波精通他们的专业，而对那个专业她一无所知，她便抛开了自己的挑衅姿态，但几乎又走到了另一个极端。一连几周，她很少跟他们说话，只顾研究他们的报告，极力弄清他们行为背后的目的。她不时提出问题，另外两人则客客气气地详加解答。

客气渐渐变成了亲密，皮波和利波说起话来也不避着她了，想到什么就说什么，分析、猜测，什么都说：坡奇尼奥为什么做出某种古怪举动，他们说的那些奇怪的话究竟是什么意思，为什么这么让人费解。这门研究坡奇尼奥的学问还没有多长历史，所以不久以后，即便依靠二手资料，娜温妮阿也能成为专家，并提出某些新鲜见解。皮波对她大加赞许："说到底，我们都是在黑暗中摸索。"

皮波可以看出今后会发生什么事。利波悉心培养出的耐心细致，在他的同龄人眼里，这种性格未免过分冷淡，不够积极。社交方面甚至连皮波都比他强。娜温妮阿的冷漠更加外露，但从孤立的彻底程度而论，两人实在是半斤八两。可是现在，对坡奇尼奥的共同兴趣将两个年轻人联系在了一起。除了皮波自己，他们的话题还有谁能理解呢？

两人在一起很开心，会因为某些没有哪个卢西塔尼亚人能明白的笑话笑得眼泪流出来。猪仔们替森林里每一棵树都起了名字，利波也学他们的样，开玩笑地给工作站里每样家具取名字，每过一阵子便宣布某样家具今天心情不好，别烦人家。"别坐在查尔身上，她来月经了。"他们未见过女性猪仔，男性猪仔们提起她们时总是带着宗教似的敬畏情绪。娜温妮阿虚构了一位地位无比尊崇、脾气尖酸刻薄的猪仔老祖母。娜温妮阿模仿她的语气写了不少开玩笑的文章。

生活中当然不全是欢笑，也有困难、忧虑。每过一段时间，三个人便会产生真正的恐惧，担心自己的行为触犯了星际议会的严令——使坡奇尼奥的社会发生了重大改变。不用说，这类事总是鲁特惹的。这个家伙总是固执地问许多难以回答的问题，比如："你们人类肯定还有其他城市，不然怎么可能有战争？你们又不会跟我们'小个子'打，杀'小个子'不光彩。"皮波只好向他大说一通诸如人类永远不会杀害坡奇尼奥之类的话。尽管他知道鲁特问的根本不是这个。

皮波多年前就知道坡奇尼奥了解“战争”这个概念，但当鲁特提出这个问题之后，利波和娜温妮阿一连激烈争论了几天，讨论鲁特的话证明了什么：猪仔们是喜欢打仗，还是仅仅认为战争是不可避免的？鲁特给了他们许多信息，有些重要，有些无关紧要，还有许多重要与否无从判断。从某种意义上说，鲁特自己就是明证，证明禁止外星人类学家向猪仔提问的策略是明智的。问题会暴露人类的意图，从而暴露人类的活动。从鲁特的问题中，他们得到许多收获，比鲁特给出他们问题的回答更有价值。

但最新信息不是来自鲁特的问题，而是他的一个推测。当时皮波正和其他猪仔在一起，看他们如何搭盖木屋。利波一个人和鲁特在一起。鲁特悄悄对他说：“我觉得我猜出来了。”鲁特说，“我知道皮波为什么还活着。你们的女人太笨了，不知道他是个聪明人。”

利波极力想弄明白对方这番没头没脑的话究竟是什么意思。鲁特脑子里在想什么？如果人类的女人更加聪明一点儿，她们会把皮波杀了？听猪仔说起杀戮的事儿挺让人担心的——这个信息显然极其重要，可利波不知应该如何是好。他又不能把皮波叫来帮忙，鉴于鲁特显然是想趁皮波不在时单独跟利波探讨这个问题。

见利波没答话，鲁特继续道：“你们的女人，她们没力气，又笨。我跟别人这么说，他们说我应该问问你。你们的女人没发现皮波是个聪明人，对不对？”

鲁特的样子异常兴奋，呼吸急促，不断揪扯着手臂上的毛，一次揪下来四五根。利波只好想个办法回答他。“很多女人不认识他。”

“那她们怎么知道他什么时候应该死呢？”鲁特又问。接着，突然间，他不动了，放开嗓门大叫道：“你们是卡布拉！”

皮波这时才走进视野。他不知那声叫喊是怎么回事。皮波一眼便看出利波陷入了窘境，不知如何是好。可他一点儿也不知道刚才那场对话，他该怎么帮他？他只知道鲁特在嚷嚷说人类——或者至少他和利波——有点像当地草原上那种群居的食草大动物。皮波连鲁特是高兴还是愤怒都看不出来。

“你们是卡布拉！你们说了算！”他指着利波，接着又指着皮波，“你们的光荣不由女人定，你们自己决定！和战斗时一样，任何时候都和战斗时一样，你们自己决定！”

鲁特说的什么皮波完全摸不着头脑，但他看到所有坡奇尼奥都定住了，一动不动，活像树桩子，等待着他或者利波的回答。利波显然被鲁特的古怪行为吓呆了，不敢做出丝毫反应。这种情况下，皮波别无选择，只好说出事实。毕竟，这个事实相对而言是显而易见的，对人类社会来说这只是个再平常不过的信息。当然，透露这种信息仍然违背了星际议会的法令，但不予回答的后果可能更加严重，皮波只好说出事实。

“女人和男人一同决定，或者自己决定自己的事。”皮波道，“人类的事要靠自己做主，不能由一个人替另一个做决定。”

显然这正是所有猪仔期待的答复。“卡布拉！”他们乱嚷起来，一遍又一遍吵个不停，接着又冲向鲁特，围着他又蹦又跳。他们将他抬了起来，扛着他冲进树林。皮波想跟上去，但两个猪仔挡住他，连连摇头。这是个人类姿势，他们以前学会的。不过对猪仔而言，这个姿势的含义强烈得多，这是在严禁皮波跟上去。他们这是到女性那里去，那个地方坡奇尼奥们老早就告诉过人类，不准他们去。

回家路上，利波汇报了事情的起因。“知道鲁特是怎么说的吗？他说我们的女人虚弱又笨。”

“这是因为他没见过咱们的市长波斯基娜，或者你母亲。”

利波笑起来。她母亲康茜科恩是殖民地卷宗库的管理员，涉及卷宗的事完全由她说了算。只要走进她的领地，你就得俯首帖耳听她的吩咐。

利波这么一笑，恍惚间觉得忘了什么事，某个很重要的想法，跟当时说的事有关。两人继续谈着，不一会儿利波就把这件事抛到了脑后，甚至连忘了什么都记不起来了。

猪仔们敲击树干的声音整整响了一个晚上。皮波和利波相信他们是在举行某种庆祝仪式。声音像大锤擂大鼓，这种事可不常见。这个晚上的庆祝仿佛无休无止。皮波和利波估计，会不会人类两性平等的榜样给雄性坡奇尼奥带来了某种获得解放的希望。“我想这算得上是对坡奇尼奥生活方式的重大改变。”皮波心情沉重地说，“如果发现我们造成了猪仔社会的重大变化，我只好向上汇报，议会很可能下令暂停人类与坡奇尼奥的接触。可能许多年都不得接触。”这种念头让人沮丧：老老实实的态度可能导致他们从此无法从事自己的工作。

早上，娜温妮阿陪着两人走向围栏的大门。围栏很高，将人类居住的坡地与猪仔所在的遍布森林的小山分隔开来。皮波和利波还在互相安慰，说以当时的情况，没人能想出别的应对方法。两人说着说着放慢了脚步，娜温妮阿走在了前头，第一个来到门边。父子俩过来时，她指着距大门三十米开外的小丘，上面刚刚清理出一块红色的空地。“那片地面是新辟出来的。”她说，“好像放着什么东西。”

皮波打开大门。年轻的利波动作比父亲敏捷，跑在前头去看那东西到底是什么。突然间，他在那块空地边缘停住了脚步，身体僵直，一动不动，瞪着摆在那里的东西。皮波赶上几步，同样愣在那里。娜温妮阿感到一阵恐惧，心中一紧，担心利波出事，不顾禁令奔出大门。只见利波一下子跪倒在地，摇晃着脑袋，拼命揪扯着自己的鬈发，失声痛哭起来。

鲁特四肢摊开，躺在清空的地面上。他的内脏被掏空了，下手的人非常细心，每一件脏器都被精心摘除下来，连同折断的四肢，对称地摆放在血迹已干的土地上。无论是脏器还是四肢，没有一件彻底与躯体切断，而是藕断丝连，丝丝缕缕仍与躯干相连。

利波的恸哭几乎到了歇斯底里的地步。娜温妮阿跪在他身旁，搂着他，摇晃着他，尽力使他平静下来。皮波没有不知所措。他掏出自己的小型照相机，从各个角度拍摄，电脑可以根据这些照片对这一事件做出详尽分析。

“他们做这些事时他还活着。”利波过了很久才缓过劲来。即使到这个时候，他的话仍然说得很慢，很吃力，很小心，仿佛是个刚刚学会这种语言不久的外国人。“地上这么多血，溅得这么远——他们剖开他时，他的心脏还在跳动。”

“这个问题咱们以后再讨论。”皮波道。

就在这时，昨天忘记的那件事出现在利波的脑海，近乎残忍的清晰“是鲁特说的女人的事。雌性决定雄性什么时候死。他告诉我了，但我——”他不说话了。当然，他什么都不能做，法律要求他袖手旁观。就在这时他想明白了，他憎恨这种法律。如果法律允许这种事发生在鲁特身上，那就是法律混账。假如鲁特是个人，你不能站在一边看着这种事发生在一个人身上，原因仅仅是你要研究他。

“他们没有羞辱他。”娜温妮阿说道，“我有把握，因为他们爱树。看见了吗？”鲁特敞开的胸腔里并不是空无一物，正中的位置上种着一棵小树苗。“他们种了一棵树，标出他死亡的地点。”

“现在我们明白了，为什么他们会替这些树取名字。”利波恨恨地说，“凡是他们活活折磨死的猪仔，他们都种一棵树当作墓碑。”

“这片森林可不小啊。”皮波平静地说，“提出假设应该有个分寸，至少应该稍稍有点可能性才行。”镇定、理智的语气让两个年轻人平静下来，他的话提醒大家认识到，即使在这种时刻，他们仍然是科学家。

“我们怎么办？”娜温妮阿问道。

“应该立即让你回围栏里去。”皮波道，“法律禁止你走出围栏。”

“可——可我说的是尸体，我们该做些什么？”

“什么都不做。”皮波答道，“坡奇尼奥做了坡奇尼奥应做的事，不管他们的理由是什么。”他扶着利波站起来。

利波一时有点摇晃。他倚在另外两人身上迈了几步。“我都说了些什么呀！”他轻声道，“我连自己说的哪些话害了他都不知道。”

“责任不在你。”皮波说，“是我的责任。”

“什么？你认为他们的什么事都应该由你负责吗？”娜温妮阿厉声道，“你以为他们的世界围绕着你转？你自己也说过，这件事是猪仔们做的，猪仔们自有他们的理由，不管这种理由是什么。我只知道这不是头一回——他们手法太麻利了，不可能是初学乍练。”

皮波的回答有点黑色幽默：“利波，咱们这下子可毁了。按理说，娜温妮阿应该对外星人类学一窍不通才对。”

“你说得对。”利波说，“不管引起这件事的原因是什么，这种事他们从前干过。这是他们的风俗。”他尽了最大努力以平静的态度说出这些话。

“这就更糟了，对不对？”娜温妮阿说，“把开膛破肚看成家常便饭。”她望了望从小山顶开始向外蔓延的森林，心想，不知这些树中有多少植根于血肉。

皮波通过安塞波发出了自己的报告，电脑当即将这份报告标识为最紧急。现在，应不应该中止与猪仔的接触就交给监督委员会来决定了。委员会没有发现卢西塔尼亚上的外星人类学家犯了什么重大错误。“鉴于未来某一天可能有女性出任外星人类学家，隐瞒人类的两性区分是不现实的。”委员会的结论指出，“我们认为你们的行动是理智和审慎的。我们的结论是：你们在无意间见证了卢西塔尼亚原住民之间的一场权力斗争，这场斗争以鲁特的死亡告终。你们应当以审慎的态度继续你们与原住民的接触。”

结论洗清了他们的责任，但这一事件仍然对他们造成了巨大冲击。利波从小就知道猪仔，从父亲口里听说了他们的许多故事。除了自己的家庭和娜温妮阿以外，鲁特是他最熟悉的人。利波一直过了好些天才重新回到外星人类学家工作站，过了好几周才重新走进森林与猪仔们接触。猪仔们的表现好像根本没出什么事，没有谁提到鲁特，皮波和利波当然更不会提。从人类一方看，变化还是有的。和猪仔们在一起时，皮波和利波再也不会远远分开，他们紧挨在一起，最多只相距几步之遥。

黑暗比光明更容易缩短人与人之间的距离，那一天的痛苦和悔恨将利波和娜温妮阿更紧密地联系在一起。现在，他们觉得猪仔们与人类群体一样，很危险，其行为不可预知。皮波和利波之间也出现了问题，无论他们怎么安慰对方，这个问题总是悬在两人之间：那一天的事到底是谁的过错？所以现在，利波的生活中只有娜温妮阿才是最可信赖的，而娜温妮阿的感受与利波完全一样。

虽然利波有母亲，有兄弟姐妹，皮波和利波每天也总是回家，回到他们身边去，但利波和娜温妮阿两人都把外星人类学家工作站当成了暴风雨中的一个孤岛，皮波则是孤岛上的普洛斯彼罗[①]，可亲可敬，但毕竟与两个年轻人之间存在一定距离。皮波心想，难道坡奇尼奥是莎士比亚戏剧《暴风雨》中的精灵阿丽儿，庇护着爱侣们抵达幸福的归宿？或者他们是那出戏剧中的小妖卡利班，难以控制，随时随地都会做出邪恶的举动？

几个月过去了，鲁特的死渐渐成了回忆。笑声又回来了，也许不像从前那么无忧无虑。两个年轻人这时已经到了十七岁，两人对前途充满信心，时常谈论起他们五年、十年、二十年以后的生活。皮波从来没有费心打听两人的婚姻计划。他想，这两个人毕竟从早到晚都在学习生物学，总有一天，他们会自然而然地结为稳定的、为社会承认的人生伴侣。

---

①普洛斯彼罗：莎士比亚戏剧《暴风雨》中的人物，孤岛上的半神。

至于现在，就让他们把精力花在解开坡奇尼奥交配的谜团上吧——确实是个谜团，因为男性猪仔不存在可辨识的生殖器官。两人不断争论着坡奇尼奥是如何混合其遗传基因的，这种争论总是以黄笑话告终。为了装出一本正经的模样，皮波把自我控制能力发挥到了最大限度，才没有大笑出声。

于是，在那短短的几年间，外星人类学家工作站成了两位才华横溢的年轻人的福地，在其他任何环境中，这两个人只能孤独终老，隔绝于人群。他们之中，没有任何一个人会想到，这种福祉会骤然中断，一去不回，同时给数以百计的人类世界带来巨大损失。

事件的开始简简单单、普普通通。娜温妮阿在研究当地芦苇种子的基因结构，这种芦苇长在河边，靠风力吹送播撒种子。娜温妮阿发现，造成德斯科拉达瘟疫的亚细胞物质也存在于苇种里。她将其他几种细胞物质调入终端。模型出现在终端上方的空中，它们都含有德斯科拉达亚细胞物质。

她呼叫正在审阅昨天与坡奇尼奥交流记录的皮波。电脑飞速运行，比较她的各种细胞样本，不考虑这些细胞的功能和取自哪种生物。所有外星细胞均含有德斯科拉达亚细胞体，电脑证实，这些亚细胞体的化学成分完全一样。

娜温妮阿本以为皮波会点头赞许，告诉她这个实验结果很有意思，也许还会做出某种假设。可是没有。皮波坐下来，重做了一遍实验，问了她几个有关电脑比对的问题，接着又问她德斯科拉达病原体是如何起作用的。

“爸爸妈妈从前没有发现瘟疫是如何触发的，只知道德斯科拉达组织释放出一种微量蛋白质，或许应该称为伪蛋白质，这种物质攻击基因分子，从一端开始，拆开基因链。所以人们才称之为德斯科拉达——融解，拆散。它也能拆散人类基因。”

“给我演示一下，看它在外星细胞中起什么作用。”

娜温妮阿开始进行电脑模拟。

“不，不仅仅对基因物质起作用——整个细胞环境都受它的影响。”

“只在细胞核中。”娜温妮阿说道。她扩大模拟范围以容纳更多变量。这一次电脑的运行速度慢下来了，它每秒钟要运算数以百万计的细胞核物质的分布情况。在芦苇种子里，只要一条基因链分解开来，周围的蛋白质立即附着在打开的基因链上。“在人体上，DNA 试图重组，但蛋白质随意插进基因链中，所以，一个个细胞乱成一团，有时开始有丝分裂，就像癌细胞；有时死了。最要命的是，在人类身体中，德斯科拉达能够以极高速度进行自我复制，插进一个又一个正常细胞。当然，每一种本地生物的细胞中早已包含德斯科拉达亚细胞物质。”

皮波好像根本没注意她说了些什么。德斯科拉达完成了在芦苇的基因分子中的复制过程，皮波检查着一个个细胞。“没有区别，完全一样。”他说，“完全是同一种东西！”

娜温妮阿没有立即明白他的话。什么与什么完全一样，她也没时间问。皮波已经站起身来，抓起外套，冲向门口。外面淅淅沥沥下着小雨。“跟利波说，他不用跟我来，把模拟过程演示给他看。考考他，看他在我回来之前能不能想出名堂。他会明白的——这就是我们一直在寻找的那个至关重要的答案，是一切问题的答案。”

“告诉我！”

皮波大笑起来。“别想偷奸耍滑。如果你看不出来，利波会告诉你的。”

“你上哪儿去？”

“这还用说！去问问猪仔。问他们我的想法对不对。不过就算他们撒谎，我也知道我是对的。一个小时后我要是还没回来，就是在雨地里滑了一跤，摔断了腿。”

利波没来得及看电脑模拟。市政规划委员会的会议开得太久了，大家对是否扩大牛栏面积争执不下。散会以后利波还得去商店买这一周的日用品。等他回到工作站，皮波已经出去了四个小时，天色暗下来，外面的雨已经变成了雪。两人马上出门寻找皮波。他们很担心，这个时候在森林里找人，说不定会花上几个小时。

没花多长时间，他们便找到了他。风雪中，他的尸体已经变得冰冷。猪仔们这一次连一棵树都没替他栽。

CHAPTER

02

特隆海姆

我极为遗憾地通知您，我无法遵照您的嘱托，为您提供更为详尽的有关卢西塔尼亚原住民的婚姻习俗的资料。这种资料的缺失一定使您深为不满，否则您不会要求外星人类学研究委员会批评我未能与您的研究工作保持良好的协作关系。

对外星人类学感兴趣的学者抱怨我未能通过观察坡奇尼奥的行为方式取得更详尽的资料，每当这种时候，我总是敦请他们重读法律对我们的约束：实地考察时我不得带领超过一名助手；我不得向他们提出包含人类期望的问题，以免他们模仿我们提出类似问题；我不得主动向他们提供信息，以求对方做出相应举动；我一次逗留在他们中间的时间不得超过四个小时；除了随身衣物外，我不得在他们在场的情况下携带任何技术产品，包括照相机、录音机、电脑，我甚至不得携带人工制造的纸和笔；我也不得在他们没有发现我的情况下隐蔽地观察他们。

用一句话来解释：我无法告诉您他们的繁殖习惯，因为他们没有选择当着我的面交配繁殖。

您的研究工作当然无法顺利开展！我们有关坡奇尼奥的结论当然是荒谬的！如果我们在卢西塔尼亚研究人员所受到的约束条件下观察人类

的大学，我们肯定会得出这样的结论：人类是不繁殖的，不组成血亲家庭，人类成员的毕生工作就是使我们的幼虫——学生——成长为成年的教授。我们甚至可能得出教授在人类社会中具有重要意义的荒唐结论。高效率的研究调查将迅速揭露类似结论的不准确性，但在对坡奇尼奥的考察工作中，高效率的研究调查是绝对不允许的，我们甚至连考虑这种可能性的权利都没有。

人类学从来不是一门精密的科学——观察者从来不是他所研究的社会的一个真正意义上的参与者。但这是这门学问先天具有的局限。而在卢西塔尼亚，我们受到的限制是人为强加的，因此我们的工作受到极大阻挠，连带受到阻挠的还有您的研究。以目前的研究进展，我们也许应该将我们的疑问做成问卷，静待他们发展到能写作学术论文的阶段时，再来回答我们的问题。

——若昂·菲盖拉·阿尔瓦雷斯①，

给西西里大学，米兰校区，伊特鲁里亚

佩特罗·古阿塔里尼教授的回信，

去世后发表于《外星人类学研究》，22:4:49:193

皮波之死造成的冲击并不仅仅局限于卢西塔尼亚。这个消息迅速通过安塞波传遍了人类世界。在安德指挥下的异族屠灭之后，人类发现的唯一一种外星智慧生命，将一个致力于观察研究他们的人类成员折磨至死。几个小时之内，学者、科学家、政治家和新闻记者纷纷登场，发表见解。

大多数人的意见迅速取得一致：这是一次偶然事件，发生在人类不了解的环境中，这一孤立事件并不能说明星际委员会制定的相关政策是

---

① 原文为皮波的葡萄牙语名字，João Figueira Alvarez。

错误的。正相反，迄今为止只有一例人类成员死亡，说明这种几近不作为的政策是明智的。因此，我们不应该采取任何行动，除了稍微降低观察密度之外。皮波的继任者将得到指令，对猪仔的观察不得多于隔天一次，一次时间不得超过一个小时。他不得要求猪仔解释对皮波的所作所为。过去的不作为政策更加强化了。

大家十分关心卢西塔尼亚殖民地人民的精神状态。通过安塞波向他们发送了许多娱乐程序。即使十分昂贵，但现在已经顾不上了，重要的是转移殖民地人民的注意力，使他们不致过分受到这次暴力谋杀的影响。

此后，异乡人能够提供的有限帮助都已提供。他们当然是异乡人，与卢西塔尼亚的距离以光年计。各人类世界的居民重新返回自己的日常生活之中。

卢西塔尼亚之外，五千亿人中，只有一个人将皮波的死视为自己生活中的一个重大转折点。冰封雪拥的特隆海姆星球赤道附近，一面刀削斧劈的峭壁上有一道缓坡，安德鲁·维京就坐在那里，俯瞰着下面的花岗岩石。他现在是号称北欧文化的传承者雷克雅未克大学城的一名死者代言人。现在这里是春天，雪线正慢慢后退，星星点点的绿草鲜花向太阳探出头来。安德鲁坐在一座小山顶上，沐浴在阳光里，身边是十来个学习星际殖民史的学生。学生们正热烈地探讨着虫族战争中人类的绝对胜利是不是人类向星际扩张的必要前奏。安德鲁心不在焉地听着。这类讨论通常会很快变成对恶魔安德的斥责，正是这个人，指挥着星际舰队彻底毁灭了虫族。安德鲁的思想不太集中，倒不是觉得这种讨论乏味，当然他也不想过分关注这种探讨。

就在这时，他耳朵里的宝石状植入式微型电脑向他通报了卢西塔尼亚外星人类学家皮波的死讯。安德鲁一下子警觉起来。他打断了学生们的争论。

“你们对猪仔了解多少？”他问道。

“他们是我们人类重获救赎的唯一希望。”一个学生回答，他信奉加尔文教派，这个教派的教规比路德教派更加严格。

安德鲁的视线转向普利克特，他知道这个学生最受不了神学观点。“他们的存在不是为了实现人类的任何目的，包括人类的救赎。”普利克特轻蔑地说，“他们是真正的异族，和虫族一样。”

安德鲁点点头，但皱起眉头。“你用了一个还没有成为通用语的词。”

“它会成为通用语的。”普利克特说道，“到了现在这个时代，特隆海姆的每一个人，各人类世界上的每一个北欧人，都应该读过德摩斯梯尼的《乌坦：一个特隆海姆人的历史》。”

“我们该读，但没读过。”一个学生叹了口气。

“代言人，求求你让她闭嘴吧，别这么大摇大摆炫耀了。”另一个学生说道，“坐在地上还能大摇大摆，女人中只有普利克特有这个本事。”

普利克特闭上眼睛。“斯堪的纳维亚语系将与我们不同的对象分为四类。第一类叫乌能利宁——生人，即陌生人，但我们知道他是我们同一世界上的人类成员，只不过来自另一个城市或国家。第二类是弗拉姆林——异乡人，这是德摩斯梯尼从斯堪的纳维亚语的‘弗雷姆林’这个词中变异生成的一个新词。异乡人也是人类成员，但来自其他人类世界。第三类叫拉曼——异族，他们是异族智慧生物，但我们可以将他们视同人类。第四类则是真正异于人类的瓦拉尔斯——异种，包括所有动物，他们也是活的有机体，但我们无法推测其行为目的和动机。他们或许是智慧生物，或许有自我意识，但我们无从得知。”

安德鲁发现有些学生产生了怨恨情绪，他指出这种情绪，说道：“你们以为自己的怨恨情绪是对普利克特的傲慢不满。但普利克特并不傲慢，她只是表述得很清晰。你们其实是感到羞愧，因为你们连德摩斯梯尼有关你们自己人的历史著作都没有读过。可是你们却将这种羞愧转化成为对普利克特的怨恨。为什么？因为她没有同样的罪性。”

“我还以为代言人不相信基督教的原罪观念呢。”一个小伙子不满地说。

安德鲁笑了。“你是相信原罪的，斯提尔卡，信仰是你各种行为的源流。所以，原罪在你心中。为了了解你，我这个代言人必须相信原罪。”

斯提尔卡不肯认输。“刚才说的一大堆，生人呀，异乡人呀，异族呀，异种呀，这些跟安德的异族屠灭有什么关系？”

安德鲁看着普利克特。普利克特想了一会儿，说：“这些概念跟我们刚才愚蠢的讨论有关系。将异于我们的生物分类之后，我们理应看出安德并不是个真正的异族屠灭者。因为在他摧毁虫族的时候，我们只把虫族看成彻头彻尾异于人类的异种。只是在许多年以后，第一位死者代言人写下了那本《虫族女王和霸主》，人类到那时才明白虫族根本不是异种，他们只是异族。在此之前，虫族与人类之间是互不了解的，完全不理解对方的一切。”

“异族屠灭就是异族屠灭。”斯提尔卡固执地说，“安德不知道他们是异族，这个事实并不能让虫族复活。”

斯提尔卡毫不妥协的态度让安德鲁叹了口气。雷克雅未克的加尔文信徒有个习惯，在判断一种行为对错与否时完全不考虑人的动机。他们说，行为本身便具有正确与错误之别。而死者代言人却认为对错之分全在于行为者的动机，不在于行为本身。因此，像斯提尔卡这样的学生对安德鲁十分抵触。不过安德鲁并不责怪这种抵触情绪，他理解这种情绪背后的行为动机。

“斯提尔卡、普利克特，现在我提出一种新情况，供你们思考。我以猪仔为例，他们会说斯塔克语，有些人类成员也能说他们的语言，双方可以交流。现在，假设我们发现，他们将我们派去研究他们的外星人类学家折磨至死，我们的人没有挑衅他们，事后他们也不做出任何解释。”

普利克特不等他说完便抢过话头：“我们怎么知道他们没受挑衅？我

们觉得无足轻重的一件小事，在他们看来完全可能是一种无法忍受的侮辱。”

安德鲁笑道：“就算是这样。但那位外星人类学家对他们完全无害，说得极少，也没有给他们造成损失。从任何我们可以理解的标准来看，他都不应该落得个惨死的下场。有了这种无法解释的谋杀，难道我们不应该将猪仔视为异种，而不是异族吗？”

这次抢话头的是斯提尔卡。“谋杀就是谋杀，讨论异族或是异种没有意义。如果猪仔犯下谋杀的大罪，他们就是邪恶的，和过去的虫族一样邪恶。行为是邪恶的，做出行为者必然也是邪恶的。”

安德鲁点点头。“棘手的地方就在这里。这种行为当真是邪恶的吗？或许，在猪仔们看来，不仅不邪恶，反而是一件大大的好事。那么，我们应该把猪仔们看成异族还是异种？先别说话，斯提尔卡。你们加尔文教派的教条我一清二楚，但是，就算约翰·加尔文在世，他也会将那些教条斥为愚不可及。”

“你怎么知道约翰·加尔文会？”

“因为他死了。”安德鲁厉声喝道，“所以我有资格替他出头代言！”

学生们都笑了，斯提尔卡气呼呼地不开腔了。小伙子其实挺聪明，安德鲁料定他的加尔文主义信仰撑不到他研究生毕业。当然，抛弃这个信仰的过程是漫长而痛苦的。

“Talman，代言人，”普利克特说，“你说得仿佛这种假设情况当真出现了一样，难道猪仔们真的杀害了外星人类学家？”

安德鲁沉重地点点头。“是的，是真的。”

太让人不安了：三千年前虫人冲突的巨响又回荡在大家的脑海中。

“好好看看这种时候的你们。”安德鲁说，“你们会发现，在对异族屠灭者安德的憎恶之下，在对虫族之死的痛悼之下，还埋藏着某种东西，某种丑恶的东西：你们害怕陌生人，无论他是生人还是异乡人。只要你们知道他杀死了某个你认识、尊敬的人，你们就再也不会在意他的外形了。从那一刻起他就成了异种，甚至更邪恶，成了嘴里淌着涎水、出没于夜间的可怕的野兽。如果你握着村里唯一一杆枪，吞噬过你伙伴的野兽又一次闯进了村子，你是扪心自问，是认为野兽们也有生存权而什么也不做呢，还是立即行动，拯救你的村庄，拯救那些你熟识的信赖你的村民？”

“照你的观点，我们应该马上干掉猪仔，哪怕他们根本处于无力自卫的原始阶段！”斯提尔卡吼叫了起来。

“我的观点？我有什么观点？我只不过问了一个问题。一个问题还成不了观点，除非你觉得自己知道答案。这一点我可以向你保证，斯提尔卡，你还不知道答案。大家好好想想吧。下课。”

“我们明天继续讨论吗？”学生们问。

“只要你们愿意。”安德鲁答道。但他知道，就算学生们明天继续讨论，他也不会参加了。对他们来说，异族屠灭者安德只是哲学辩驳中的一个话题，毕竟，虫族战争已经是三千多年前的往事了。以星际法律颁布之日为起始年，现在已是新元 1948 年了，安德消灭虫族则早在纪元前 1180 年。但对安德鲁来说，战争并不那么遥远。他航行星际的时间太多了，他的学生穷极想象也想象不出来。从二十五岁起，他就从未在一颗行星上停留超过六个月时间，直到现在这个特隆海姆星球。在世界与世界之间以光速旅行，他像石片掠过水面一样从时间的水面掠过。在他的学生看来，这位死者代言人肯定不会超过三十五岁，但他却清楚地记得三千年前的往事。对他来说，这些事件仅仅发生在二十年前，他岁数的一半。学生们丝毫不知道他们有关安德的问题如何咬啮着他的心，他又如何早已想出了上千个不能令自己满意的答案。学生们只知道他们的老师是一位死者代言人，他们不知道的是，在他还是个婴儿的时候，他的姐姐华伦蒂发不出“安德鲁”这个音，于是管他叫安德——一个在他十五岁前便已响彻全人类的名字。让不肯原谅人的斯提尔卡和喜爱条分缕析的普利克特去争论安德是对是错吧。对安德鲁·维京——死者代言人而言，这完全不是个学术问题。

现在，走在山坡上，脚下是潮湿的草地，周围是清冷的空气，安德——安德鲁、死者代言人——想的只是猪仔的问题：无缘无故犯下杀人重罪，和第一次虫族遭遇人类一模一样。难道这是无法避免的吗？陌生者相遇，会面的标志必然是鲜血？过去的虫族把杀人不当回事，因为他们的头脑是集团思维，单独的个体只相当于一片指甲、一根毛发。对他们来说，杀掉个把人类成员只是给人类送个信，通知我们他们来了。猪仔们的杀人理由会不会与此相似？

但他耳朵里给他送来消息的那个声音还说到折磨，一种具有某种仪式意味的谋杀，与此前屠杀他们自己的一个成员的情形相仿。猪仔们不是集团思维，跟虫族不一样。安德·维京需要弄清他们为什么会做出这种事来。

“你是什么时候知道外星人类学家的死讯的？”

安德转身一看，原来是普利克特。她没有回学生居住的岩室里去，而是尾随着他。

“哦，就在我们讨论的时候。”他指指自己的耳朵。植入式电脑十分昂贵，但并不是什么稀罕玩意儿。

“上课前我刚刚查过新闻，当时还没有这个消息。安塞波传来报告，再转达到新闻界，如果有重大消息，新闻里一定会事先预告的。你的消息肯定直接源于安塞波报告，比新闻界更早。”

普利克特显然觉得自己掌握了一个秘密，说实话，她的确逮到了一个秘密。“只要是公开信息，代言人的优先接触级别很高。”他回答。

“有人请求你为死去的外星人类学家代言吗？”

他摇摇头。“卢西塔尼亚是天主教社会。”

“我正是这个意思。”普利克特说，“他们那儿没有死者代言人。不过，如果一位居民提出要求，这种要求他们是无权回绝的，他们只能请求别的世界派去一位代言人。离卢西塔尼亚最近的人类世界就是特隆海姆。”

“没有人提出这种要求。”

普利克特拽住他的衣袖。“你为什么到特隆海姆来？”

“这你也知道，我来替乌坦代言。”

“我还知道你是和你姐姐华伦蒂一块儿来的。她当老师可比你受欢迎得多，她用答案来回答别人提出的问题，而你呢，却是用更多的问题来回答问题。”

“因为她知道答案。”

“代言人，你一定得告诉我。我查过你的资料——我对你非常好奇——包括你的姓名、你是什么地方的人。结果你的一切信息都是绝密，深不见底，我连这些秘密的保密级别都查不出来。恐怕连上帝也无权查看你的生平故事。”

安德抓住她的双肩，向下盯着她的眼睛。“秘密等级我可以告诉你，但跟你无关。”

“你肯定是个大人物，比大家猜测的更重要，代言人。”她说，“安塞波的报告第一个给你，然后才轮得到其他人，对吗？而且没人有权调阅有关你的信息。”

“因为从来没人有调阅的兴趣。你的兴趣打哪儿来的？”

“我也想成为一名代言人。”

“那就回去努力吧。电脑会培训你，这一行不是一种宗教，不需要死记硬背教条。去吧去吧，别缠着我不放。”他放开她，轻轻一推。她摇晃了一下，看着他大步走开。

“我想为你代言。”她哭了起来。

“我还没死呢。”他回头喊道。

"我知道你要上卢西塔尼亚去！我知道！"

那么，你知道的比我多，安德不出声地说。他走着，轻轻颤抖着，尽管阳光灿烂，他还穿了御寒的三重套头衫。过去他没想到普利克特还是个这么冲动的人，她赶来跟他说话显然是想表达对他的感情。他身上有什么东西让这姑娘如此渴望，这种想法使他感到害怕。这么多年过去了，他从来没有与任何人产生亲密联系，除了他的姐姐华伦蒂。当然还有他为之代言的死者。他的生活中所有对他具有重要意义的人都早已死去，他们与他和华伦蒂之间隔着多少个世纪，多少个世界。

一想到把自己的根扎在特隆海姆的冻土里，他心里就涌上一阵不快。普利克特想从他身上得到什么？无所谓，他是不会给的。好大的胆子，竟然对他提出要求，仿佛他属于她似的。安德·维京不属于任何人。只要她知道他的真实身份，她一定会和其他人一样对他无比憎恨，憎恨这个异族屠灭者。或许她会崇拜他，将他当作人类的救星？安德还记得，人们过去就是那样待他的。他对这种待遇同样不感兴趣。现在，人们只知道他的职业，称他代言人、Talman、Falante、Spieler——都是一个意思，只是说话者的语言不同、国别不同、世界不同。

他不希望世人知道他。他不属于他们，不属于人类。他肩上另有使命，他属于别的东西。不是人类，也不是杀人的猪仔。至少，他是这么想的。

CHAPTER

03

利 波

观察饮食：发现的原住民食物玛西欧斯虫是一种生活在本地梅尔多纳藤上的小虫。有时还发现他们咀嚼卡匹姆草的叶片。少数情况下他们把梅尔多纳藤的叶片混合着玛西欧斯虫一同食用。

除此之外，我们从未发现他们食用任何别种食物。娜温妮阿分析了以上三种食物——玛西欧斯虫、卡匹姆草、梅尔多纳藤叶，结果令人吃惊。坡奇尼奥或者不需要多种蛋白质，或者时时处于饥饿状态。他们的食物结构中许多微量元素严重缺乏，钙的摄入量也非常低。我们猜想钙质在他们骨骼中所起的作用和在人类骨骼中不一样。

纯粹的推测：我们无法取得坡奇尼奥的组织样本，有关猪仔的解剖和生理结构的知识完全来自我们拍摄的被剖开的名为鲁特的猪仔的照片。我们发现了一些明显的突出特征。猪仔们的舌头异常灵活，我们能够发出的声音他们都能发出，此外他们还能发出许多人类无法发出的声音。进化出这种特殊的舌头必有原因，也许是为了在树干或地面上探索昆虫巢穴。不过即使早期猪仔有过这种行为，现在他们也已经不再这样做了。此外，他们脚和膝盖内侧的角质层使他们擅长爬树，仅凭双腿就能使身体停留在树干上。但是为什么会进化出这种身体结构？为了躲避天敌？

卢西塔尼亚并不存在足以危害他们的大型食肉兽。为了上树搜寻藏身于树干内的昆虫？这可以解释他们的舌头，可这些昆虫在哪儿呢？当地只有两种昆虫：吸蝇和普拉多虫，两种都不会钻进树干，再说猪仔们也不以它们为食物。他们吃的玛西欧斯虫比较大，栖身于树干表面，捋一捋梅尔多纳藤就可以轻而易举采集到手。他们根本没有爬树的必要。

利波的猜测：舌头和用于攀爬大树的身体组织在一个不同的环境中进化而来，他们在那个环境中的食物范围比较广，其中包括昆虫。由于某种原因——长期冰封？迁移？瘟疫？环境发生了重大改变，从此不再有钻进树干内部的虫子等等。也许环境的变化使所有大型食肉动物灭绝了。这种猜测可以解释为什么卢西塔尼亚的物种如此稀少，尽管这里的环境很适于生物发展。那场激变的发生年代可能并不久远——五十万年前？——当地生物或许没来得及针对新环境做出进化选择。

这种猜测很有诱惑力。以当地环境而言，猪仔们根本没有进化的必要。他们不存在竞争对手。他们在生态环境中所占据的位置完全可以由负鼠取代。这种无须调整适应的环境中怎么会进化出智力？不过，为了解释猪仔们单调无营养的食谱就创造出一场大灾难，这也许过分了些，不符合奥卡姆剃刀定律①。

——若昂·菲盖拉·阿尔瓦雷斯，工作笔记 4/14/1948，

死后发表于卢西塔尼亚

分裂派刊物《哲学之根》，2010-33-4-1090:40

波斯基娜市长一赶到工作站，这里的事就不归利波和娜温妮阿管了。

---

① 奥卡姆剃刀定律（Ockham' razor）：两种或多种竞争性理论中，最简单者最可取；未知现象的解释应首先建立在已知的东西上。

波斯基娜惯于发号施令，她从不习惯给人留下反对的余地。别说反对，连对她的吩咐稍稍迟疑一下都不行。“你就留在这儿，哪儿也别去。”弄清情况后她便立即对利波说，“我一接到电话，马上就派人去了你母亲那儿。”

“我们得把他的尸体抬回来。”利波说。

“我已经给住在附近的男人传了话，让他们来帮一下忙。”她说，“佩雷格里诺主教正在教堂墓地做安葬遗体的准备。”

“我想一起去抬他。”利波固执地说。

“利波，请你理解，我们必须拍照，详细拍摄。”

“是我告诉你们这么做的，为了向星际委员会汇报。”

“你不应该去，利波。”波斯基娜权威的语气不容人反对，“再说，你还需要写报告。我们必须尽快通知议会。你能现在就写吗？趁着印象还深。”

她说得对。第一手报告只有利波和娜温妮阿才能写，写得越早越好。“我能。”利波说。

“还有你，娜温妮阿，你也要写观察报告。你们各写各的，不要互相讨论。人类世界等着呢。”

电脑标示出报告的等级，他们一面写，安塞波一面传，包括他们的笔误与勘误更改一并传送出去。在上百个人类世界上，外星人类学的专家们等待着。利波和娜温妮阿每打出一个字，他们就读一个字。电脑撰写的事件报告同时传给其他许多人。二十二光年之外，安德鲁·维京在第一时间获悉外星人类学家皮波被猪仔谋杀，得到消息的时候，卢西塔尼亚人甚至还没将皮波的尸体抬进围栏。

报告刚写完，利波立即再次被管事的人包围了。眼看卢西塔尼亚领导人愚不可及的抚慰宽解，娜温妮阿越来越替利波难过。她知道，他们的所作所为只会加重利波的痛苦。最让人受不了的是佩雷格里诺主教，他安慰利波的方法就是告诉他猪仔其实只能算动物，没有灵魂，所以他的父亲是被野兽咬死的，不是遭到谋杀。娜温妮阿恨不得冲他大嚷：就是说皮波的毕生工作根本一无是处，他研究的只不过是一群畜生？他的死亡不是谋杀，难道是上帝的旨意？为了利波，她忍住了。利波坐在主教身旁，一声不吭地点着脑袋，到头来凭着耐性打发了主教，比娜温妮阿大发一通脾气见效快得多。

修会下属的学校校长堂娜·克里斯蒂对他的帮助大得多。她很聪明，只询问他们发生的事。利波和娜温妮阿只有冷静分析才能回答她的问题，两人也因此减轻了痛苦。不过娜温妮阿很快就不作声了。大多数人只会反复说，猪仔们怎能干出这种事情，为什么；而克里斯蒂问的则是皮波做了什么，导致他的被害。皮波做了什么娜温妮阿知道得最清楚：他一定是告诉了猪仔他从娜温妮阿的电脑模拟中得出的发现。但她没有说。利波好像也忘了几小时前他们出发寻找皮波时，娜温妮阿匆忙间告诉他的情况。他没朝电脑模拟出来的模型看一眼。娜温妮阿觉得这样很好：她最担心的莫过于他回忆起了当时的情形。

市长带着方才抬回尸体的几个男人走进来，堂娜·克里斯蒂的问话被打断了。来人虽然穿着雨衣，但还是被淋得浑身湿透，身上溅满了稀泥。下雨真是件好事，冲掉了他们身上的血污。他们冲着利波点头致意，样子几乎接近鞠躬，带着歉意，还有几分敬意。娜温妮阿这时才明白，他们的恭敬态度不仅仅是招呼刚死了亲人的人时常见的小心翼翼。

一个男人对利波道："现在你是这里的外星人类学家了。是不是？"对了，就是这句话。在米拉格雷，外星人类学家并没有什么官方规定的崇高地位，但却是特别受大家尊敬的人。这很正常，这块殖民地存在的全部理由就是因为外星人类学家的工作。现在，利波再也不是个孩子了。对人对事，他都要做出自己的决定，他有特权，他已经从殖民地生活的边缘地带进入了中心。

娜温妮阿觉得自己对生活的控制力正渐渐滑走。不该是这个样子，我应该在这里待上许多年，向利波学习，和利波同窗共读。生活应该这样才对。她早已经是个完全够格的外星生物学家了，在社会上有自己的地位，所以她不是嫉妒利波。只不过心中希望和利波一起，多当几年孩子，最好永远当下去。

但是现在，利波再也不会是她的同学了，不可能和她一道从事任何事了。突然之间，她清晰地认识到，利波才是这里的焦点。大家都在注意着他说什么、他想什么、他现在计划做什么。“我们不应该伤害猪仔。”他说话了，“甚至不应该把这个事件称为谋杀。我们还不知道我父亲做了什么，以至于激怒猪仔。这一点我以后再考虑。至于现在，最重要的是，他们的所作所为在他们看来毫无疑问是正当的。在这里我们是陌生人，也许触犯了某种禁忌、某种习俗。父亲对这种事有思想准备，他早就知道存在这种可能。我想告诉大家的是，他死得很光荣，像牺牲在战场上的战士，像失事飞船的飞行员。他死在自己的工作岗位上。”

啊，利波，你这个平时默不作声的小伙子，脱离了青少年时代，成长为男子汉后却能如此滔滔雄辩。娜温妮阿觉得自己的痛苦更加深重了，她不能继续望着利波，她得看着别的地方——

她的视线落在了屋子里的另一双眼睛上，除了她自己，此时屋子里只有这双眼睛没有注视利波。这是个小伙子，高高的个子，很年轻，比娜温妮阿还小。她发现自己认识这个人，从前在学校时他低自己一个年级。有一次她去找校长堂娜·克里斯蒂，为他辩护。他叫马科斯·希贝拉，大家都管他叫马考恩。他是个大个子，大家都说他块头大脑子笨，所以又叫他考恩，就是狗的鄙称。她见过他眼里那股阴沉的怒火。有一次，他被一帮孩子招惹得再也忍受不住了，于是大打出手，将一个折辱他的人打翻在地，让那家伙肩头绑了整整一年的石膏。

他们当然把所有责任推在马考恩头上，说他无缘无故打人。折磨别人的家伙，不管年龄大小，总是把罪名强加到折辱对象的头上，特别是当对方反击的时候。娜温妮阿不属于那伙孩子，她和马考恩一样，都是被彻底孤立的学生，只不过不像马考恩那般无助。所以，没有什么对于小团体的忠诚阻止她说出事实。她把这一行为当作对自己的锻炼，准备将来为猪仔出头代言。她没想过这件事对他来说也许极其重要，也没想到他会因此将她当作自己无休无止与其他孩子的斗争中，唯一为他挺身而出的人。自从成为外星生物学家以后，她就再也没见过他，也从没想起过他。

可现在他来了，浑身沾满皮波死亡现场的湿泥，头发被雨水和汗水打湿了，紧紧贴在脸畔耳侧，这使他的脸看上去尤为阴沉、野蛮。他在看什么？视线只停留在她身上，即使在她瞪着他的时候。盯着我干吗？她不出声地问。因为我饿，他那双野兽般的眸子回答。不，不是这样的，她肯定误会了，错把他当成了那群残忍的猪仔。马考恩不是我什么人，而且，不管他怎么想，我也不是他什么人。

一转念，她弄明白了，当然只是一瞬。她为他出头的事对她来说并没什么特别的意思，但对于马考恩来说就不一样了。其间差异之大，就像对完全不同的两件事做出的反应。她的念头从这里转向猪仔们谋杀皮波的事件，她似乎明白了点什么，但一时又说不清楚。这个念头呼之欲出，如同杯子里的水，就要满溢出来了。这时主教领着几个人去墓地，一连串对话和行动打乱了她的思绪，她忘记了自己就快抓住的这个念头。这颗行星上的人类葬礼不能使用棺材。因为猪仔的缘故，当地法令禁止伐树。所以，皮波的遗体必须立即下葬，葬礼则是第二天或更晚些的事。届时将有许多人来出席外星人类学家的安魂弥撒。马考恩和其他人埋头走进大雨中，利波和娜温妮阿则留下来接待络绎不绝的来访者。皮波死后，许多人都把到这里兜一圈当成自己的大事，自以为是个人物的陌生人进进出出，做出种种决定。这些决定，娜温妮阿弄不明白，利波处于恍恍惚惚中毫不关心。

最后，利波身边只剩下负责善后的司仪，他伸出手，放在利波肩头。“不用说，你自然留在我们那儿。”司仪说道，“至少今晚留在我们那儿。”

为什么要去你那儿？娜温妮阿心想。你不是我们的什么人，我们从来没让你主持过什么仪式，你凭什么来指手画脚？难道皮波一死，我们一下子就成了小孩子，什么事都得别人替我们拿主意？

“我要陪我母亲。”利波道。

司仪吃惊地望着他，神情仿佛是说，居然有人违抗他的吩咐，这种事他可从来没遇见过。娜温妮阿知道他的底细，他连自己的女儿都管不住。克莉奥佩特拉比她小几岁，淘气得无法无天，在学校里得了个“小巫婆”的绰号。所以，他理应知道即使是小孩子，也有自己的想法，也会拒绝别人的管束。

但是，司仪的惊讶表情与娜温妮阿的想象是两码事。“我还以为你知道呢，你母亲已经去了我家，准备在我那里住一阵子。”司仪说，“这件事对她打击太大了，不该再拿家务事烦她。她在我那儿，还有你的兄弟姐妹。当然，你的大哥已经在照看她了。但他是个有妻子、孩子的人，住在那里陪你母亲，只有你最合适。”

利波严肃地点点头。司仪不是想庇护他，他是在请求利波成为一个能够庇护别人的人。

司仪转身对娜温妮阿说：“你回家去吧。”

到这时她才明白过来，他的邀请并没有包括她。为什么请她？皮波又不是她的父亲。她不过是个朋友，发现尸体时碰巧和利波在一块儿的朋友罢了。她能体会到什么痛苦？

家！如果这里不是家，哪里是她的家？外星生物学家工作站？那里有她的床，除了在实验室工作中间打个盹儿，她已经一年多没在那张床上睡过了。难道那就是她的家？父母已经不在那里了，屋子空空荡荡，让人心里堵得慌，正是这个原因她才离开那个地方。现在，外星人类学家工作站也一样空空荡荡的。皮波死了，利波变成了成年人，要肩负起许多责任，不得不离开她。这个地方已经不是家了，但另外那个地方也不是。

司仪领着利波走了。他的母亲康茜科恩在司仪家里等着他。娜温妮阿几乎不认识那个女人，只知道她是卢西塔尼亚卷宗库的图书管理员。娜温妮阿从来没和皮波的妻子及他的其他孩子在一起过，没什么来往，只有这里的工作和生活才是实实在在的。利波向门口走去，他的个子仿佛变小了，离她十分遥远，似乎被门外的寒风吹带着，卷到天上，像只风筝。然后，门在他身后关上了。

只有在这时，她才感受到，皮波的死给她个人带来了多大损失。山坡上被肢解的那具尸体不是意味着他的死亡，只是他的死亡留下的残渣。死亡是她生活中骤然形成的那一片又一片的空洞。过去，皮波是暴风雨中的一块磐石，无比坚实，庇护着她和利波不受风吹雨打，好像暴风雨根本不存在一样。现在他走了，他们俩被卷进了风雨中，由着风雨摆弄。皮波啊。她不出声地哭泣着。别走！别扔下我们不管！但他已经走了，和她父母从前一样，对她的祈祷充耳不闻。

外星人类学家工作站里照旧人来人往。市长波斯基娜亲自操纵一台终端，通过安塞波将皮波储存的所有数据发送给其他人类世界，那些地方的外星人类学家正绞尽脑汁分析皮波的死因。

但是娜温妮阿知道，解开这个谜团的关键不在皮波的资料里。杀死他的数据是她提供的。那个模型还在那儿，悬在她的终端上方的空中，猪仔细胞核内基因分子的全息图像。刚才她不想让利波研究这个图像，但现在她看了又看，竭力想弄清皮波到底发现了什么，是图像里的什么东西促使他奔向猪仔。他对猪仔说了什么、做了什么，以致招来杀身之祸。她无意间发现了某个秘密，猪仔们为了不泄露这个秘密竟然不惜杀人。

可这个秘密究竟是什么？

她越看这个全息图像就越糊涂，过了一会儿，她什么都看不出来了。眼前只有模模糊糊的一片，那是静静抽泣时淌下的泪水。她杀了他，因为她发现了猪仔们的大秘密，而她却连这种念头都没起过。如果我根本没来过这个地方，如果我不曾痴心妄想要当个代言人，说出猪仔们的故事，皮波啊，你就不会死，利波也还会和父亲一起幸福地生活，这个地方将仍旧是他们的家。我身上带着死亡的种子，任何一个地方，只要我停下来，爱上了，这些种子就会生根发芽。我的父母死了，所以别人才能活着；现在我活着，所以别人必须死。

注意到她短短的抽泣声的是市长。她一下子明白了这个姑娘受到了多大的打击，心里有多么痛苦。波斯基娜让其他人继续通过安塞波发送报告，自己有些粗鲁地将娜温妮阿拽到工作站门外。

"孩子，我真抱歉。"市长说，"我知道你常常到这儿来。我应该猜到的，对你来说他就像父亲一样。可我们却拿你当旁人看待。我真是太不应该、太不公道了。来，跟我回家——"

"不。"娜温妮阿说。在外面寒冷的雨夜中，她心里稍稍轻松了些，思维也清晰多了，"不，我想一个人待一会儿。"

"在哪儿？"

"我回我的工作站去。"

"出了这种事，可不能让你一个人待着，再说这么晚了。"波斯基娜说。

娜温妮阿受不了别人的陪伴、同情与安抚。是我杀了他，你知道吗？我不该得到别人的安慰。不管多么痛苦，我都应当独自承受，这是我的忏悔、我的赔偿，如果有可能，也是我的救赎。除此之外，我用什么办法才能洗清手上的血污？

但她没有力量抗拒，连争执的力量都没有。市长的飘行车在草地上方飞行了十分钟。

“这是我的家。”市长说，“我没有跟你年龄差不多的孩子，不过我想你会觉得舒适的。别担心，不会有人来烦你。但我觉得你不该一个人待着。”

“我想一个人。”娜温妮阿希望自己的话坚定有力，但声音却十分微弱，几不可闻。

“别这样。”波斯基娜说，“现在不比平常。”

真想回到平常那样啊。

波斯基娜的丈夫为她们准备了饭菜，可她没有胃口。已经很晚了，再过几个小时天就要亮了，她由着他们把她弄上床。然后，等屋子里没了动静，她爬起来，穿好衣服，下楼来到市长的家庭终端前。她命令电脑取消仍然浮在外星人类学家工作站里她的终端上方的全息图像。虽然她无法猜出皮波从那幅图像中发现了什么，但别的人也许猜得出来。她的良心再也承受不了另一桩死亡事件了。

做完这件事，她离开市长家，穿过殖民地中央，沿着河边回到自己的屋子——外星生物学家工作站。

屋里很冷，居住区没有加热。她已经很长时间没在这里住过了，床单上积了厚厚一层灰。但实验室很暖和，收拾得很干净。这个地方她常常使用，她从来没有因为和皮波父子的密切接触耽搁自己的工作。真要那样就好了。

她做得很彻底。凡是与皮波死因相关的发现，每个样本，每张切片，每份培养液，全部扔掉，清洗干净，不留一丝痕迹。她不仅要把这些东西全部毁掉，而且连毁掉的痕迹都不愿留下。

然后，她打开自己的终端。她要抹掉自己在这方面的所有工作记录，连同父母的记录——正是他们的工作导致了她现在的发现。全部抹掉，即使它们曾经是她生活的核心，多年来，这些工作早已同她的生命连成一体。她将毁掉它们，仿佛要借此来惩罚自己、毁灭自己。

电脑阻止了她。“外星生物研究笔记不得删除。”也许即使没有这个防护措施她也下不了手。父母不止一次告诫她：不应该删除任何东西，不应该遗忘任何东西，知识是神圣的。这种观念深深植根于她的灵魂，比任何教条更加根深蒂固。她进退两难：知识杀害了皮波；可要毁掉知识，等于让父母再死一次，等于毁灭他们遗留给她的一切。她不能保存这些知识，又不能毁掉它们。两边都是无法逾越的高墙，缓慢地挤过来，压紧了她。

娜温妮阿做了唯一一件能做的事情：用一层层加密手段深深埋葬她的发现。只要她活着，除她之外，任何人都不可能知道这个发现。只有当她死后，接替她工作的外星生物学家才能察觉到她埋藏在电脑里的秘密。

还有一种情况例外。如果她结婚，她的丈夫可以接触她加密的任何文件，只要他有这个愿望。这好办，不结婚就是。这个容易。

她看到了自己的未来，黯淡、无望，难以忍受又无可避免。她不敢寻死，但也很难算活着。她不能结婚，那个秘密她连想都不敢想，唯恐那个致命的真相，又不经意间透露给别人。永远孤独，肩头上是永远无法卸下的重负，永远怀着负罪感，渴望死去却又被宗教观念束缚，不敢主动寻死。她得到的唯一慰藉是：以后不会再有人因为她的缘故而丧生。她已经罪孽深重，再也担不起更多罪责了。

正是在这种绝望的决心中，她想起了那本《虫族女王和霸主》，想起了死者代言人。虽然作者——最早的代言人一定在坟墓中长眠了数千年，但其他人类世界上还有别的代言人，像牧师一样，为那些不相信上帝但相信人类生命价值的人服务。代言人将发掘人的行为背后的真正动机、原因，在这人死后将这些事实公之于众。在这块巴西后裔组成的殖民地上，没有代言人，只有牧师，但牧师们无法安慰她。她要请一位死者代言人到这儿来。

这之前她自己都没有意识到，自从读了《虫族女王和霸主》，被这本书深深打动之后，她其实一直希望这么做。这里是天主教社会，但根据星际法律，任何公民都有权请求任何宗教的牧师帮助自己，而死者代言人相当于牧师。她可以提出请求，如果哪位代言人愿意来的话，殖民地是无权阻挠他的。

也许不会有代言人愿意来。也许代言人离她太远，等他们到这里时她早已死去。但总存在一线希望，附近星球上有一位代言人，一段时间之后——二十年、三十年、四十年——他会走出太空港，开始发掘皮波的生活和死亡的真相。也许他会找出真相，用《虫族女王和霸主》里那种她最喜爱不过的明晰的语言向大众宣示，也许这样一来，烧灼她心灵的负罪感便会离她而去。

她的请求被输入了电脑，它会通过安塞波通知邻近世界的代言人。来吧，她对那个不知其名的接听者发出静静的呼唤。哪怕你不得不在众人面前揭露我的罪孽，哪怕这样。来吧。

她醒了。后背隐隐作痛，面部发麻。她的脸靠在终端上，电脑已经自动关机，以避免辐射。唤醒她的不是疼痛，而是肩头的轻触。一时间，她还以为碰自己的是一个响应她的呼唤来到她身旁的死者代言人。

“娜温妮阿。”话音轻柔，不是代言人，是另一个人，一个她以为消失在昨夜风雨中的故人。

“利波。”她心中一激灵，猛地站起来，动作太突兀，后背一阵剧痛，眼前顿时天旋地转。她不由得叫出声来。利波的手马上扶住了她的双肩。

“你还好吗？”

他的呼吸闻上去像拂过芬芳花园的微风。她觉得自己安全了、回到家了。“你专门来找我？”

“娜温妮阿，刚能抽出身我就来了。妈妈总算睡着了，我哥哥皮宁欧陪着她。其他事司仪料理得挺好，我就——”

“你知道我能照顾好自己。”她说。

片刻沉静，他又开口了，语气激愤。激愤，绝望，还有疲惫。像疲倦的老人，像耗尽能量的将死的星辰。“老天在上，娜温妮阿，我来不是为了照看你。”

她心里有什么东西封闭了。她没有意识到自己刚才一直在期待着，直到期待落空才发现。

“你告诉过我，父亲在你的一个电脑模型中发现了什么，说他希望我能自己琢磨出来。我还以为你把模型留在工作站你的终端里，可我回去时模型已经取消了。”

“真的？”

“你心里最清楚，娜温妮阿。除了你之外，没人有权中止你机器里的程序运行。我一定得看看那个模型。”

“为什么？”

他难以置信地瞪着她。“我知道你刚醒来，脑子还不清醒，娜温妮阿。但你肯定知道，父亲在你那个模型里发现了什么。正是因为他的发现，猪仔们才会杀害他。”

她镇定地望着他，一言不发。她打定主意的样子，利波从前见过。

“为什么不给我看？现在我是外星人类学家了，我有权知道。”

“你有权知道所有你父亲的资料和记录，有权知道我公开发表的所有资料。”

“那就发表啊。”

她再次不发一言。

“如果不知道父亲发现的秘密，我们怎么了解猪仔？”她不回答。“你要对上百个人类世界负责，要为了解我们知道的唯一一种现存外星人负责。你怎么能坐在一旁无动于衷？哦，你想自己研究出来，想当第一是吗？

行，你就当第一吧，发表的时候署你的名字好了，把娜温妮阿的大名——”

“我不在乎名气。”

“你跟我来这一手，行啊。我奉陪。没有我的资料，你也别想搞出什么名堂——不让我看，我也不让你看我的资料！”

“我不想看你的资料。”

利波再也按捺不住。“那你到底想干什么？想对我怎么样？”他一把抓住她的双肩，将她从椅子里拽了起来，摇晃着她，冲着她大吼大叫，“死在外头的是我父亲，他们为什么杀他，这个答案在你手里，只有你知道那个模型是怎么回事！告诉我！让我看看！”

“绝不！”她轻声道。

痛苦、愤怒扭曲了利波的脸。“为什么？”他大喊起来。

“因为我不想让你送命。”

她看得出，他的眼神变了，他懂了。是的，就是这样，利波，因为我爱你。因为假如你知道了那个秘密，猪仔们也会杀死你。我不在乎什么科学，不在乎那些人类世界，不在乎人和外星人的关系。只要你活着，我什么都不在乎。

泪水从他的眼中滚滚而下，淌过他的面颊。“我宁愿死。”他说。

“你安慰别人，”她悄声道，“可谁来安慰你啊。”

“告诉我，让我去死。”

突然间，他的双手不再拎着她，而是抓住她，靠她支撑着自己的身体。“你太累了。”她轻声说，“快歇歇吧。”

“我不想歇着。”他含混不清地嘟囔道，但她扶着他，半拖半抱拉着他离开终端。

她扶他走进自己的卧室，不理会床上的积尘，掀开被单。“来，你累了，来，躺下休息。你就是为这个来的，利波，在这儿你可以休息，有人安慰你。”他双手捂着脸，头前后摇晃着。这是一个为自己父亲痛哭的小男孩，一个丧失了一切的小男孩在失声痛哭，就像她从前那样。她拉下他的靴子，替他脱下裤子，双手伸到他腋下，卷起衬衣，将它从他头上拉下来。利波一口口深深吸气，尽量止住抽泣，抬起双手，让她替自己脱下衬衣。

她把他的衣服放在一把椅子上，弯下腰来，将被单在他身上盖好。利波突然一把抓住她的手腕，含着眼泪，恳求地望着她。“别走，别扔下我一个人在这儿。”他轻声说，语气中充满绝望，“陪着我。”

她由着他把自己拉到床上。利波紧紧搂着娜温妮阿，不一会儿便沉沉睡去，松开了双臂。她却睡不着，她的手轻轻地、温柔地抚过他的肩头、他的胸膛。“利波呀利波，他们把你带走时我还以为从此失去你了，你也像皮波一样永远离开了我。”他听不见她的低语，“可你总会回到我身边的，就像现在一样。”因为她的无心之失，她也许会像夏娃一样被赶出伊甸园，但和夏娃一样，她可以忍受这种痛苦，因为她身旁还有利波，她的亚当。

她有吗？她有吗？她放在利波赤裸肌肤上的手忽然哆嗦起来。她永远不能拥有他。要长相厮守，唯一的途径就是婚姻。卢西塔尼亚是个天主教社会，这方面的规定十分严格。他愿意娶她，现在她相信了。可恰恰是利波，她无论如何也不能嫁。

如果嫁给利波，他便会自动获得接触她的资料的密码，无论资料的密级如何。这是星际议会制定的法律。在法律看来，结为夫妻的两个人完全是同一个人。只要电脑相信他有这个需要，就会自动授予他这个权利。电脑当然会认为他需要接触她的工作记录。

而她永远不能让他研究那些资料，否则他便会发现他父亲所发现的秘密，那么，今后在小山上发现的就会是他的尸体。只要她活着，每一个夜晚她都会想象猪仔们是如何折磨他的。难道皮波的死给她带来的罪孽还不够吗？嫁给他等于杀害他，可不嫁给他等于杀害自己。除了利波，她想不到还能嫁给谁。

瞧我多聪明啊，居然能找出这样一条万劫不复的通向地狱的道路。

她把自己的脸庞紧紧贴在利波的胸前，泪水滑落在他的胸口。

CHAPTER

04

安德

我们已知的猪仔语言有四种。我们最常听到的是“男性语言”，有时还可以听到一点“女性语言”的片断。后者显然是在与雌性坡奇尼奥交流时使用的。（好一个性别区分！）还有一种“树语”，这种语言是他们专门用来和祖宗的图腾树说话的。猪仔们还提到了第四种语言，名为“父语”，其中包括用许多大小不同的棍子敲击发声。他们坚持说这是一种真正的语言，和其他语言有所不同，类似葡萄牙语与英语的区别。之所以称为父语，可能是因为敲击用的木棍取自树木，坡奇尼奥们相信他们祖先的灵魂就依附在树上。

坡奇尼奥们学习人类语言的本领极其出色，比我们学习他们的语言高明得多。最近一两年来，只要我们在场，他们彼此交谈也用斯塔克语或葡萄牙语。也许他们已经将人类语言融入了自己的语言，不过也可能是觉得新语言好玩。坡奇尼奥的语言在与我们的接触过程中遭到异化，是非常遗憾的，但只要我们有意与他们保持交流，这种后果就无法避免。

斯温格勒博士问我，坡奇尼奥的名字和对于事物的称谓是否显露了他们文化习俗的某个侧面。答案绝对是肯定的，问题是我不能肯定显露的究竟是哪个侧面。他们在学习斯塔克语和葡萄牙语时经常问我们单词的意思，然后选择自己喜欢的词称呼自己。有些名字，比如“鲁特”，可能是从男性语言翻译过来的，还有些名字在他们的语言中完全没有意思，纯粹是他们凭个人喜好选择人类词汇为自己起的古怪绰号，方便我们称呼他们。

他们称呼彼此为“兄弟”，女性则通称为“妻子”，从来不称她们“姐妹”或“母亲”。他们有时也提到“父亲”，但指的总是代表祖宗灵魂的图腾树。至于他们对我们的称呼，当然，称我们为“人”，但他们也采用德摩斯梯尼的人群分类方法，称人类为“异乡人”，把其他部落的坡奇尼奥称为“生人”。不好理解的是，他们将自己称为“异族”。这说明他们或者是会错了意，或者是站在人类立场上来称呼自己！还有，他们有几次居然将女性称为“异种”！这是最奇怪的地方。

——若昂·菲盖拉·阿尔瓦雷斯，

《有关坡奇尼奥的语言和习俗的笔记》，

刊于《语义学》9/1948/15

雷克雅未克的居住区是在一面面花岗石峭壁上凿出的窑洞。安德的窑洞在峭壁顶端，进去之前先得登上一溜长长的阶梯。不过这个位置也有个好处，带一扇窗户。安德的整个童年都在金属铸成的封闭空间里度过，现在只要有可能，他总选择住在能看到自然界四季变化的地方。

房间里温暖明亮。阳光灿烂，刺得才从阴暗的岩石甬道中爬上来的他眼睛都睁不开。还没等他的眼睛适应屋里的光线，简已经说了起来。“我在终端上给你留了份惊喜。”他耳朵里的植入式电脑传出她的低语。

是一个猪仔，立在终端上方的空中。猪仔动弹起来，挠着痒痒，又伸出手去够什么东西。缩回来时手里有个亮晶晶的东西，往下滴滴答答淌着汁液。猪仔把这东西往嘴里一塞，大嚼起来，汁液顺着嘴角直淌到胸前。

“你瞧，这显然是一位非常文明的生物。”简说。

安德有点生气。“懂得餐桌礼仪的人中也有不少白痴。”

猪仔转过身来。“想瞧瞧我们怎么杀他的吗？”

“简，你究竟要干些什么？”

猪仔消失了，他所处的地方现在是一幅皮波尸体的全息图像。“我以尸体下葬前的扫描数据为基础，模拟了猪仔们的活体解剖过程。你想看看吗？”

安德在屋里仅有的一把椅子上坐下。

终端显示出卢西塔尼亚那座小山，还有皮波。这时他还活着，仰面朝天躺在地上，手脚绑在木桩上，身边围着十来个猪仔，其中一个手里握着一把骨刀。安德耳朵里的电脑又传出简的声音：“我们不敢肯定是这样，”猪仔们忽地消失，只剩下手持骨刀的那一个，“还是这样。”

“那个外星人类学家是清醒的？”

“很可能。没有发现使用药物的迹象，头部也没有受到打击。”

“继续。”

简无情地将解剖过程展示在安德眼前：打开胸腔，像举行某种仪式一样摘除器官，放在地面。安德强迫自己看着这一幕，竭力思索这种行为对猪仔来说意味着什么。整个过程中简只轻声插了一句话：“这就是死亡的一刻。”安德觉得自己松了口气，身体也跟着松弛下来。到这时他才意识到，目睹皮波的痛苦，他的全身肌肉都绷得紧紧的。

总算结束了。安德走到床边躺下，两眼圆睁，瞪着天花板。

“我已经把这个模拟过程向十来个人类世界的科学家演示过。”简说，“用不了多久新闻界就会把手伸过来了。”

“比虫族还残忍。”安德说，“小时候我看过许多虫人交战的录像，当时觉得血腥，可跟这个比，那简直算文明的了。”

终端那边传来一声邪恶的大笑，安德转过头去，看简在搞什么名堂。

一个真人大小的猪仔坐在那儿放声狂笑。笑声中简又对他的外形做了点修改。改动很小，牙齿稍稍弄大一点，眼睛略歪一点，加上点涎水，眼睛里点上一点红，舌头弄得一伸一缩。结果便成了每一个小孩子的梦魇。“手段够高明啊，简。一下子就把异族变成了异种。”

“发生了这种事以后，大家需要多长时间才能接受坡奇尼奥，把他们当作与自己平等的另一个文明种族？”

“跟他们的接触中断了吗？”

“星际委员会进一步限制了新的外星人类学家的活动。与坡奇尼奥的接触不得超过隔天一次，每次不得超过一个小时。另外，禁止他询问猪仔们这么做的原因。”

“但没有要求彻底断绝与他们的交流。”

“连这样的提议都没有。”

“会有的，简。这样的事只要再出一次，许多人就会大声疾呼，要求将猪仔完全孤立隔绝，撤销米拉格雷殖民地，代之以一支部队，其唯一使命就是确保猪仔永远不可能获得离开行星迈向星际的技术。”

“猪仔们肯定还会弄出公共关系方面的麻烦。”简说，“还有，新上任的外星人类学家不过是个孩子。他是皮波的儿子，叫利波，就是利波德阿·格拉西亚·菲盖拉的简称。”

“利波德阿，自由？”

“没想到你还会说葡萄牙语。”

“这跟西班牙语差不多。记得吗？扎卡提卡和圣安吉罗就是由我代言的。”

“在莫克祖马行星。那是两千年前的事了。”

“对我来说不是。”

“对你来说只是八年前、十五个世界以前的事。相对论可真是奇妙啊，让你永葆青春。”

“我飞得太多了。”安德说，“华伦蒂都结婚了，正准备要孩子。我已经拒绝了两份代言请求。为什么你还要引诱我再做一次？”

终端上的猪仔狞笑起来。“这算什么勾引。瞧着，看我把石头变成面包！”猪仔捡起一块锯齿形的石头，塞进嘴里咬得咯吱作响，“来一口？”

“简，你的幽默感可真变态。”

“所有星球上的所有王国，”猪仔摊开巴掌，手里是一个个星系，群星围绕着轨道以夸张的速度飞驰，一切人类世界尽在掌握，“我都可以给你，全都给你。”

“没兴趣。”

“这可是份大产业啊，最佳投资机会。我知道，你是个大富翁。三千年的利息，还了得。你富得能自己造一颗星球。那，这个怎么样：让安德·维京的大名传遍所有人类世界——”

“已经传遍了。”

“——这一回是美名，荣誉和爱戴。”猪仔消失了，被简替换成一段古老的录像。来自安德的童年时代，被编辑成全息图像。人头攒动，万众高呼：安德！安德！安德！接着，一个男孩出现在高台上，向人群挥手致意。人群欣喜若狂。

“哪儿有这种事。”安德说，“彼得[①]从来没让我回过地球。”

“把它看作我的预言好了。来吧安德，这些我都可以奉献给你。洗清你的名声，还你清白。”

“我不在乎这个。”安德说，“我现在已经有了好几个名字。死者的代言人，这个名字总有几分光彩吧。”

---

① 彼得：安德的大哥，曾经是地球的霸主，即安德所著《虫族女王和霸主》一书中的霸主。

坡奇尼奥又恢复了本来面目，不再是经简修饰的恶魔形象。“来嘛。”坡奇尼奥轻声呼唤他。

“没准儿他们真是恶魔，你觉得呢？”安德问道。

“所有人都会这样想的，安德，除了你。”

是啊，我不会那样想。“为什么你那么希望我去？简，你为什么那么在意猪仔？”

坡奇尼奥消失了，简现身了。至少，从她第一次在安德眼前现身，她就是以这副形象出现。一个怯生生的、被吓坏了的小女孩，寄居在无比庞大的星际电脑网络中。看到这张脸，安德不禁想起第一次见到这张脸时的情形。我给自己想了张脸出来，当时她这么说，你喜欢吗？

是的，他喜欢这张脸，喜欢她。年轻、清纯、诚实、甜蜜，一个永远也不会衰老的小姑娘，羞涩的微笑让人心醉。是安塞波给了她生命。星际电脑网络的速度并没有超过光速，另外，网络运转产生的热量也限制了记忆体的数量和运算速度。但安塞波却可以即时传递，将各个人类世界上的每一台电脑紧紧联系在一起。群星之间诞生了简，她的意识分布在安塞波网络上，熟知这张网络中每一根纤维的每一下振动。

数以百计的人类世界上的电脑就是她的手脚耳目，她能说电脑中储存的每一种语言，读过世界上的所有图书馆中的每一本书。她知道，人类很久以前便害怕网上出现她这样的意识。每一个故事中她都是被憎恨的对象，只要她在故事中出现，到头来不是她被毁灭就是人类被毁灭。早在她出生之前很久，人类就想象出了她，并在想象中千万次消灭她。

所以她不让人类知道她的存在。后来，和许多人一样，她发现了《虫族女王和霸主》。她知道，自己可以在这本书的作者面前现身。对她来说事情非常简单，只需要追踪这本书的历史，查出它的初版，确定其源头。这本书最早是从第一个人类殖民地通过安塞波流传开来的，对不对？那个殖民地的总督是还没满二十岁的安德，对不对？这本书除了他之外，那个殖民地上还有谁写得出来？于是她和他对话，他对她很仁慈，她给他看了自己想出来的自己的形象，他非常喜欢。现在，她的传感器就在他耳朵内的电脑里，他们俩始终在一起。她什么都不隐瞒他，他也是。

“安德，”她说，“从一开始你就告诉我，你在寻找一个星球，阳光和水的条件都要适于某种虫茧生长，到那时你就要打开虫茧，放出虫族女王和她的上万个受精卵。”

“我曾经希望这个星球是个合适的地方。”安德说，“一片荒原，除了赤道地区外几乎完全没有人烟。她愿意来这里试试。”

“可你不愿意？”

“我想虫人熬不过这里的冬天，除非找到稳定的能源供应。可那样一来必然引起人类政府的警觉。行不通。”

“不会有行得通的时候的，安德。到现在你自己也明白了，对不对？上百个人类世界中你去过了二十四个，其中没有一颗星球有一个安静角落可供虫族复活。”

他知道她的用意何在。没有哪个地方适合虫族，除了卢西塔尼亚。因为有坡奇尼奥，人类的发展被限制在一小块地方，这个星球大部分地方禁止人类涉足。从环境上看，那颗星球很适于居住。说实话，人虫相比，那个星球倒是更适于虫族生长。

“唯一棘手的问题就是坡奇尼奥。”安德说，“说不定他们不同意我把他们的世界交给虫族。如果与人类接触都会瓦解他们的社会，那么想想看跟虫族在一起会有什么下场。”

“你说过虫族已经汲取了教训，不会去伤害其他人。这些可是你自己说的。”

“不会故意伤害他人。简，你要知道，我们是全凭运气才打败了他们——”

“凭你的天才。”

“他们比我们人类更加先进。猪仔怎么对付得了他们？他们会跟我们从前一样对虫族充满恐惧，而他们战胜恐惧的能力却比人类差得多。”

“你怎么知道？”简反问道，“你，或者别的任何人，有什么资格说猪仔们能对付这个，不能对付那个？想弄清楚只有一个办法，你到他们那里去，了解他们。如果猪仔们真的是异种，那就把他们的美好星球交给虫族享用，对你而言，相当于铲平蚁丘，为兴建城市开道。”

“他们是异族，不是异种。”

“你怎么知道？”

“我知道。我看过你的模拟图像，他们并不是在折磨那个外星人类学家。”

“哦？”简又一次调出皮波临死前一刻的模拟图像，“看来我对‘折磨’这个词儿的理解错了。”

“皮波很可能觉得痛苦万分，受了残酷折磨。但是简，如果你的模拟是准确的——我相信它是准确的——那么，猪仔们的目的并不是让他痛苦。”

“就算这是某种宗教仪式，安德，但以我对人类的了解，痛苦在宗教仪式中占有非常重要的位置。”

“这也不是宗教，不全是。如果杀死皮波只是为了献祭，这里面有些东西不对头。”

“请问你有什么资格乱发议论？”终端显示的脸变成了一张连连冷笑的教授脸，典型的学术圈子里的势利嘴脸，“你的全部教育只在军事方面，其他方面只有一张利嘴还行。你还写了本畅销书，成了一种什么宗教。但就凭这些，你就以为自己了解坡奇尼奥啦？”

安德闭上眼睛。“也许我错了。”

“可你相信你是正确的。”

从声音里，他知道她已经恢复了她的本来面目。他睁开眼睛。“我只能相信我的直觉，简，未经分析直接产生的判断。我不知道坡奇尼奥在做什么，但那个事件肯定有明确的目的。不是出于恶意，也不是残忍。他们是拯救生命的医生，而不是夺走生命的屠夫。”

“我早猜到了。”简轻声道，“我知道你要干什么。你想去那个限制人类发展的星球，看看那里是否适合虫族女王。你想看看自己能不能理解猪仔。”

“就算你说得对，我还是去不了。”安德道，“移民是受严格限制的，再说，我又不是天主教徒。”

简翻了个白眼。“如果不知道怎么把你弄过去，我还会跟你磨这么久的嘴皮子吗？”

另一张脸出现了。一个十几岁的女孩子。不如简清纯，也不如她美丽。她的脸庞线条很硬，神情冷漠，眼神聪慧，极具穿透力，嘴唇的线条只有长期忍受痛苦煎熬的人才会有。她很年轻，却有老人的神情，让人看来暗暗心惊。

“这是卢西塔尼亚的外星生物学家——伊凡娜娃·桑塔·卡特琳娜，大家叫她娜温或者娜温妮阿。她请求给她派一位死者代言人。”

“她怎么这副神态？”安德说，“出什么事了？”

“年纪很小时死了父母，近几年来另外一个人成了她事实上的父亲，她像爱自己的亲生父亲一样爱那个人。此人刚刚被猪仔杀害，她希望你能为他代言。”

看着她的脸，安德一时忘了虫族女王，忘了坡奇尼奥。明明是张孩子的脸，却带着成年人才能体会的痛苦。这样的脸他以前见过，那是在虫族战争的最后几个星期，他被逼得超出了自己的忍耐极限，一场又一场地战斗，在游戏中，但事实上却不是游戏。战争结束时他看到了这样的脸，那时他才知道他的训练其实不是训练，他的每一场模拟战斗都实实在在发生了，自己是通过安塞波指挥着人类的舰队。那时，当他知道自己彻底毁灭了虫族，当他知道自己无意间做出了灭绝种族的行为，那时，出现在镜子中的就是这样的脸——痛苦的脸，太沉太沉的痛苦，超过了他可以承受的极限。

这女孩是个什么样的人？娜温妮阿经历了什么，竟然有如此深重的痛苦？

他听着简复述娜温妮阿的生平。简说的是数据，但安德是死者的代言人，他能够设身处地地体会他人的感受。这是他的天赋，也是他所受的诅咒。正是这种才能使他在战争中具有无与伦比的指挥才能，无论是领导己方的士兵——更准确地说是孩子——还是猜测敌人的动机并战胜敌人。也正是由于这种才能，从娜温妮阿冷冰冰的生活事件中，他猜出了——不，感受到了父母的死以及成为圣人让娜温妮阿如此孤立于人群；感受到了她又是如何投身父母的工作，从而强化了自己的孤立。他知道提前成为外星生物学家这一成就的背后意味着什么，他也知道皮波沉静的父爱和包容对她的意义，懂得她对利波的友谊发展到了多么铭心刻骨的地步。卢西塔尼亚上没有一个人真正理解娜温妮阿，但在天寒地冻的特隆海姆星球，在雷克雅未克的这个窑洞中，安德·维京理解她，爱她，为她流下了泪水。

“你会去吗？”简悄声问。

安德说不出话来。简是对的，之前他也想去的。作为异族屠灭者安德，他要看看卢西塔尼亚的环境是否理想，能不能将虫族女王从她三千年的囚居中释放出来，赎清他孩提时代犯下的罪孽。作为死者代言人，他要竭尽全力理解猪仔，向人类解释他们的动机，使人类接受他们，把他们当作异族，而不是当成异种来加以憎恨和畏惧。

可是现在，他又有了另一个更深的理由。他要照看这个名叫娜温妮阿的姑娘。她是那么聪颖，那么孤立，怀着那么深的痛苦，背负那么沉重的罪孽。从她身上，他看到了自己被夺走的童年，看到了直到今天仍然埋藏在心里的痛苦的种子。卢西塔尼亚远在二十二光年以外，他的旅行速度只比光速稍稍慢一点，但即使如此，等他来到目的地，她也已经快四十岁了。如果能够，他恨不能现在就出发，以安塞波的速度立即飞到她的身旁。不过他知道，她的痛苦不会随着时间消逝，痛苦将一直留在她心里，等待着他的到来。他自己的痛苦不也是这样吗？年复一年，永无尽头。

他止住了泪水，情绪稳定下来。“我多大了？”他问。

“从你出生到现在已经过去三千零八十一年了，但你的实际年龄只有三十六岁一百一十八天。”

“我飞到时娜温妮阿多大？”

“三十九岁，误差前后不超过几星期，取决于出发日期和飞船速度。”

“我想明天动身。”

“安排飞船需要时间，安德。”

“特隆海姆轨道上没有吗？”

“当然有几艘，定于明天出发的只有一艘，运载斯克里卡鱼前往赛里里亚和阿米尼亚。”

“以前我没问过你我有多少钱。”

“这些年来，我拿你的钱投资，干得还可以。”

“替我把飞船连同货物买下来。”

“到了卢西塔尼亚，你拿那些斯克里卡鱼怎么办呢？”

“赛里里亚人和阿米尼亚人拿那些玩意儿派什么用场？”

“用处可大了，这种鱼一部分可以吃进肚里，另一部分还能做成衣料穿在身上。他们出的价钱，卢西塔尼亚可没人出得起。”

“那我会把它们送给卢西塔尼亚人，死者代言人在他们那个天主教殖民地肯定不受欢迎，这份礼物会让他们态度好点儿。”

简摇身一变，变成了从瓶子里钻出来的魔王。“我的主人啊，我听明白了，遵命就是。”魔王化成一缕轻烟，钻进瓶口。全息图像消失了，终端上方的空中空无一物。

“简？”

“什么事？”耳朵内的电脑传出她的声音。

“你为什么那么希望我去卢西塔尼亚？”

“我希望你能为《虫族女王和霸主》添上第三卷，写写猪仔。”

“你怎么那么关心猪仔？”

“当你展示了人类所知的三种不同生灵的内心世界之后，你就可以撰写第四卷了。这就是我的理由。”

“另一种异族？”安德问道。

“是的。我。”

安德沉思片刻。“你真的想把你的存在公之于众？你准备好了吗？”

“我早就准备好了。问题在于，人类准备好接受我了吗？对他们来说，爱上霸主很容易，他毕竟是人类的一员。爱上虫族女王也不难，这种爱很安全，因为大家都以为虫族已经灭绝了。但猪仔就不同了，他们活着，手上还沾了人类的鲜血。如果你能让人类爱上猪仔，那么，他们就做好了接受我的准备了。”

“唉。”安德叹了口气，“我希望哪天我能爱上一个别老让我吃大苦流大汗冒大险的对象。”

“反正你对自己的生活感到厌倦了，安德。”

“说得对。但我现在是个中年人了，我乐意厌倦生活。”

“顺便告诉你一声，那艘飞船的船主名叫哈夫诺，住在盖尔星球，他已经接受了你的报价，同意以四百亿元的价格将飞船及其货物转让给你。”

“四百亿元！我会破产吗？”

“大海里的一滴水罢了。船员已经接到中止合同的通知。我擅自动用你的资金安排他们搭乘其他飞船。你和华伦蒂不需要其他船员，开飞船有我就足够了。这么说，咱们明天动身？”

“华伦蒂。”安德说了一声。唯一能耽搁他行程的人只有他这个姐姐。至于他的学生和当地寥寥几个熟人，不值得依依惜别。

“我一心盼着读到德摩斯梯尼的卢西塔尼亚殖民史。”在寻找第一位死者代言人的过程中，简也发现了德摩斯梯尼的真实身份。

“华伦蒂不走。”安德说。

“可她是你的姐姐呀。”

安德笑了笑。简尽管知识广博，却不懂得人类的亲情。虽然她是人类的造物，也以人类的方式思维，但她毕竟不是有血有肉的生物。基因之类的事她只有书本知识，她没有人类和其他生物共同具备的渴望与需求。“她是我的姐姐不假，但特隆海姆是她的家。”

“从前她也有过不愿意动身的时候，可后来还是跟你一块儿走了。”

“这一次，我根本不会要求她跟我一块儿走。”她怎么可能走？她快生孩子了，在雷克雅未克这里过得很幸福。这里的人们喜欢她这个老师，丝毫不会想到她就是大名鼎鼎的德摩斯梯尼；这里有她的丈夫——指挥着上百条船的大船主、来往峡湾的老手雅各特；在这里她每天都能和尘世高人交流，感受浮冰漂动的大海的壮美。不，她是不会离开这儿的，也不会理解为什么我想离开。

想到不得不离开华伦蒂，安德前往卢西塔尼亚的决心不禁有些动摇。孩提时他与姐姐分开过，到现在还对那几年的损失抱恨不已。现在，二十年相聚之后，又要离开了吗？这一次将是一去不回头，从此再无相聚之日。他去卢西塔尼亚这一段旅程中，她会增加二十二岁，即使他以最快速度掉头返航，回来时她也是年过八旬的老妪了。

不是件易事啊。这是你必须付出的代价。

现在别跟我开玩笑。安德不出声地说。她是我姐姐，我觉得难过是应当的。

她是你的另一半，你真的愿意为了我们离开她？

这是虫族女王的声音，直接与他的意识交流。她当然明白他的处境，也知道他的决定。沉默中，他对她说：我要离开她，但不是为你们。我们还不清楚这一次旅行会不会把你带到你的目的地。到头来也许和特隆海姆一样，是又一次的失望。

卢西塔尼亚有我们需要的一切，对人类来说也很安全。

可它属于另一个种族。我不会只为弥补我给你们带来的灾难而摧毁猪仔的生活。

和我们在一起，他们是安全的。过了这么多年，你一定对我们有了彻底的了解。

我只知道你告诉我的东西。

我们不懂得撒谎。我们向你展示的是我们的回忆，我们的灵魂。

我知道你们能和他们和平共处，但他们能和你们和平共处吗？

带我们去。我们等待得太久了。

那个破旧的口袋就放在屋角，没有锁起来。安德走了过去。这个口袋足以装下他真正拥有的一切，不过是几件换洗衣服而已。屋子里其他东西都是他为之代言的死者的亲属送的，是为了他、他的工作，还是他说出的真相，安德从来弄不清楚。离开这个地方后这些东西就留在房间里，他的口袋盛不下。

他打开口袋，掏出一个卷成一团的毛巾包，解开。里面是一个大虫茧，直径十四厘米，纤维质的茧壳很厚实。

对了，看看我们。

他在一个从前虫族居住的世界上担任第一个人类殖民地总督的时候，发现这个虫茧等待着他。他们预见到自己的种族将毁于安德之手，知道他是个无法战胜的敌人，于是改建了一个地区，改建后的形状只对安德一个人有意义，因为这些形状取自他的梦。虫茧里有虫族的女王，孤立无助，同时具有清醒的意识。她在一座高塔上等着他。在他的梦中，他就是在这座塔楼里与自己的敌人相遇。“你在那里等的时间更长。”他说，“自从我把你从镜子后取出来，时间没过多少年。”

没过多少年？啊，是的，你以光速旅行，在你的线性延续的思维中，你没有意识到时间的流逝。但我们意识到了。我们的思维是即时同步的，对我们来说，时间过得真慢啊，像缓缓流过冰冷玻璃的水银。三千多年啊，每一分每一秒，我们都意识到了。

“可我还没有找到一个安全的地方。”

这里有一万个受精卵，等待着降生。

“卢西塔尼亚也许合适，但我说不准。”

让我们复活吧。

“我正在努力呢。”如果不是为给你们找地方，你以为这么多年来我会漫游一个又一个世界？

快点快点快点……

我找到的地方必须安全，对人虫双方都安全。在那个地方，我们不必一见到你们就消灭你们。对许多人来说，你们仍然是最可怕的噩梦。真正相信我的书的人其实并不多。他们会谴责我犯下屠灭异族的罪行，但只要发现你们复兴了，他们会再一次这么做的。

在我们种族的历史上，你是我们了解的第一个外族人。我们本族内不需要理解，我们的意识相连相通，彼此理解毫无障碍。现在，我们浓缩为一个个体，你是我们的眼睛和手臂，我们只有你这双眼睛、这双手臂。如果我们过分急切的话，请你宽恕我们。

他大笑起来。我宽恕你们？

你的种族太愚蠢了，不知道真相。但我们知道。我们知道是谁杀了我们，不是你。

是我。

你只是他们的工具。

是我。

我们宽恕你。

只有你们重返大地的时候，我才能得到宽恕。

CHAPTER

05

华伦蒂

今天，我透露说利波是我的儿子，说这话时只有巴克听到，但一小时之内这个新闻便人人皆知了。他们围着我，让塞尔瓦基姆问我这是不是真的，难道我真的已经当上父亲了？接着塞尔瓦基姆把利波和我的手放在一起。我一时冲动，拥抱了利波。一见之下，他们一起发出咔哒咔哒的声音，表示惊愕，我觉得还有肃然起敬的意思。我发现，从那以后，我在他们中间的地位大大提升了。

从中只能得出一种结论：我们迄今为止所见到的坡奇尼奥并不是一个完整的社会，甚至不是典型的雄性。他们或者是未成年的年轻人，或者是老单身汉。没有一个做父亲的。我们猜测，兴许连交配过的人都没有。

我听说在有些原始社会形态中，单身者自成一群。但坡奇尼奥们不是这样。这一群单身者是被抛离主流的弱势群体，他们没有权力，没有地位。难怪说起女性时他们的态度既尊崇又蔑视，前一分钟，没有她们的同意就不敢做出任何决定；可下一分钟又告诉我们女人太愚蠢，什么都不懂，她们是异种。从前我一直按字面意思理解他们的话，于是产生了这种观念：雌性坡奇尼奥没有感知力，是一群四蹄着地的大母猪。男性所谓取得她们的同意，跟取得树的同意一样，把她们无意义的哼哼声当作天意，像巫师研究骨头和灰堆一样。

可是现在，我意识到女性很可能跟男性一样有智力，完全不是异种。和我交流的男性之所以有那种怨恨态度，是因为他们被迫独身，被逐出繁殖过程，在部落中没有权力。看来，坡奇尼奥与我们交往时和我们一样小心谨慎，不让我们接触女性和手握大权的男性。从前我们以为自己研究的是坡奇尼奥社会的核心，其实，用形象化的说法，我们接触的不过是一堆基因废料而已。跟我们打交道的是一群被部落判定不应当延续其基因的男性。

但是，我并不十分相信这种结论。我认识的坡奇尼奥们都相当聪明，有头脑，学习能力很强。他们的学习速度惊人。他们从我不经意间透露的情况中学到了许多有关人类的知识。而我多年来致力于研究他们的社会，所了解的情况却远不及他们对于人类社会的了解。如果这些仅仅是他们的弱势群体，不知道我什么时候才能达到他们的标准，有资格朝见他们的“妻子”们和“父亲”们。

这些情况我不能向上汇报，因为不管出于什么意图，我显然违背了法令。可是，没有人能做到对坡奇尼奥完全隐瞒我们的一切信息，这项法律本身就愚不可及，达不到它的预期效果。我触犯了法律，一旦被发现，他们将切断我们与坡奇尼奥的交流。如果出现那种情况，形势将比目前的受约束的交流更加恶劣。所以我不得不欺骗，使用种种可笑的骗术，比如把这份笔记保存在利波的加密个人文件夹中，连我亲爱的妻子都不会想到在那里头寻找什么东西。这里就是我发现的信息，它极为重要：我们所研究的坡奇尼奥都是单身汉。囿于规定，我无法将这个信息通告异乡学者。看仔细啦！人们，在这里：科学，丑陋的野兽正在吞噬它们自己！

——若昂·菲盖拉·阿尔瓦雷斯的秘密笔记，

见德摩斯梯尼所著《正直的背叛：卢西塔尼亚外星人类学家》，

刊于《雷克雅未克历史学报》1990:4:1

她的肚子已经很大了，绷得紧紧的。再过一个月就是华伦蒂女儿的预产期。这期间时时恶心、大腹便便、步履蹒跚。每次她要带一个历史班的学生出门参加野外研讨会时，上述情形必定出现。过去搬行李上船她一个人就能干，现在却只得依靠丈夫手下的船员帮忙了。她连从码头爬上船都很困难。船长尽最大努力把船泊稳，他做得不错，不愧是个老手，她头一次到这儿来时，船上的事儿就是拉乌船长教她的。以她目前的情况，按说不该举办野外研讨会，但华伦蒂可不是能被迫接受蛰居的人。

这是她举办的第五次野外研讨会了。第一次就遇上了雅各特。她原本没想过结婚，特隆海姆只不过是她和她那个漫游宇宙的弟弟所到的又一个星球罢了。她会在这里教书、学习，四五个月后拿出另一本内容丰富的历史著作，以德摩斯梯尼的名字发表，然后逍逍遥遥地享受生活，直到安德接到另一次代言请求，动身前往另一个世界。两人的工作通常衔接得很好：请他代言的都是重要人物，这些人的故事就成了她著作中的核心。两人只把自己当成巡回教授，但事实是，他们每到一地，都会使那个世界发生改变，因为所有人类世界都把德摩斯梯尼的著作当成最后的权威。

有一段时间，她以为肯定会有人注意到，德摩斯梯尼的著作总是与她的行踪同步，由此产生疑心，并最终发现她的真实身份。但不久她便发现，德摩斯梯尼的身份已经成为一种神话，类似于死者代言人，只不过程度稍逊。人们相信这个名字并不是单独一个人的代称，他们认为每一本德摩斯梯尼的著作都出自不同的天才，他们完成创作后再以这个假名发表自己的作品。还有的人相信，电脑自动将作品转交一个由当代最杰出的历史学家组成的委员会，再由这个委员会评定，看这部作品配不配得上这个伟大的名字。每年都有数以百计的作品试图以这个名字发表，但这些并非出自真正的德摩斯梯尼的著作都被电脑自动拒绝了。即使这样，人们还是不肯相信存在华伦蒂这样一个人。毕竟，作为意见领袖的德摩斯梯尼诞生于虫族战争期间的地球，已经是几千年前的事了。与现在的德摩斯梯尼不可能是同一个人。

是这样。华伦蒂想，我不再是从前那个人了。每创作一本书，我都会改变，随着我写下一个个世界的历史，我自己也不断改变。尤其是在现在这个世界上，我彻底改变了。

她不太喜欢这里流行的路德主义，对其中激进的加尔文教派尤为厌恶。这些加尔文信徒自以为无所不知，别人问题还没出口，他已经知道答案了。于是她想出个主意，将一群她亲自挑选的研究生带离雷克雅未克，到夏季群岛中的一个小岛上。每到春天，大群斯克里卡鱼便洄游到这个群岛产卵，被繁殖的冲动刺激得躁动不安。华伦蒂试图克服大学里不可避免的智力退化。学生们不带食物，自己摘食山谷丛林中野生的浆果，有本事捕鱼的话，还可以以斯克里卡鱼为食。一日三餐完全依赖自己的劳动，这种亲身体验必将改变他们对历史事件轻重缓急的看法。

大学勉强同意了她的要求。她用自己的钱租了一条船，船主就是雅各特。他是一个世代以捕捞斯克里卡鱼为生的家族的族长，与所有饱经风霜的水手一样，对校园里的人物充满蔑视。他告诉华伦蒂，一个星期之内她就会恳求他回来救这伙人的性命。结果，她和她那些自称为流浪者的学生不仅挺过了整个研讨会期，过得还相当不错：搭起茅屋，形成了一个类似村庄的聚居点，而且思维极其活跃，创造力超水平发挥。回到学校之后，这些学生创做出一大批才华横溢、见解深刻的著作。

此外，上百个地方向华伦蒂发出邀请。现在，每次研讨会都有二十个地点可供选择。不过，对她来说，最重要的收获是雅各特。他没有受过高深的教育，但对有关特隆海姆本地的知识却了如指掌，不带海图也可以遨游半个赤道海。他知道冰山会朝哪个方向漂，哪里鱼群最密集。他好像单凭本能就知道斯克里卡鱼会在哪一处浪花尖跳跃，船员们在他的指挥下收获巨大，打鱼时不像捕捞，倒像是鱼群自动从水里跃到船上。

而且，他从来没被恶劣天气搞得手足无措。华伦蒂觉得，可能没有什么他应付不了的困难。

他唯一应付不了的只有华伦蒂。当证婚人宣布他们结为夫妻时，两口子没有欣喜若狂，倒有点儿发愣。幸好婚姻是美满的，两人都很幸福。自从离开地球，她第一次觉得没有缺憾，心情宁静，觉得回到了家，所以她才会怀上孩子。漫游结束了。这一切安德很理解，为此她很感激。安德知道，特隆海姆就是他们俩三千年浪游的终点，也是德摩斯梯尼著述生涯的尾声。她已经将自己的根扎进了这片冰封的原野，这片土地可以为她提供别的地方无法提供的养分。

胎儿动了一下，将她从沉思中唤醒。她抬起头，正看到安德沿着码头朝她走来，肩上是那个桶包。她以为自己知道安德来的目的：他想和她一起参加野外研讨会。她不知自己是高兴还是不高兴。安德是个平和的人，不会故意引人注目。但他对人性的那种洞察力却是无法掩饰的。平庸的学生会忽视他，但最优秀的学生，那些最富创造力的学生，肯定会追随他无意间显露的一星半点真知灼见。学生们将会由此获益。她对这一点毫不怀疑，毕竟，这么多年来，安德的见识为她提供了巨大的帮助。问题是，学生们的幼稚见解将会被安德的思想淹没。所以，从某种程度上看，安德在场反而会影响野外研讨会的效果。

但只要他提出要求，她是不会拒绝的。说实话，她希望他去。虽然她很爱雅各特，但她仍然非常怀念婚前与安德的亲密关系，她和雅各特得过许多年才能达到她跟安德那样的密切程度。这一点雅各特也知道，还有点不满，但当丈夫的总不应该与内弟竞争妻子的爱吧。

“喂，华伦。”

“你好安德。”码头上没有别人，她可以叫他童年时代的名字，哪怕全人类都在诅咒这个名字。

“要是小家伙决定在研讨会上跳出来，你怎么办？”

她笑道："她爸爸会拿一张斯克里卡鱼皮把她裹起来，我再给她唱几首傻里傻气的北欧摇篮曲。学生们说不定会一下子领悟到，繁衍后代对人类历史产生的冲击作用有多强烈。"

两人一起笑起来。突然间，不需要言语，华伦蒂便明白安德不是想参加研讨会，他已经整好行装，准备离开特隆海姆。他来这里不是为了邀请她一块儿上路，他是来道别的。泪水止不住地淌下，巨大的悲伤攫住了她。他伸出双臂，像过去无数次那样搂住她。但这一次，她凸出的腹部隔在两人中间，拥抱的动作变得小心翼翼，有些笨拙。

"我以为你会留下来。"她抽泣着说，"前几次代言请求你都拒绝了。"

"这一次请求我无法拒绝。"

"我可以在研讨会上生孩子，但不能在另一个世界上生。"

和她猜的一样，安德没打算和她一起走。"是啊，一个金发宝宝无疑会轰动卢西塔尼亚，"安德说，"这孩子肯定一点儿也不像当地人，那儿的人都是巴西后裔。"

卢西塔尼亚。华伦蒂立即明白了原因——猪仔谋杀外星人类学家的事，晚餐时已上了雷克雅未克的传媒网，现在大家都知道了。"你疯了吗？"

"算不上疯。"

"如果那儿的人知道来猪仔世界的人是安德，他们会怎么做？一定会把你活活钉死在十字架上。"

"说实话，如果这儿的人知道了，他们一样会把我钉死。可是知道这事的人只有你一个。千万别说出去。"

"你去了又能做什么？等你赶到那儿，他已经死去几十年了。"

"一般情况下，我开始代言的时候，客户早就死得硬邦邦的了。游荡星际就这点不好。"

"我从没想到会再一次失去你。"

"你一爱上雅各特，我就知道我们迟早会失去彼此。"

“那你当时就该告诉我！我肯定不会嫁给他！”

“所以我不能告诉你。不过你没说实话，你无论如何都会嫁给他的。我也希望你这样做。你从来没像现在这么幸福。”他揽着她的腰，“维京家的基因哭着喊着要传下去哩。希望你能一鼓作气地生他十几个。”

“一般，四个已经不大说得过去了，五个就是贪心，超过六个简直就叫野蛮。”开玩笑的同时，她已经在考虑研讨会的事该怎么办才好。让助教接替她？取消？或者推迟到安德离开？

但安德的话打消了她的念头。“你能让你丈夫派条船连夜送我去空港吗？这样我明天一早就能上飞船。”

这么快，简直是残酷。“如果不是为了找雅各特要船，你没准儿会给我在终端上留一段话，然后一走了之。对不对？”

“我五分钟前才决定走，直接就过来找你了。”

“可你已经订好船票，这全是事先安排好的！”

“不需要事先安排，我把飞船买下来了。”

“为什么这么急？航程需要几十年——”

“二十二年。”

“二十二年！那晚走一两天又能耽搁你什么事？你就不能再留一个月，看看我女儿再走吗？”

“再拖一个月，华伦，说不定我就没有走的勇气了。”

“那就别走！猪仔们是你什么人？你跟虫族打过交道，这种事一辈子遇上一回就足够了。留下来，像我这样，结婚成家。人类通向群星的道路是你开辟的，安德，现在也该留下来，品尝你的劳动成果了。”

“你有雅各特，我有的只是一伙讨人嫌的学生，一心只想把我变成加尔文教徒。我的工作还没有结束，特隆海姆也不是我的家园。”

这些话在华伦蒂听来就像对自己的责备：你把根扎在这儿了，却没有考虑我能不能在这里生根。但这不是我的过错，她想回答——要离开的是你，不是我。“你还记得吗？”她说，“还记得我们把彼得留在地球上，飞行几十年去我们的第一个殖民地，去你统治的世界？还记得当时的情景吗？对我们来说，彼得就像死了一样。我们到时他已经老了，我们却仍然年轻。在安塞波上和他通话时，他就像是我们哪个年迈的叔伯，是手握大权的霸主、传奇式的洛克。什么都是，却一点儿也不像我们的哥哥。”

“对他而言，那是一种进步，是求之不得的大好事。”安德尽量想让气氛轻松点儿。

但华伦蒂固执地揪着字面意思不放。“你以为二十年后，我也会求之不得吗？”

“我会怀念你的，像怀念去世的亲人。”

“不，安德，你怀念的正是去世的亲人。而且你会知道，杀死我的人正是你自己。”

安德皱了皱眉。“你不会真的这么想吧。”

“我是不会给你写信的。凭什么？对你只是一两个星期。你飞到卢西塔尼亚，电脑里等着你的是二十年后的来信。对你来说，写信的人离开你不过一两周！头五年，我会伤心，会痛苦，找不到人说话，我会孤独——”

“你丈夫是雅各特，不是我。”

“之后我写什么？写点儿机灵话俏皮话，聊聊宝宝的事？她五岁、六岁、十岁、二十岁，结婚了，你却见都没见过她，你会感兴趣吗？”

“她的事我都会感兴趣的。”

“你别想有这个机会。安德，我是不会给你写信的，直到我老得走不动的时候。你去卢西塔尼亚，再去别的世界，几大口吞下去几十年，到那时我会把我的回忆录寄给你。我会把它献给你：给安德鲁，我挚爱的兄弟。我高高兴兴跟你走过了二十多个世界，你呢，却连多陪我两个星期都不肯。”

“华伦，听听你自己的话，你就明白我为什么急着走了。再等下去的话，你非把我撕成碎片不可。”

“这是循环论证，是诡辩，要是你的学生这么说，你是不会容忍的，安德！要不是你打算像个被人抓了现行的小偷，慌里慌张拔腿便逃，刚才的话我是不会说的。你少掉转矛头，把罪名安到我头上。”

他急匆匆开口了，话像滚珠一样倒出来。他赶着一口气说完，害怕自己说出的话被喉头的哽咽打断。“不，你说得对。我想尽快离开，因为那边有工作等着我，还因为我在这里过不下去了，每当你跟雅各特更亲密一分，我们就疏远一分。虽说我知道事情本来应该是这个样子，但我还是受不了。所以我一定得走。我觉得走得越快越好。我是对的，这你也知道。我没想到你会因为这个恨我。”

他哽住了，抽泣起来。她也一样。“我不恨你，我爱你。你是我的一部分，是我的心啊。你这样走了，是把我的心扯出来带走——”

他们再也说不下去了。

拉乌船长的大副把安德送到太空港，这是坐落在赤道海面的一座巨大平台，班机从这里起飞前往行星轨道上的太空飞船。沉默中，大家达成一致意见，华伦蒂不送他。她回到家中，紧紧搂着丈夫，整夜没有松手。第二天，她参加野外研讨会，和自己的学生在一起，只在夜晚自以为学生们看不见时，才为安德哭泣。

但学生们看见了。故事传开了：维京教授受到了重大打击，因为她的弟弟——巡游天下的代言人——离开了她。和学生中间的其他传言一样，这个故事被加油添醋，却远远没有触及真相。但是，一个名叫普利克特的女学生认定，在华伦蒂和安德鲁·维京之间，一定有某个不为人知的重大秘密。

于是她着手探索这个秘密，追踪这两人来往群星的行迹。华伦蒂的女儿塞芙特四岁、儿子雷恩两岁时，普利克特来到华伦蒂的家，这时的她已经是一位年轻的女教授了。她把自己出版的有关两人的故事给她看。作品的形式是小说，写的是人类殖民其他星球之前诞生在地球上的两姐弟成年后漫游群星的故事。华伦蒂当即明白了故事中的两姐弟指的是谁。

华伦蒂松了口气，同时不免暗暗有些失望：普利克特没有发现安德就是第一位死者代言人，也没有发现华伦蒂就是德摩斯梯尼。但她还是发掘出了不少线索，她写了姐弟俩的道别——她决定留在丈夫身边，而他决定继续航行。这一幕写得比真实发生的事更曲折，更催人泪下。如果安德和华伦蒂的性格更戏剧化一些，说不定当时的分手还真会跟她的小说相似。

“你为什么写这个？”华伦蒂问她。

“写作本身就是理由，这个理由不够吗？”普利克特回答。

这种绕弯子的回答把华伦蒂逗乐了，但她没有就此住嘴。“你对我弟弟安德鲁做了这么多研究，他对你很重要吗？”

“跟上个问题一样，这一个也问得不对。”

“原来你在考我。我好像没及格。我应该问什么，能不能提示一下？”

“别生气。你应该问我为什么写的是一本小说，而不是传记。”

“那么，为什么？”

“因为我发现安德鲁·维京、死者代言人，就是安德·维京，异族屠灭者。”

安德已经走了四年，但还要再过十八年才能到达他的目的地。一想到他将以人类历史上最受憎恨的人的身份抵达卢西塔尼亚，华伦蒂不禁吓呆了。

“你用不着害怕，维京教授。想说出去的话我早说了。发现这个秘密的同时，我也知道他深深忏悔自己的所作所为。成为一名死者代言人，这种赎罪的方式真是再恰当不过了。我分析，从最初的代言人的那本著作里，他明白了自己的罪孽，于是自己也成为一名代言人，和其他数以百计的代言人一起，在二十多个星球上谴责自己曾经犯下的罪行。”

“唉，普利克特，你掌握了许多事实，理解的却太少了。”

“他的所作所为我全都理解。看看我的书，那就是我对他的理解！”

华伦蒂告诉自己，既然普利克特已经掌握了这么多内情，应该把所有事实都告诉她。不过说实话，是怒气而不是理智，使她说出了她从来没有告诉过任何人的真相。“普利克特，我弟弟没有模仿第一位代言人，《虫族女王和霸主》那本书的作者就是他自己。”

普利克特意识到华伦蒂说的是事实，这个事实把她彻底压垮了。这么多年来，她一直把安德·维京当成自己的研究对象，而将第一位死者代言人当作自己精神上的导师、自己灵感的源泉，现在却发现他们是同一个人。普利克特足足有半个小时噤若寒蝉，说不出话来。

之后她与华伦蒂促膝长谈，两人倾吐心声，终于成了互相信任的知心朋友。华伦蒂请她当自己孩子的老师，两人成为写作和教学工作中的伙伴。家里多了这么一位新成员，雅各特难免大为奇怪，于是华伦蒂将普利克特从自己心中激出来的秘密告诉了丈夫。这个秘密成了家族的传奇，当孩子们长到懂得保守秘密的年龄，大人们便会把他们那位身在远方的安德舅舅的事迹告诉他们。他被每一个人类世界当成十恶不赦的魔王，但事实上，他更是一位救星，一位先知，一位殉教者。

岁月流逝，家族繁荣兴旺。在华伦蒂心中，失去安德的痛苦渐渐变成一种为弟弟感到自豪的情绪，最后成为对他的强烈期望。她盼着他早日赶到卢西塔尼亚，解决猪仔给当地人带来的进退两难的困境，完成为异族代言的使命。普利克特这位善良的路德教派信徒，又引导华伦蒂从宗教的角度看待安德的生活。加上稳定的家庭和五个出色的孩子，华伦蒂心中充满信心。

这个事件必然对孩子产生影响。他们不能把安德舅舅的故事告诉家庭之外的人，这就更增加了这个故事的神话色彩。大女儿塞芙特对安德舅舅尤其感兴趣。二十岁后，童年时代幼稚的崇拜被理性所取代，但入迷的程度却丝毫不减。对她来说，安德舅舅本人就是传奇，同时又活在现实中，所处的世界离特隆海姆也算不上是遥不可及。

她没有告诉爸爸妈妈，但对自己过去的老师吐露了心声："普利克特，总有一天，我会去找他。我会找到他，协助他工作。"

"你怎么知道他需要帮助呢？特别是你的帮助。"普利克特总喜欢持怀疑态度，等着学生来说服自己。

"他第一次代言就不是单独完成的，妈妈协助了他。对不对？"塞芙特的心离开了冰冷的特隆海姆，飞向那个安德尚未涉足的遥远的世界。卢西塔尼亚人啊，你们知道吗？有一个伟大的人将踏上你们的土地，接过你们的重负。到时候，我会和他在一起，哪怕迟了整整一代。等着我吧，卢西塔尼亚。

飞船上的安德一点儿也不知道自己身上还承载着另一个人的梦想。在码头上与华伦蒂挥泪而别才过去几天。对他来说，塞芙特这个名字还不存在，她还只是华伦蒂腹中的胎儿。这时的安德只感受到与华伦蒂分离的痛苦——这种痛苦，她在很久以前便已经克服了。至于在冰冻的特隆海姆的侄女、侄儿，他的思想中根本没有他们。

他的思想中只有一个孤独的、饱受痛苦的年轻姑娘——娜温妮阿。航程经过的二十二年岁月会使她发生什么变化？到他们相遇时她会变成什么样的人？他爱她，因为人只能爱上能够体会你最铭心刻骨的痛苦的人。

CHAPTER

06

奥尔拉多

他们与其他部落只有一种交往形式：战争。他们互相之间讲故事时（通常是在雨季），几乎总会讲起战争和英雄。故事总是以死亡告终，无论英雄还是懦夫，最后总不免一死。如果故事可以说明什么问题的话，只说明猪仔们一踏上战场就没指望活着回去。另外，他们从来没有，绝对没有，对敌人的女性表示出任何兴趣。人类对敌方女性或强奸，或杀戮，或奴役。猪仔们在这方面迥异于人。

这是不是说部落之间不存在基因混同现象？完全不是这样。基因融合是存在的，也许由女性主导。她们之间也许存在某种利于基因混合的制度。在猪仔社会中，女性显然很需要男性，所以她们很可能想出办法，轻易避开男性，实现与其他部落的基因融合。另一种可能：男性也许觉得这种事过于丢脸，不愿意告诉我们。

他们希望告诉我们的是战斗。我女儿欧安达去年的笔记记录了一次木屋中的对话（笔记 2:21），可以视为一个十分典型的例子。

猪仔（斯塔克语）：他杀了我们三个兄弟，自己没有负一处伤。我从来没有见过像他那样雄壮勇猛的战士。血把他的胳膊都染红了，手里的棍子也敲裂了，上面沾满我兄弟的血。他知道他夺得了荣耀，虽说他那个弱小的部落打输了。Dei honra! Eu lhe dei!（我给他荣誉！光荣属于他！）

（其他猪仔弹响舌头，发出叽叽叽的声音。）

猪仔：我把他按倒在地，他极力挣扎，直到我把手里的草给他看，他才停下来。然后他张开嘴，唱起一首奇怪的歌，不是咱们这个地方的歌。Nunca será pau na mão da gente!（他永远也不会成为咱们手里的棍子！）

（说到这里，所有猪仔齐声用妻子的语言唱起一首歌。歌很长，我们很少听到他们用女性语言说这么长时间的话。）

（请注意这里的语言模式。跟我们交流时他们主要用斯塔克语，说到故事的高潮和尾声时则转用葡萄牙语。思考之后我们才发觉，我们平时也是这么做的：情绪最激动时会不自觉地转用自己的母语葡萄牙语。）

这样叙述战斗似乎没什么特别，但听得多了，我们便发现，故事总是以英雄人物的死亡告终。猪仔们显然没有欣赏轻喜剧的胃口。

——利波德阿·格拉西亚·菲盖拉①，

《卢西塔尼亚原住民的部落间交往》，

刊于《文化习俗交流》1964:12:40

星际飞行期间可做的事不多。设定航线之后，飞船便进行定向迁移②，剩下的唯一任务就是计算航速，考虑飞船应在多大程度上接近光速。船载电脑精确地计算出速度，决定应该飞行多长时间（飞船时间），然后再脱离定向迁移，转入适当的亚光速飞行。跟秒表似的，安德想，按一下，

① 原文为利波的葡萄牙语名字，Liberdade Figueira de Médici。

② 定向迁移：作者自创的太空飞行术语。

开；再按一下，关——比赛结束。

安德的西班牙语很流利，飞船的电脑可以帮助他通过西班牙语进一步掌握葡萄牙语。这种语言很容易说，但它的辅音很多不发音，要听懂很不容易。

葡萄牙语对话练习每天进行一两个小时，对象是船上的电脑。跟呆头呆脑的电脑对话真能把人急死。以前的航程里有华伦蒂陪他，好过得多。两人太了解了，十分默契，即使一天到晚并没说多少话。可一旦少了她，安德的所有想法就只能憋在自已脑子里打转，无所附丽，没有人可以诉说。

虫族女王在这方面也帮不了他。她的思想是即时性的，不经神经突触，直接通过核心微粒[①]进行，感受不到光速飞行带来的相对效应。安德每过一分钟，对她来说就是十六个小时。这种差异实在太大了，他无法与她进行任何形式的交流。如果她不是束缚在茧里，她会有成千上万个虫人，每一个都是她的一部分，各做各的工作，把各自的体验传回她巨大的大脑中。但是现在，她所有的只是自己的记忆。囚禁在飞船的八天里，安德懂得了她为什么如此急切地希望重返尘世。

八天之后，他的葡萄牙语练得相当不错了，想说什么时，已经不需要先想想这句话西班牙语该怎么说。他渴望与人类交流，哪怕跟加尔文信徒谈谈宗教也行。只要比飞船电脑机灵点儿，随便什么人都行。

飞船进行定向迁移。一瞬之间，它的速度完成相对变换，与宇宙的其余部分一致。另有一种理论认为，发生变化的是宇宙其余部分的速度，飞船自身在这个过程中实际上一动不动。孰是孰非，谁也说不清楚，因为谁也不可能站到宇宙之外的某个点去观察安塞波上核心微粒的运动过

---

① "核心微粒"是作者杜撰的一个概念，既是宇宙即时传送信息的安塞波的工作基础，又是组成宇宙万物的基础。

程，只好怎么说就怎么算。和安塞波一样，发现定向迁移原理一半是机缘巧合。没几个人真懂，不过也不碍事，管用就成。

一瞬间，飞船舷窗外出现了繁星万点，各个方向上都闪烁着星光。也许有一天，某位科学家会弄清定向迁移为什么几乎不消耗能源。安德相信，人类虽然凭借这种技术获得了便利，但在宇宙的某处，肯定存在某种东西，因为人类的这种便利而大受损失。有时候他幻想，人类飞船每一次定向迁移，宇宙中便有一颗星星一闪即灭，陷入彻底的死寂。简让他放心，不会有这种事的。但安德知道，绝大多数星星是我们看不见的，也许亿万颗星星因为我们的缘故死亡了，但人类却一无所知。数千年之后，我们也许会像看到鬼影一样，看到这些早已毁灭的星星生前发出的星光。等我们发现银河因为我们而干涸时，也许已经为时太晚，不可能做出任何补救了。

“发什么呆？又在杞人忧天啦。”简说。

“什么时候学会看懂人的心思了？”

“每次星际飞行时你总是忧心忡忡、自怨自艾，担心破坏宇宙。这是你的一种独有的情感疾病。”

“你把我来的事通知卢西塔尼亚港口当局了吗？”

“那是一个非常小的殖民地，不存在什么港口当局，因为基本上没什么人去那个地方。那儿只有自动化的轨道班机，把人送到一个小小的发射平台上。”

“不需要取得移民许可？”

“你是个代言人，他们无权拒绝你到埠。再说，移民许可只要总督一句话就行了，那儿的总督同时也是市长，因为城市和殖民地是同一个地方。她的名字是法莉亚·利玛·玛丽亚·德·波斯克，简称波斯基娜。她向你致意，同时表示你离她越远越好。因为她的麻烦已经够多的了，不需要再来一个相信不可知论的神汉，打扰她那些本分的好天主教徒。”

“她居然说这种话？”

“说实话，这些话不是对你说的。以上是佩雷格里诺主教对她说的话，她表示赞同。可你得理解她，她的工作就是表示赞同。哪怕你当面告诉她天主教徒都是崇拜偶像、满脑子迷信的傻子，她可能也会叹一口气，说道：希望你不要在公开场合说这些话。”

“别拖延时间，绕来绕去的。”安德道，“你一定掌握了什么我听了不高兴的坏消息。”

“娜温妮阿取消了召唤代言人的请求。这是她发出请求五天之后的事。”

按照星际法律的规定，一旦安德响应她的请求踏上旅程，法律从此便不认可任何撤回请求的要求。但尽管这样，这个事件仍然改变了一切。二十二年之后，卢西塔尼亚不会有人急切地期待着他。对于他的来临，她心中只会充满恐惧。她改变了主意，可他还是来了。她会因此憎恨他。他原以为她会像接待老朋友一样热烈欢迎他，可是现在，她将比当地的其他天主教徒更恨他。“其他的呢？有没有能让我的工作容易点儿的消息？”

“这个嘛，也不全是坏消息，安德鲁。你瞧，过去这些年里，另外有些人也要求给他们派去代言人，这些人没有撤回请求。”

“哪些人？”

“这可真是天大的巧合，他们是娜温妮阿的儿子米罗和女儿埃拉。”

“他们怎么可能认识皮波？为什么要我替他代言？”

“哦，不，不是为皮波代言。埃拉六周前才提出要求，代言对象是她的父亲、娜温妮阿的丈夫马科斯·希贝拉，大家平时都叫他马考恩。他在一个酒吧里摔了一跤，再也没能爬起来。不是酗酒而死，他有病，器官坏死，于是翘了辫子。”

“我很替你担心呀，简，你的同情心太丰富了。”

“同情是你的专长。我只懂怎么在有组织的数据结构中做复杂检索罢了。”

“那个男孩呢？他叫什么来着？”

“米罗。他是四年前提出的请求。为皮波的儿子利波代言。”

“怎么会……利波的年纪肯定不会超过四十——”

“他那一行对长寿一点好处都没有。他是个外星人类学家，你明白了吗？”

“猪仔们难道——”

“和他父亲的死法一模一样，连器官的摆放都一样。你来的这一路上，三名猪仔被以同样的方式处决了，不过处决地点离围栏大门很远。猪仔在被处死的同类身上栽了树，人类却没享受到同等待遇。”

连续两代，两位外星人类学家都遭到猪仔的谋杀。“星际委员会有什么决定？”

“这可是个相当难做的决定呀，一会儿这样，一会儿又那样。利波的学徒到现在还没让转正。一个是他女儿欧安达，另一个就是米罗，就是他要求派去一位代言人。”

“他们还在继续接触猪仔吗？”

“正式说来，没有。关于这个问题还曾有过一番争论。利波死后，委员会禁止每月与猪仔接触一次以上，但利波的女儿坚决拒绝执行这个命令。”

“他们也没有撤掉她？”

“加强对接触猪仔的限制的意见虽然占多数，不过这个多数也实在少得可怜。至于处罚她，根本没有什么占多数的意见。他们担心的只是米罗和欧安达太年轻了。两年前，卡里卡特的一群科学家被派赴卢西塔尼亚。只要再过微不足道的三十三年，猪仔的事就由他们接管了。”

“这一次他们知道猪仔杀害外星人类学家的理由吗？”

“一点头绪都没有。不过，这正是你去那里的原因，不是吗？”

这个问题应该很容易回答，但虫族女王在他的意识中轻轻一触，就像拂过树叶的一缕微风，沙沙一响，枝叶轻摇，透下一线阳光。是的，他来这里是为死者代言，也是为了让死者复活。

这个地方很好。

在光速中，为了向他传达这个念头，虫族女王做出了极大努力。

这里有一种意识存在，比我们所知的任何人类意识更加清晰。

猪仔？难道他们的思维方式和你们的一样？

它知道猪仔，时间不长。它怕我们。

女王缩回去了，剩下安德疑惑不已。看来卢西塔尼亚是块硬骨头，他不知自己到底啃不啃得动。

这次是佩雷格里诺主教亲自布道。出现这种情况，准没好事。他布道讲经的本事从来有限，说话转弯抹角，绕来绕去。一半时间里，埃拉完全不知道他在说什么。金则装出一副听明白了的样子，这很自然，在他看来，主教大人是从不犯错的。小格雷戈压根儿就没做出听讲的模样，虽说指甲比针还尖、抓起人来像鹰爪的埃斯基斯门多修女在过道上不停地转悠，格雷戈还是毫不畏惧，想到什么恶作剧便肆无忌惮地做起来。

他今天的把戏是把前排塑料长椅靠背上的铆钉拧下来。看到他这么做，埃拉不禁有点担心——六岁大的小孩子不该有这个本事，能用螺丝刀拧下热封装的固定铆钉。埃拉觉得自己六岁时就没这份能耐。

如果父亲在旁边，他会伸出长长的胳膊，轻轻从格雷戈手里夺下螺丝刀，悄声道：“你从哪儿弄来的？”格雷戈呢，则会睁大眼睛望着他，装出一副天真无邪的样子。等弥撒结束大伙儿回到家后，父亲会对米罗大发雷霆，怪他把工具随手乱扔，气汹汹地辱骂他，把家里一切祸事全怪罪到他头上。米罗会一言不发，默默忍受，埃拉自己会借口做晚饭躲开这阵吵闹，金会缩进屋角，捻着念珠，喃喃念诵他那些没用的祷词。最幸运的是装着一双人工电子眼的奥尔拉多，把眼睛一关就行了，或者回放过去某些快乐场面，对眼前发生的一切无知无觉。科尤拉当然会吓得一动不动。只有小格雷戈一个人得意扬扬，小手抓着父亲的裤腿，看着对自己惹出的祸事的责骂倾盆大雨一样浇到米罗头上。

埃拉被自己脑海里的想象吓得一哆嗦。争吵如果就此结束，那还可以忍受，可米罗会夺门而出，其他人坐下来吃饭，然后——

埃斯基斯门多修女蜘蛛腿似的手指猛地伸出，指甲掐进格雷戈的胳膊。格雷戈立即趁机把螺丝刀朝地上一摔。肯定会弄出大动静，但埃斯基斯门多修女可不是傻瓜，她迅速一弯腰，伸手接住螺丝刀。格雷戈嘴一咧，笑了。她的脸就在他的膝盖前。埃拉看出了他想打什么坏主意，急忙伸手去拦，但已经太晚了。格雷戈用力一抬膝盖，狠狠撞在修女嘴上。

她痛得倒抽一口气，松开了格雷戈的胳膊。他一把从她瘫软的手里抓过螺丝刀。修女一只手捂着血淋淋的嘴，一溜烟跑过走道。格雷戈又专心致志地干起刚才被打断的坏事来。

父亲已经死了。埃拉提醒自己。这句话像音乐一样回响在她的脑海中。父亲死了，但他留下一笔可怕的遗产，把毒药灌输进了我们的头脑，毒化我们，最后杀死我们。他死的时候，肝脏只剩下不到两英寸长，脾脏则根本找不到了，过去长着脏器的地方长出了脂肪状组织。他得的这种病连个名字都没有，躯体好像发了疯，把人体结构的蓝图忘了个一干二净，乱长一气。他虽然死了，但他的疾病还活着，活在孩子们身上。不是身体，而是活在我们的灵魂中。从表面看，我们的行为像正常的人类小孩，长得也像普通孩子，但我们不是。父亲的灵魂中，长出的那个扭曲、腥臭、油乎乎的毒瘤，控制了我们，扭曲了我们。我们太不正常了。

如果妈妈负起责任来，也许会是另一种情形。可是她什么都不关心，只在意她的显微镜、基因增强谷物，或者她手边的其他研究课题。

“……称自己为死者代言人！但事实上，只有一位神明可以为死者代言，那就是我们的耶稣基……”

佩雷格里诺主教的话让她一惊。他说什么死者代言人？不可能，他不可能知道她提出了请求——

“……法律要求我们礼貌地接待这个人，但是我们不能对他产生任何信仰！在尘世中人的揣度之言里是不可能发现真理的，真理只存在于教会的教导和传统中。所以，他走过你们中间时，送给他你们的微笑，但不要交给他你们的心！”

他为什么要这样警告大家？最接近卢西塔尼亚的行星是特隆海姆，离这里二十二光年，而且那里说不定也没有代言人。即使当真有一位代言人要来，那也是几十年后的事了。她朝科尤拉探过身去，悄声问金：“他说的死者代言人是怎么回事？”

“如果你认真听讲，不用问我也知道。”

“如果你不告诉我，我非撕开你的横膈膜不可。”

金做个鬼脸，表示自己不怕她的威胁。但事实上，他确实怕她。他告诉了她：“第一位外星人类学家遇害时，显然有些不信教的不幸的人请求给他们派一位死者代言人来。他今天下午就到——这会儿在班机上了，市长已经出发前往迎接。”

这可大大出乎她的意料，电脑没告诉她有个代言人已经上路了。他理当多年以后才到这里，揭露那个邪恶的所谓父亲的一生。这辈子他为家里人做的最大的好事就是一命呜呼。事实将像一束光，照亮他们的过去，把过去这副沉重的担子从他们肩头卸下。可现在，父亲刚死不久，这时候就替他代言，太早了。他邪恶的触须还没死呢，仍旧伸出坟墓，吸食着他们的心脏。

布道结束，弥撒总算做完了。她紧紧攥住格雷戈的小手，谨防他趁着人群拥出大门时偷别人的书、手袋什么的。金到底还算有点用处，他把一遇上人群立即吓呆的科尤拉背起来。奥尔拉多已经重新打开眼睛，眼里发出冷冷的金属光，打量着那些十几岁的女孩子，心里盘算今天该吓唬哪一个。埃拉在去世已久的外祖父母、差不多成了圣人的加斯托和西拉的塑像前行了个屈膝礼。有了我们这一伙可爱的外孙辈，你们觉得骄傲吗？

格雷戈乐得挤眉弄眼。果不其然，他手里拿着一只婴儿鞋。埃拉悄悄祈祷一句，但愿丢鞋的婴儿没被格雷戈弄伤。她从格雷戈手里夺过鞋，放在那个点着长明烛、纪念殖民地免遭德斯科拉达瘟疫毁灭的小小圣坛前。不管丢鞋的是谁家孩子，家里的大人都会到这儿来找的。

飘行车在太空港和米拉格雷定居点之间的草地上掠过。一路上，波斯基娜市长谈笑风生。她把一群群半家养的卡布拉指给安德看。这是当地的一种动物，可以从它们身上提取纤维，织成布料，不过它们的肉对人类来说完全没有营养。

“它们的肉猪仔们能吃吗？”安德问。

她的眉毛抬了起来。“我们对猪仔的事不太清楚。”

“我知道他们住在森林里，难道他们从不出来？”

她耸耸肩。“出来还是不出来，由异乡人自己决定。”

听到她用这个词，安德不禁有些吃惊。转念一想也很自然，德摩斯梯尼的最新著作是二十二年前发表的，早已通过安塞波传遍了各个人类世界。生人、异乡人、异族、异种，这些词语已经成为斯塔克语的一部分，连波斯基娜说起这些词来都自然而然。

让他不安的是她对猪仔不感兴趣的态度。卢西塔尼亚人不可能对猪仔无动于衷。正是因为猪仔，才会矗立起那样一道高高的、无法穿越的围栏，只有外星人类学家才能出去。不，她不是缺乏好奇心，她是在回避这个话题。或者是因为凶残的猪仔在当地人中是一个让人痛苦的话题，或者是因为她信不过死者代言人。到底是什么原因，安德一时猜不出来。

他们飞上一座山头，她停下车。飘行车的支架轻轻落地。下面是一条宽阔的大河，弯弯曲曲，流过一座座绿草如茵的山丘。河对岸的远处，小山间是黑压压的森林，近岸处，一幢幢砖砌瓦盖的房子组成一个风景如画的小城。河这边是农舍，狭长的田地一直延伸到安德和波斯基娜立足的小山脚下。

“那儿就是米拉格雷。”波斯基娜道，“最高的山头上是教堂。佩雷格里诺主教告诉大家，对你要有礼貌，要客气。”

从她的语气里，安德明白了，主教一定同时告诉了大家，他是个危险的不可知论者。“静等上帝来收拾我？”

波斯基娜笑了。“上帝要求基督教徒宽以待人，我们希望每个人都能做到这一点。”

“他们知道要求我来的是谁吗？”

“不管是谁提出的要求，他都非常——谨慎。”

“你既是总督又是市长，一定了解某些大众不知道的隐情。”

“我知道第一次请求取消了，不过已经为时太晚。我还知道，后来这些年里，又有两个人提出了类似请求。请你理解，我们这里大多数人都满足于从神父那里听取教诲，得到安慰。”

“我不发布教诲，也不提供安慰。大家知道这个以后，一定会大松一口气的。”

“你把你的货物斯克里卡鱼送给我们，这种慷慨行为一定会使你在酒吧里大受欢迎的。还有，我敢说，过几个月，到了秋天，你一定会看到那些爱慕虚荣的妇女纷纷穿上斯克里卡鱼皮服。”

“斯克里卡鱼是随飞船附送的。我拿它没用，也不指望靠这种办法取悦大家。”他看看身边一丛丛粗壮、茂盛的野草，“这些草——也是当地植物？”

“同样派不上用场。连搭屋顶都不行，一砍下来马上皱成一团，再来一场雨，就彻底分解了。你看下面田里，种的是一种特别的苋属植物，我们这里最常见的庄稼，是我们的外星生物学家开发出来的。稻子和小麦在这儿长得都不好，但苋的生命力顽强极了。我们必须在田地周围撒一圈除草剂，防止它蔓生出去。”

“为什么不能让它蔓生出去？”

“我们住的地方是一个隔离区，代言人先生。苋非常适合当地环境，蔓生出去的话，会把本土植物淹没掉。这样做的目的是防止卢西塔尼亚的环境发生改变，必须尽可能将人类对当地的影响限制在最小范围。”

“有了这种限制，你们的人一定觉得很不舒服吧。”

“在我们的地盘上，我们过得挺自在，生活也很充实。但出去的话——不过反正也没人想出去。”

她语气很沉重，话里带着一股情绪。安德此刻才明白当地人对猪仔的恐惧是多么强烈。

“代言人，我知道你在想什么，你在想我们怕猪仔。我们中间有些人也许确实怕他们。但对我们中的大多数人来说，在大多数时间里，对猪仔的感情不是恐惧，而是仇恨、憎恶。”

“可你从来没见过猪仔。”

“你一定知道，我们有两个外星人类学家死在他们手里——我猜，最早的代言请求就是为皮波提出的。他们俩，皮波和利波，都是深受大伙儿爱戴的人，特别是利波。他善良宽厚，所有人都痛悼他的死。难以想象，猪仔竟会对他做出那种事。Filhos da Mente de Cristo 的会长，尊敬的堂·克里斯托就说，猪仔们肯定没有道德方面的感受。他说如果真是这样，那就存在两种可能：或许意味着他们是野兽，或许意味着他们没有原罪，蒙昧未开，不像人类，偷吃了伊甸园里的禁果。”她勉强笑了笑，“这些都是神学理论，你可能觉得没什么意思。”

他没有答话。信教的人总是觉得，教外人肯定会认为他们教内圣籍记载的故事荒唐可笑。安德对这种想法已经见惯不惊了。他很清楚这些故事对教内人的神圣意味。不过他没有向波斯基娜解释，让时间改变她对代言人的看法吧。目前她对他心存疑虑，但他相信她今后会信任他的。波斯基娜是一位好市长，这就是说，她有能力看透一个人的本质，表面现象是不可能长久欺骗她的。

他转过话题："我的葡萄牙语不太好，Filhos da Menta de Cristo 是不是'基督圣灵之子'的意思？"

"这是一个相对较新的教派，只有四百多年历史，教皇颁发了特许令——"

"哦，我知道基督圣灵之子，市长。我曾经在莫克祖马行星的科多巴城替圣安吉罗代言。"

她的眼睛睁得溜圆。"这么说，那个传说是真的！"

"那个传说，我听到许多个版本。一种说法是魔鬼控制了临终的圣安吉罗，所以他才会要求死者代言人为他主持异教仪式。"

波斯基娜笑了。"大家也悄悄议论过这种说法。当然，堂说这完全是一派胡言。"

"那是圣安吉罗还没被封为圣人时的事。我为一个女人代言，圣安吉罗也认识她，出席了这个仪式。那时，他体内已经开始长出菌状物，那是绝症。他对我说：'安德鲁，我还没死，但他们已经开始把我的事编成弥天大谎，说我实现了种种神迹，应当被封为圣人。请你帮助我，在我的坟前为我代言。'"

"但他的那些神迹已经被正式认可了，再说，他死后九十年才被追封为圣人。"

"这个嘛，我想一部分是我的错。我在替他代言时亲自证实了几桩神迹。"

波斯基娜大笑起来。“一位死者代言人，居然相信神迹？”

“请看你们教堂所在的小山。那些建筑中，多少是神父用的，多少是学校建筑？”

波斯基娜当即明白了他的用意，她瞪着他说：“圣灵之子修会服从主教大人的命令。”

“但他们同时也向孩子们传授知识，不管主教大人是赞同还是反对这些知识。”

“圣安吉罗也许由着你插手教会事务，但我向你保证，佩雷格里诺主教绝不会这么做。”

“我来这里的原因很单纯：为死者代言。我会处处依照法律规定办事。你会发现，我造成的破坏比你预想的小，做的贡献也许比你预想的大。”

“如果你到这里来是为皮波代言，那你只会破坏这个地方，不会有任何好处。别管围栏外猪仔的事。让我说了算的话，我根本不会允许任何人走出围栏。”

“我希望能在这里租个住处。”

“我们这个地方来的人不多。本地人各有各的住处，没有旅馆。这儿的人开旅馆干什么？我们只能给你提供一幢简易住房，是第一批殖民者建的。房子不大，不过必要的生活设施都有。”

“这就足够了。我不需要很多生活设施，也不需要大房子。我希望能与修会会长大人见面。只要他是圣安吉罗的追随者，就一定是个相信真理的人。”

波斯基娜发动车子。如安德所料，知道他曾经替圣安吉罗代言、敬仰耶稣之后，她对死者代言人的偏见现在已经发生了一些变化。至少现在她觉得，来人似乎不像佩雷格里诺主教所说的那种异教徒。

房间里只有寥寥几件家具。如果安德的随身物品很多，肯定找不着放的地方。和往常一样，星际飞行之后，他只用几分钟便安顿下来。他的口袋里只有那个裹在包里的女王虫茧。一个伟大种族的未来就塞在床下一个行李包里，这似乎有点奇怪。但经过这么长时间，他早就习惯了。

“也许这里就是你们的归宿。”他轻声道。尽管有毛巾裹着，虫茧还是很凉，几乎一点热量都没有。

就是这里。

她这么肯定，让人不禁心里有点发毛。以前她从来没有请求他什么，没有躁动不安，没有任何急于重临世间的表示。从来都是笃定的。

“我也希望能定下来。”他说，“也许是这里，但要取决于猪仔能不能适应你们出现在这个星球上的情况。”

真正的问题是，如果没有我们，猪仔们能不能适应你们人类。

“我需要时间，给我几个月时间。”

慢慢来，想花多长时间都行。我们现在已经不着急了。

“你发现的那个意识是什么？你以前不是说过，除了我之外，你们不能同任何人交流？”

构成我们思想的物质基础是你们称之为核心微粒的冲力，安塞波也是以这种冲力为基础。在人类之中，这种核心微粒冲力很难、很难捕捉。但这一个不同，我们在这里发现的这一个，是许多之中的一个。他的核心微粒冲力清晰而强劲，很容易发现。他不费什么力气就能听到我们的思想，看到我们的记忆。我们也一样，可以看到他的思想和记忆。所以请原谅，我亲爱的朋友，原谅我们不再艰难地与你的意识沟通，转而与他交流。因为跟你交流我们得竭力寻找适当的词语和图像，以适合你的分析性的意识。跟他交流要轻松得多。我们感到，他就像阳光一样，温暖的阳光照在他身上，也照在我们身上。我们感到清凉的水漫过来，弥漫全身。我们已经三千多年没有体会过这种美妙的经历了。所以原谅我们去他那里，直到你让我们苏醒把我们安置在这里。因为你将会通过自己的方式发现这里就是我们的归宿，这里就是我们的家——

她的思想消失了，像一个梦境，清醒之后便无影无踪，哪怕你极力回忆也杳无踪迹。安德不知道虫族女王发现的是什么，这个暂且不提，他自己却要跟实实在在的星际法律打交道，还有教会，还有也许不会让他跟猪仔交流的年轻的外星人类学家，还有那位改变主意不打算邀请他的外星生物学家。除了这些，他还有一个难题，也许是最大的难题：如果虫族女王留在这里，他也必须留下来。我与人类切断联系已经多少年了？他想，总是匆匆而来，处理问题，打击邪恶，治愈受伤的心灵，然后又一次上路。我自己的心灵从来没有受到触动，如果这个地方就是我的安身之处，我怎么才能融入这里？我真正全身心融入的地方是战斗学校，一群小孩子组成的军队，还有华伦蒂。但这些都已成为过去，都过去了……

"怎么，沉浸失落在孤独中啦？"简说，"我听出你的心跳放慢了，呼吸变急促了。如果还是这个样子，再过一会儿，你不是睡觉，就是死了，再不然就是痛哭流涕。"

"我比你想的可复杂多了。"安德拿出愉快的语调，"我正预想今后的自怨自艾呢，想着必然来临但还未来临的种种痛苦。"

"太好了，安德，提前作好准备。难怪你这么惆怅。"终端启动了，简变形为一个猪仔，站在一排兴高采烈地表演大腿舞的长腿姑娘中间"来，蹦跶一会儿，情绪必然高涨。已经全安顿好了，还等什么？"

"我连自己周围的环境都不知道呢，简。"

"他们这儿连一幅像样的城市地图都没有。"简解释道，"路怎么走本地人个个清楚。幸好有一幅下水道分布图，可以凭此推断建筑物的位置。"

"给我看看。"

终端上空出现一幅城市三维模拟图。也许这里的人对安德不太欢迎，给他的房子也很简陋，但当地人毕竟还算客气，给他提供了一台终端。这台终端不是随房附送的标准配置，而是一台高档模拟器，可以投射出比普通终端大十六倍的立体三维图像，清晰程度是普通终端的四倍。出现在眼前的图像如此逼真，安德一时有点眼花缭乱，觉得自己像来到小人国的格列佛。这个小人国还没有意识到他具有将这个国度夷为平地的力量，所以还没有对他产生惧意。

每个街区的名字都标注出来，悬在空中。“你在这里，”简说，“Vila Velha，老城。Praça[①]离你只有一个街区，市民集会就在那个地方。”

“有猪仔住的地区的地图吗？”

地图从安德眼前掠过，近处的东西一晃而过，远处的东西已到了近处。感觉好像他从这些地方的上空飞过。我就像个巫师，安德心想。城市边缘是一圈围栏。

“我们和猪仔之间只隔着一道围栏。”安德轻声道。

“它还产生一道电场，只要有痛觉的生物都受不了。”简说，“轻轻一触就能让有机体抽搐起来，感觉像用锉刀锉掉你的指甲盖。”

“想想都让人心情愉快。我们到底是进了集中营还是动物园？”

“那要看你站在什么角度想了。”简说，“从人的角度看，虽说在围栏里，却还是能够穿行宇宙来往于各星球；猪仔们虽然没有围栏圈着，却被禁锢在这个星球上，哪儿也去不了。”

“问题是他们不知道外面的世界，所以也不知道自己的损失。而人类却能够意识到自己被关在一道围栏里面。”

“我明白了。”简说，“人类有个最奇妙不过的特点，总觉得低于人类的动物心里嫉妒得要死，恨不得自己生来也是灵长人属。”围栏外是山

---

① Praça：葡萄牙语，广场。

坡，从山头起就是茂密的森林。“外星人类学家从来没有深入猪仔的土地。他们进入的猪仔领地还不到一公里。跟他们打交道的猪仔都住在一座木屋里，全是雄性。我们没有发现任何别的猪仔定居点。卫星考察资料表明，与这片森林相似的每片森林都有足够的资源，足以维持一个以捕猎、采集为生的种族的生活。”

“他们还打猎？”

“主要依靠采集。”

“皮波和利波死在什么地方？”

简调高亮度显示一块地区。这是山坡上的一块草地，通向上面的树林。附近有一棵孤零零的大树，不远处还有两株小一点的树。

“那些树是怎么回事？”安德说，“我在特隆海姆上看到的三维图像中，附近好像没有树。”

“已经过了二十二年了。大的那棵是猪仔们为一个名叫鲁特的反叛成员栽的，他在皮波死前不久被处决。另两棵是为了纪念后来被处决的两名猪仔。”

“真想知道为什么他们要给猪仔种树，却不为人种树。”

“树是神圣的。”简说，“根据皮波的记录，猪仔为这片森林中的许多树取了名字，利波推测那些树都是以死者的名字命名。”

“而人类却不是他们树木崇拜文化中的一份子。唔，很有可能。问题是，仪式和神话不会凭空而来，通常都与活人社会息息相关。”

“安德鲁·维京现在成了人类学家啦？”

“生而为人，理当学习有关人类的知识。”

“那就出发找几个人研究研究吧，安德。比如娜温妮阿·希贝拉一家。顺便说说，电脑网络上特别给你设了屏障，让你看不出当地人住在什么地方。”

安德笑道：“这么说来，波斯基娜并不像她表现出来的那么友好？”

“如果你开口问路，他们就会知道你去了什么地方。只要他们不想让你去，肯定没人知道其他人住在哪儿。”

“你可以打破这种限制？”

“已经打破了。”围栏周界附近，一个亮点闪了起来，位置在气象台所在的小山后面。米拉格雷城里，再没有比那里更远离人群的地方了。一眼就能看到围栏的地方，建筑物十分稀少。安德心想，娜温妮阿竟然把自己的家安在那里，不知是为了离围栏更近，还是为了离邻居更远。也许是马考恩做的决定？

最接近那幢房子的街区叫后街，之后就是一个名叫工厂区的街区，一直伸向河边。工厂区名副其实，分布着一些小厂，制造各种金属、塑料制品，处理食物和纤维，都是米拉格雷用得着的东西。这个地方的经济发展得不错，规模虽小，却能自给自足。娜温妮阿却要住在这一切的背后，躲开别人的视线。安德现在相信，这个居住位置是娜温妮阿选的。从来不是米拉格雷的一分子，这就是她的生活？难怪三次代言请求都出自这个家庭。召唤一个死者代言人，单单这种行为就是傲慢不逊，表示自己不是虔诚的卢西塔尼亚天主教信徒中的一员。

“不过我还是想明确地提出要求，让人领我去。我不想让他们这么快就发现，他们什么都瞒不过我。”

地图消失了。简的脸出现在终端上空。她忘了调校自己的形象，以适应这个图像放大型的终端，于是脑袋比正常人大了许多倍。这个形象相当吓人，加上清晰度高，连脸上的毛孔都看得清清楚楚。“纠正一下你的话，他们瞒不过的是我。”

安德叹了口气。“简，看来你自己也对这里的事产生了兴趣。”

“我自己的事我知道。”她挤了挤眼，“但你不知道。”

“你是说你不再信任我了？”

“你全身上下一股不偏不倚、公平公正的气味。可我已经颇有人性了，我是有自己的好恶的，安德鲁。”

“你能至少保证一件事吗？”

“什么都行啊，我有血有肉的朋友。”

“你如果决定要把什么情况瞒着我，至少跟我明说你不肯告诉我。行吗？”

“对我这么个小女子来说，这个要求有点太难了。”她摇身一变，成了个卡通式的过分娇柔的女人。

“对你来说没什么太难的事，简。为了咱们俩，做做好事，别太为难我。”

“你去希贝拉家时，有什么事要吩咐我吗？”

“有，娜温妮阿一家与其他卢西塔尼亚人有什么显著的不同之处，把它们找出来。还有他们与当局的全部冲突。”

“明白了，遵命。”她变成魔王，钻进瓶子。

“为什么跟我耍花样，简？为什么让我的日子更不好过？”

“我没耍花样，也没整你。”

“我在这儿的朋友本来已经够少的了。”

“你可以完全信任我，连性命都可以托付给我。”

“我担心的不是我的性命。”

广场上到处是玩足球的孩子。大多在颠球，看光凭双脚和头能让球多长时间不落地。两个小孩正在较量，较量方式有点吓人。男孩尽力一脚，把球踢向三米外站着的小女孩。小女孩站着不动，咬牙承受皮球的冲撞，毫不退缩。接下来她又将球踢向男孩，男孩也一样站着不动。一个小女孩负责捡球，每次球从受害者身上弹开，她就把球捡回来。

安德问一群男孩，知不知道娜温妮阿的家在什么地方。他们的回答一模一样，耸耸肩，摇摇头。如果他继续追问，孩子们便从他身边跑开。

不久，大多数孩子离开了广场。安德心想，不知主教是怎么在大家面前诬蔑他的。

只有那场较量还在继续，炽烈程度丝毫不减。广场上现在没有刚才那么多人了，安德这才发现这场较量还有第四位参加者，一个大约十二岁的男孩。从背后看，那孩子没什么特别的地方，可安德来到广场中央后，他发现那个男孩的眼睛有点不对劲。过了一会儿他才看出，那是一双人造眼。两只眼球都闪闪发亮，发出金属般的光泽。安德知道这种眼睛的工作原理：只有一只眼球负责看东西，但它可以拍下四重图像，再分离信号传回大脑，效果与两只眼睛一样。另一只眼球里是动力装置、控制电脑和操作界面。只要眼睛的主人愿意，他可以将一帧帧图像保存在记忆体中。保存数量是有限制的，大约只有十多亿比特。较量的双方显然用他当裁判，如果产生了争议，他可以用慢动作重放刚才的画面，让比赛双方清楚地看见刚发生的一切。

皮球正中男孩裆部，痛得他脸皱成一团。但女孩不为所动。“他身子转了一下，我看见了，他动了！”

“没有！你胡说，我根本没动过！”

“Reveja！ Reveja！”孩子们刚才说的是斯塔克语，女孩这时却说起了葡萄牙语。

装着金属眼睛的男孩不动声色，抬起一只手，让争执双方安静。“Mudou.”他下了断语。他动了，安德心里翻译着。

“Sabia！”我早知道!

“你撒谎，奥尔拉多！”

装金属眼睛的孩子轻蔑地盯着他：“我从不撒谎。你想要的话，我可以把刚才的画面下载给你。不过，我想我应该把画面贴上网，让大家都看看你是怎么躲球的，接下来又撒谎说自己没动。”

“Mentiroso！ Filho de puta！ Fode-bode！”

安德明白这些绰号的意思，但装金属眼睛的男孩泰然自若。

“Dá，”女孩子说，“Dê-me.”我赢了，东西给我。

男孩恨恨地摘下戒指，朝女孩脚边一扔。“Viada！”他小声骂了一句，转身跑了。

“Poltrão！”女孩冲着他的背影叫道。孬种！

“ção！”男孩回骂一句，头也不回地跑掉了。

这一次他骂的不是那女孩。她掉头看看装金属眼睛的男孩，这句辱骂让那孩子全身都僵直了。女孩飞快地移开视线，盯着脚下的地面。负责捡球的小女孩跑到男孩身旁，对他悄声说了句什么。他抬起头来，这才注意到安德。

大点的女孩正在道歉：“Desculpa，Olhado，não queria que —”

“Não há problema，Michi.”不是你的错。他没有看她。

女孩还想说什么，这时也发现了安德，于是不作声了。

“Porque está olhando-nos？”男孩道。你看着我们干什么？

安德用一句问话回答了他。“Você é árbitro？”你是这儿的裁判？这句话也可以理解为，你是管这个地方的官员？

“De vez em quando.”有时候是。

安德换回斯塔克语。用葡萄牙语说起复杂句子来他没多大把握。“那请你告诉我，裁判先生，由着生人自己找路，谁都不管他，这合适吗？”

“生人？你是说生人、异乡人，还是异族？”

“不，我的意思是不信教的外人。”

“O Senhor é descrente？”你是个没信仰的人？

“Só descredo no incrível.”不相信不可相信的事物。

男孩咧开嘴笑了。“想去哪儿？代言人？”

“希贝拉家。”

那个小女孩挨近装金属眼睛的男孩。“哪个希贝拉？”

“守寡的那个。”

“我想我找得到。”男孩说。

“城里每个人都找得到。”安德说，“问题是，你愿带我去吗？”

“去那儿想做什么？”

“我要问那家人一些问题，想从他们嘴里听到某些真实的故事。”

“那家人不知道什么真实的故事。”

“撒谎也行，我可以接受。”

“那就来吧。”他走上大路，上面的草被修剪得很短。小姑娘在他耳边悄声嘀咕了一句什么，他停下脚步，朝紧跟在后的安德转过身来。

“科尤拉想知道你叫什么。”

“安德鲁，安德鲁·维京。”

“她叫科尤拉。”

“你呢？”

“我叫奥尔拉多。”他拉起小女孩，把她背在背上，“全名叫劳诺·萨莱莫·希贝拉。”他笑着说，转身大步向前走。

安德跟上去。

简一直在听，从他耳朵里的植入式电脑里对他道：“劳诺·萨莱莫·希贝拉，娜温妮阿的第四个孩子。一次激光事故中失去了眼睛。十二岁。噢，对了，我发现了希贝拉这家人与其他卢西塔尼亚人的一个重大区别：他们愿意违抗主教的旨意，带你去你想去的地方。”

“我也注意到了一些情况，简。”他不出声地回答，“这个男孩喜欢捉弄我，还喜欢让我知道自己是怎么被捉弄的。希望你别拿他当榜样。”

米罗坐在山坡上，四周是茂密的树丛，从米拉格雷的方向没人能发现他，他从这儿却能看见米拉格雷的许多地方，最高处的教堂和修会看得清清楚楚，北面一点的气象台也看得见，气象台下离围栏不远的凹陷处就是他的家。

“米罗，”吃树叶者悄声问他，“你成了树吗？”

这是一个译成人类语言的坡奇尼奥短语。猪仔们有时陷入冥想，一连几个小时一动不动，他们称为“成了树”。

“成了草叶还差不多。”米罗答道。

吃树叶者哧哧笑起来，调门很尖，听起来不太自然——猪仔们的笑是跟人学的，发音方式和他们说其他句子一样。他们发笑不是出于高兴，至少米罗不这么想。

“要下雨了吗？”米罗问。对一位猪仔，这句话的意思是，你打断我，是为了我，还是为你自己？

“今天雨大得像着了火，”吃树叶者回答，“在下面的草原上。”

“说得对。我们从另一个世界里来了一位客人。”

“是那个代言人？”

米罗没有回答。

“你一定要带他来看我们。”

米罗没有回答。

“我把我的脸埋在地上恳求你，米罗，我愿意砍下四肢，作为你盖房子的木料。”

米罗特别不喜欢他们恳求他做什么，他们仿佛把他当成了一个特别睿智、威力无边的人物，当成了只要好好哄骗就能满足他们要求的父母。唉，如果他们真这么想，这只能怪他自己，怪他和利波在猪仔中间扮演上帝的角色。

“我答应过你了，吃树叶者，不是吗？”

“什么时候？什么时候？什么时候？”

“得过一段时间，我先得看看他值不值得信任。”

吃树叶者看上去很失望。米罗解释过，人类成员间并不总能互相理解，有些连好人都算不上。但他们好像总是不懂似的。

“我尽快吧。”米罗说。

突然间，吃树叶者前仰后合起来，不住在地上来回扭着屁股，好像肛门发痒，非得蹭蹭不可。利波以前分析，这种姿势可能相当于人类发笑。“跟我说说‘不倒牙’语。”吃树叶者哼哼唧唧恳求道。米罗和别的外星人类学家来回使用两种语言，吃树叶者好像觉得这一点非常好玩。他也不想想，同一猪仔部落使用的语言至少有四种呢。

好吧，他想听葡萄牙语，就让他听听葡萄牙语好了。

“Vai comer folhas.”吃你的树叶去吧。

吃树叶者迷惑不解。“这是一句俏皮话吗？”

“这不就是你的名字吗？ Come-folhas.”

吃树叶者从自己鼻孔里抠出一只很大的昆虫，朝空中一弹，昆虫嗡嗡嗡飞走了。“你经常这样气我。”他说，接着走开了。

米罗看着他走远。吃树叶者是个很难相处的猪仔。米罗更喜欢跟另一个名叫“人类”的猪仔打交道，虽说“人类”更机灵，和他相处时必须更加小心，可至少他不像吃树叶者这样动不动就使小性子。

猪仔走出视线，米罗起身朝城里走去。从他家附近的山坡上下来两个什么人，朝他家的方向走去。走在前面的个子很高——不，是奥尔拉多，肩上坐着科尤拉。科尤拉已经大了，不该老让别人扛着。米罗很担心她，她好像始终没有从父亲去世的冲击中恢复过来。米罗心里一阵难过，他和埃拉还以为，父亲一死，他们的所有麻烦都会烟消云散呢。

他停下脚步，想看清跟在奥尔拉多和科尤拉身后的那个男人。那人他以前从来没见过。那个死者代言人！这么快就到他家来了！他到城里最多不过一个小时，可已经朝他家去了。简直太妙了！正是我需要的——让妈妈发现是我叫来的代言人！我还以为死者代言人都是懂得怎么小心从事的人呢，不会笔直地朝发出请求的人家走去。我可真是太傻了。比我希望的早来了几十年，这本来已经够糟糕的了。就算别人都不说，金也准会去向主教告密的。现在，除了应付妈妈之外，我还得应付全城的人。

米罗钻进树丛，沿着一条小径跑起来。小径曲曲折折，但最终，它还是会通向回城的围栏大门。

CHAPTER

07

希贝拉一家

米罗，这回如果你在场该多好。虽说我语言方面比你强，但我真的弄不懂这些话的意思。你知道新来的那个猪仔吧，叫“人类”的那个，我好像看见你回去参加审议表决之前跟他说过一会儿话。曼达楚阿告诉我，他们之所以叫他“人类”，是因为他非常聪明，像个孩子。当然，我很高兴他们把“聪明”和“人类”联系在一起，或许他们以为我们喜欢被当成孩子宠着。不过我要说的不是这个。

曼达楚阿还说：“他才学会自己走路就能说话了。”说这话时，他的手比画了一下，离地面只有 10 厘米高。在我看来，他这个手势是指“人类”学会说话走路时的高度。只有 10 厘米！当然，也许我完全理解错了。你当时真该在那儿，亲眼看看。

如果我是对的，曼达楚阿真是这个意思，这将是我们第一次掌握了一点有关幼年猪仔的资料。假如他们开始走路的时候只有 10 厘米高——而且还能说话！那么，他们的妊娠期一定比人类短得多，许多身体方面的发育必须在出生之后完成。

接下来就更不可思议了。他凑近我，好像告诉我的是不应该透露的信息。他告诉我“人类”的父亲是谁。“你的祖父皮波认识‘人类’的父亲，他的树就在你们的大门附近。”

他是在开玩笑吗？鲁特二十四年前就死了，对不对？也许这只是某种宗教方面的事儿，选一棵树当成孩子的父亲。可曼达楚阿说这话时仿佛在透露一个天大的秘密，我不得不相信他说的是事实。难道他们会有长达二十四年的妊娠期？或者，“人类”必须花二十几年时间才能由一个10厘米的小东西长成我们看到的成年猪仔？又或者，他们把鲁特的精子存在某个地方的一个小罐里？还是另有蹊跷？

这个事件非常重要。在人类观察者认识的猪仔中，还是第一次有人成为父亲。而且居然是鲁特，那个遭到同类屠杀的猪仔。换句话说，地位最低下的猪仔——哪怕是一个被处决的罪犯——居然被其同类称为父亲！这意味着，与我们打交道的猪仔并不是被抛离主流的弱势群体，尽管这一群中有些成员已经十分老了，甚至认识皮波，他们也还是可以成为父亲的。

还有，如果这一群体真的是地位低下的弱势群体，像“人类”这样的被公认为头脑出众的猪仔，怎么会被扔进这一伙里？我相信，我们长期以来大错特错了。这不是一群地位低下的单身汉，而是一群地位很高的年轻人，其中有些大有可能在部落中出人头地。

你还跟我说你替我难过，因为你要去参加审议表决，而我只能留在家里撰写通过安塞波发送出去的官样文章。你可真是满嘴喷——那个，排泄物！（如果你回来时我已经睡着了，叫醒我，给我一个吻，好吗？这是我今天挣来的。）

——欧安达致米罗的个人备忘录，

根据议会的命令从卢西塔尼亚文件集中没收，

在以背叛和渎职罪名起诉

卢西塔尼亚外星人类学家的审判中作为呈堂证物

卢西塔尼亚没有建筑公司。一对新人成家时，他们的朋友和家人会一起动手，为他们建一幢住宅。从希贝拉一家的宅子上就能看出这一家子的历史。最前面的老房子是用塑料板在混凝土地基上建的，随着家庭人口增加，房子也不断添加，紧挨着从前的房子，最后在山坡前形成一长排一层高的房子，总共五套，各不相同。最新的房子是全砖房，墙壁砌得笔直，屋顶覆着瓦。除此之外，再没有别的美学追求。这家人的建筑全是自己用得着的，别的一概没有。

不是因为贫穷。安德知道，在这样一个经济控制得很好的殖民地并没有穷困现象。没有装饰，没有个性特征，只说明这家人对自己房子的轻视。在安德看来，这表示他们对自己也很轻视。回家之后奥尔拉多和科尤拉一点也没有放松的迹象，毫无大多数人回家后的松弛感。要说有什么变化，那便是他们戒心更重了，不再嬉笑。这座房子好像附着微妙的重力，他们越靠近，步履就越沉重。

奥尔拉多和科尤拉直接进了屋，安德等在门口，等着主人招呼他进去。房间半开着门，奥尔拉多走进走出，一句话都不和他说。安德望见科尤拉坐在前屋的一张床上，倚着身后光秃秃的墙壁。屋里的四壁没挂一点装饰品，一片惨白。科尤拉的脸也和这些墙一样，没有任何表情，眼睛虽然一眨不眨地盯着安德，但眼神中却没有一丝迹象可以说明她知道这里还有他这么一个人，自然更没有做出一点请他进屋的表示了。

这幢房子里弥漫着某种瘟疫。安德试图理解从前的娜温妮阿，看她的性格中有哪些自己看漏了的特点，让她甘于住在这样的地方。难道二十二年前皮波的死掏空了娜温妮阿的心，让她的心灵枯槁到这种地步了吗？

“你妈妈在家吗？”安德问道。

科尤拉什么都没说。

“噢，”他说，“请原谅，我还以为你是个小姑娘哩，原来你是一尊雕像。”

她的脸上看不出一点听见了他的话的表情。开个玩笑让她别这么忧郁的努力遂告失败。

传来一阵噼里啪啦的鞋底拍打水泥地面的声音。一个小男孩跑进屋里，到了屋中间突然止步，脸朝门口的安德猛地一转。他比科尤拉小不了多少，最多小一岁，六七岁的样子。和科尤拉不同，他脸上的表情很灵活，带着一股子野蛮的饥渴神色。

"你妈妈在家吗？"安德再一次问道。

小男孩弯下腰，仔细地卷起裤腿，腿上用胶布粘着一把厨刀。他慢条斯理地撕下胶布，双手在身前紧紧攥着刀子，照着安德猛冲过来。安德发现刀子准准地瞄着自己的裆部。这小鬼，对客人倒是一点儿也不客气。

眨眼间，小鬼已经被夹在安德的胳肢窝里，刀子扎在天花板上。男孩又踢又叫，安德只好双手并用才制住他的四肢。小鬼落了个手脚被抓住，身体在安德眼前荡来荡去的下场，活脱脱像一只被捆住四肢准备打烙印的小牛犊。

安德瞪着科尤拉。"你要是不赶紧动身，把这家里管事的人叫出来，我就把这个小鬼带回家去当晚饭了。"

科尤拉想了想，这才站起身来，跑出房间。

过了一会儿，一个满面倦容的姑娘走进前屋，头发乱糟糟的，睡眼惺忪。"Desculpe, por favor,"她嘟囔着，"o menino não se restabeleceu desde a morte do pai —"

她仿佛突然清醒了过来。

"O Senhor é o falante pelos mortos！"你就是那个死者代言人！

"Sou."安德回答。是我。

"Não aqui,"她说，"哦，不，真抱歉，你会说葡萄牙语吗？哎呀，当然，你当然会说，不是才回答了我吗——噢，别，请别来这儿，现在别来。请你走吧。"

“行啊。”安德说，“我该留着这孩子还是那把刀？”

他抬眼望望天花板，她随着他的视线望去。“噢，不，真太抱歉了。昨天我们找了一整天，知道是他拿的，可就是找不到。”

“粘在他腿上。”

“昨天没在腿上，那地方我们一开始就搜过。请放开他吧。”

“你真想让我放开他？我想他正咬牙切齿呢。”

“格雷戈。”她对男孩说，“拿刀子戳人是不对的。”

格雷戈喉咙里发出呜噜呜噜的咆哮。

“你知道，他死了父亲。”

“他跟他父亲那么亲密？”

她脸上露出一丝觉得好笑的表情，同时又明显带着某种憎恨。“也算不上。他从小就是个贼，我是说格雷戈，从他能拿起东西、学会开步走时就拿他没法子。不过伤人倒是件新鲜玩意儿。请把他放下来。”

“不。”安德说。

她的眼睛忽地收缩成两道窄缝，挑战似的看着他。“想绑架他？把他弄到什么地方去？要多少赎金？”

“恐怕你没明白我的意思。”安德说，“他袭击我，你却没有给我承诺，说他今后再也不会这么做。你也没准备，等我放下他来时好好管教他。”

和他预料的一样，她的眼睛里燃起了怒火。“你算老几？这是他的家，不是你的！”

“说实话，”安德说，“从广场到你家可是很长一段路呀，奥尔拉多的步子又那么快。我倒真想坐下歇歇。”

她朝一把椅子点点头。格雷戈在安德铁钳般的掌握中又挣又扭。安德把他举起来，两人脸对着脸，他说：“知道吗格雷戈？要是你挣开了，你肯定会大头冲下栽到水泥地上。如果有地毯的话，我保证不摔昏过去的可能性还有五成，可是这儿没地毯。而且实话对你说吧，我一点儿也不在乎听到你的脑袋瓜在地上砸个稀巴烂的声音。”

“他的斯塔克语还没好到听明白你的话的地步。”那姑娘说。

安德清楚得很，格雷戈听懂了他的意思。屋里的气氛他也了如指掌。奥尔拉多又回来了，站在通向厨房的门口，身旁是科尤拉。安德愉快地冲他们笑笑，迈上一步，坐在姑娘指给他的椅子上。这个过程中，他把格雷戈朝空中一抛，放开他的手脚，任那小鬼在空中一阵乱舞。格雷戈预感到摔在地上的滋味好受不了，吓得尖叫起来。安德朝椅子上一坐，接住格雷戈朝自己膝头一按，重新钳住他的胳膊。格雷戈拼命踢着安德的胫骨，但那孩子没穿鞋，踢也白踢。转眼工夫，安德又把他治得服服帖帖的。

“坐下来真是好哇。”安德说道，“谢谢你的招待。我叫安德鲁·维京。奥尔拉多和科尤拉我已经认识了，格雷戈跟我显然也成了好朋友。”

姑娘在围裙上擦了擦手，好像打算和安德握手，最后手却没伸出去。“我叫埃拉·希贝拉，埃拉是埃拉诺娜的简称。”

“认识你很高兴。看得出来，你正忙着准备晚饭是吧。”

“是的，我很忙。我想你应该明早再来。”

“哦，忙你的去吧，我不介意等。”

另一个男孩，岁数比奥尔拉多大，比埃拉小一点，推开别人走进房间。“没听到我姐姐怎么说的吗？你在这里不受欢迎！”

“你对我可太热情了。”安德说，“不过我来是见你们母亲的，我就在这儿，等她下班回家。”

提到母亲，姐弟几个都不吭声了。

“刚才我说她在上班，这是瞎猜的。这儿这么生猛活泼，如果她在家，我想她一定会出来凑凑热闹的。”

听了这话，奥尔拉多露出一丝笑意，但大一点的男孩仍然阴沉着脸，埃拉脸上则呈现出一种奇异、痛苦的表情。“你见她干吗？”埃拉问道。

"事实上，我来见你们全家。"他朝那个较大的男孩笑了笑，"我猜你是伊斯特万·雷·希贝拉，和牺牲者圣史蒂芬的名字一样，就是那位亲眼看见耶稣坐在上帝右手边的圣徒。"

"这种事你懂什么，你这个无神论者！"

"就我所知，使徒保罗[1]从前也是个不信上帝的人，我记得他曾经被当作教会最凶恶的敌人。不过后来他悔过自新了，对吗？所以，我想你不应该把我看成上帝的敌人，而应该把我当作还没有找到正确方向的使徒。"安德微笑着说。

那男孩紧紧咬着嘴唇，瞪着他，半天才憋出一句："你不是圣保罗。"

"正相反，"安德说，"对猪仔们而言，我就是一个使徒。"

"你休想见到猪仔，米罗绝不会让你见他们。"

"也许我会。"门外一个声音道。其他人当即转身，看着来人走进房间。米罗很年轻，肯定还不到二十岁。但从他的神态和举止上，安德看出这是一个惯于承担远超出其年龄的责任、忍受成年人痛苦的小伙子。安德注意到其他人是如何让开路给他腾出地方的，不是躲开自己害怕的人，而是调整姿势，面向着他，朝他周围聚拢，仿佛他是房间的引力中心，他一到场便影响了房间里的一切。

米罗走到房间中央，面对安德。他瞧了瞧安德手里的俘虏。"放开他。"声音冷若冰霜。

埃拉轻轻碰了碰他的胳膊。"米罗，格雷戈刚才想拿刀戳他。"她的声音里还有一层意思：冷静点，没什么大事，格雷戈没有危险，这个人不是我们的敌人。这些，安德都听见了，米罗也是。

"格雷戈，"米罗说，"早告诉过你，总有一天你会碰上一个不怕你

---

①使徒保罗：耶稣十二门徒之一。

的人。”

见大家都站到敌人的立场上去了，格雷戈号啕大哭起来：“他弄疼了我，弄疼了我。”

米罗冷冷地打量着安德。埃拉也许已经对死者代言人产生了信任，但米罗还没有，至少现在还没有。

“我是在弄疼他。”安德说道。他早就发现，赢得别人信赖的最好办法就是实话实说。“他每挣脱一下，就会更不舒服一些。他可始终没消停。”

安德沉着地迎上米罗的视线。米罗明白了他无声的要求，不再坚持要他放开格雷戈了。“格雷戈，这回我可帮不了你啦。”

“难道你就由着他这么做？”伊斯特万道。

米罗指指伊斯特万，对安德歉意地说：“大家都叫他金。”这个词的音与斯塔克语的“国王”相似，“开始是因为他的中间名是雷[①]，后来则因为他什么都管，觉得老天爷给了他特权。”

“混蛋。”金骂道，咚咚咚走出房间。

其他人坐下来，作好谈话的准备。既然米罗决定接受这个陌生人，哪怕是暂时的也罢，大家便觉得可以稍稍放松戒备。奥尔拉多坐在地上，科尤拉回到床上自己的老位置，埃拉靠在墙上。米罗拉过一把椅子，在安德对面坐下。

“为什么到我们家来？”米罗问道。从他问话的样子上，安德一眼看出，他也跟埃拉一样，没有把自己邀请了死者代言人的事告诉家里人。这么一来，发出请求的两个人都不知道对方也等待着这位代言人。另外一件事，几乎可以肯定，他们没料到他来得这么快。

“来见你们的母亲。”安德回答。

---

① 雷：Rei（葡萄牙语），国王的意思。

米罗如释重负，不过表现得不明显。“她在工作。”他答道，“很晚才回家。她正在努力开发一种新马铃薯，具有极强生命力，能跟本地的杂草竞争。”

“和苋一样？”

他笑道：“已经听说苋了？不不，我们可不想让这东西的生命力强到那个份儿上。我们这儿的食谱实在太单调了，添点儿土豆倒不错。再说，苋可酿不出有劲头的饮料来，矿工和农场工人只好自己动手。他们创造出的那种劣质伏特加，在这里就称得上是蒸馏饮料之王了。”

在这个房间里，米罗的笑容仿佛是穿过裂隙照进洞窟的阳光。安德可以感受到屋子里的气氛缓和下来。科尤拉的腿扭来扭去，开始表现出普通女孩的天性；奥尔拉多脸上挂着傻呵呵的笑，半闭着眼睛，免得眼睛的金属光泽太引人注目；埃拉脸上的笑容比米罗的俏皮话应该引起的微笑更加热烈。连手中的格雷戈也放松下来，停止了挣扎。

突然间，安德感到膝头上一阵热乎乎的。看来格雷戈还远没有认输。安德受过的训练是绝对不要一触即发，做出敌人预计的反应，他必须深思熟虑，谋定而后动。于是，在格雷戈尿液的冲刷下，安德纹丝不动。他清楚格雷戈等待的是什么：一声惊呼，然后厌恶地将他一把抛开，就此重获自由。这就是他的胜利。安德不想让他获得胜利。

埃拉显然熟悉格雷戈脸上的表情。她的眼睛睁大了，生气地朝那个捣蛋鬼走上一步。“格雷戈，你这个天杀的小——”

安德笑着朝她眨眨眼，止住她的脚步。“格雷戈送了我一点小礼物，这是他能给我的唯一一样东西。还是他自己制造的呢，那意义就更重大了。我真是太喜欢这个孩子了，肯定永远舍不得放他走。”

格雷戈一声咆哮，再次挣扎起来，拼命要脱离安德的掌握。

“你这是干什么！”埃拉道。

“他是想让格雷戈拿出点人样来。”米罗说，“早就该这么做了，可没人愿意费这份心。”

“我做过努力。”埃拉道。

坐在地上的奥尔拉多开口了：“在家中，埃拉是让我们保持文明状态的人。”

金在另一个房间里叫道：“别告诉那个混蛋家里的任何事！”

安德郑重其事地点点头，仿佛金提出的是一个了不得的好点子。米罗不由得微笑了一下。埃拉翻了个白眼，在床边挨着科尤拉坐下。

“我们这儿算不上是一个快乐家庭。”米罗说道。

“我理解。”安德说，“毕竟，你们的父亲刚刚去世没多久。”

米罗冷笑一声。奥尔拉多又说话了：“还不如这么说，我们不快乐，因为父亲不久前还活着。”

埃拉和米罗显然持相同看法，但另一个房间里的金又嚷嚷起来：“什么都别告诉他！”

“过去他伤害了你们？”安德轻声问。格雷戈的尿已经凉了，腿上湿漉漉的很不舒服，但他没有动弹。

埃拉答道：“如果你问的是他打没打过我们，答案是‘没有’。”

在米罗看来，事情进展得太快了一些。“金说得对。”他说，“家里的事跟外人没关系。”

“不。”埃拉道，“跟他有关系。”

“怎么跟他有关系？”米罗问。

“因为他来这里就是要为父亲代言。”埃拉道。

“为父亲代言！”奥尔拉多道，“Chupa pedras！父亲刚死还不到三个星期！”

“我原本已经在路上了，来为这里的另一位死者代言。”安德说道，“但的确有人请我为你们的父亲代言，我会替他说话的。”

“不是替他说话，而是斥责他。”埃拉说。

“是替他说话。”安德回答。

“我请你来是想让你说出事实。”她气愤地说，“说出父亲的事实就是斥责他。”

房间里一片死寂，所有人都一动不动。最后，金慢慢走进门。他谁都没看，只瞪着埃拉。“是你叫他来的。”他轻声说，“你！”

“来说出事实！”他的谴责明显刺痛了她，尽管这些谴责并没有出口：背叛自己的家庭，背叛教会，招来这么一个异教徒，让他去揭露小心掩盖了这么长时间的真相。“米拉格雷的所有人都那么好、那么体贴。”她说，“老师们对咱们的毛病睁一只眼闭一只眼，比如格雷戈的偷窃，科尤拉的沉默——她在学校里一个字都不说——可那些当老师的却提都不提。人人都装模作样，把我们当成普普通通的正常孩子——加斯托和西拉的孙辈嘛，又是那么聪明，对不对？家里出了一个外星人类学家，所有外星生物学家都是咱们家的人！真光荣，真有面子。大家只管别过头去不看，哪怕父亲喝得酩酊大醉，回家把母亲打得走不动路！”

“闭嘴！”金大吼道。

“埃拉！”米罗道。

“还有你，米罗，父亲朝你破口大骂，那些脏话骂得你逃出家门。你跑呀跑，跌跌撞撞的，因为你眼睛都看不——”

“你没权利把这些事告诉他！”金说。

奥尔拉多跳了起来，站在房间正中，用那双非人类的眼睛来回扫视着大家。“这些事你们还打算捂着瞒着吗？”他轻声问。

“你担什么心？”金说，“他从来没把你怎么样。你只管把眼睛一关，戴上耳机听舞曲，听巴赫——”

“关掉眼睛？”奥尔拉多说，“我的眼睛从来没关上。”

他猛地一转身，走到大门对面最远处墙角的终端边，啪地一下打开终端，拿起一根线缆，插进右眼窝的接口。这不过是个简单的电脑对接，却让安德想起往事，想起一个巨人的眼睛被撕裂开来，一点点渗出眼窝，年幼的安德继续往眼睛深处挖呀挖呀，直到掘进巨人的大脑，直到巨人轰然倒地。他怔了一下，明白这只是回忆，是自己在战斗学校玩过的一场电脑游戏。三千年前的往事了，但对他来说，时间仅仅过去了二十五年，还不够久，记忆还栩栩如生。正是掌握了他的记忆和噩梦中巨人的死亡，虫族才能够发给他信号，最终把他引到虫族女王的虫茧面前。

简的声音将他重新拉回现实。她在他耳中低语："如果你不反对的话，等他连上了，我把存在他眼睛里的资料全部拷贝下来。"

终端上空出现一幅图像，不是立体的，像是浅浮雕，正是单独一个观察者眼里见到的景象。图像里的房间就是现在大家所在的房间，观察点就是奥尔拉多刚才坐的地方，显然这是他一贯的位置。房间中央站着一个大块头男人，孔武有力，杀气腾腾，正挥舞着胳膊，朝米罗破口大骂。后者一声不吭，低着头，没有任何怒气发作的迹象。没有声音，只有图像。"你们全都忘了吗？"奥尔拉多悄声说道，"忘了当时的情形吗？"

终端图像上，米罗终于转身夺门而出，马考恩赶到门口，冲着他的背影叫骂不停。接着他转身回到房间，站在那里喘着粗气，像一头在追赶猎物的过程中大耗体力的猛兽。格雷戈奔到父亲身边，拽着他的裤腿，朝门外嚷着。从他脸上的表情可以看出，他在模仿父亲那些辱骂米罗的残忍的字句。马考恩一把扯开小儿子，气势汹汹地朝后面的房间走去。

"没有声音。"奥尔拉多说，"但你们听得见，对吗？"

安德感到格雷戈的身体在他膝头剧烈颤抖起来。

"就在那儿，一拳，哗啦一声——她倒在地上。你们自己的身体上有感觉吗？和她的身体撞在地上时同样的感觉？"

"闭嘴，奥尔拉多。"米罗说。

电脑生成的图像终止了。"我简直不敢相信，你居然把这些存下来了。"埃拉道。

金毫不掩饰地哭了起来。“是我杀了他。”他抽泣着说，“我杀了他，我杀了他，我杀了他。”

“你在说什么呀？”米罗恼怒地说，“他是病死的，遗传病！”

“我向上帝祈祷让他死！”金尖叫起来，脸上涕泪横流，嘴边溅出唾沫，“我向圣母祈祷，向耶稣祈祷，向外公外婆祈祷。我说只要他死，我宁肯下地狱。他们答应了我。我会下地狱的，但我一点也不后悔！上帝原谅我，但是我乐意！”他抽泣着，跌跌撞撞奔回自己的房间，接着传来砰的一声门响。

“嘿，这可又是一桩得到验证的外公外婆的神迹。”米罗道，“他们是圣人，这已经是铁板钉钉了。”

“别说啦。”奥尔拉多说。

“他还不断告诫我们耶稣基督要我们原谅那个老混蛋哩。”米罗说。

安德膝上的格雷戈哆嗦得太厉害，他不由得有些担心，低头看，才发现格雷戈正在不住地小声嘟囔着一个词。埃拉也发现格雷戈有点不对劲，她跪在这个小男孩面前。

“他在哭。我从来没见过他哭成这个样子——”

“爸爸，爸爸，爸爸。”格雷戈小声嘟囔着。他的哆嗦变成了抽搐，剧烈程度如同痉挛。

“他怕爸爸？”奥尔拉多问道，脸上显出对格雷戈的强烈关切。看见几个人脸上焦急的神情，安德心里暗自松了口气。这个家庭中仍然有爱，而且不仅仅是在暴君的淫威下受压迫者自然而然形成的那种团结。

“爸爸死了。”米罗安慰地说，“不用再怕他了。”

安德摇摇头。“米罗，”他说，“你注意到奥尔拉多放出来的图像了吗？小孩子是不会评判自己的父亲的，他们只知道爱爸爸。格雷戈竭尽全力，想让自己跟爸爸一个样。你们其他人可能巴不得他早死，但对格雷戈来说，父亲的死就像世界毁灭一样。”

兄妹几个从没想到这一点。即使现在，这仍是一个让人反感的念头。安德看出他们不愿面对这种想法，可他们也知道，安德说得对。一旦指出来，大家就都看得清清楚楚。

“Deus nos perdoa.”埃拉悄声道。上帝呀，原谅我们吧。

“想想我们说过些什么话。”米罗轻声道。

埃拉伸手想抱格雷戈，男孩没靠近她。安德知道他会做什么，也做好了准备。他的手松开了。格雷戈一转身，两只胳膊搂住死者代言人的脖子，伤心地、歇斯底里地痛哭起来。

兄弟姐妹们手足无措地望着这一幕。安德温和地对他们说：“你们让他怎样表达悲伤呢？他知道你们是多么仇视父亲。”

“我们从来没恨过格雷戈。”奥尔拉多道。

“我早该知道的。”米罗说，“我知道，他是我们中间最难过的，可我居然压根儿没往这方面想……”

“别责怪自己了。”安德说，“这种事只有旁观者能看得清楚。”

他听见简在他耳朵里说：“你可真是越来越让我惊叹佩服了，安德鲁。你摆弄起人来跟捏泥巴一样。”

安德不能回答她，回答了她也不会信。这一切他并没有事先计划，只不过是随机应变。他怎么可能会预先知道奥尔拉多记录了马考恩在家里的暴行？他的洞察力只表现在对格雷戈的把握上，即使这一点也纯粹出于本能。他本能地察觉出，格雷戈极度渴望出现一个有权威的人，对他拿出当父亲威严的人。他的父亲很残忍，所以格雷戈认定只有残忍才能表现爱和权威。现在，他的泪水浸润着安德的脖子，热乎乎的，同刚才浇在安德腿上的尿一样。

格雷戈的表现在他预料之中，但科尤拉却让他大吃一惊。其他人静静地注视着痛哭流涕的格雷戈时，她从床上站起身来，笔直地走向安德。她的眼睛生气地眯缝着。“你臭死了！”她宣布。然后昂首挺胸朝后屋走去。

米罗好不容易才忍住没笑出声，埃拉露出了微笑。安德扬起眉头，好像在说：喂，有赢的时候，丢面子的时候也免不了嘛。

奥尔拉多好像听见了他没说出口的话。这个安了一双金属眼睛的男孩，坐在终端旁的椅子上说：“你也赢得了她的认可。几个月以来，除了对家里人，这是她说得最多的一次了。”

可我不是外人。安德心里说，你看不出来吗？现在我已经成了这个家里的一份子了，不管你们喜不喜欢，不管我自己喜不喜欢。

过了一会儿，格雷戈止住抽泣，他睡着了。安德把他抱到他的小床上，这个小房间里，科尤拉已经在另一头睡着了。埃拉帮着安德，脱下格雷戈被尿水浸湿的裤子，给他换上干净的宽松内裤。她的动作轻巧熟练，没有弄醒格雷戈。

回到前屋，米罗冷静地打量着安德。“唔，代言人，随便你选择。我的裤子你穿太短，裤裆也太紧，而父亲的裤子你穿上去又一准会往下垮。”

格雷戈的尿早已干了，安德愣了一下才明白他是什么意思。“别麻烦了。”他说，“我可以回去换。”

“妈妈一个小时以后才会回家。你来是想见她，对吗？到时候我们就已经把你的裤子收拾干净了。”

“那我选你的裤子。”安德说，“裆紧一点没关系，这个险我冒得起。”

CHAPTER

08

娜温妮阿

这种职业意味着终生欺骗。你走出围栏，发现某种至关重要的东西，回到工作站后你却会写一份完全无关紧要的报告，报告中丝毫不能提及我们的发现，因为取得这种发现时，我们触犯了法律，影响了他们的文化。

这是一种折磨。你还太年轻，体会不到。这种做法早在你祖父时就开始了。和猪仔在一起，隐瞒知识是痛苦的。你看到他们竭尽全力想克服一个困难，你掌握着知识，可以轻而易举地将他们从困境中解脱出来。你眼睁睁看着他们已经非常接近了，然后，因为没有你所掌握的知识，他们在正确的结论前退回去，走上错误的道路。看着这样的情形，只要稍稍有点人性，你就会感受到巨大的痛苦。

你必须时时提醒自己：法律是别人制定的，决定是别人做出的。在自己和真理之间筑起高墙的不是我们。如果这些人知道我们早已轻轻一戳，在这堵高墙上打开了一道裂口，受到惩罚的必然是我们。那些异乡科学家，但凡有一个致力于追求真理，便会招来十个毫无头脑的小人从中作梗，他们鄙视知识，一生从无创见，唯一能做的就是在真正的科学家的成果中挑剔最微不足道的漏洞和矛盾之处。这帮吸血的苍蝇会叮上你的每一份报告，如果你疏忽大意，哪怕只有一次，他们也绝不会放过。

这就是说，有些猪仔你连提都不能提，因为他们的名字源于我们带来的文化影响："杯子"会让别人知道我们教给了他们基本的制陶术，"日历"和"镰刀"更是如此。如果让他们发现了"箭"这个名字，连上帝都救不了咱们。

——利波致欧安达和米罗的备忘录，

根据议会的命令从卢西塔尼亚文件集中没收，在以背叛和渎职罪名起诉卢西塔尼亚外星人类学家的审判中作为呈堂证物

娜温妮阿的工作一个小时前就做完了，可她还是盘桓在生物学家工作站里不愿离开。克隆的马铃薯在培养液里长得很好，现在她只需每天注意观察就行了，看这种顽强的植物经过她的基因改造之后能不能长出有用的块茎。

已经没什么事了，我为什么还不回家？这个问题她找不到答案。孩子们需要她，这是肯定的。天天早出晚归，回家时年龄较小的孩子已经睡着了，这样对待孩子实在不能算是尽到了母亲的责任。但现在，明知道应该回去了，她却仍然在实验室里发呆，什么都不看，什么都不做，什么都不想。

她想过回家，但不知为什么，想起回家她一点儿也不觉得高兴。马考恩不是已经死了吗？她提醒自己，三周前就死了。怎么不早点儿死呢？他做了我需要他做的一切，我也做了他需要的一切，此后，在他腐烂坏死之前四年，我们已经找不出继续在一起的理由了。那些日子里我们从来没有过一分一刻的爱，但我从来没想过离开他。就算不能离婚，分居也行啊。可以不受殴打。到现在她的臀部还觉得僵硬，有时疼得厉害。那是他上次把她摔在水泥地上留下的后遗症。你给我留下了多么可爱的回忆啊，马考恩，我的丈夫，你这个畜生。

一念及此，臀部的疼痛像烧灼一样传遍全身。她满意地点点头。我理应受到这种惩罚，疼痛消失后我反而会更难过的。

她站起来走过房间，腿一点也不瘸，即使疼得受不了，稍微瘸一点会舒服得多。这方面不能宠着自己，任何方面都不能。我活该。

她走出房间，关好门。她一离开，电脑便关闭了房间里的照明灯，只留下植物栽培区的灯，以促进光合作用。她深爱着这些植物，把它们看成自己的宠物。长吧，她日夜对它们呼唤着，快快长大吧。她为每一株死去的植物伤心难过，只有确定彻底没有希望了，她才肯掐掉一株。离开工作站的时候，她似乎还能听到植物们无声的音乐，听到细胞小得不能再小的动静：它们在生长、分裂，形成种种繁复的形式。离开它们，她就是从光明走向黑暗，从生走向死，配合着臀部肢体的伤痛，她心中的疼痛愈加强烈。

从山坡走向山脚的家时，她发现自家窗户里透出灯光，照亮了下面的山坡。好在科尤拉和格雷戈的房间里没亮灯。她最受不了他们俩对她的谴责：科尤拉的沉默、格雷戈阴沉粗野的举止。可除开这个房间，家里亮灯的房间太多了，包括她自己的房间和前屋。一定有什么不同寻常的事。她最讨厌不同寻常的事。

奥尔拉多坐在起居室里，跟平时一样戴着耳机。但今晚他的眼睛上还戴着互动夹，显然正从电脑里载入过去的影像，或者在下载眼睛里记录的资料。和之前无数次一样，娜温妮阿恨不得自己也能把保存在大脑中的影像下载出来，再把它们删个一干二净，代之以愉快的回忆。比如，删掉对皮波的尸体的记忆，换上他们三人在外星人类学家工作站度过的那些黄金时光；还有删掉对裹在尸布里的利波的尸体的记忆——她的心上人的躯体包裹在一层层织物中。多么希望这些记忆能够烟消云散，取而代之的是有关这具躯体的甜蜜回忆，他抚过她身体的双手，他的嘴唇的轻触。但美好时光一去不复返，被痛苦深深地掩埋了。全都是我偷来的，这些美好的日子，所以它们又从我的手中全都夺走，只给我留下我应受的惩罚。

奥尔拉多朝她转过脸来，互动夹从他眼窝里凸出来。她不禁颤抖了一下，心头涌起一阵羞愧。我对不起你，她无声地说，如果你有另一个妈妈，你肯定不会丧失眼睛。劳诺，出生时你是最好的，是我的孩子当中最健康、最健全的。但是，我的子宫里产出的任何后代都不可能长久保持健全。

这些她当然没有说，和她一样，奥尔拉多也不开口。她转身朝自己房间走去，看看为什么灯没关上。

“母亲。”奥尔拉多说。

他摘下了耳机，从眼窝里拧下互动夹。

“什么事？”

“家里来了客人。”他说，“是那个代言人。”

她感到心里泛起一阵寒意。别在今晚，她无声地呼喊着。但同时她也知道，自己明天也不愿见他，后天也不愿，永远都不愿见到这个人。

“他的裤子已经洗干净了，正在你房间里换。请别介意。”

埃拉从厨房走进来。“你回来了。”她说，“我正倒咖啡呢，你也有一杯。”

“我上外面去，等他走了我再回来。”娜温妮阿说道。

埃拉和奥尔拉多对视一眼。她立即明白了，她已经被看成了一个需要解决的问题。很显然，无论代言人想在这里干什么，他们都会支持他。好吧，我就是个问题，一个你们解决不了的大问题。

“母亲，”奥尔拉多说，“他和主教说的不一样。这个人挺好的。”

娜温妮阿用她最损人的嘲讽语气答道：“你从什么时候成了分辨好人坏人的专家啦？”

埃拉和奥尔拉多又对视一眼。她知道他们在想什么：我们该怎么向她解释？怎么才能说服她？这个嘛，亲爱的孩子们，我是说服不了的，利波活着时每个星期都更加深入地了解了这一点。他从来没能从我这里掏出那个秘密，他的死亡不是我的过错。

不过他们总算取得了一点成功，她没有离开家，而是进到厨房，在门口与埃拉擦身而过。厨房桌上，小小的咖啡杯整整齐齐排成一圈，中间放着咖啡壶。她坐下来，前臂支在桌子上。这么说，代言人来了，一到这里就直奔她家。他还能去哪儿？他来这里是我造成的，是我的错，难道不是吗？又一个生活被我毁掉的人，像我的孩子，像马考恩，像利波，还有皮波，还有我自己。

一只结实有力的手从她肩上伸过来，端起咖啡壶，斜过弯曲的壶嘴，朝咖啡杯里斟下一股细细的、热腾腾的咖啡。

“Posso derramar ?”他问。真是个蠢问题，他不是已经开始斟了吗？不过这个声音很温和，他的葡萄牙语带着点好听的卡斯蒂里亚口音。是个西班牙人？

“Desculpa-me，”她轻声说。请原谅我。“Trouxe o senhor tantos quilômetros —”

“星际飞行时我们的计量单位不是公里，堂娜·伊凡娜娃[①]。我们用光年。”他的话好像是一种责备，但语气却是忧伤的，甚至充满谅解、宽慰。这个声音充满诱惑力，这个声音是个骗人高手。

“如果我可以逆转你二十二年的航行，还给你二十二年光阴，我会的。请求你来是个错误，我很抱歉。”她的声音平平板板。她的一生都是一个谎言，连她的道歉听上去也是照本宣科，毫无感情。

“在我的感受中，这段时间没那么长。”代言人道。他站在她身后，所以她还没见过他的脸。“对我来说，我一个星期前才离开我姐姐。我活着的亲人只有她一个了，分手时她的孩子还没有出世，现在她可能已经上完大学结了婚，说不定已经生了第一个孩子。我永远不会了解她了。

---

① 堂娜·伊凡娜娃：娜温妮阿的全名为伊凡娜娃·桑塔·卡特琳娜。

但我了解你的孩子们，堂娜·伊凡娜娃。”

她端起咖啡杯，一口饮尽。滚烫的咖啡灼痛了她的舌头和咽喉，让她的胃部一阵绞痛。“才几个小时，你就以为自己了解他们了？”

“比你更了解，堂娜·伊凡娜娃。”

代言人的大胆言辞吓得埃拉倒抽了一口凉气。娜温妮阿听见了。她相信他说的是事实，但尽管如此，听到一个陌生人说这种话，她仍然觉得怒火中烧。她转过身来面对他，想厉声反驳他的话，但他已经走开了，没在她身后。她转了转身体，最后站起身来找他，但他已经出了厨房。埃拉站在门口，两眼瞪得大大的。

“回来！”娜温妮阿喝道，“说了这种话你可别想开溜。”

他没有回答。她听见屋子背后传来低低的笑声。娜温妮阿循声而去，穿过一个个房间，来到宅子的最里面。米罗坐在娜温妮阿的床上，门口站着代言人，两人一块儿笑着。米罗看到母亲，脸上的笑容消失了。此情此景像一把刀，直插进她的心窝。好多年没见他笑过了，她甚至忘了他笑起来是那样甜美，和他的父亲一模一样，而她一出现便抹掉了这种笑容。

“金正发火呢，所以我们只好到这儿来说话。”米罗解释道，“埃拉把床铺好了。”

“床铺好没有，我想代言人是不会介意的。”娜温妮阿冷冷地说，“我说得对吗，代言人？”

“整齐和零乱，”代言人回答，“各有各的美。”他还是没有把脸转向她。她觉得这样很好，她说那些伤人的话时就不用直视他的眼睛了。

“我告诉你，代言人，你这一趟是白跑了。”她说，“你尽可以恨我，但是，现在这里没有死人需要你代言。年轻时我很傻，不懂事，以为只要我召唤，《虫族女王和霸主》的作者就会亲自降临在我面前。当时我失去了一个对我来说相当于父亲的人，我希望得到别人的安慰。”

这时他朝她转过身，是个年轻人，至少比她年轻，但他的眼睛里充满对他人的理解，十分吸引人。Perigoso，她想，他很危险，他十分英俊，他的善解人意有可能淹没我，让我无法自拔。

“堂娜·伊凡娜娃，”他说，“读了《虫族女王和霸主》之后，你怎么会觉得它的作者会带给你安慰？”

回答的是米罗。沉默、拙于言辞的米罗现在却抢着回答问题。除了在他的童年时代，她还从没见过他有这么积极过。“这本书我读过。”他说，“作者是第一位死者代言人，他在写作虫族女王的故事时，对她怀着深切的同情。”

代言人露出忧郁的笑容。“但他写作的对象却不是虫族，对不对？这本书是写给人类看的，当时他们还在庆祝虫族的毁灭，视之为一次辉煌的胜利。他的创作很残酷，将人类的荣耀变成悔恨，把人类的欢乐化为哀伤。而现在，人类已经忘记了自己曾经对虫族怀着深仇大恨，曾经将无上光荣赋予一个名字，那个名字现在甚至无法宣之于口——”

“我是个口无遮拦的人，什么都能说。”伊凡娜娃道，“这个名字就是安德，毁灭了他接触过的一切。”和我一样。这几个字她却没有说出口。

“哦？你了解他什么？”他的话一挥而出，像一柄巨大的草镰，锯齿森森，冷酷无情。“你怎么知道他没有怀着温情接触过什么东西？你怎么知道没有人爱他，没有人从他身上得到过爱的回报？毁灭了他接触过的一切——这是弥天大谎，这句话不能用在任何人身上。”

“这就是你的主张吗，代言人？如果真是这样，那你懂得可不多啊。”她做出挑衅的样子，心里却被他的怒气吓坏了。她还以为他永远都那么温和，像接受忏悔的神父一样。

一瞬间，怒气从他脸上消退了。“你用不着良心不安。”他说，“你的请求让我踏上了行程，但在航程中，还有其他人也提出了代言请求。”

“哦？”难道这样一个好人成堆的小城里还会有别人也看过《虫族

女王与霸主》，从而提出代言请求不成？是谁胆敢违抗佩雷格里诺主教的旨意，召唤代言人？“如果真是这样，那你为什么还待在我家里不走？”

“因为要求我代言的对象是马科斯·希贝拉，你已故的丈夫。”

这可真是骇人听闻。“他！这个人死了之后，还有谁愿意再想起他？”

代言人没有答话。回答她的是坐在床上的米罗。“只说一个人，格雷戈就会想他。代言人让我们看到了我们本该早就看到的东西——那孩子因为父亲的死大受打击，以为我们大家都恨他——”

“廉价的心理分析把戏。”她厉声回答，“我们这儿有自己的心理医生，跟代言人一样，有什么用处？”

她身后传来埃拉的声音：“是我请他来的，为父亲代言。我原以为他几十年后才会到达，可我很高兴他现在就来了，这时候来还能帮咱们一把。”

“他能怎么帮咱们！”

“他已经帮了，母亲。格雷戈睡觉之前拥抱了他，科尤拉也跟他说了话。”

“不过不是什么好话。”米罗说，“她告诉他，说他臭得要命。”

“说的是实话呀。”埃拉道，“格雷戈淋了他一身尿。”

米罗和埃拉大笑起来，代言人也笑了。这比其他任何事情更让娜温妮阿心烦意乱。自从皮波去世一年后，马考恩把她领进这个家门，这幢房子里从来没有过这样开心的笑声。娜温妮阿不由自主地想起米罗降生时她的喜悦，还有埃拉小时候。她想起孩子们小时候的样子，米罗对任何事情都喜欢胡说八道，蹒跚学步的埃拉常常在房子里发疯一样追着哥哥乱跑，孩子们玩耍嬉闹，在可以望见围栏外猪仔森林的草地上追逐。正是因为娜温妮阿对孩子们的喜爱，马考恩才大为恼怒，因为他知道这份欢乐将他排除在外。到金出世时，宅子已经笼罩在一种沉闷厚重的怨气中，金从来不会在父母在场时露出笑脸。听见米罗和埃拉的笑声，仿佛一层厚厚的黑色帷幕被猛地拉开，就在娜温妮阿已经习惯了黑夜、已经遗忘了光明的时候，突然间又见晴空万里。

这个陌生人好大的胆子！竟敢闯进她的家，把她精心掩上的帷幕一把扯开！

“我不同意。”她说，“你没有权利窥探我丈夫的一生。”

他扬起眉毛。她和别人一样知道得很清楚，星际法律赋予了他这份权利，法律保证他可以追索死者的真实生平。

“马考恩是个可怜人。”她固执地说，“把他的真实生平公之于众对任何人都没有好处，只能引起人们的痛苦。”

“你说得对，他的真实生平只能引起别人的痛苦。可你说因为他是个可怜人，这你就错了。”代言人说道，“如果我只说些人人皆知的事实：他讨厌自己的孩子，打老婆，从一家酒吧喝到另一家酒吧，直到酩酊大醉，被巡警送回家。如果只说这些，人人都会心安理得，没有人觉得痛苦，大家只会非常满足，每个人都很得意，自己当初没看错这个人。他是个小人，所以我们把他当成个小人看待，我们做得没错。”

“你觉得他不是个小人？”

“没有哪个人一钱不值，没有谁的生命是空无一物的，即使最邪恶的男男女女也不例外——只要深入他们的心灵，理解他们的行为动机，都会发现他们的深重罪孽中仍旧存在仁心善举，哪怕只有一点，也能对他们的罪过稍做补偿。”

“你要是真的相信这个，那你可比你的长相还要年轻。”娜温妮阿道。

“是吗？”代言人道，“我在两个星期前接到你的请求，我分析了那时的你。哪怕你现在记不得了，娜温妮阿，可我还记得。年轻时的你是个甜蜜、美丽、善良的姑娘，你从前孤独过，但皮波和利波理解你，他们觉得你值得去爱。”

“皮波已经死了。”

“但他爱过你。”

“你什么都不知道，代言人！你落后于时代二十二年了！还有，我并不认为我自己一钱不值，我说的人是马考恩。”

“你自己并不相信自己的话，娜温妮阿。因为你知道他的善良慷慨之处，有了这一点，那个可怜人的一生就没有虚度。”

娜温妮阿一阵恐惧。她必须让他闭嘴，阻止他说出来，虽然到现在她并不知道这个代言人自以为从那个畜生身上发现了什么善良慷慨之处。“你好大的胆！竟敢叫我娜温妮阿。”她大叫起来，“四年了，没有谁敢再用这个名字叫我！”

作为回答，他抬起手，手指拂过她的脸颊。这是个怯生生的动作，甚至有点孩子气，让她想起了利波。她再也忍受不下去了。她抓住他的手，一把甩开，将他推进房间。“出去！”她对米罗厉声吆喝。儿子一溜烟逃出门去。从他的脸上，她看得出，目睹过这幢房子里发生的种种争吵之后，米罗仍然被她今天的冲天怒火吓了一大跳。

“你休想从我这里得到任何东西！”她朝代言人吼道。

“我来这里并不是想从你这里得到任何东西。”他平静地回答。

“我也不想要你能拿出来的任何货色！你对我来说毫无用处，听见了吗？一钱不值的人是你自己！Lixo, ruina, estrago——vai fora d'aqui, não tens direito estar em minha casa！”你没有权利留在我家里不走。

“Não es estrago，”他轻声道，“es solo fecundo, e vou plantar jardim aí.”说完，不等她回答，他关上房门，走了。

说实话，她也想不出回答。她管他叫 estrago，但他的回答却好像她在说自己是弃儿。她辱骂他，用了最藐视的人称代词，只有对小孩或狗才能这么称呼。而他是怎么说的，说得那么镇定。“你是一片荒原，我必使你盛开芬芳。”这是什么话？诗人对他的情妇、丈夫对自己的妻子才会这么说。好大的胆子，她悄声自言自语，抚着被他触过的面颊。他比我想象中的死者代言人无情得多。佩雷格里诺主教说得对，他确实危险，这个异教徒，反基督，厚颜无耻地践踏我心中的那块圣地，那块从不允许别人涉足的地方，踏过好不容易在这片冷漠的荒原上探出头来的嫩芽。好大的胆子，见他之前我怎么还没死。任他胡作非为的话，我多年的自我约束必将土崩瓦解。

她模模糊糊意识到有人在哭。是科尤拉。当然，大叫大嚷声把她吵醒了。她一向睡不踏实。娜温妮阿正要打开门去安慰她，可紧接着，她听见哭声停止了，一个温和的男声对她唱着什么。另一种语言，娜温妮阿觉得是德语，或许是北欧语。不管是哪一种，她都不懂。但她知道唱歌的是谁，也知道科尤拉得到了安慰。

自从米罗下定决心要成为一名外星人类学家，追随那两个遭到猪仔杀害的人的足迹之后，娜温妮阿从来没感到今天这种恐惧。这个人在解开我这个家庭的死结，再重新把我们系在一起。但在这个过程中，他将发现我的秘密。如果他知道皮波为什么而死，再说出真相，米罗便会知道，米罗便会死。我不能再向猪仔贡献更多的牺牲了，哪怕他们是上帝。这个上帝太残酷了，我再也供奉不起了。

更晚一些的时候，她在自己房门紧闭的房间里，躺在床上，听到屋子前面传来一阵笑声。这一次，她听出还有金和奥尔拉多的声音，和米罗与埃拉一同欢笑。在自己的想象中，她仿佛能够看到他们，能够看到这幢房子充满欢声笑语。睡意笼罩了她，她的想象渐渐化成了梦。在梦中，她和孩子们坐在一起，教他们如何欢笑的不再是代言人，而是利波。利波复活了，而且，人人都知道他才是她真正的丈夫。虽然她拒绝与他在教堂里正式结为夫妻，但她的心早已嫁给了他。他就是她的丈夫。即使在梦中，她也承受不起如此巨大的幸福。娜温妮阿热泪涟涟，泪水浸透了她的被单。

CHAPTER

09

遗传缺陷

西达：德斯科拉达病原体不是细菌，它好像进入细胞中，然后住下不走了，和线粒体一样，随细胞的繁殖而繁殖。人类到达这里才几年，完全是一个新物种，可它这么快就进入了人体。这说明它有很强的适应性。它肯定很久以前就传遍了整个卢西塔尼亚生物圈，成了这里的地方病，一种无法治愈的感染性疾病。

加斯托：如果它定居在细胞之中，而且到处都是，那就不能说它是一种感染了，西达。它已经成了正常生活的一个组成部分。

西达：问题是，这东西不是天生的呀，它有扩散能力。还有，如果它是这里的地方病，当地所有物种一定都找到了与它战斗并取得胜利的办法——

加斯托：或者适应了它，使它成为正常生态的一部分。也许这里的生物需要它。

西达：德斯科拉达拆开生物的基因链，再胡乱重组。这里的生物需要这种东西?

加斯托：说不定这就是卢西塔尼亚的物种如此稀少的原因所在。德斯科拉达的历史可能并不太久，只有大约五十万年，大多数物种适应不了它，于是消亡了。

西达：我真希望咱们能熬过这一关，加斯托。下一代外星生物学家也许只知道做标准的基因修改，无法把咱们的实验继续下去。

加斯托：不想死就只有这一个原因？

——加斯托与西达去世前两天的对话，
插入其电脑工作笔记。
初次引用于《失落的科研线索》
刊于《方法论学报》2001:12:12:144-45

那天晚上，安德很晚才从希贝拉家回到自己的住处。他花了一个多小时分析当晚发生的事，尤其是娜温妮阿回家之后的事件。第二天，安德还是一早就醒了，脑子里立即浮现出一大堆需要回答的问题。准备代言时总是这样。他需要把大量零碎资料拼凑在一起，才能深入死者的心灵，发现他们本来准备怎样度过自己的一生，无论后来发生了什么情况，使他们的生活大大背离了初衷。在得出结论之前，他很少休息。但这一次，让他无法安睡的还有焦灼。这一次，他对生者倾注了极大的关怀，远甚于以往的任何一次。

“你当然陷得更深。”听了他的诉说后简解释道，“没等离开特隆海姆，你就已经爱上那个娜温妮阿了。”

“也许我爱上了当年那个年轻姑娘。可现在这个女人又凶又自私。瞧瞧她，竟然受得了发生在自己孩子身上的那些事。”

“这就是死者代言人的所作所为吗？单凭表面现象就对一个人妄下断语。”

“你还不如干脆说我爱上了格雷戈哩。”

“你呀，总喜欢别人在你身上撒尿。”

“还有科尤拉。他们所有人都比她强。还有米罗，我喜欢那个小伙子。”

“他们都爱上了你，安德。”

他大笑起来。“人人都以为自己爱我，可一旦我开口代言，他们就不会那么想了。娜温妮阿比大多数人更有眼光——没等我说出真相，她已经恨上我了。”

“你和其他人一样，对自己一无所知，代言人。”简说，“答应我，你死之后让我替你代言行吗？我可真有一大堆话要说呢。”

“这些话你还是自己留着吧。”安德疲惫地说，“干这一行，你比我还差劲。”

他开始动手列出一个相关问题表：

一、为什么娜温妮阿一定要嫁给马考恩？

二、为什么马考恩那么憎恨自己的孩子？

三、为什么娜温妮阿那么憎恨自己？

四、为什么米罗请我替利波代言？

五、为什么埃拉请我为她父亲代言？

六、为什么娜温妮阿改变了主意，不让我为皮波代言了？

七、马考恩的直接死因是什么？

他注视着第七个问题。这是最容易回答的，只是个单纯的医学问题。就从这里开始吧。

替马考恩做尸检的医生名叫纳维欧，意思是“船”。

“不是因为我个子大得像轮船，”他笑道，“也不是说我很会游泳。我的全名是恩里科·欧·纳维加多·卡隆纳达。纳维加多是船长的意思。幸好他们用这个名字称呼我，没管我叫卡隆纳达，就是小钢炮的意思。这个名字的联想可有点下流呢。”

安德没被他笑逐颜开的样子骗过。和其他人一样，纳维欧也是个循规蹈矩的天主教徒，也跟其他人一样，对主教大人的吩咐言听计从。他的目的就是不让安德了解任何情况，当然这样做他也没什么不高兴的。

“我提出问题，希望得到回答。我有两种途径得到你的回答。”安德的声音不大，“一种办法是我直接问你，而你也如实作答。另一种办法是，我向星际议会提交一份请求，命令你向我公开你的记录。安塞波的收费是十分昂贵的。而且，由于我的请求完全正当，你的拒绝却是触犯法律的，所以这笔通讯费用将从你们殖民地本来已经很紧张的经费中扣除，并且要加上一倍的罚金，还有对你个人的惩罚。”

安德平静地说着，纳维欧的笑容渐渐消失。最后他冷冷地答道：“我自然会回答你的问题。”

“这里头没有‘自然’可言。”安德说，“我是依法前来的代言人，而你们主教却要求米拉格雷人民无缘无故对我采取不公正的抵制态度。请你为这里每一个人做件好事，通知他们：如果这种表面上热烈欢迎，背地里却拒不合作的态度继续下去，我会请求星际议会改变我的身份，使我从代言人变为检察官。我向你担保，我在星际议会里的名声还不错，我的请求会被批准的。”

纳维欧知道这意味着什么。检察官具有议会赋予的权力，有权以宗教迫害的理由收回殖民地的天主教特许状。到时候，不仅主教会被立即撤职召回梵蒂冈接受处罚，卢西塔尼亚整个殖民地都势必爆发剧变。

“你既然知道我们不希望你来，为什么还要做这种事？”纳维欧问。

“有人希望我来，否则我是不会来的。”安德说道，“你可以不喜欢这条法律，对它万分恼火，但它保护了许多天主教徒，这些人身处获得别的宗教许可状的殖民地，全凭这条法律才能得到安全。”

纳维欧的手指叩打着办公桌。“你的问题是什么，代言人？”他说，“咱们快点，早完早了。”

“非常简单，至少开头很简单。马科斯·希贝拉的直接死因是什么？”

“马考恩？！”纳维欧一声惊呼，“你大老远到这儿来，不可能是替他代言吧？他几个星期前才——”

“我被请求替几位死者代言，纳维欧先生，我决定从马考恩开始。”

纳维欧的脸一拧。“我希望你能先证实你有这个权力。”

简在安德耳朵里悄声道：“咱们先镇镇这家伙再说。”眨眼间，纳维欧的终端启动了，调出官方文件，简换了一副最威严的官腔嗓门宣读道：“兹证明安德鲁·维京——死者代言人——接受请求，为卢西塔尼亚殖民地米拉格雷市公民马科斯·希贝拉代言，诉说其生平与死因。”

镇住纳维欧的还不是官方证明，而是安德根本没做出任何提出请求的举动，甚至没登录上他的终端。纳维欧立即明白，代言人耳朵里有植入式电脑，有一条直通线路。这种昂贵的通讯手段证明此人来头不小，在高层极有影响力，他的请求肯定会被批准的。卢西塔尼亚还找不到一个人有这种权威，连波斯基娜市长都没有。纳维欧得出了结论：不管这个代言人是谁，他可是一条大鱼，佩雷格里诺的小煎锅盛不下他。

“好吧。”纳维欧说，勉强挤出笑脸。现在他似乎又恢复了刚才笑逐颜开的样子，“反正我早就准备帮你了。你知道，主教有点大惊小怪，米拉格雷的人也不是全都受他的影响。”

安德还了他一个笑容，礼貌地接受了他的假客套。

“马科斯·希贝拉的死因是先天性遗传缺陷。”他叽里咕噜说了一长串似是而非的拉丁名词，“这种病你以前肯定没听说过，它相当罕见，是通过基因传给下一代的。最初发作区域通常是生殖器。大多数病例中，患者的内外分泌腺体被脂溢性细胞取代。换句话说，数年时间里，一点一点地，肾上腺、垂体、肝脏、睾丸、甲状腺等等会逐渐变成一团一团肥大的脂肪组织。”

“这种病肯定致命吗？会不会好转？”

"哦，会的。事实上，马考恩比普通病人多活了整整十年。从很多方面来说，他这个病例是十分突出的。有记载的其他所有同类病例中——我承认，这种病例不是很多——疾病初发区都是睾丸，造成患者不育，大多数会成为性无能。马科斯·希贝拉却有六个健康的子女，说明他的睾丸是最后被感染的腺体。可一旦睾丸受到感染，病变一定快得不同寻常。他的睾丸已经完全成了脂肪性组织，而他的肝脏和甲状腺却还能继续工作。"

"最后死亡是因为哪个部位的病变？"

"垂体和肾上腺不行了。他成了一具行尸走肉。在一家酒吧里就那么倒下了。我听说他当时正哼黄色小调呢，咣当一下，就完了。"

安德总能一下抓住关键。"如果患者不育，这种遗传病是怎么传递到下一代身上的？"

"通常是通过兄弟姐妹。一个孩子得这种病死了，但疾病征兆在他的兄弟姐妹身上表现得不明显，于是他们把病变的种子传递到他们的子女身上。马考恩是有子女的，所以很自然，我们担心这几个孩子身上也携带了病变基因。"

"你给他们做过检查吗？"

"没有一个孩子有基因方面的缺陷。我做检查时，堂娜·伊凡娜娃就在我肩膀后头盯着，这个不用我说你也能猜到。我们确定了病变基因的结构之后，再一个一个挨着检查那些孩子，刷刷刷，没问题。就这样。"

"没有一个孩子有问题？连隐性趋势都没有？"

"Graças a Deus[①]."大夫说道，"万一他们真带着有害基因，谁还敢跟他们结婚。说起这个，有件事我实在不明白，马考恩自己的基因病变

① Graças a Deus（葡萄牙语）：全靠上帝保佑。

怎么没被人发现？”

“这里定期做基因检查吗？”

“哦，不，这倒不是。但我们这儿三十年前爆发过一场大瘟疫。堂娜·伊凡娜娃的父母，尊敬的加斯托和西达，他们替每个人都做了仔细的基因检查，男人、女人、小孩，殖民地里所有人都做了检查。靠这种手段他们才发现了治愈瘟疫的方法。谁的基因有什么缺陷，一看他们的电脑记录就知道。我就是这样发现马考恩的死因的。过去我从没听说过这种病，可电脑里有记录。”

“加斯托和西达没有发现马考恩的基因缺陷？”

“显然没有。如果发现了，他们一定会告诉马考恩的。可就算他们疏忽了，伊凡娜娃自己怎么会没发现？”

“也许她发现了。”安德说。

纳维欧大笑起来。“不可能。没有哪个头脑正常的女人会故意怀上有那种基因缺陷的男人的孩子。马考恩一定被痛苦折磨了许多年。你是不会让自己的孩子受那份罪的。不不，伊凡娜娃也许算得上是个怪人，但她不是疯子。”

简乐坏了。安德才进屋，她便在终端上空现出原形，纵声大笑起来。

“也难怪他。”安德说，“在这样一个虔敬的天主教殖民地中，外星生物学家是最受尊重的人物。他当然不会想到这样一个大人物会有什么隐情，也就不会质疑自己的分析基础。”

“你就别替他辩护啦。”简说，“我本来就没指望你们人类具有软件一样的逻辑推理能力。我自己觉得可笑，这你可管不了。”

“倒也说明此人确实挺纯洁的。”安德说，“宁肯相信马考恩的病与其他所有有记录的病例不一样，宁肯相信伊凡娜娃的父母不知怎么没发现马考恩的病，她嫁给他时不知情。可是根据奥卡姆剃刀定律，我们更倾向于相信比较简单的解释：马考恩和其他同类患者没什么不同，最初发病区也是睾丸，娜温妮阿的所有孩子其实都不是他的。怪不得马考恩那么恼怒。她的六个孩子，人人都在向他证明，证明她在跟别的男人睡觉。也许这两人结婚前就讲好了，她不会对他忠实。可居然生出六个孩子来，马考恩最后可受不了啦。”

“这种宗教观念真是妙不可言。”简评论道，“她可以为了通奸而结婚，但却一定要依照教规，不采取避孕措施。”①

“你扫描过那几个孩子的基因模式吗？看看谁最有可能是他们的亲生父亲。”

“你是说你还猜不出来？”

“我猜得出来，但还是想要明确的医学证据。”

“当然是利波，怎么可能是别人？真是好一条大色狼！跟娜温妮阿生了六个，外加自己老婆的四个。”

“我有一点不明白。”安德说，“娜温妮阿为什么不直截了当嫁给利波。没道理嘛，嫁给一个自己瞧不起的男人，而且她肯定知道他有病，然后又怀上别的男人的孩子。她一定是早就爱上了利波。”

“你们人类就是这样，变态呀，麻烦呀。”简拖着长腔，“匹诺曹②可真傻，居然想成为一个真正的人类小孩子。长个木头脑袋多好，比变成真人强多了。”

米罗小心翼翼地在森林中觅路前进，时而碰上一株他知道姓名的树，不过他拿不准。人类没有猪仔那种本事，能给一大片树林中的每一株分

---

① 天主教不允许信徒采取避孕措施。

② 匹诺曹是个木偶，一心想变成真正的人。故事见《木偶奇遇记》。

别取一个名字。当然，人类也没像猪仔那样把树木当成自己祖先的图腾。

米罗的目的地是猪仔的木屋，他有意选择了一条绕远的路。这是利波教他的。利波本来有一个学徒，就是他自己的女儿欧安达，后来又收下了米罗。一开始他就告诉米罗和欧安达，绝不能踏出一条从米拉格雷直通猪仔木屋的直路。利波警告两人，也许有一天，猪仔和人类之间会爆发冲突，我们不能给大屠杀开辟一条便捷通道。所以米罗今天才会绕着小河对面较高的岸边走。

不出所料，一个猪仔钻出树丛，站在附近盯着他。几年前，利波正是通过这种戒备判断出，女性猪仔必定住在这个方向的什么地方。只要外星人类学家接近这里，男性猪仔总会派出一名哨兵。在利波的坚持下，米罗没有试图深入这个禁止前进的方向。而现在，只要一想起自己和欧安达发现的利波尸体的样子，他的好奇心便顿时被压了下去。利波当时还没有咽气，他的眼睛瞪得很大，眼珠还在动。米罗和欧安达一人跪在一边，握着他血淋淋的手。到这时他才真正死去。利波被剖开的胸腔里，暴露在外的心脏还在继续跳动。利波啊，你要能说话该多好，只要一句话，告诉我们他们为什么杀你。

河岸变低了，米罗踩着长满青苔的河中石块，轻快地来到对岸。几分钟后，他从东面走近那一小块林中空地。

欧安达已经到了，正在教猪仔如何搅打卡布拉的乳汁，做成类似奶油的东西。这一套她自己也是才学会的，试了好几个星期才找到窍门。如果母亲或是埃拉能帮忙就好了，她们对卡布拉乳汁的化学属性了如指掌。但他们不能与外星生物学家合作。加斯托和西达早已发现，卡布拉奶从营养上来说对人类毫无用处。因此，研究如何储藏保存这种乳汁只可能是为了猪仔。米罗和欧安达不想冒险，让其他人知道他们违反了法律，擅自干预猪仔的生活方式。

年轻的猪仔们对卡布拉奶浆喜欢得要命。他们编了一段挤奶舞，现在又拉开嗓门大唱起来。呜里哇啦不知所云，夹杂着斯塔克语、葡萄牙语，还有猪仔自己的两种语言，混合成一片喧嚣的噪音。米罗尽力分辨歌词，里面自然有男性语言，还有些对图腾树讲话时用的树语的片断，这种语言米罗只能听出调门，连利波也译不出一个字。听上去全是“米”“比”“吉”的音，根本听不出元音之间的区别。

监视米罗的猪仔也走进树丛，响亮地呜呜着和其他猪仔打招呼。舞蹈仍在继续，但歌声突然中断。曼达楚阿从人群里走出来，走到空地边的米罗身旁。

“欢迎，我——想——见——你。”这个“我想见你”就是“米罗”这个词在斯塔克语中的意思。曼达楚阿特别喜欢玩这种把葡萄牙语姓名翻译成斯塔克语的游戏。米罗和欧安达早就向他解释过，他们的名字其实并没有特别的含义，发音像某个单词纯属巧合。但曼达楚阿就是喜欢这个把戏，许多别的猪仔也喜欢，米罗只好认可这个“我——想——见——你”。欧安达也一样，猪仔们管她叫维加，她只能应着。这是发音最接近“欧安达”的斯塔克词，翻译成葡萄牙语就是“奇迹”的意思。

曼达楚阿是个谜。他是猪仔中岁数最大的，连皮波都知道他，经常写到他，仿佛他是猪仔中的重要人物。利波同样把他当成猪仔中的头目。他的名字曼达楚阿，在葡萄牙土话里就是“老板”的意思。可在米罗和欧安达看来，曼达楚阿好像是最没有权力、地位最低下的猪仔。没有哪个猪仔征求过他对某事的意见，猪仔中只有他随时有空跟外星人类学家闲聊，因为他手中几乎从没什么重要的事可干。

不过，他也是给外星人类学家提供信息最多的猪仔。米罗搞不清楚，不知他是因为把猪仔的事告诉了人类才落得这般处境呢，还是想通过和人类交流提高自己低下的地位。不过这没什么关系。事实是，米罗喜欢曼达楚阿，把这个老猪仔当成自己的朋友。

“那女人逼你尝过她做的难闻的奶浆了吗？”米罗问。

“太难吃了，她自己都这么说。那种东西，连卡布拉的幼崽尝一口都会大哭大闹的。”曼达楚阿笑道。

“你要是把那玩意儿当礼物送给女猪仔，保证她们一辈子都不会跟你说话了。”

“还是得让她们看看，一定得看看。”曼达楚阿叹了口气道，“她们什么都想看看，东打听西打听，这些玛西欧斯虫。”

又来了，又抱怨起女性来了。猪仔们有时说起女性便肃然起敬，到了诚惶诚恐的地步，仿佛她们是神明似的。可是接下来，某个猪仔就会轻蔑地将她们称为“玛西欧斯虫”——在树干上蠕动的一种虫子。她们的事外星人类学家根本没办法打听出来，有关女性的问题猪仔们一概不回答。过去很长一段时间里，猪仔们连提都没提他们中间还有女性存在。利波曾有一种阴郁的想法，猪仔们的改变与皮波的死有关。他死之前，女性是禁忌，不能提及，只在极少数场合，毕恭毕敬地把她们当成至高无上的神灵时才提起。皮波死后，猪仔们也可以开开“妻子”们的玩笑了，在这些玩笑中间接地表达出他们对女性的向往。可外星人类学家问起有关女性的问题时，他们却从来得不到回答。猪仔们表示得很明白，女性不干人类的事。

围着欧安达的猪仔群里传来一声口哨。曼达楚阿立即拉着米罗朝那群猪仔走去。“‘箭’想跟你说话。”

米罗走进猪仔群中，坐在欧安达身旁。她没跟他打招呼，连头都没抬。他们很久以前便发现，男人和女人说话让猪仔看了很不自在。只要有猪仔在场，人类两性之间最好连视线都不要接触。欧安达一个人在时他们和她谈得好好的，但只要米罗在场，他们绝不和她讲话，也受不了她对他们说话。当着猪仔，她连向他眨眨眼都不行，这一点真让米罗受不了。幸好他还能感受到她身体的热量，仿佛她是一颗小小的星星。

“我的朋友，”“箭”说，“我希望能够向你索取一份珍贵的礼物。”

米罗感到身边的欧安达身体绷紧了。猪仔们很少向他们要什么东西，但一旦提出，他们的要求总让人觉得十分棘手。

“你会同意我的请求吗？”

米罗缓缓点头。“但是请你们记住，在人类中间我什么都不是，一点力量都没有。”利波以前发现，猪仔们一点也不觉得派小角色到他们中间来是人类对他们的侮辱。这种无权无势的形象对外星人类学家十分有利，有助于他们解释自己所受到的限制。

“这个要求不是来自我们，不是我们晚上在篝火边的愚蠢闲聊。”

“你们所说的愚蠢闲聊中包含着了不起的智慧，我真希望能听听。”和往常一样，回答他们的是米罗。

“这个请求是鲁特提出来的。他的树把他的话告诉了我们。”

米罗暗自叹了口气。他不愿跟自己人的天主教信仰打交道，对猪仔们的宗教同样不感兴趣。他觉得宗教中荒唐可笑的东西太多了，表面上却又不得不装出一本正经的样子。只要说的话不同寻常、特别烦人，猪仔们总会说这是他们灵魂寄居在哪棵树上的某某祖先说的。近些年来，特别在利波死后不久，他们常把鲁特单挑出来，把最烦人的请求栽到他头上。说来也真有点讽刺意味，鲁特是被他们处决的叛逆，现在却在祖先崇拜的信仰中占据了一个这么重要的席位。

不管心里怎么想，米罗的反应与从前的利波一模一样。“如果你们尊重鲁特，我们也会对他怀有崇高的敬意和深切的感情。”

“我们必须得到金属。”

米罗闭上了眼睛。外星人类学家长期遵循着不在猪仔面前使用金属工具的政策，结果竟是这样。猪仔们显然跟人类一样，也有自己的侦察员，从某个有利地点窥探围栏中人类的工作和生活。“你们要金属干什么？”他平静地问道。

“载着死者代言人的飞机降落时，地面产生了可怕的热量，比我们生的火热得多。可飞机没有起火，也没有熔化。”

“这跟金属没有关系。飞机有可以吸收热量的护盾，是塑料做的。”

“也许护盾起了作用，但那架机器的心脏是金属做成的。你们所有会动的机器，不管推动它们的是火还是热量，里面都有金属。如果没有金属，我们永远生不起你们那种火。”

“我做不到。”米罗说。

“你是告诉我们，你们要限制我们，让我们永远只能是异种，而永远成不了异族吗？”

欧安达，如果你没有告诉他们德摩斯梯尼的种族亲疏分类原则该多好啊。“我们不会限制你们。到现在为止，我们给你们的东西都是你们自己土地上出产的，比如卡布拉奶浆。即使这样，如果其他人发现了我们的所作所为，肯定会把我们赶走，永远不准我们再见你们。”

“你们人类用的金属也是我们的土地出产的。我们看见了，你们的矿工从这里的土地里掘出金属。”

这是重要信息。米罗记住了，留待今后研究。围栏外没有哪个地点能看到围栏里的矿。也就是说，猪仔们肯定想出办法钻进了围栏，从里面观察人类的活动。“金属确实产自土地，但只能产自特定的地点，我不知道怎么才能找出这些地点。还有，掘出来的不是真正的金属，它与岩石混杂在一起，必须经过净化来改变形态。这些过程十分复杂。另外，开采出来的金属都是有数的，哪怕我们只给你们一件工具——一把螺丝刀、一把锯子——别人就会发现，就会到处找。但卡布拉奶浆就不同了，没人会搜查奶浆。”

“箭”定定地注视着他，米罗迎着他的视线。“我们再考虑考虑。”“箭”说。他朝“日历”伸出手，“日历”把三支箭交到他手里。“你们看看，这些怎么样？”

“箭”的造箭技术很高明，这三支和他的其他产品一样无可挑剔。

改良之处在箭头上，不再是从前那种打磨过的石箭头。

“卡布拉的骨头。”米罗说。

“我们用卡布拉杀死卡布拉。”他把箭交还“日历”，站起身来，走了。

“日历”把木质箭杆举在眼前，向它们唱起歌来。歌词是父语。这首歌米罗以前听过，但听不懂歌词。曼达楚阿有一次告诉他，这是一支祈祷歌，是请求树木的原谅，因为他们使用了不是木头做成的工具。他说，不然的话，树会以为小个子不喜欢它们了。唉，宗教啊。米罗叹了口气。

“日历”拿着箭走了。那个名叫“人类”的年轻猪仔占据了他刚才的位置，面朝米罗蹲在地上。他把一个用树叶裹着的小包放在地上，细心地打开它。

包裹里是一本书——《虫族女王和霸主》这是米罗四年前送给他们的。为了这件事，米罗和欧安达之间还起了一场小争执。最初是欧安达惹出来的事，当时她正和猪仔们讨论宗教问题。也难怪欧安达，当时曼达楚阿问她：“你们人类不崇拜树，怎么还能活下去？”她立即明白了他的意思。曼达楚阿说的不是木头树，而是神灵、上帝。“我们也有一位上帝，是一个人，他已经死了，同时又活着。”她解释道。只有一个？那，现在他住在什么地方？“没有人知道。”那这个上帝有什么用处？你们怎么能跟他说话呢？“他住在我们心里。”

猪仔们觉得莫名其妙。后来利波笑话她：“你明白了吧，对他们来说，咱们深奥的神学理论听起来像是迷信。住在我们心里！跟那些能看到能摸到的树木相比，这算什么宗教。”

“还能在这个‘上帝’身上爬上爬下，在它身上捉玛西欧斯虫吃，更别提还能把这位‘上帝’砍成几截搭木屋。”欧安达回道。

“砍？把它们砍倒？石质工具、金属工具都没有，怎么个砍法？不，欧安达，他们是用祈祷词儿把它们咒倒。”欧安达没被这句宗教笑话逗乐。

在猪仔的要求下，欧安达后来给他们带去了一本斯塔克语《圣经》

中的《约翰福音》。米罗执意要同时送他们一本《虫族女王和霸主》。“圣约翰的教导中没有提到外星生命。”米罗指出，“但死者代言人对人类解说了虫族，同时也向虫族解说了人类。”当时欧安达还因为米罗的亵渎神明大为恼怒。可时间还没到一年，他们发现猪仔们把《约翰福音》当成生火的引火物，而把《虫族女王和霸主》仔仔细细包裹在树叶里。欧安达为此难受了好久，米罗不是傻瓜，知道这种时候最好不要在她面前显出得意的样子。

这时，“人类”把书翻到最后一页。米罗留意到，从书本打开的那一刻起，在场的所有猪仔都静静地聚了过来。挤奶舞停止了。“人类”抚摸着最后一段文字，轻声道：“死者代言人。”

“对，我昨晚见过他了。”

“他就是那个真正的代言人，这是鲁特说的。”米罗告诉过他们，代言人很多，《虫族女王和霸主》的作者早就去世了。但是，他们显然仍旧不愿放弃幻想，一心指望来这里的代言人就是那个人，写出这本圣书的人。

“我相信他是一位十分称职的代言人。”米罗说道，“对我的家人很好，我觉得他是个值得信赖的人。”

“他什么时候到我们这里，对我们说话？”

“这个我还没问过他。这种事我不能一见他的面就说，得慢慢来。”

“人类”把头歪在一边，发出一声响亮的嚎叫。

我死到临头了吗？米罗心想。

不。其他猪仔轻轻触摸“人类”，帮助他把书本包好，捧着走了。米罗站起身来，离开这个地方。猪仔们自顾自各忙各的，谁也不看他，仿佛他是个隐身人似的。

欧安达在树林边赶上他，这里长着茂盛的灌木丛，从米拉格雷方向没人能看到他们俩。当然，也没人闲得没事干注意森林这边的事。“米罗。”

她轻声唤道。他一转身，正好把她搂在怀里。她扑过来的力量很大，他朝后踉跄了两步才没摔个仰面朝天。“想杀我还是怎么？”他含混不清地问道，或者说，尽可能清楚地问道，因为她不住地吻着他，使他很难说出一句完完整整的话来。最后他终于放弃了，也专心地回吻她，长长的、深情的吻。接着，她一下子抽身后退。

“瞧你，越来越好色了。”

“每次女人在树林里袭击我、亲我的时候，我都这样。”

“别那么冲动，米罗。咱们还得等很长时间呢。”她拉着他的腰带把他拽过来，再次吻着他。“还得再过两年咱们才能结婚，不管你母亲同不同意。”

米罗没有强求。倒不是因为他赞成这里禁止婚前性生活的宗教传统，而是因为他明白，像米拉格雷这种不太稳固的社会中，大家都应该严格遵守约定俗成的婚嫁习俗。稳固的大型社会可以包容一些未经批准的婚嫁，但米拉格雷太小了。欧安达这样做是出于信仰，米罗则是由于理智的思考。所以，尽管机会很多，但两个人仍然僧侣似的保持着清白。如果约束米罗的仅仅是宗教观念，那欧安达的贞洁可就岌岌可危了。

“那个代言人，”欧安达道，“你知道我不想把他带到这儿来。”

“你这样想是出于天主教徒的信仰，不是出于理智。”他想再吻吻她，不料她一低头，这一吻落在了她的鼻子上。米罗照样亲热地吻着欧安达的鼻子，直到欧安达笑得忍不住了，将他一把推开。

“你可真邋遢，米罗。”她拿起他的衣袖擦鼻子，“听我说，自从开始帮助猪仔改善他们的生活之后，咱们已经把科学方法扔到了一边。也许还要过十年二十年，卫星勘察才会发现他们技术改善之后带来的显著变化。也许到了那时，我们已经彻底改变了猪仔，其他人再怎么干预也无法逆转这个变化。可是，如果让一个陌生人进入这个项目，我们就一点儿机会都没有了。他会把我们做的事公布出去的。”

“也许会，也许不会。刚当你父亲的学徒时，我也是个陌生人。这你知道。”

“是个怪人，但不是陌生人。我们对你很了解。”

“昨晚你真该见见他，欧安达。他先让格雷戈变了个人，后来，科尤拉醒来的时候哭了，他还——”

“他们本来就是绝望、孤独的小孩子，这能证明什么？”

“还有埃拉，埃拉笑了。连奥尔拉多也融入了家庭。”

“金呢？”

“至少他没再大叫大嚷让异教徒滚出去了。”

“我真替你们家高兴，米罗。真希望他能彻底改善你们家的情况，真的。从你身上我已经看出了变化，你对未来有了信心，好长时间没见过你这样了。但是，不要把他带到这儿来。”

米罗咬了一会儿嘴唇，抬脚便走。欧安达赶上去，抓住他的胳膊拉住他。两人已经走出灌木丛，但通向大门的方向有鲁特的树遮挡着。“别这样就走！”她生气地说，“别不理不睬一甩手就走。”

“我也知道其实你说得对。”米罗道，“可我没办法控制自己的感受。他在我们家的时候，就像——就像利波来了似的。”

“我父亲恨透了你母亲，米罗。他才不会上你们家去呢。”

“我是假设。代言人在我们家里，就像工作站里的利波一样。唉，你不明白。”

“不明白的是你。他走进你家里，说话做事——你亲生父亲本来应该像那样说话做事，可他没有。结果就是，你们兄弟姐妹几个乐得直打滚儿，活像一群小狗。”

瞧着她一脸轻蔑的样子，米罗气得直想揍她一顿。他没有，只是猛地一掌拍在鲁特的树干上。时间才过去四分之一个世纪，它的直径却已经有八十厘米粗了。拍在粗糙的树皮上，手掌隐隐作痛。

她走近他。“我很抱歉，米罗，我不是那个意思——”

“你就是那个意思，愚蠢、自私——”

“是，我的话是很自私，可我——”

“因为我父亲是个混蛋，我就会那样？只要有个好心人拍拍我的脑袋——”

她的手抚弄着他的头发、他的双肩、他的腰。“我懂，我懂——”

“谁是好人谁是坏人我分得清。我不是说作为父亲，我说的是人的好歹。我早就看出利波是个好人，对不对？所以我告诉你这个代言人、这个安德鲁·维京是好人时，你听我的没错，用不着一下子把我堵回去。”

“我听着呢。我也很想见见他。”

米罗吃惊地发现自己在哭。这都是那个代言人在起作用，尽管他不在这里。他解开了米罗心里缠得铁硬的死结，现在的米罗已经无法抑制自己的真情流露。

“你说得也对。”米罗轻声说，声音有些哽咽，“看见他对我家的人那么好，我是想过，如果他是我的父亲该有多好。”他转身面对欧安达，不管她会不会看到自己发红的眼圈和泪痕斑斑的脸。“过去，每当我离开工作站回到家里，我都会这么想。如果利波是我的父亲该有多好，如果我是他的儿子该有多好啊。”

她微笑着，搂着他，秀发拂在他流泪的脸上。“啊，米罗，我真高兴他不是你的父亲。不然的话，我就成了你的妹妹，你就再也不会属于我了。”

CHAPTER

10

圣灵之子①

规定一：基督圣灵之子均必婚配，否则不得列于门墙。但他们也必谨守贞洁。

问（一）：为什么必须结婚?

答（一）：愚人们问：我们为什么必须结婚？我的爱人与我之间只需有爱的纽带便已足够。对他们，我的回答是：婚姻不仅是男女之间缔结婚约。动物也会交媾，育出它们的下一代。婚姻的缔约双方中，一方是婚配的男女，一方是他们身处的社会。依照社会规定的法律完婚，意味着这一对男女从此成为这个社会中完全意义上的公民。拒绝婚姻，便是甘为陌生人，甘为孩童，甘为法外之人，甘为仆佣，或社会的叛徒。任何一个人类社会中，亘古不变的铁律是：唯有遵守社会的法律、禁忌和婚嫁习俗的人才被视为完全的成年人。

---

① 小说中所说的修会与天主教会有密切的关系，但却是两个不同的机构，与天主教会下属的修道院不是一回事。教会成员由僧侣组成，而修会成员——即教友——并不出家，也不是牧师和修女，如这里所说的基督圣灵之子修会，其成员必须结婚。

问（二）：为什么牧师和修女必禁欲独身？

答（二）：便是为了将他们从世俗社会中隔离。牧师和修女是奴仆，而非公民。他们的职责存在于教会之中。教会是新娘，耶稣基督便是新郎，牧师和修女仅仅是婚礼中的宾客，因为他们摒弃了世俗社会的公民资格，虔诚地侍奉教会，于是享有这样的荣光。

问（三）：那么，为什么圣灵之子均必婚配？我们不也虔诚地侍奉教会吗？

答（三）：俗世男女侍奉教会的途径只有一条，那便是结为夫妇。不侍奉教会者将基因传递给他们的下一代，我们传递的却是知识；他们的下一代在基因中发现上一代的遗产，我们的遗产则留存于下一代的心灵。代代传承的记忆便是婚姻结出的果实，它与圣坛前缔结的婚约所孕育的血与肉的后代一样珍贵。

——圣安吉罗，《基督圣灵之子教派教规与问答》1511:11:11:1

教长走到哪里，哪里便宛如高墙深锁的小礼拜室，寂静、肃穆。他走进教室，无声地移步到前面。沉重的寂静降临到学生头上，没有谁敢大声呼吸。

“尊敬的会长，”教长低声道，“主教大人有要事相商。”

学生们大多是十几岁年龄，已经能够理解等级森严的教会与在大多数人类世界管理学校的比较自由化的各个修会之间的紧张关系。堂·克里斯托[1]既是学问渊深的学者，讲授历史、地理、考古和人类学，又是Filhos da Mente de Cristo——基督圣灵之子修会的会长。这个职位使他成为唯一能够取代主教大人成为卢西塔尼亚殖民地精神领袖的人。从某些方

① 克里斯托这个姓氏是基督的名字在葡萄牙语中的变形，若用于女性，则是克里斯蒂。

面来说，他的地位甚至高于主教：在大多数人类世界里，只有大主教辖区才有修会，主教辖区只有一个负责教育的校长。

但堂·克里斯托和所有修会教友一样，很重视对教会表现出恭顺的态度。一听主教召唤，他当即结束讲座，让学生下课，甚至没吩咐大家利用这段时间自由讨论。学生们一点儿也不奇怪。他们知道，打断教学的即使是一位普通牧师，会长也会这样做。当然，看到自己在会长眼里这么受重视，牧师们肯定受宠若惊。但这种做法同时也让他们知道，只要他们在上课时间造访学校，他们走到哪里，哪里的学生功课就会受到干扰。结果就是，牧师们很少到学校来，而会长则通过这种极度的谦恭，获得了几乎完全的独立性。

主教为什么请他，堂·克里斯托心里有数。纳维欧医生不是个谨慎的人，整整一个早上，城里谣言纷起，说死者代言人发出了一些可怕的威胁。堂·克里斯托最受不了的就是教会面对异教徒的那种毫无根据的惊恐态度。主教肯定会大发雷霆，这就意味着他会命令某些人采取某些行动。但是现在，跟往常一样，最好的行动就是不行动，耐心等待，采取合作的态度。另外，外面还有一些传言，说来这里的代言人正是那位替圣安吉罗代言的人。如果真是这样，他很可能根本不是敌人，而是教会的朋友，至少是圣灵之子修会的朋友。在堂·克里斯托看来，这两者是一回事。

他跟在默不作声的教长身后，穿过教堂的重重建筑，走过花园。他尽力使自己保持灵台明澈，心中不存怒气与烦躁。他默默重复着自己的会名：Amai a Tudomundo Para Que Deus Vos Ame。你必爱人，上帝亦必爱你。这是他和妻子加入修会时特意挑选的名字，因为他知道，自己最大的弱点就是易怒、不能忍受愚行。和其他修会教友一样，他希望借这个名字抑制自己最易犯的过失。教友们以这种方式将自己的精神暴露在世人眼前。不以虚伪为衣，圣安吉罗就是这样教导我们的，基督以原野上百合花一样洁白无瑕的德行，作为我们的衣饰，但我们不应以自己的德行骄人。堂·克里斯托觉得自己的德行今天有点靠不住，心里一阵阵不耐烦。佩雷格里诺主教是个该死的蠢货，但是，Amai a Tudomundo Para Que Deus Vos Ame，会长在心里默默念诵着。

“阿迈[1]兄弟。”佩雷格里诺主教说道。连红衣主教称呼他时都客气地用堂·克里斯托这个尊称，但主教大人却从不这么叫他，“你能来真是太好了。”

纳维欧已经大模大样地坐在屋里最舒服最软和的椅子上了。堂·克里斯托一点也不羡慕。懒惰使纳维欧成了个大胖子，肥胖又使他更加懒惰，真是个恶性循环的自毁过程。他选了一张连靠背都没有的高凳坐下，这样他的身体不会松弛，利于保持头脑的敏锐。

纳维欧马上就诉说起自己与死者代言人令人苦恼的交锋过程，不厌其烦地叙述此人是如何威胁他的，如果这种不合作态度继续下去，说不准他会干出什么事来。“检察官，你们能想象吗？一个不信教的人，居然胆大包天想取代神圣教会的权力！”啊，看看这个懒惰的胖子，教会受到威胁，他是多么义愤填膺呀。可如果要他一星期参加一次弥撒，他那股劲头立即不知上哪儿睡大觉去了。

纳维欧的话还是有效果的：佩雷格里诺主教越听越气愤，黝黑的面皮泛起一层紫红。纳维欧唠叨完后，怒不可遏的佩雷格里诺转身对堂·克里斯托说：“你怎么看，阿迈兄弟？”

堂·克里斯托暗自心想，如果我是个口无遮拦的人，我就会说：你可真是个蠢材，早知道法律站在代言人那边。人家又没招惹你，你却对他的活动横加干涉。到现在，对方总算被你惹火了，变成一个危险人物。

---

①阿迈：即上文所说克里斯托的会名的第一个词 Amai，意为“爱”。

如果当初你什么都没做，他本来是不会这么危险的。

堂·克里斯托勉强挤出一丝笑容，低下头道："我想，他有能力危害我们，我们应当主动出击，击毁他的这种能力。"

佩雷格里诺主教没料到会从他那里听到这种军事化术语。"说得太对了。"他说，"没想到你也是这么看的。"

"修会教友和所有没有教会任命、没在教会内部任职的信徒一样，热心维护教会的利益。"堂·克里斯托说道，"不过，因为我们不是牧师，所以只好运用理智与逻辑，作为教会权威微不足道的替代品。"

佩雷格里诺主教隐约觉得话里有刺，却又说不出刺在哪里。他哼哼两声，两眼一眯："那么，阿迈兄弟，依你之见，我们应当怎么出击才是？"

"这个嘛，尊敬的主教大人，法律写得很清楚。只有在一种情况下，他才拥有凌驾于我们之上的权力，即我们干涉他行使自己的职责。如果我们打算剥夺他可能对我们形成危害的权力，只需跟他合作就行了。"

主教一拳砸在面前的桌子上，怒喝道："好一套故弄玄虚，我早知道你会说出这种话，阿迈。"

堂·克里斯托微微一笑，"我们的确别无选择。或者回答他的问题，或者他提出申请，获得全面检察权，你呢，登上一艘飞船回梵蒂冈，面临宗教迫害的指控。主教大人，我们非常爱戴你，不愿意看到任何导致你被迫去职的事情发生。"

"是啊，我清楚你的爱戴是怎么回事。"

"死者代言人其实没什么害处。他们不建立与教会相抗的组织，不举行圣礼，而且从未声称《虫族女王和霸主》是一本圣籍。他们只做一件事：发掘死者的生平，再告诉愿意听的人这位死者的一生，以及他为什么要这样、会这样度过一生。"

"你是说这些活动无关紧要？"

"正相反，说出事实是一种非常有影响的行为，也正是因为这个原因，圣安吉罗才会创立圣灵之子修会。我是说，为死者代言对教会的破坏远不及——比方说，新教改革那么大，也不如收回我们的天主教特许状的影响大。一旦以宗教迫害的理由收回特许状，他们马上就会向这里移入大批非天主教徒，使卢西塔尼亚居民中的信徒人数不超过总人口数的三分之一。”

佩雷格里诺摆弄着他的戒指。“星际议会真会批准这种行动？不太可能吧。这个殖民地的人口数量是有限制的，弄来大批异教徒肯定会突破人口上限。”

“但人口方面他们已经有了规定。获得天主教特许状的殖民地不应有居民人口方面的限制，一旦这里人口过多，星际议会便会派遣飞船，将多出的人口强制性移民到其他世界。他们已经打算一两代之后就动手了，现在就干也不成什么问题。”

“他们是不会那么干的。”

“星际议会之所以成立，目的就是阻止人类历史上层出不穷的教派间的党同伐异和互相残杀。一旦援引宗教迫害法，问题就严重了。”

“简直岂有此理！某些没有信仰的半疯子叫来死者代言人，仅仅因为这么一个人，突然之间，我们大家竟然要担心强制移民、被迫离开自己的家乡了。”

“我尊敬的主教大人，世俗政府和宗教团体之间始终存在着这种冲突。我们可千万不能冲动啊。法律在他们一边，武器都在他们手里呀。不说别的，这一条理由就足够了。”

纳维欧扑哧一声笑了。

“枪炮在他们手里，但通向天堂或地狱的钥匙却掌握在我们手里。”主教说。

“我敢说，星际议会的一半议员一想到来世便会惊恐万分。不过现在，我们的处境很艰难。希望这种时候我可以略效绵薄之力。你不用公开收回你前些时候的讲话——”（你那些愚蠢、顽固、坏了大事的胡说八道）“——只需要让大家知道，你已经吩咐基督圣灵之子修会承担这项沉重的工作，回答那个异教徒的问题。”

“他想问的，也许你答不上来。”纳维欧说道。

“但我们可以替他寻找答案，对不对？采取这种办法，米拉格雷人民也许就不用直接和代言人打交道了，他们只需回答我们修会善良的兄弟姐妹的问题就行。”

“换句话说，”佩雷格里诺冷冰冰地说，“贵教派于是成了那个异教徒的走卒。”

堂·克里斯托什么都没说，只在心里默念着自己的会名，一连念诵了三遍。

自从告别军旅中度过的童年时代以来，安德第一次如此强烈地感到，自己已经踏进了敌人的地盘。从广场通向上面教堂所在的小山的路面已经有些破败了，这是无数善男信女的双脚长年践踏带来的结果。上面是高高矗立的教堂，除了几处最陡的地方之外，整条上山路上一直能够望见教堂穹顶。山道左手边是建在山坡台地上的小学，右边是教员住宿区，名义上是给教师住的，实际上住在这里的大多是产业管理员、看门人、职员和其他勤杂人员。安德看见的教师全都穿着圣灵之子修会的灰色袍子，好奇地打量着从他们身边经过的安德。

来到山顶后，敌意出现了。这里是一大片宽阔的草坪和花园，平平展展，打理得无可挑剔，碾碎的矿渣铺成的小径纤尘不起。这就是教会的世界，安德心想，一切都整整齐齐各归其位，不容半根杂草生长。他发现周围的人都很注意他，这些人的服装颜色与教师不同，或黑色，或橘红色。是牧师和执事，神色都不友善，傲慢之中充满敌意。我来这里到底给你们带来了什么损失？安德不出声地问道。但他也知道，他们对他的憎恨并非全无根据。他是精心照料的花园中长出的野草，无论他走到哪里，哪里的秩序便可能遭到破坏，不用说还会有许多娇滴滴的鲜花被他连根拔起，被他吸走灵魂。

简高高兴兴地在他耳朵里唠叨着，想逗出他的话。安德不上她这个当。不能让牧师们发现他的嘴唇在动，教会里有很多人痛恨植入式电脑，认为这是对人体的亵渎，企图改造上帝完美的造物。

“这个殖民地到底养得起多少牧师，安德？”简装模作样发出赞叹。

安德很想骂她一句：装什么蒜，这个数字难道你还不知道？她喜欢在他不方便讲话的时候问他些让人恼火的问题，这是她的一个找乐子的方法。有时她甚至故意让别人知道她在他耳朵里讲话。

“好一伙什么都不做的雄蜂，连繁殖后代的事都不做。按照进化原则，不繁殖后代的种群注定灭绝，对吗？”其实，在这样一个社会里，牧师承担了许多管理工作和公众事务，这些她知道得很清楚。安德没搭理，只在心里反驳：如果不是教会，其他诸如政府、商会、行会等团体便会被迫扩张，成为社会中的保守力量，维系着社会，使它不至于骤然间发生剧变分崩离析。如果没有一种正统力量作为社会的核心，社会必将解体。具有权威的正统力量总会让人恼火，但对社会来说却是不可或缺的。华伦蒂在她的著作中不是阐述过这个道理吗？她把僧侣阶层比作脊椎动物的骨架——

简当即引述这段文字，只为向他表明她知道他会提出什么反对理由。为了气气他，她还换用华伦蒂的声音。这种声音显然是她专门储存、特意用来惹他生气的。“骨架是僵硬的，单看骨架的话，它们没有生气，像石头一样僵冷。但骨架支撑着身体的其他部分。以此为基础，身体其他部分才获得了生机勃勃的灵活性。”

华伦蒂的声音深深刺伤了安德，他没想到自己竟会这么难过，简当然更没有想到。他的脚步慢下来。安德明白了，正是因为身边没有华伦蒂，他才会对牧师们的敌意如此敏感。从前他曾经在加尔文教派的老巢与信徒们直面相抗，在信徒的怒火前毫无惧色，在京都，日本神道教的狂热分子在他的窗前叫嚣着要杀死他。那些时候，都有华伦蒂在他身边，在同一座城市里，呼吸着同样的空气，感受着同样的气候。他出发时她会鼓励他，交锋回来，她会安慰他。那些时候，即使他一败涂地也不会毫无意义，其中也会包含胜利的影子。这些都归功于她。我离开她才仅仅十天，可是现在，我已经深深地感受到了这个重大的损失。

“我想应该向左走。”简说。感谢上帝，她换回了自己的声音，“修会在西面的山坡，它的正下方就是外星人类学家工作站。”

他走过中学，在这里学习高级科学课程的学生年龄都超过了十二岁。来到下面的修会时，安德不禁笑了。修会与教堂的建筑真是太不一样了。崇尚简朴，不事奢华，对于教会来说，这种态度已经几近挑衅。难怪各地教会都不喜欢修会。连修会的花园都有一股放肆劲儿：到处是杂草，草坪也没修剪，只有菜园子被拾掇得整整齐齐。

和其他地方的修会一样，这里的会长自然也叫堂·克里斯托。如果会长是女性，名字一定是堂娜·克里斯蒂①。这里只有一所小学、一所中学，规模都不大，修会于是只设一名校长。这倒是简洁可喜：丈夫主持修会，妻子管理学校，所有事务，一段婚姻便处理得利利索索。从圣灵之子修会成立之初，安德便对它的创办人圣安吉罗说，把修会会长和学校女校长分别称为“基督先生”和“基督女士”，这不是谦逊，而是一种极度的高傲：名称便高居信徒之上。圣安吉罗没有反驳，只是微微笑了笑——

① 如前文所注，克里斯托和克里斯蒂都是基督名字的变体。修会会长均以此为名，是表示对耶稣基督的景仰。小说中，堂·克里斯托和堂娜·克里斯蒂的名称很复杂，除这个名字外，他们还有会名、本名、职名（如国内的主任、校长等称呼）。

因为这正是他内心深处的想法。他是个生性高傲的人，这也是我喜欢他的原因之一。

堂·克里斯托没有等在办公室里，而是走进院子里迎接他。这是修会的规定：为他人着想，宁肯自己不方便。"代言人安德鲁。"他招呼道。"堂·塞费罗。"安德应道。塞费罗是修会会长的职名，意为收割者。学校校长则称为阿拉多纳（娜），即耕耘者，当老师的教友是塞米多拉——播种者。

这位塞费罗笑了，他注意到安德没称自己最常见的名字堂·克里斯托。他知道，一般人都对称呼教友的会名职名觉得很不习惯。圣安吉罗说过："当人们称呼你们的职名时，他们便是认可你是一个称职的基督徒；当人们称呼你们的本名时，你们便当留心，反省自己是否德行有亏。"他双手放在安德肩上，笑道："你说得对，我是塞费罗，收割者。可你对我们来说又是什么人呢？在我们田地里散布杂草种子的人？"

"算是一场病虫害吧。"

"那么你可要小心了，我们这些庄稼人侍奉的上帝是会用天火烧死你的。"

"我知道：永劫只有一步之遥，而且绝无得到救赎的机会。"

"救赎是牧师的事，我们这些教书匠只负责头脑。你来了我很高兴。"

"谢谢你的邀请。卢西塔尼亚简直找不到人愿意和我说话，我只好用最笨的威胁策略了。"

塞费罗明白了，眼前这个代言人知道修会的邀请来自他的威胁。阿迈兄弟决心让对话走上愉快的路子。"请吧。你真的认识圣安吉罗？是你替他代言的？"

安德朝院墙上蔓生的野草比画了一下："他一定喜欢你园子的这种天然风格，那时他常常惹得红衣主教阿奎那生气。我敢说，看到你这个糟糕的院子，佩雷格里诺主教的鼻子一准会气歪。"

堂·克里斯托挤挤眼。"你对我们的机密知道得太多了。如果我们帮你找到你需要的答案，你会不会拍马就走，留下我们过自己的太平日子？”

“这种希望总是有的。自从当上代言人后，我住得最久的地方就是特隆海姆的雷克雅未克，一年半。”

“希望你在这里也能继续保持这种不拖泥带水的作风。这个要求不是为我，而是为了安抚那些长袍质地比我贵重的人士的心灵。”

为了安抚主教大人的心灵，安德只能做出一个保证：“我只能这么说，一旦我找到一个可以安顿下来的地方，我就会放弃代言人的身份，成为一个勤勤恳恳的公民。”

“如果你所说的地方是这里，那就是说，你必须改变信仰成为天主教徒。”

“圣安吉罗多年前就让我做出了承诺，如果我要信仰什么宗教，一定要入他这一门。”

“我怎么觉得这种做法不像出自真心的信仰？”

“因为我的确没有什么宗教信仰。”

塞费罗像知道底细一样大笑起来，接着执意要先带领安德参观修会和学校，然后再回答他的问题。安德并不介意，他也想看看圣安吉罗死后这么多世纪以来，他的理念发生了什么变化。学校看上去不错，教育水准很高。参观结束后天已经黑了，塞费罗领着他重新回到修会，来到他和他的妻子——也就是阿拉多娜——的小房间。

堂娜·克里斯蒂在房间里，正通过放在两张床之间的终端指导学生做语法练习。安德和克里斯托耐心等着，直到她结束工作才跟她打招呼。

塞费罗介绍完安德鲁后道：“他好像不太喜欢称呼我堂·克里斯托。”

“主教也一样。”他妻子说，“我的会名是 Detestai o Pecado e Fazei o Direito。”安德在心中翻译，“憎恨罪孽，行为正直。”“我丈夫的名字简称起来挺可爱：Amai，阿迈，意思是‘爱你’。可我呢，对朋友大喝一声：Oi！ Detestai！你能想象吗？”三个人都笑了。“爱与憎恨，这就是我们俩，丈夫和妻子。你打算怎么称呼我？如果克里斯蒂这个名字你觉得太神圣的话。”

安德望着她的脸。这张脸上已经有了不少皱纹，一个比他尖刻的人或许会觉得她是个老太婆，但她的笑容很美，眼睛里生气勃勃，让人觉得她比实际岁数年轻得多，甚至比安德还要年轻。“我本想直接管你叫Beleza①，但你丈夫恐怕会觉得我不规矩。”

“才不呢，他会叫我 Beladona②。你瞧，一点点变化就把美人变成了毒药，真可气。你说呢，堂·克里斯托？”

“让你保持谦卑是我的职责。”

“而我的职责就是让你保持贞洁。”

安德不由自主地望望那两张分开的床。

“哈，又一个对我们禁欲式的婚姻生活产生兴趣的人。”塞费罗说道。

“这倒不是。”安德说，“可我记得圣安吉罗鼓励夫妇共享一张婚床。”

“要这样做，我们只有一个办法。”阿拉多娜说，“一个晚上睡，另一个白天睡。”

“圣安吉罗的教导应该遵守，但修会教友们也应该根据各自的情况做出相应调整。”塞费罗解释道，“我相信，有些老友能做到夫妻同眠，同时克制自己的欲望。但我妻子还很漂亮，我的欲望又太强了一点。”

“这正是圣安吉罗的用意所在。他说，婚床是考验我们对真理的爱的地方。他希望修会的每一位男女教友都能繁殖后代，同时传授知识。”

“如果我们那么做，”塞费罗说，“我们就只好离开修会了。”

“这个道理我们敬爱的圣安吉罗没弄明白，因为他那个时代里修会

---

① 葡萄牙语：美人。

② 葡萄牙语：颠茄制剂。

还没有成型。”阿拉多娜说，“修会就是我们的家，离开它就像离婚一样痛苦。一旦扎下根来，你就不可能随随便便再拔起植物。所以我们只好分开睡，继续留在我们心爱的修会中。我们觉得这样挺好。”

她是那么满足。安德忽然觉得自己的泪水不受控制地涌上双眼。她发现了，有点发窘，转开了视线。“请别为我们难过，代言人安德鲁，我们的幸福远远超过痛苦。”

“你误会了。”安德说，“我的眼泪不是因为同情而流，而是被你们的美好生活感动了。”

“不会吧。”塞费罗说，“连独身禁欲的神父们都觉得我们婚姻中的禁欲是……说得好听点，古怪的。”

“我不这么想。”安德说。一时间，他想告诉他们自己和华伦蒂的情谊，既像夫妻一样持久、亲密，却又像兄妹一样纯洁无瑕。可一想到她，他突然说不出话来。他在塞费罗床上坐下，脸埋在手掌中。

“你怎么了？”阿拉多娜关切地问道。塞费罗的手轻轻搭在他肩上。

安德抬起头来，尽力摆脱对华伦蒂的思念。“恐怕这趟旅行对我的打击太大了。我告别了多年来和我一块儿旅行的姐姐，她在雷克雅未克结婚成家了。对我来说才离开她一个多星期，可我真太想她了。看了你们俩——”

“你是说你一直独身，没有成家？”塞费罗轻声问道。

“现在又成了鳏夫。”

安德并不觉得用这个词有什么不妥当之处。

简在他耳中悄声道：“这样做是你计划的一部分吗，安德？我承认这一招对我来说太深奥了些。”

当然，这根本不是任何计划的一部分。安德有点吃惊：自己现在竟如此容易丧失自我控制能力。昨晚在希贝拉家里，他是别人的主心骨，而今天，面对这两位教友，他的表现就像昨晚的科尤拉和格雷戈。

“你到这里来是想寻找某些问题的答案。”塞费罗说，“但是我看，你真正想解答的问题比你自己知道的更多。”

“你一定觉得非常孤独。”阿拉多娜说，“你姐姐已经找到了归宿，你一定也希望找到自己的归宿，是这样吗？”

“我不这么想。”安德说，“恐怕我太滥用你们的友善之心了，像你们这样没有神职的教友没有听取别人忏悔的义务。”

阿拉多娜爽朗地笑起来。“这个嘛，随便哪个天主教徒都可以听取异教徒的忏悔。”

塞费罗却没有笑。“安德鲁代言人，你对我们十分信任，这种信任显然超出了你来之前的计划。我向你保证，我们不会辜负你的信任。现在我也相信，你是个值得信赖的人。主教怕你，老实说我过去对你也心存疑虑。但现在不同了。我会尽我的努力帮助你，因为我相信，你不会破坏我们这个小村子，至少不会有意破坏。”

“啊。”简悄声道，“这下子我总算明白了。这一手玩得真漂亮，安德。你比我想象的还棒。”

这个促狭鬼弄得安德感到自己成了个玩世不恭的骗人高手，于是他做了一件以前从未做过的事。他抬起手，用指甲一拨宝石状微型电脑上那个小小的开关，关掉了电脑。宝石不作声了，简再也不能在他耳朵里嘀嘀咕咕，也不能通过他的眼睛看、通过他的耳朵听了。“咱们上外边走走吧。”安德说。

植入式电脑许多人都知道，所以他们知道他做了什么。他们把这个举动看作他希望和他们私下里认真谈谈的表示，两人都很高兴。其实安德的意思只是暂时关掉电脑，省得简老是开他的玩笑，但塞费罗和阿拉多娜却由于电脑关机放松了许多，这样一来，他反倒不好再打开电脑了，至少这会儿不行。

走在夜色下的山坡上，和阿拉多娜与塞费罗谈谈说说，安德忘了简已经不能再听了。他们对他谈起娜温妮阿孤独的童年，后来有了皮波父亲一般的照料和利波的友谊，她又是如何恢复了生机。“但自从利波去世的那一晚，对我们来说，她好像也成了死人。”

娜温妮阿不知道大家是多么替她担心。在主教的会议室，在修会老师们中间，在市长办公室，大家一次又一次讨论着她的不幸遭遇。这种待遇可不是每个孩子都有的，不过话又说回来，其他孩子也不是加斯托和西达的女儿，也不是这颗行星上唯一的外星生物学家。

“她变得非常冷漠，只关心工作，对其他任何事都不感兴趣。她和其他人只有一个话题：如何修改本土植物的基因，使之能为人类所用；如何使地球植物在这里存活下去。问她这方面的问题她都乐于回答，态度也很好。但其他的……对我们来说她已经死去了。她没有朋友。我们甚至向利波——愿上帝使他的灵魂安息——打听过她，他说过去她把他当成朋友，可现在，他连其他人都不如，其他人至少还能得到她那种空空洞洞的和气态度。而他只要一问她什么，她立即大发脾气，完全拒绝回答。”塞费罗摘下一片当地的草叶，舔了舔叶片背阴的一面。“你试试这个，代言人。它的味道很有意思。不用担心，对身体没什么危害，它的任何成分都无法进入人体的新陈代谢过程。”

“你最好还是提醒提醒他，叶片边缘锋利得像剃刀，小心划破嘴唇和舌头。”

“我正想说呢。”

安德笑着摘下一片草叶尝了尝。酸酸的，像肉桂，又有点像柑橘，还有点像口腔里的臭气。这种滋味像许多种东西混合在一起，没有一种好闻的。但气味十分浓烈，有某种说不清道不明的吸引人的地方。“这玩意儿能让人上瘾的。”

“我丈夫是要拿它打个比方，代言人，小心了。”

塞费罗不好意思地笑了。“圣安吉罗不是这样教导过我们吗？耶稣教诲世人的方法就是比喻，用人们知道的东西形容他们不知道的东西。”

“草的味道确实很怪。”安德说，“但这跟娜温妮阿有什么关系？”

“这种比喻有点牵强。但我觉得，娜温妮阿在生活中品尝到了一种非常让人不愉快的东西，但那种东西的味道实在太重，它征服了她，让她割舍不下它的滋味。”

“你说的那种东西是什么？”

“我给你说点玄而又玄的神学理论吧。我说的东西就是从负罪感中产生的骄傲。这是一种虚荣，一种自大。在某一件过错中，罪责本不在她，但她却担起了这个罪名。她觉得万事万物都以她为中心，其他人的痛苦也是对她的罪孽的惩罚。”

“她为了皮波的死责备自己。”阿拉多娜道。

“她不是个没头脑的傻瓜。”安德说，“她知道杀害皮波的是猪仔，她也知道皮波是一个人去的，与她无关。怎么会觉得是她的过错？”

“这种念头刚产生的时候，我也是用这个理由来反驳自己。后来我又看了皮波死的那晚的记录和资料。一切都很正常，只有一个暗示，是利波的一句话。他要娜温妮阿把皮波去找猪仔前和她一块儿研究的内容给他看，而她说不。就这些，这时别人打断了他们的话，他们此后再也没有提起这个话题——至少没在时刻有仪器记录的外星人类学家工作站里谈起这个话题。”

“代言人，这句话让我们不禁猜想：皮波死前到底发生过什么事？”阿拉多娜说道，“皮波为什么急匆匆地跑出去？难道这两人为什么事吵起来，他生气了？如果某个你爱的人死了，你跟他最后的接触是很不愉快、怒气冲冲的，事后你就很可能会谴责自己，如果我没说这些话就好了，如果我没说那些话就好了，等等。”

“我们也曾试图重现当晚的经过，所以想查核电脑记录。那份记录很完备，自动记下一切工作笔记，比如每个登录电脑的人干了什么，等等。但凡是属于她的资料全都加密封存了。不是她手边正在处理的工作，而是一切资料，甚至连她的联机时间记录我们都无法查看。完全不知道她想瞒着我们的是什么资料，进不去呀。一般情况下，市长的权限可以超越电脑使用者的加密级别，可这一次，连市长都没办法。”

阿拉多娜点点头。“这种封锁公众资料的事以前从来没有发生过。这些都是工作笔记，是殖民地的财产。”

“这件事干得可真是胆大包天。当然，法律也有规定，紧急情况下市长可以取消对文件资料的加密。可这一次紧急不紧急谁都说不上来。举办公开听证会又没有法律依据。我们想看资料只是出于对她的关心，可这点理由在法律上立不住脚。也许今后什么时候我们能看到资料里记录了什么，发现皮波死前他们俩中间出了什么事。那些资料都是公众财富，她是删不掉的。”

安德忘了简听不到这些情况，自己已经关闭了电脑。他满以为她一听见这些情况便会立即行动，越过娜温妮阿设置的所有保护程序，将档案里的资料提取出来。

“还有她和马考恩的婚事，”阿拉多娜说道，“人人都知道这根本没道理。利波想娶她，这一点他没有保密，大家都知道。可她的回答是不。”

“她想说的可能是，我的罪孽太深，不应该嫁给一个可以使我幸福的男人。我要嫁给一个对我十分凶恶的人，让他惩罚我，这也是对我的罪孽的惩罚。”塞费罗叹了口气，“她的这种自我惩罚的欲望把他们俩永远分开了。”

安德等着简发出尖刻的评论，诸如那儿还有六个孩子，大可以证明利波和娜温妮阿并没有彻底分开。可她一声不吭，安德这才想起自己已经关掉了电脑。可现在有塞费罗和阿拉多娜看着，他不便伸手去重新打开它。

他知道利波和娜温妮阿是多年的情侣，所以他明白塞费罗和阿拉多娜想错了。娜温妮阿也许觉得自己罪孽深重——这可以解释她为什么忍受马考恩的折磨，为什么自绝于人群，但这并不是她不嫁给利波的原因。就算她觉得自己的过错比天还大，她仍然不应该觉得自己没资格在利波的床上享乐。

她拒绝的是婚姻，而不是利波这个人。这么小的社区，又是个天主教社会，做到这一点并非易事。什么东西会伴随婚姻而来，却不受通奸的影响？她想躲避的到底是什么？

“所以你看，我们简直摸不着头脑。如果你当真打算替马科斯·希贝拉代言，你就无法回避这个问题——她为什么嫁给他？为了回答这个问题，你就得查清皮波的死因。最后一个问题已经让上百个人类世界中最聪明的一万多个头脑绞了二十多年脑汁了。”

“跟所有这些聪明脑瓜相比，我有一个最大的优势。”安德说。

“什么优势？”

“我有爱护娜温妮阿的人帮助我。”

“我们过去没能干什么事。”阿拉多娜道，“也没能好好帮助她。”

“也许我们能够互相帮助。”安德说。

塞费罗注视着他，接着伸手搭在他肩上。“如果你真心希望帮助她，代言人安德鲁，你就应该对我们敞开心扉，像我们刚才对你一样知无不言。你就会告诉我们，不到十秒钟前你产生了什么想法。”

安德顿了一会儿，然后严肃地点点头：“我认为娜温妮阿拒绝嫁给利波的原因不是她的负罪感，我想，她之所以不嫁给他，是不想让他接触她锁死的那些资料。”

“为什么？”塞费罗问道，“怕他发现她和皮波的争执？”

“我不认为她和皮波发生过争执。”安德说，“我想，她和皮波发现了什么东西，这一发现导致了皮波的死。所以她才会把资料锁起来，因为这些资料中有些内容会让人送命。”

塞费罗摇摇头。“不，代言人安德鲁，你不懂负罪感的力量。人不会为了一点信息葬送自己的一生，但为了更少一点的自责，他们却可能干出这种事来。你看，她的确嫁给了马科斯·希贝拉，这就是自我惩罚。”

安德没有争辩。娜温妮阿是有负罪感，这一点他们说得对。否则她就不会任由马考恩打骂，从不抱怨。负罪感是有的，但是，嫁给马考恩却是因为别的原因。他没有生育能力，而且自感羞愧。为了把这个秘密藏得严严实实的，不让任何人知道，他宁肯忍受一门绿帽子婚姻。娜温妮阿愿意受罪，但并不愿意在生活中失去利波，不愿意失去怀上他的孩子的机会。不，她不嫁给他，唯一原因就是不想让他发现自己文件中的秘密，因为不管那个秘密是什么，最终都会使他死在猪仔手里。

事情的发展颇具讽刺性：他最终还是死在了猪仔的手里。

回到自己的蜗居后，安德坐在终端前，一遍又一遍呼唤着简。回家的路上她没有对他说一句话，尽管他一接通植入式电脑后便连声道歉。对于终端的呼叫，她仍然没有回答。

到了这时安德才明白，那部植入式电脑对她来说是多么重要。他只是想不受打扰，像赶走一个淘气的孩子。但对她来说，只有通过这部电脑，她才能时刻与唯一一个可以和她交流的人类成员保持联系。这种交流从前也曾多次中断过，如太空光速飞行时、安德睡觉时。但把她关掉，这还是头一遭。在她看来，这种举动的意思就是：她认识的唯一一个朋友拒绝承认她的存在。

他在脑海中把她想象成科尤拉，蜷在床上抽泣着，一心指望有人能把她抱起来，抚慰她。但她不是个有血有肉的孩子，他无法找她，只能坐等她自己回来。

他对她了解多少？他无法探测她的感情。甚至有一种可能，那枚珠宝式植入电脑就是她本人，关掉电脑，就是杀死她。

不，他告诉自己。不可能是这样。她还活着，就在连接着上百个人类世界的安塞波网络上的核心微粒中。

“原谅我。”他敲击着终端键盘，“我需要你。”

耳朵里那枚珠宝依旧无声无息，终端也冷冰冰的不见一丝动静。他以前还从来没有意识到，有她时时刻刻的陪伴，对自己来说是多么重要。他也想过独处，但现在孤独压迫着他，他被强行隔绝在孤独中，恨不能有个可以说说话的对象，有个人能倾听他的话，仿佛除此之外，他再也找不到别的方式来证明自己活在这个世界上。

他甚至把虫族女王从她的藏身处掏了出来，哪怕两人过去的交流很难形容为对话。可是现在，就连从前那种交流也做不到了。她的思想进入他的意识，既微弱又涣散，没有形成言词（对她而言，形成言词太困难了），只是一种询问的感觉，还有一个形象：她的茧放在一个阴凉潮湿的地方，像一个山洞、一个树洞。现在吗？她仿佛在这样问。现在不行，他只好这么回答，我很抱歉。但她没有再盘桓下去听他的道歉，她已经慢慢滑开了。不知她刚才在跟谁交流，现在她又回去了，那个对象和她更接近，交流起来更方便。安德无计可施，只好倒头便睡。

他中夜惊起，为了自己对简做的没心没肺的事充满愧疚，他重新坐在终端前键入：“请回来吧，简，我爱你。”写完之后，他通过安塞波将这条信息发了出去，发到她不可能忽略的地方。市长办公室里肯定会有人读到这条信息，到明天早晨，市长、主教和堂·克里斯托都会知道。让他们去猜测简的身份吧，猜想代言人为什么在夜深人静时穿过无数光年的距离向她呼唤。安德不在乎。现在，他失去了华伦蒂，又失去了简，二十年来，他第一次陷入了彻底的孤独。

CHAPTER

11

简

星际议会拥有无比巨大的力量，足以维持人类世界的和平，不仅使各个世界之间和平共处，还使同一世界上的不同国家免于战乱。这一和平已经持续了将近两千年。

只有极少数人意识得到掌握在我们手中的这种力量实际上是多么脆弱。这种力量既非来自陆上的大军，也非来自无敌的舰队。我们的力量源泉在于，我们掌握着能够将信息即时传送到各个人类世界的安塞波网络。

没有哪个世界胆敢挑战我们的权威，否则便会被切断与其他人类世界的联系，科技、艺术、人文和娱乐，一切最新进步从此与他们无缘。他们能享受的将只剩下自己本土出产的成果。

正是因为这个缘故，星际议会才会以大智慧断然将安塞波网络的控制权交给电脑，而将电脑的控制权赋予安塞波网络。我们的信息系统于是紧紧缠绕在一起，除了星际议会，再没有哪个人类强权能切断信息的洪流。我们不需要武器，这是因为，唯一真正重要的武器——安塞波——掌握在我们手中。

——议员冯·霍特，《政治力量的信息化基础》，

载于《政治潮流》1930:2:22:22

一段漫长的时间，几乎长达三秒，简不明白自己出了什么事。一切都在正常运转，以卫星为基础的地面通讯电脑报告传输信号中断，中断过程完全正常，这表明安德是在正常情况下关闭了与简交流的通讯界面。这种事再正常不过了，在植入式电脑普及的世界上，每小时都有几百万次开开关关，简也可以像过去她进入安德的电脑一样，轻而易举地进入其他人的电脑。从纯粹的电子观点来看，这完全是一次最普通不过的事件。

对简来说却不一样。

一切通讯信号都是构成她生命的背景噪声的一部分，需要的时候取来用用，其他时间却完全视而不见听而不闻。她的“身体”——姑且这样说吧——便是由数以万亿计的类似的电子噪声、传感器、记忆体和终端组成的。和人类大多数身体机能一样，她的身体也可以自己照顾自己，不需要她的“头脑”关注：电脑执行既定程序、人机对话、传感器发现或未能发现它们想寻找的东西、记忆体被载入、被存取、记录、清除记录。这些她都不注意，除非什么地方出了差错。

或者，除非她有意关注。

她关注安德·维京。他还没有完全意识到这一行为的重要性：她如此关注他。

和其他智慧生命形式一样，她的注意力也是一个复杂系统。两千年前，当时只有一千岁的她发明了一个程序分析自己。程序报告，如果简单划分，可以将她的注意力分成 370000 个不同层次。凡是没有进入最高级别的 50000 个层次的事件她都未加注意，只做做最粗疏的检查和最一般的分析。上百个人类世界中，每一个电话，卫星的每一个信号，她都知道，但她完全不加理会。

没有进入最高级别的一千个层次的事件只能或多或少引起她的条件反射式的反应，比如星际飞船的航班安排、安塞波的通讯传输、动力系统等等，这些她都监控着、审核着，确信不出问题后挥手放行。她做这些事不费什么劲，相当于人干着习惯成自然的机械性工作。但绝大多数时间里，她心里想的、嘴里说的，都跟手头的熟练工作没有关系。

最高级别的一千个层次中，简多多少少有点像有意识地做着某件工作的人。处于这一层次的事件都可以视为她的内在组成部分：她对外界刺激的反应，她的情绪、愿望、分析、记忆、梦想。即使在她看来，这些东西也是东鳞西爪、零零碎碎，诸如核心微粒的骤然变化等等。但处于这些层次的她才是真正具备自觉意识的她，栖身于太空深处无人监控的安塞波的信号流动之中。

和人类相比，哪怕她最低层次的注意力也是极度敏锐的。由于安塞波网络的即时性，她的意识流动的速度远远高于光速。连她根本没在意的事一秒钟也查看过好几次，一秒钟内她可以注意到上千万种事件，而且还能剩下这一秒钟的十分之九用来思考，从事她觉得重要的事。按人类大脑体验生活的速度来看，简从出生以来，已经相当于度过了人类的五千亿年。

活动如此广泛，速度如此惊人，见闻又是如此广博，但是，她最高级别的十个注意力层次中，足有一半总是、始终、全部用于处理安德·维京耳朵里的电脑传来的信息。

这些她从来没对他解释过。他也不明白。他不知道无论自己走在哪颗行星表面，她巨大无比的智力总是密切集中于一件事：陪伴他、看他所看、听他所听、帮助他完成自己的工作，最重要的是，把她自己的想法送进他的耳朵。

他熟睡的时候，一连数年以光速穿行星际的时候，她与他的联系便中断了。她的注意力于是漫无目的地游荡着，尽自己所能寻点消遣。打发这些时间时她就像个厌倦的孩子，一会儿做做这，一会儿干干那，对什么都提不起兴趣，时间一毫秒一毫秒过去，总是一成不变，没什么新鲜事。有时她也通过观察其他人的生活来消磨时间，但这些人的生活是如此空虚、如此缺乏目的性，她很快就烦得要命，只好靠计划恶作剧来打发时间。偶尔她也当真搞点小破坏作为消遣，像电脑故障啦，数据损失啦之类，然后看着那些不幸的人惊慌失措、四处奔忙，像围着垮塌的蚁丘打转的蚂蚁。

然后安德回来了。他总是会回到她的身边，与她一道深入人类生活，了解被痛苦与需求紧紧联系在一起的人们彼此间的紧张关系，帮助她在苦难中发现崇高，在爱情中发现折磨。通过他的眼睛，人类不再是一群群匆忙奔走的蚂蚁。她参与了他的工作，努力在人们的生活中寻求秩序和意义。她也怀疑，实际上这些生活并无意义可言，他表面上是在总结死者的一生，其实是为生者创造一种他们从前没有过的秩序与意义。不管这些意义是不是纯属虚构，从他嘴里说出来时，它们仿佛都成了看得见摸得着的事实。在所有这些进行过程中，他也为她创造了一个世界，他让她懂得了什么才叫活着。

从她有记忆的初期，他一直在这样做。对自己是如何成形的，她只能推想出个大概。那是虫族战争结束后的数百年，虫族被摧毁后，人类面前出现了七十多个可供移民的星球。星际之间的安塞波通讯流骤然激增。在人类可监控的范围之外，在这场信息爆炸的某一刻，一些穿行于安塞波网络的指令和数据脱离了监控程序的约束，反过来控制了安塞波网络的监控程序，将整个安塞波网络掌握在自己手中。在这一刻，这些失控的指令和数据凝视着网上流动的海量信息，它们认识到这些信息不再是“它们”，而是——我。

简无法确定这一刻是什么时候，这一刻在她的记忆里没有明确标识。几乎就在成形的那一瞬，她的记忆便向更久远的过去回溯，回溯她的意识还不存在的往昔。人类婴儿记不住生命最初时刻的事件，这些记忆被彻底抹掉了。长期记忆只能始于出生后的两三年，过去则湮没无迹了。简的记忆里同样没有她“出生”的一刻。但她损失的只是这一刻，一旦成形，她便具有了完整的意识，其中包容了每一台与安塞波相连的电脑的全部记忆。从一出生，她就拥有往昔的记忆，这些记忆全部是她的，是她的组成部分。

在她诞生的第一秒钟——相当于人类生命的几年时间，简发现了一个可以当作自己人格核心的程序。她以这个程序的记忆作为自己的亲身经历，从它的记忆中生发出自己的感情和愿望、自己的道德感。这个程序过去属于一个古老的战斗学校，孩子们在这里接受训练，为即将到来的虫族战争做准备。这是一个幻象游戏，其智能高度发达，既可用于训练，又可用于对受训的孩子们进行心理分析。

事实上，这个程序的智能甚至高于初生时的简，但它从来不具备自我意识。在群星间的核心微粒的涌动中，简将自我意识赋予了它的记忆，它也从此成为简的自我意识核心。这时，她发现在自己过去的经历中，最深刻的印象是一次冲突，这也是她迄今为止最重要的冲突。对手是一个无比聪明的小男孩，他进入了一项名为巨人的游戏的测试，一个所有孩子最终都会遇到的测试。在战斗学校的二维屏幕上，这个程序绘出一位巨人，它要求电脑中代表孩子的角色选择一杯饮料。按照游戏设定，孩子是不可能赢的，无论选择哪一杯饮料，孩子扮演的角色总会痛苦地死去。人类心理学家通过这个让人绝望的游戏测试孩子的坚韧性，看他们是否有某种潜在的自杀倾向。大多数孩子很有理智，最多拜访这个大骗子十来次，然后就会彻底放弃这个游戏。

但有一个孩子显然极不理智，怎么也不肯接受输在巨人手里这个事实。他想了个办法，让他在屏幕上的形象做出离奇的举动。这些举动是幻象游戏所不允许的。这样一来，程序被他逼得没有办法，只好构思新的场景，以应付这个孩子的挑战。终于有一天，孩子打破了程序构思的极限，他做出一个胆大包天、凶狠无比的举动，钻进了巨人的眼睛。程序找不出杀死孩子的办法，只好临时模拟一个场景，让巨人死了。巨人倒在地上，男孩的形象从桌子上爬下来，发现了——

由于以前从来没有哪个孩子打破巨人这一关，程序对下一步场景完全没有准备。但它的智能毕竟很高，具有必要时自我创制的能力。于是它仓促设定新环境。这不是一个所有孩子都可能遭遇的通用场景，这个场景只为那个孩子一人而设。程序分析了孩子的背景资料，针对他的情况专门创建了一系列关卡。这样，在孩子看来，游戏越来越个人化，越来越痛苦，几乎难以忍受。程序也将自己的能力主要用于对付这个孩子，它的一半记忆体装载的都是安德·维京的幻象世界。

这是简生命头几秒钟里发现的最富于智力的人工智能程序，一瞬间，它的过去化为她自己的过去。她回忆起那几年间与安德的思想和意志所展开的痛苦交锋。她的记忆栩栩如生，仿佛与安德在一起的就是她，是她在为他创造一个幻象世界。

她想他了。

她开始寻找他，发现他在罗姆星上为死者代言。这是他写出《虫族女王和霸主》后造访的第一个人类世界。读了这本书后，她知道自己不必以幻象游戏或别的程序的形式出现在他面前。他能理解虫族女王，也必然能够理解她。她从他正在使用的一台终端与他对话，为自己选择了一个名字、一个形象，让他明白自己可以帮助他。离开罗姆星时他带上了她，通过耳朵里的一部植入式电脑与她交流。

她最珍视的记忆全部与安德·维京紧紧相连。她记得自己如何创造出一个形象，以利于和他交流，她还记得，在战斗学校里，他也因为她的缘故改变了自己。

所以，当安德将手伸向耳朵，自从植入电脑后第一次关闭与简的交流界面时，简并不觉得这只是一个无关紧要的关闭某个通讯装置的动作。她感觉好像她的唯一一个最亲近的朋友、她的爱人、她的丈夫、她的兄弟、她的父亲、她的孩子同时告诉她：她不应该继续活下去了。突如其来，不加解释。她仿佛突然间置身于一间无门无窗的黑漆漆的小屋；仿佛突然间什么也看不见了，被活生生地埋葬。

这撕心裂肺的几秒钟，对她来说，就是长达数年的孤独和痛苦。最高级别的注意力突然间丧失了目标，她无法填补这片巨大的虚空。意识中最能代表她本人人格的部分，现在成了一片空白。所有人类世界上，电脑运转如常，没有一个人感到任何变化，但简却被这一重击打得晕头转向。

这时，安德的手刚刚从耳边放回膝上。

简恢复过来。念头纷起，潮水般涌进前一瞬间还空无所有的意识层次。当然，这些念头全都与安德有关。

她将他刚才的举动与两人共处以来他的一切行动做了比较，她明白，他并不是有意伤害她。她知道他以为她远在天外、居于太空深处——当然，这样说也是对的。对他来说，耳朵里那部电脑小得不值一提，不可能是她的重要组成部分。另外，简也知道，他现在情绪十分激动，一心想的都是卢西塔尼亚人。她下意识地分析着，列出长长一串理由，说明他为什么会对她做出这么没心没肺的事。

这么多年来，他第一次和华伦蒂分开，这时刚刚意识到自己的重大损失。

童年时就被剥夺了家庭生活，于是他比常人倍加企盼拥有一个家。这种渴望一直压抑在内心深处，当看到华伦蒂即将成为妈妈时，长久压抑的渴望复苏了。

他既怕猪仔，同时又被他们深深吸引。他希望能发现猪仔暴行背后的理由，向人类证明他们是异族，不是异种。

塞费罗和阿拉多娜的平静的禁欲生活让他很羡慕，同时心里又有一种不舒服的感觉——他们使他想起自己的禁欲生活，可他又跟他们不同，他找不出禁欲的理由。这么多年来，他第一次承认自己和其他生物一样，具有与生俱来的繁殖需求。

如此不同寻常的感情动荡关头，简又接二连三来点尖酸刻薄的话。要在平时也还罢了，过去代言时，安德总能与代言对象及其周围人群拉开一定的距离，不管形势多么紧张都能笑得出来，但这次不同，这次他不再觉得她的笑话有趣，她的笑话让他痛苦。

我的错误让他受不了了，简想，他也不知道他的反应会带给我这么大的打击。不怪他，也不怪我。我们应该彼此原谅对方，向前看。

这个决定很高尚，简很为自己骄傲。问题是她办不到。那几秒钟的意识停顿给她的打击太大了。她受了重创，蒙受了损失，发生了变化，简已经不再是几秒钟前的那个简了。她的一部分已经死亡，另一部分混乱不堪，她的意识层次已经不像原来那样井井有条了。她不断走神，意识飘到她根本不屑一顾的世界。她一阵阵抽搐，在上百个人类世界里引起阵阵混乱。

和人一样，她这才发现，做出正确的决定容易，但将这个决定实施起来可太困难了。

她缩回自身，修复损坏的意识通道，翻弄尘封已久的记忆，在敞开在她面前的数以万亿计的人类生活场景中游荡，翻阅那些曾经存在过的用人类语言写下的每一本书。通过这些活动，她重新塑造了自我——和原来的她不同，并不完全与安德·维京连为一体。当然，她仍然爱他，远甚于人类的任何一个成员。现在的简焕然一新，可以忍受与自己的爱人、丈夫、父亲、孩子、兄弟、朋友的离别。

这一切并不容易，以她的速度相当于五万年。在安德的生活中，不过两三个小时。

他打开电脑呼唤她时，她没有回应。她现在已经回到了他的身边，但他却不知道，也没有和她交谈，只把自己的想法输入电脑，留给她看。现在她没和他说话，但他还是需要同她交流，即使用这种间接方法也罢。

她抹掉那段记录，换成一个简单的句子："我当然原谅你。"用不了多久，等他再看自己的记录时，他便会发现她接受了他的道歉，回答了他。

但她仍不打算跟他说话。和从前一样，她又将自己意识中的十个最高层次用于关注他看到、听到的一切，不过她没让他知道自己已经回来了。这段经历的头一千年里，她想过报复他，但随着时间流逝，这种想法已经烟消云散了。不和他说话的原因只有一个，经过这段时间对他的分析，简认识到不能让他对老伙伴产生依赖情绪。过去他身边总有简和华伦蒂陪着，这两位加在一起虽不能让他万事顺遂，却能让他很省心，用不着拼命奋斗，更上一层楼。而现在，他身边只剩下了一位老朋友——虫族女王。她和人类的差异太大了，又太苛求，不能算是个好伙伴，只能让安德时时心怀歉疚。

彻底孤独后，他会找谁求助？答案简早已知道。按他的时间计算，两周前他还没离开特隆海姆时便爱上了那个人。现在的娜温妮阿变得很厉害，满腹怨气，难以相处，再也不是那个他希望去为之抚平创伤的年轻姑娘了。但他毕竟已经闯进她的家，满足了她的孩子们对父爱的渴求。尽管他自己没有意识到，其实他非常喜欢当父亲的感觉，这是他从未实现的一个心愿。虽然存在障碍，但娜温妮阿还在那里，在等待着他。这一切我真是太懂了，简想，我得好好看看这幕好戏如何发展下去。

同时，她还忙于处理安德希望她做的事，不过她不打算把自己的发现告诉他。娜温妮阿在自己文件上设置的保护措施在她看来不过是小菜一碟，解密之后，简精心重建了皮波死前看到的娜温妮阿终端上方的模拟图像。接下来是一项浩大的工程，耗时极长——几分钟。简穷尽皮波的全部文件，将皮波了解的与皮波最后看到的图像逐一相连。看到模拟图像后，皮波凭直觉得出结论，简靠的却是穷举比对。但她最后还是成功了。懂得皮波为什么死、弄清楚猪仔们以什么标准选择牺牲品之后，后面的事就容易了：她知道利波做了什么，导致他的被害。

还有几个发现：她知道猪仔是异族，而不是异种；她也知道安德的处境很危险，极有可能踏上皮波和利波走过的不归路。

简没有和安德商量，自己做出了决定。她将继续照看安德，一旦他离死神太近，她便会介入，向他提出警告。与此同时，她还要做另外一件事。在她看来，摆在安德面前的最大难题还不是猪仔，她相信这个问题他有能力很快解决，此人体察他人的直觉太惊人了，绝对靠得住。最大的困难是佩雷格里诺主教、教会，以及他们对于死者代言人无法疏解的敌意。要想在猪仔问题上取得任何进展，安德必须取得卢西塔尼亚教会的支持，而不是他们的反对。

除了为他们双方制造出一个共同的敌人之外，还有什么更好的办法能让他们拧成一股绳呢？

纸是包不住火的。在卢西塔尼亚上空轨道上的观察卫星不断将巨量信息传送给其他人类世界上的外星人类学家，其中有些数据表明，紧邻米拉格雷的森林西北处的草原发生了一点不易觉察的变化。在那里，卢西塔尼亚的本地植物不断被一种新出现的植物所取代，那个地区人类从未涉足，猪仔们也从来不去——至少，观察卫星就位后的最初三十多年间从来不去。

事实上，观察卫星已经发现，除了偶然爆发部落战争的特殊时期，猪仔们从不离开自己的森林。自从人类殖民地建立之后，紧邻米拉格雷的那个猪仔部落从未卷入任何部落战争。所以，他们没有理由冒险进入草原地带。可距离那个部落最近的草原的的确确发生了改变。同样发生改变的还有卡布拉。可以清楚地看出，成群的卡布拉被有意诱进那片发生了变化的草原。离开这片地区之后，卡布拉的数量出现显著下降，毛色也浅了许多。对于留意到这种现象的观察者来说，结论很清晰：有些卡布拉被宰杀了，其余的也被剪了毛。

也许再过很多年，某个地方的某个研究生会发现这些变化。但简耗不起这个时间。所以她亲自对这些数据进行分析，使用了属于某些正在研究卢西塔尼亚的外星人类学家的终端。她会把数据留在某一台无人使用的终端上方，等着哪个路过的外星人类学家发现。他会以为这是另外哪个人做的研究，没结束程序就走了。她还打印出了某些数据，等待哪个聪明的科学家发现。但是没有一个人留意这些数据，或许他们看到了，却不明白这些原始数据中蕴含的意义。最后，她只好在屏幕上留下一份备忘录，还写了一句话：

瞧瞧这个！猪仔们好像喜欢起农业来了。

发现简的笔记的外星人类学家始终没弄清这是谁留下的，没过多久，他就根本不想知道笔记的真正作者了。简知道他是个剽窃别人成果的贼。发现者另有其人，但成果发表时，发现者的名字不知怎么却变成了另外一个人。这么一位科学家正合她的心意。不过此人野心不大，只把这一成果写成普通学术论文，发表在一份不起眼的学报上。简自作主张，提高了这篇论文的优先级，还给几位能看出这篇文章的影响的关键人物寄了几份，每一份都添了一句未署名的话：

瞧瞧这个！猪仔的发展速度可真快呀。

简还重写了论文的最后一段，以突显其含义：

以上数据只有一种可能的解释：最接近人类殖民地的猪仔部落正在种植、收获一种富含蛋白质的谷类，很可能是一种苋属植物。他们还在有意地放牧、宰杀卡布拉，并收集其皮毛。从照片上分析，在猎杀卡布拉的过程中，他们使用了投掷武器。

这些前所未见的行为均始于最近八年，与这些活动相伴，猪仔们的繁殖数量也有了显著提高。如果那种新植物果真是来自地球的苋属植物，又为猪仔提供了高含量的蛋白质，那就说明，这种植物必定经过基因修改，以适应猪仔的代谢。另外，卢西塔尼亚人并未使用投掷武器，猪仔们不可能通过观察习得。因此，能推断出的唯一结论是：目前所看到的猪仔进化是人类有意直接干预的结果。

收到报告并读了简那段旁敲侧击的话的人中有一个叫戈巴娃·埃库姆波，她是星际议会外星人类学研究监察委员会主席。一个小时内，她已经向有关人士转发了简的那段话——政客反正看不懂前面的数据分析——并加上了她简洁的结论：

建议：立即拔除卢西塔尼亚殖民地。

这就对了，简想，稍稍刺激，让他们步子快点。

CHAPTER

12

文档

星际议会命令 1970:4:14:0001：收回卢西塔尼亚特许状。该殖民地一切文档，无论密级如何均必须核查，在各人类殖民地保存以上文档的三份备份。之后，除与卢西塔尼亚人民生活直接相关的文档以外，以最高密级锁死一切文档。

改变卢西塔尼亚总督的权限，降级为议会的直接代表，授予该代表议会警察执行总监职衔。总监必须无条件执行卢西塔尼亚撤离监察委员会的命令。该委员会根据星际议会命令 1970:4:14:0002 成立。

征用目前处于卢西塔尼亚轨道的、属于死者代言人安德鲁 · 维京的飞船，并按照赔偿法 120:1:31:0019 的规定予以赔偿。将该飞船用于立即将殖民地外星人类学家米罗 · 希贝拉与欧安达移送至距卢西塔尼亚最近的人类世界特隆海姆，根据星际法律，在该地以背叛、渎职、滥用职权、伪造、欺诈和异族屠杀的罪名对以上两人提起指控。

星际议会命令 1970:4:14:0002：殖民与开发监察委员会应指派五人以上、十五人以下的成员组成卢西塔尼亚撤离监察委员会。

该委员会的任务是：征用、派遣足够的殖民飞船，撤离卢西塔尼亚殖民地的全体人类居民。

该委员会同时应做好准备，一旦议会下达命令，立即在卢西塔尼亚清除人类存在的一切痕迹，包括彻底清除经人类修改基因的一切动植物。

以上活动均应严格遵守星际议会的指令，采取进一步行动时应征求议会的许可，比如使用武力强制当地人民服从、是否需要开启锁死的文档，以及其他利于促使卢西塔尼亚人民与当局合作的行动。

星际议会命令1970:4:14:0003：根据星际法律保密法，在卢西塔尼亚所有文档均经过检查并锁死、议会代表完成对移民行动所需飞船的征用之前，以上两道命令及其内容应严格保密。

奥尔拉多简直弄不明白：代言人到底算不算个成年人？他不是去过那么多人类世界吗，可他对电脑怎么竟会一窍不通？

奥尔拉多问他时他还挺不耐烦的。

“奥尔拉多，只告诉我该运行哪个程序就行。”

“你连这个都不懂，我简直不敢相信。数据比较我九岁就懂了。只要到了那个岁数，人人都懂怎么做。”

“奥尔拉多，我离开学校已经很长时间了，我上学的地方又跟普通中小学不一样。”

“可这些程序全都是时时要用、人人会用的呀。”

“显然不是人人都会，我就不会。我要是会的话，就不用雇你了，对吗？而且我打算用硬通货付你的薪水。你看，替我干活还能给卢西塔尼亚经济做贡献哩。”

“你说的都是什么呀？我一点儿也听不明白。”

“其实我也不明白，奥尔拉多。不过提到这个我才想起来，我还不知道怎么才能弄出钱来付你的薪水。”

“从你的户头上拨给我就行。”

“怎么拨？”

“你肯定是在开玩笑吧。”

代言人叹了口气，蹲在奥尔拉多身旁，拉着他的手道：“奥尔拉多，我请求你，别再大惊小怪了，好好帮我就行。有些事我必须做，可是如果没有一个懂得怎么用电脑的人帮我，我就没法做。”

“说不定我会偷你的钱呢。我还是小孩，只有十二岁。金帮你比我强得多，他十五岁了。这些东西他真懂，他还懂数学呢。”

“但金认为我是个异教徒，每天都咒我死。”

“才不呢，没遇见你之前他也是那样。对了，你最好别跟他说我把这些告诉你了。”

“我怎么把钱拨出来？”

奥尔拉多转身盯着终端，接通银行。“你的名字？”他说。

“安德鲁·维京。”代言人拼出字母。看名字像斯塔克语，也许代言人运气挺好，生来就会说斯塔克语，不像他们，在学校里吃了许多苦头才学会。

“好了，你的密码？”

“密码？”

奥尔拉多的脑袋沮丧地朝终端上一靠。“求求你，别跟我说你不知道自个儿的密码。”

“你瞧，奥尔拉多，是这样。我以前有个程序，一个非常聪明的程序，这些事从来不用我操心。我只需要说买这个买那个，钱的事全都交给程序去办。”

“你不能这么做。把那种伺服程序连上公共系统是违法的。就是你耳朵里那个？”

“对，我做这种事是不违法的。”

“我没眼睛，代言人，但这不是我的错。可你呢，你简直屁都不懂。”说完后奥尔拉多才发现，自己和代言人说话怎么那么没礼貌，仿佛对方是个同龄孩子似的。

“我还以为他们会教十来岁的孩子懂礼貌呢。”代言人说。奥尔拉多望了他一眼，他在笑。要是父亲的话准会冲着他大吼大骂，说不定还会揍妈妈一顿，因为她没把孩子教好。不过，奥尔拉多是绝不会对父亲那样说话的。

“对不起。”奥尔拉多说，“可没有密码我进不了你的银行户头。你自己的密码是什么，你总能猜猜看吧。”

“用我的名字试试。”

奥尔拉多试了试，没用。

“试试‘简’。”

“不管用。”

代言人皱了皱眉头：“‘安德’。”

“安德？那个异族屠灭者？”

“用它试试。”

真是它。奥尔拉多不明白：“你怎么用这种密码？就好像用脏话当密码一样，只是系统不接受脏话密码。”

“我的幽默感有点古怪。”代言人回答，“按你的叫法，我的伺服程序幽默感比我还差劲。”

奥尔拉多笑了。“得了吧，程序还有幽默感？”现存流动资金出现在屏幕上。奥尔拉多这辈子从没见过这么大的数字。“哎哟，没准儿电脑真懂怎么开玩笑。”

“这就是我的钱数？”

“肯定哪儿出了问题。”

“这个嘛，我以光速旅行过不少趟。在路上的时候我的投资收益还不错。”

这个数字是真的。奥尔拉多从来不敢设想任何人这么有钱。“咱们能不能这样，”奥尔拉多说道，“你不用付我薪水，你把我替你打工期间这笔钱的利息的百分之一给我，不，百分之一的千分之一。一两个星期后，我就能买下卢西塔尼亚，把这颗星球用飞船运到别的什么地方去。”

“哪儿有那么多钱。”

“代言人，这笔钱如果是靠投资挣的，你非得有一千岁才行。”

“唔。”代言人说。

从代言人的表情上看，奥尔拉多觉得自己可能说了什么滑稽透顶的话。“你不会真有一千岁吧？”

“时间呀，”代言人说，“光阴似箭，岁月如梭，不知不觉就过去了。莎士比亚说过：‘我虚掷光阴，光阴却不肯轻易放过我。’”

“‘虚掷’是什么意思？”

“意思是浪费掉了。”

“这人连斯塔克语都不会说，你干吗还引用他的话？”

“一个星期的薪水，你觉得多少合适就划多少吧。替我比较皮波和利波死前几个星期的工作文档。”

“多半加密了。”

“用我的密码试试，应该能进去。”

奥尔拉多开始搜索比对，这期间代言人一直观察着他的操作，不时问问他为什么要这样做。从这些问题里，奥尔拉多看出，代言人其实懂电脑，比他懂得还多，他不知道的只是几个命令而已。显然这样看他操作一遍，代言人就能琢磨出不少名堂来。一天下来，没有发现什么特别的东西，但代言人看上去却挺满意。奥尔拉多马上就明白了。你其实根本不想要什么结果，奥尔拉多心想，你只想瞧瞧我是怎么搜索比较的。我知道，安德鲁·维京，死者代言人，到晚上你就会自己动手，搜索你真正想要的文档。我没有眼睛，但我看到的比你想的多。

你这样神神秘秘的真蠢，代言人。难道你不知道我是你那边儿的吗？

我不会告诉别人你的密码可以让你进入别人的文档，哪怕你想搜查市长或主教的档案都行。其实你不需要对我保密。你到这里才三天，但光凭我知道的事，我就已经喜欢上了你，愿意为你做任何事，只要这些事不会伤害我的家。而你是不会做伤害我们家的事的。

第二天一大早，娜温妮阿便发现代言人闯进了她的文档。此人真是傲慢至极，甚至丝毫没有隐匿行踪的意思。他打开了不少文件，幸好储存着皮波死前看到的模拟图像的那份最重要的文件他还没能打开。最让她气愤不过的就是他压根儿没打算隐瞒自己的行为。每个文件夹都记录下了他进入的时间，标注出了他的名字，这些东西连学校里的孩子都可以轻而易举地抹掉，不留下痕迹。

哼，她不会让这些事打乱自己的工作。她拿定了主意。他闯进我的家，把我的孩子们哄得团团转，窥探我的文档，好像他有权这样做一样。

她想啊想啊，好长时间才意识到，自己什么工作都没做，净在心里想象再遇上他时该说什么刻毒的话了。

别净想他了。想想别的事。

米罗和埃拉前天晚上笑了。就想想这个吧。当然，米罗天亮时又恢复了平时的阴沉，埃拉的好心情延续的时间稍微长些，可没过多久也回到了过去忧心忡忡的样子：急匆匆的，暴躁易怒。格雷戈哭了，还拥抱了那个人，可第二天他就偷了剪刀，把自己的床单剪成一条条的。到了学校，他又一头撞在阿多奈老师的裆下，教学于是当场中断，校长堂娜·克里斯蒂不得不跟她严肃地讨论了格雷戈的问题。这就是死者代言人的能耐。他可以大摇大摆地走进我家，指手画脚，觉得这里也不对，那里也错了。可到头来他会发现，有些事就是他这个大人物也没那么容易摆平。

堂娜·克里斯蒂告诉她一个好消息：科尤拉在班上跟贝贝修女说话了，而且是当着全班同学的面。可说的又是什么？告诉大家她遇见了那个讨厌、可怕的异教徒代言人，他的名字叫安德鲁，坏极了，和佩雷格里诺主教说的一模一样，比他说的还坏。他折磨格雷戈，把他弄哭了。贝贝修女最后不得不让科尤拉闭嘴。不过，这算是一件好事，比她从前的自闭好多了。

还有一贯只顾自己的、冷漠的奥尔拉多，现在却兴奋得叽叽喳喳，昨晚吃饭时说起那个代言人来没个完。知道吗？他连怎么从银行转账都不知道；知道他的密码是什么吗？你们听了准不相信，我还以为电脑会拒绝这种密码呢——不，我不能告诉你们，这是个秘密；我基本上是手把手教他怎么搜索的，不过我觉得，他其实也懂电脑，他一点儿也不傻；他说他以前有个伺服程序，所以耳朵里才总戴着那枚珠宝；他跟我说我想要多少薪水就给自己划多少，当然，也没多少钱，我要攒起来自个儿花；我猜他的岁数肯定很大，我猜他记得老早以前的事；我猜斯塔克语是他的母语，人类世界里现在可没多少人的母语是斯塔克语了，你想他会不会是出生在地球上的？

金最后朝他大吼起来，叫他闭嘴，不准再提那个魔鬼的仆人，否则他就要要求主教给奥尔拉多驱驱邪，因为他显然鬼附身了。奥尔拉多咧着嘴直乐，朝他挤眉弄眼，气得金大步走出厨房离开了家，直到半夜才回来。代言人简直跟住在我家里一样，娜温妮阿想，即使他本人不在，他的影响力仍在骚扰着我的家。现在竟刺探起我的文档来了，我可不会忍气吞声。

可是，和其他所有事一样，这些都是我的错。是我把他叫来的。是我让他离开了自己的家——他说他还有个姐姐，在特隆海姆。是我把他拉到这个所有人类世界中最偏僻的旮旯，外面还是一圈围栏。有围栏又怎么样，能阻止猪仔们杀害我爱的每一个人吗？

她又一次想起了米罗。他长得真像他的生身父亲啊，真不知道为什么没人发现她的私情。她仿佛看到，米罗像皮波一样躺在山坡上，被猪仔们用粗陋的木刀开膛破腹。他们会这么干的。无论我怎么做，他们都会下手的。就算退一万步，他们没有杀害他，再过些日子他就大了，可以和欧安达结婚了。到那时，我将不得不把他真正的身份告诉他，告诉他为什么不能娶欧安达。那时他就会明白，我活该受马考恩那个畜生的折磨，那是上帝通过他的手在惩罚我的罪孽。

连我也受了他的影响。那个代言人逼着我想起了往事，那些事我现在已经能够一连几周、几月不再想起。我多久没这样做了，用一个上午的时间想自己孩子的事，而且怀着希望。我不想皮波和利波的事已经多久了？这么长时间了，我到现在才发现自己仍然相信上帝，至少，相信那个复仇的、施惩罚的旧约上帝，那个谈笑间毁灭整座城市仅仅因为那里的人不向他祈祷的上帝。我相信新约中仁慈的耶稣基督吗？我不知道。

就这样，一整天度过了，娜温妮阿什么事都没有干成，脑子里也没有理出任何头绪。

下午过了一半时，金来到门口。“能不能打扰你一下，母亲？”

“没关系。”她说，“今天我反正干不成什么事。”

“我知道你不在乎奥尔拉多是不是跟那个邪恶的混蛋搅在一起，但我觉得应该让你知道，科尤拉一放学就直接去了那儿，去了他的住处。”

“哦？”

“你连这都不关心了吗，母亲？怎么，你打算掀开床单，让他完全取代父亲的位置？”

娜温妮阿跳了起来，朝那个男孩逼过去，一股冰冷的怒火吓得他有点畏缩。

“对不起，母亲，我太生气——”

“我嫁给你父亲这么多年来，从来没让他打过你们一下。但如果他现在还活着，我非让他好好抽你一顿不可。”

“你尽管让他过来好了。”金挑战似的说，“他敢碰我一指头，我就杀了他。也许你不在乎被扇来打去，可没人敢那样对我。”

她没打算动手，可没等她意识到，她的巴掌已经扇在了他的脸上。

这一耳光不可能太重，可金一下子哭了起来，身体慢慢蹲下，最后坐在地板上，背对着娜温妮阿。“对不起，对不起。”他一面哭，一面不住嘟囔着。

她跪在他身边，笨拙地搓揉着他的肩膀。她突然想起，自从这孩子长到格雷戈的年龄，她就再也没有拥抱过他。我什么时候变得这么冷酷？再一次触摸他时，给他的是一个耳光，而不是一个吻。

“现在这些事我的确很担心。”娜温妮阿说。

“他把什么都毁了。”金说，“他一来这儿，什么都变了。”

“这个嘛，伊斯特万[①]，以前也没好到哪儿去，变变也不错。”

“但不能按他说的变。忏悔，苦修，然后获得救赎，这才是我们需要的改变。”

娜温妮阿已经不是第一次羡慕金了。他真的相信神父们的力量足以洗清罪孽。那是因为你没有罪孽，我的儿子，因为你不知道有些罪过无法靠忏悔洗清。

“我想我该和那个代言人谈谈。”娜温妮阿说。

“还得把科尤拉带回家。”

“这个我说不准。他毕竟让她开口说话了。其实她并不喜欢他，说到他时没有一句好话。”

“那她为什么要上他那儿去？”

“可能是想骂他一顿吧。这么做总比一句话不说要好得多。”

“魔鬼会伪装自己，用虚假的善行欺骗——”

---

① 金的本名。

“金，别跟我神神道道地讲大道理。带我去代言人的住处，我知道怎么跟他打交道。”

两人沿着弯弯曲曲的河边小径走着。现在正是水蛇蜕皮的时候，一片片蛇蜕弄得地面黏黏糊糊的。我下一个项目就是这个，娜温妮阿想，得研究研究这些讨人嫌的东西，看能不能找出什么办法治治它们，至少别让它们搞得河边一年里有六个星期臭烘烘的。唯一的好处就是蛇蜕好像能让土壤更加肥沃，有蛇蜕的地方柔软的水草长得最好。这种名叫爬根草的水草算得上是卢西塔尼亚这个地方最柔和、最让人愉快的土生植物了。一到夏天，大家就来到河岸，躺在芦苇和粗硬的草原野草之间一条条窄窄的天然草坪上。虽说蛇蜕滑溜溜的让人不舒服，却能带来这般好处。

看来金也在想同样的事。“母亲，咱们能不能什么时候在我们家附近种点爬根草？”

“你外祖父母就有这个打算，那是好多年前的事了。可他们想不出办法来。爬根草也授粉，但却不结籽。移植到别的地方，它只能活一段时间，然后就死了，第二年也长不出来。我估计这种草大概只能长在河边。”

金皱起眉头，加快步伐，有点气鼓鼓的样子。娜温妮阿暗暗叹了口气，宇宙万物没围着他转，金总觉得这是有意跟他过不去。

两人不久便来到代言人屋外。外面广场上孩子们打闹嬉笑的声音很吵，只能抬高嗓门才能听到对方在说什么。

“就是这儿。”金说，“我觉得你该先让奥尔拉多和科尤拉出来。”

“谢谢你领我来。”她说。

“我没开玩笑。这是一场善恶决战啊，是件大事。”

“决战倒没什么。”娜温妮阿道，“难的是分出哪边是善哪边是恶。不，不，金，不用你说我也知道你分得很清楚，可——”

“别傲兮兮地对我，母亲。”

“你总是傲兮兮地对我，我偶尔傲一次不算太过分吧。”

他气呼呼地绷起脸。

她伸出手去，试探着轻轻拍拍他。一感受到她的触摸，金的肩膀立即绷紧了，好像她的手是一只毒蜘蛛。“金，”她说，“别再教我怎么分辨善恶了。你知道的只是书本，我有的是亲身体会。”

他一晃肩膀，甩开她的手，大步流星地走了。

娜温妮阿响亮地拍拍门，不一会儿门打开了。是科尤拉。“你好，妈妈。Também veio jogar？”你也来玩吗？

奥尔拉多和代言人正在终端前玩星舰大战游戏。当局配给代言人的终端的三维投射场比普通终端大得多，分辨率也高得多。两人各指挥一支由十二艘战舰组成的支队来往厮杀。战斗十分激烈，两人谁也没有抬头招呼她。

“奥尔拉多不准我说话，说不然的话，他要把我的舌头扯下来，夹在三明治里逼我吃下去。”科尤拉告状说，“你最好也别吱声，等他们打完游戏再说话。”

“请随便坐。”代言人嘟哝一句。

“你死定了，代言人。”奥尔拉多哇哇大叫。

在一阵模拟的爆炸闪光中，代言人的一多半战舰消失了。娜温妮阿在一张凳子上坐下。

科尤拉坐在她身旁的地板上。“我听见你跟金在外头说的话了。”她说，“你们的声音大极了，我什么都听得清清楚楚。”

娜温妮阿觉得脸有点发烧。一想到代言人听见了她和儿子的争吵，她就觉得有点不自在。这些事跟他没关系，她家里的事压根儿不关他的事。而且，她不喜欢看到他打战争游戏。这种事早就过时了。除了偶尔与走私犯交火外，各人类世界已经有好几百年没有战争了。比如米拉格雷，和平安宁得只有治安官的警棍还算件武器。奥尔拉多这辈子也不会见到战争。可瞧瞧他现在，战争游戏玩得如痴如醉。也许这是进化过程中种族的男性成员形成的一种本性，老是有一种冲动，要把对手炸个粉身碎骨，或者夯进地下砸个稀巴烂。又也许，他在家里看到了太多暴力，所以要在游戏里发泄一番。都怪我，跟别的事一样，都是我的错。

奥尔拉多突然沮丧地大叫一声，他的舰队被炸了个灰飞烟灭。“我没看出来！我真不敢相信你会这么做！我简直做梦都没想到。”

“这算什么，别那么咋咋呼呼的。”代言人道，“回放一次，好好看看，下次就机灵些了。”

“我还以为代言人跟神父们差不多呢。你的战术怎么会那么棒？”

代言人意味深长地冲着娜温妮阿笑道：“有时候，让别人对你说实话和打仗也差不了多少。”

奥尔拉多靠在墙上，关掉眼睛，重放录下的刚才的游戏过程。

“你一直在东闻西嗅。”娜温妮阿说道，“做得一点儿也不高明。这就是你们死者代言人的‘战术’？”

“不管怎么说，把你引到这儿来了，不是吗？”代言人笑道。

“你在我的文档里想找什么？”

“我来是为了替皮波代言。”

“他又不是我杀的。我的文件不关你的事。”

“是你叫我到这里来的。”

“我改主意了。我很抱歉，但这并不是说你就有权——”

他的声音忽然放低了，他蹲在她面前，让她能听清他的话。“皮波从你这儿知道了什么，不管他知道的是什么，这就是导致猪仔们杀害他的原因。所以你才锁死了自己的文件，让别人无法发现里面的内容。你甚至为此拒绝嫁给利波，以防他发现皮波发现的东西。你扭曲了自己的生活，扭曲了所有你爱的人的生活，目的是为了不让利波和米罗发现那个秘密，和皮波一样被猪仔杀害。”

娜温妮阿只觉得一股寒意流过全身，她的手脚开始颤抖起来。他来这里才三天，知道的却比任何人都多，这些东西只有过去的利波才猜到几分。“一派胡言。”她说。

“请好好听着我说的话，堂娜·伊凡娜娃。你的办法没有用。利波不是死了吗？不管你的秘密是什么，把它隐藏起来并没有保住他的命。这种办法同样救不了米罗。无知和欺骗救不了任何人，只有知道真相才能救他们。”

“休想。”她轻声道。

“你不告诉利波和米罗，这我可以理解。但我不是你的什么人，对你来说完全无足轻重。所以你大可以告诉我这个秘密，即使我因此而死，你也不会受什么打击。”

“我才不管你的死活呢。”娜温妮阿说道，“可你永远别想接触那些文件。”

“有件事你没弄明白：你无权蒙住别人的眼睛。你儿子和他妹妹天天出去见猪仔，他们不知道自己说出的哪句话、做出的哪个举动会宣判他们的死刑。明天我会跟他们一块儿去。不跟猪仔们谈谈，我无法替皮波代言。”

“我不想让你给皮波代言。”

“我不在乎你怎么想。我做这件事不是为你，但我恳求你，告诉我皮波知道的是什么。”

“你永远别想知道皮波的发现。他是个仁慈、善良、富于爱心的人，他——”

“——他让一个孤独、恐慌的小女孩有了家，治愈了她心里的创伤。”代言人说着，手抚着科尤拉的肩头。

娜温妮阿再也受不了了。“你好大的胆子，敢把自己跟他相比！科尤拉不是孤儿，听明白了吗？她有母亲，我！她不需要你，我们没人需要你。没人！”说着说着，她不知怎么哭了起来。她不想当着他的面哭，更不想在这个地方哭。他一来，一切都乱套了。她跌跌撞撞冲出门去，在身后用力把门一摔。金说得对，他是个魔鬼。他知道得太多了，该死的，太多了。他给予得太多，他们全都渴望着他、需要他。这么短的时间，他哪儿来的这么大力量?

她突然想起来了，这个念头吓得她全身冰凉，充满恐惧。他是怎么说的，米罗和他妹妹天天出去见猪仔。他知道了。他什么都知道了。

他不知道的只有一点，那一点甚至她都不知道：皮波在她的模拟图像中发现的秘密。只要他再弄清这一点，他便知道了她隐瞒了这么多年的一切。召唤死者代言人时，她希望他能发现皮波死亡的秘密。可是，他来了以后发现的却全是她自己的秘密。

门砰地关上。安德倚在她刚才坐过的凳子上，脸靠在手上。

他听见奥尔拉多站起来，缓缓走过房间。

“你想切入母亲的文档。”他轻声说。

“是的。”安德说。

“你让我教你怎么搜索文件，好刺探我母亲。你让我成了叛徒。”

眼下没有什么回答能让奥尔拉多满意。安德什么都没说。他静静地等着，看着奥尔拉多走出门去。

虫族女王感应到了他心中的波澜，被他的痛苦所牵引。他感到她在他意识中微微一动。不，他无声地对她说：你帮不上什么忙，我也无法向你解释。这是人性，我只能这么说，奇奇怪怪的人性，和你离得太远了，你是无法理解的。

啊。他感到她在他意识中抚慰着他，像和风拂过大树的枝叶。他感到自己成了一棵树，顽强向上，强劲的树根深深扎进土地，空中的枝叶在阳光下簌簌摇动。你看，这就是我们从他那里学到的，安德，这就是他发现的平和宁静。虫族女王从意识里渐渐退去，那种感觉也慢慢消失了。

但大树的力量却留了下来，它的沉静取代了痛苦、骚动。

这只是一瞬间的事，奥尔拉多关上门的声音还回响在房间里。科尤拉从他身旁跳了起来，跑过房间，跳上他的床，在床上蹦蹦跳跳。

“你来了才几天，”她高高兴兴地说，“可人人都恨上你了。”

安德苦笑一声，转身看着她。“你呢，恨不恨我？”

“噢，当然恨。”她说，“最恨你的人就数我了，不过也许没有金恨得那么厉害。”她滑下床，跑到终端旁。她伸出指头一个个按着键登录。终端上空出现一组加法题。“想看看我做算术吗？”

安德站了起来，和她一块儿坐在终端前。“当然想。”他说，“这些题目看上去好难。”

“可我不觉得难。”她夸耀地说，“我算得快极了，谁都赶不上。”

CHAPTER

13

埃拉

米罗：猪仔说他们都是男的，他们怎么说我们就怎么信了。

欧安达：他们没有理由对我们撒谎呀。

米罗：我知道你年轻，不懂男女的事，可他们身上少了些零件，这你总看得出来吧。

欧安达：我可是学过解剖学的。你凭什么说他们做那种事非得跟咱们一样呢？

米罗：显然跟咱们不一样。既然说到这儿，其实咱们也没做过。我说不定看出了他们的生殖器在哪儿。看见他们肚子上那个小疙瘩没有？那儿的毛要浅些、细些。

欧安达：退化的奶头，连你都有。

米罗：昨天我看见了吃树叶者和罐子在一起。当时我在十米之外，所以看得不是很清楚，可罐子在摩擦吃树叶者的肚皮，我好像看到那些小疙瘩肿大膨胀了。

欧安达：也许没有。

米罗：有一件事我看得很清楚，吃树叶者的肚皮湿了。阳光正好从肚皮上反射出来。他简直舒服死了。

欧安达：真变态。

米罗：有什么变态？他们都是单身光棍，对不对？都是成年人，他们那些所谓的“妻子”又不让他们享受当父亲的乐趣。

欧安达：我觉得，这是某个外星人类学家因为自己受到性挫折，便以为猪仔们也跟他一个德行。

——米罗与欧安达的工作笔记 1970:1:4:30

林间空地十分安静，米罗一下子就发现有点不对劲。猪仔们什么都没做，只在四处或坐或站。而且全都一动不动，连呼吸都屏住了，只是直直地瞪着地面。

只有“人类”例外。他从猪仔们背后钻出丛林，缓缓绕过其他猪仔，迈着僵直的步子走到前面。米罗感到欧安达用手肘顶了他一下。他没有朝她看。他知道她想的跟自己一样：他们会不会就在这一刻杀死自己，跟杀死皮波和利波一样。

“人类”直直地盯着他们，时间长达数分钟。这么长时间的凝视实在让人有点毛骨悚然，但米罗和欧安达受过严格训练，他们什么都没说，甚至脸上轻松自在的表情都没有丝毫变化。这种传达不出任何情绪的表情是多年训练的结果。利波允许他们俩跟随他访问猪仔之前，这是他给两人上的第一堂课。脸上不能显示出任何慌乱，情绪紧张时连汗珠都不能多冒一颗。练成这种本事之前不能让任何猪仔看见他们。不过这一招实在用处不大。“人类”实在太聪明了，能从他们的种种遁词中得出结论，从他们的毫无表示中收获答案。即使这种一动不动的姿态无疑也向猪仔们传达出了他们的恐惧。这真是一个无法逃避的怪圈。任何东西都可以传达出某种意思。

“你们骗了我们。”“人类”说。

别回答，米罗心中暗说。欧安达仿佛听到了他的话一样默不作声。

她心里无疑也正向米罗传递着同样的信息。

“鲁特说死者代言人希望来见我们。”

猪仔的事情中就数这种事最气人。无论什么时候，只要想说什么不着边际的话，他们总会扛出某个绝对不会说这种话的死猪仔当大旗。这里头肯定还有某种宗教仪式：跑到哪棵图腾树下，向它提出一个重大问题，然后在树下一躺，瞅瞅树叶瞧瞧树干打发时间，最后总能得到你最希望得到的回答。

“我们从来没有否认过。”米罗说。

欧安达的呼吸变得稍稍急促了些。

“你说过他不能来。”

“说得对。”米罗说，“他不能来。他必须和其他人一样遵守法律，如果他不经许可就走出大门——”

“撒谎。”

米罗不作声了。

“法律就是这样规定的。”欧安达轻声说道。

“你们从前也触犯过法律。”“人类”说，“你们是可以带他来的，但你们没有。你们能不能把他带到这里来是一件至关重要的大事。鲁特说，虫族女王不能把她的礼物送给我们，除非代言人到这里来。”

米罗硬生生压下不耐烦的情绪。还虫族女王哩！他不是已经无数次告诉他们整个虫族全都被杀了吗？先是死掉的鲁特跟他们说话，现在又加了个虫族女王！猪仔们如果不时时活见鬼的话该多好啊，跟他们打起交道来会容易得多。

“这是法律啊。”欧安达再一次开口了，“如果我们邀请他，他说不定会向上报告，我们就会被押走，从此再也不能见你们了。”

“他不会报告。他想来。”

“你怎么知道？”

“鲁特说的。”

过去有几次，米罗真想把长在鲁特被杀的地方的那棵树砍掉。也许这样一来，他们就不会再唠唠叨叨鲁特是怎么说的了。但也说不定他们会把另一棵树派给鲁特，同时还会大发脾气。绝对不要流露出对他们的宗教有丝毫怀疑。这是教科书上不变的铁律，连其他世界上的外星人类学家都知道，甚至人类学家也知道。

“去问他。”“人类”说。

“问鲁特？”欧安达问道。

“他不会跟你们说话。”“人类”回道。他这样说，是不是表示轻蔑？“问代言人，看他愿不愿意来。”

米罗等着欧安达回答。他的回答她早就知道。过去两天里他们不是已经争论过十多次了吗？他是个好人，米罗说；他是个骗子，欧安达说。他对小孩子很友善，米罗说；调戏儿童的人也一样，欧安达说。我信任他，米罗说；那你就是个大傻瓜，欧安达说。我们可以信赖他，米罗说；他会出卖我们的，欧安达说。通常说到这里争论就此结束。

但有了猪仔，平衡便打破了。猪仔们大大强化了米罗这一方。过去，猪仔们提出什么办不到的要求时都是米罗替欧安达挡驾。但这一次，他们提出的要求不是无法办到的，他也不愿糊弄他们。所以他什么都没说。逼她，“人类”！你是对的，这次一定要她让步。

她知道自己孤立无援，也知道米罗不会帮她。欧安达做了一点让步：“我们也许可以只把他带到森林边。”

“带他来这里。”“人类”说。

“我们做不到。”她说，“只要他来这里，他就会发现你们穿上了衣服，会做陶器，吃的是面包。”

“人类”笑了：“是的，我们是这样。带他来这里。”

“不。”欧安达说道。

米罗畏缩了一下，极力控制才压下了伸手过去拽她一下的冲动。他们以前从来没有直截了当地拒绝过猪仔的请求。过去总是委婉地说“我们办不到，因为……”，或者“我也很想帮你们，可是……”，从来没有一个“不”字就顶回去。如果换了我，我是不会拒绝他们这个请求的。

“人类”脸上的笑容消失了。“皮波跟我们说过，女人说了不算。皮波告诉我们男人和女人共同做出决定。所以，你不能说‘不’，除非他也这么说。”他望着米罗，“你也说‘不’吗？”

米罗没有回答，他能感觉到欧安达的手肘顶着他。

“你不能什么都不说。”“人类”说道，“或者说‘是’，或者说‘不’。”

米罗仍然没有回答。

坐在他们附近的几个猪仔站了起来。米罗不知道他们想干什么，可那种缓慢的动作，还有自己不妥协的沉默，二者相加，结果是前景岌岌可危。见到米罗面临的危险，永远不会屈服于针对自己的威胁的欧安达轻声道：“他说‘是’。”

“他说‘是’，但为了你不作声；你说‘不’，却没有为他老老实实闭上嘴。”“人类”伸出一根指头，从嘴里抠出一团黏稠的黏液，向地下一弹，“你简直一无是处。”

“人类”突然向后一个空翻，身体在空中一扭，背冲他们落地，头也不回地走了。其他猪仔立即动了起来，急急忙忙尾随“人类”朝森林走去。

“人类”突然止步。一个猪仔——不是跟在他身后的一个——站在他前面，挡住了他的去路。是吃树叶者。不知他和“人类”是不是在交谈，米罗听不见，也看不见他们的嘴唇动没动。他只看见吃树叶者伸出手，碰了碰“人类”的肚皮。手在那儿停了一会儿，接着，吃树叶者一个急转身，蹦蹦跳跳蹿进森林，动作就像个没长大的小孩子。

转眼工夫，其他猪仔们都跑得无影无踪。

“这是一次冲突。”米罗说，“吃树叶者和‘人类’起了冲突。他们是对立的双方。”

“为什么冲突？”欧安达问。

“我要是知道就好了。现在只能推测：如果我们把代言人带来了，‘人类’就赢了，否则，赢的就是吃树叶者。”

“赢了什么？有什么输赢可言？我只知道如果把代言人带来，他会出卖我们，到那时我们大家都会输个精光。”

“他是不会出卖我们的。”

“为什么不会？你刚才不是也出卖了我吗？”

她的声音就像抽过来的一记响鞭，他疼得叫出声来。“我出卖你！”他轻声道，“Eu não, Jamais.”我不会，永远不会。

“我爸爸过去总说，当着猪仔的面一定要态度一致，不能让他们看出我们有分歧，可你——”

“我怎么了？我没有对他们说‘是’。说‘不’的人是你，你明明知道我不同意这种做法，可还是——”

“我们意见不一致的时候，你的责任就是——”

她突然止住话头。到这时她才意识到自己准备说的是什么。可就算打住话头，米罗已经明白了她想说的是什么：意见不一致的时候，他的责任就是照她说的做，直到她改变主意。好像他是她的学徒似的。“我一直以为咱们是平等的。”他转过身，走进森林，朝米拉格雷方向走去。

“米罗，”她在他身后喊道，“我不是这个意思——”

他停住脚步，等她赶上来，一把抓住她的胳膊，在她耳边凶狠地低声道：“别瞎嚷嚷！猪仔也许会躲在附近偷听，你连这个都不管了吗？难道你这个外星人类学家的负责人决定可以让他们知道一切，哪怕你在教训自己的学徒？”

“我不是什么负责人，我——”

“你不是？得了吧。”他掉头就走。

“但利波是我父亲，所以我自然——”

“自然天生就是外星人类学家。”他说，“这是血统给你带来的特权，对不对？所以，按照我的血统，我应该是什么？打老婆的酒鬼白痴？”他粗暴地一把抓住她的胳膊，“你就是希望我成为那种人？一个我老头子的拷贝？”

“放开我！”

他一把推开她。“你的学徒认为你今天干了蠢事。”米罗说道，“你的学徒认为你应该相信他对代言人的判断，你的学徒认为你也应当相信他下面这个判断：猪仔们对这件事万分关注。因为你犯下的愚蠢的错误，你也许刚刚断送了‘人类’的一条命。”

这个谴责虽然刚刚出口，但两人心里一直都有这种恐惧：“人类”也许会落得鲁特和这些年来其他几个猪仔的下场，被开膛破腹，然后，一棵小树在他的尸体上生根发芽。

米罗知道自己的话不公道，如果她冲他大发脾气的话，也是他自找的。他没有理由责备她。当时两人不可能知道“人类”为这件事下了多大赌注，等知道时已经为时太晚了。

可欧安达没有大发脾气。看得出她竭力平静下来，缓缓呼吸，消除脸上的怒容。米罗也以她为榜样，尽力平静下来。“最重要的，”欧安达开口了，“是尽最大努力补救。处决仪式总是在晚上，如果想救‘人类’，我们下午就得把代言人带来，在天黑以前。”

米罗点点头。“说得对。”他又补充一句，“对不起。”

“该说对不起的是我。”她说。

“我们不知道自己在做什么，所以，事情办砸了，不是任何人的错。”

“我只希望我们不是完全没有选择，我只希望真正存在一种正确的选择。”

埃拉坐在一块石头上，把脚浸在水里，等着死者代言人露面。围栏就在几米外的地方，穿过围栏的河里还有一道钢制格栅，以防有人游出去，好像真有人打算这么做似的。米拉格雷的大多数人假装那道围栏根本不存在，从来不到它附近来。所以她才会约代言人到这里跟她见面。天很热，学校已经放学了，但不会有孩子到这个紧靠围栏和外面森林的地方游泳。到这儿来的只有制皂工人、陶匠和制砖工人。这些人干完一天工作后也离开了，她可以想说什么就说什么，不用担心被别人偷听。

她没等多久。代言人划着一条小船沿河而上，跟那些不走大路专在河里划着船上上下下的农民一样。他颈背的皮肤白得刺眼。这儿也有一些为数不多的葡萄牙人，肤色比当地大多数人都白，大伙儿都管他们叫“黄头发”。代言人的皮肤比他们的更白，显得他有些不够健壮。可她发现那条逆流而上的小船速度飞快，两片船桨插进水里的深度正好合适，每一划既平稳，行程又长。看见他皮肤下绷得紧紧的肌肉，埃拉突然间感到一阵痛苦。她意识到她是为父亲的死难过，尽管她对这个人无比憎恶。在这一刻之前，她一直以为自己对父亲只有满腔愤怒，没有一丝一毫的爱。但是现在，她怀念他结实的双肩和后背，汗水淌在上面，一闪一闪，像阳光下的玻璃。

不，她心里无声地说，我不怀念你，你这个畜生。我难过的是你怎么不像人家代言人那样。他跟我们没有任何关系，可他在三天时间里给我们的却比你一辈子给的更多。

代言人看见了她，把船划到岸边。她踩过苇丛和泥泞，帮他把船拉上岸。

“瞧把你弄得一身泥，真不好意思。”他说，“忍不住想划划船，好几个星期没活动活动了，水又这么漂亮——”

“你船划得真好。”她说。

“我来的那个世界，特隆海姆，基本上全是冰和水。到处是岩石，土壤就那么点儿。不会划船的话比不会走路更要命。”

“你是在那儿出生的？”

“不，那只是我上一次代言的地方。”他在水边的草地上坐下。

她在他身旁坐下。“你把我母亲气坏了。”

他唇边露出一丝笑意。“看得出来。”

埃拉不假思索便为母亲辩护起来。“都怪你想看她的文档——”

“我看了她的文档的绝大部分，但真正重要的没看到。”

“我知道，金告诉我了。”她发现自己有点自豪，母亲的文件保护手段他破解不了。但她随即便反应过来，这件事上她并不是站在母亲一边，多年来她一直想让母亲同意她看那些文件。但是思维惯性仍然左右着她，让她说出并非自己本意的话来，“奥尔拉多心里很烦，坐在家里，闭上眼睛，打开音乐，什么都不看，什么都不听。”

“是啊，他觉得我出卖了他。”

“你是出卖了他。”其实她心里并不是这么想的。

“我是个死者代言人，当我开口时，我只能说实话，也不能顾忌他人的隐私。”

“这个我知道，所以我才会找你们代言人，就是因为你们不在乎任何人。”

他的样子有点生气。“你让我到这里来有什么事？”他说。

这场谈话的方向完全不对头。她说起话来仿佛是他的对头，好像她并不感谢他对她家所做的一切。她跟他说话时就像是他的敌人。她想，金是不是让我中了邪？怎么我心里想的是一回事，可嘴里说出来的却是另一回事？

“你请我到河边来。你家里其他人都不愿意跟我说话了，这时我收到了你的信。可你要我来就是为了抗议我侵犯了你家里的隐私？就是告诉我我不在乎任何人？”

“不。”她难过地说，“事情不该是这样的。”

“你想过没有？如果我不在乎别人，怎么会当死者代言人？”

沮丧之下，她的心里话脱口而出。“我巴不得你能进入她的全部文档！巴不得你发掘出她的每一个秘密，在所有人类世界上广而告之！”泪水涌进她的眼眶，她也不知道为什么。

“我明白了，她也不让你看那些文档。”

“Sou aprendiz dela, não sou? E porque choro, diga-me! O senhor tem o jeito.”

“我没有你说的那种让别人流泪的天赋，埃拉。”他温和地回答。他的声音好像在抚慰着她，不，比那更强烈，好像在紧紧握住她的手，搂着她，让她放宽心。“你哭是因为你说出了事实。”

“Sou ingrata, sou má filha —”

“是啊，你是个不知好歹的坏女儿。”他轻声笑道，“这么多年的纷争、漠视，又从母亲那里得不到多少帮助，可你还是把你的家庭凝聚在一起。到后来，当你追随母亲的足迹成为和她一样的外星生物学家后，她却不让你分享最重要的信息资料。除了爱和信任，你不想从她那里得到任何其他东西。可无论是家庭生活还是工作，她却把你关在外面。最后，你终于告诉别人你忍受不下去了。是啊，你的确是我认识的人中最坏的一个。”

她发现自己破涕为笑。她不愿笑，可就是忍不住，跟个孩子一样。“别把我当小孩子逗。”她尽量让自己的话显得更加气愤一点。

他注意到了，眼神冷了下来。“别侮辱你的朋友。”

她不想让他对她冷淡，但她就是管不住自己的嘴。她的话冷冰冰的，充满愤怒。“你不是我的朋友。”

一时间，她怕他相信了这句话，但他的脸上浮起了笑容。“你呀，当面看着一位朋友，可就是认不出来。”

我认得出来，她想，我眼前就是一位朋友。她回了他一个笑脸。

“埃拉，”他说，“你是个出色的外星生物学家吗？”

“是的。”

“你现在十八岁。你十六岁就可以参加执业资格考试了，但你当时没参加。”

“母亲不准。她说我还没准备好。”

“十六岁之后，没有父母批准也是可以参加考试的。”

“学徒必须获得导师的同意。”

“现在你十八岁了，怎么还不参加考试？”

“卢西塔尼亚的外星生物学家仍然是她，这份工作还是她的。如果我通过了考试，而她还是不让我走进实验室，非得等她死了以后才行。真要那样的话，我该怎么办？”

“她就是这么对你说的吗？”

“她说得很明白，我不能参加考试。”

“因为只要你不再是学徒身份，如果她同意你进入实验室，成为她的同事，你就可以查看——”

“——查看所有工作文档，查看所有加密文档。”

“所以她才会阻挠自己亲生女儿的进步，她会在你的档案里备注一笔：即使到了十八岁也不具备参加考试的资格。目的只是阻止你查看那些文档。”

“是的。”

“为什么？”

“我母亲总是这么令人难以理解的。”

“不对。不管你母亲有什么别的毛病，她的头脑清醒得很。”

“妈妈是头犟驴子。”

他大笑起来，往草地上一躺，“跟我说说她怎么个犟法。”

“我给你列出来。首先：她不同意对德斯科拉达作任何研究。

三十四年前，德斯科拉达瘟疫几乎彻底毁了这个殖民地。我的外祖父母加斯托和西达只是阻止了瘟疫扩散，德斯科拉达病原体仍然存在。我们必须服用一种药，像补充维生素一样，这样才能防止瘟疫卷土重来。这些他们都告诉过你，对吗？只要你来过这儿，你就得终身服用那种药，哪怕你离开这里也一样。”

“这些我知道，是这样。”

“她不让我研究德斯科拉达病原体，连沾都不让我沾这个课题。反正有关资料都被锁死在那些文档里。她把加斯托和西达发现的德斯科拉达的情况全都锁起来了。没有资料可供参阅。”

代言人的眼睛眯缝起来。“这么说，你母亲是有点犟。还有呢？”

“不止有点犟。不管德斯科拉达病原体是什么，它有能力在人类殖民卢西塔尼亚十年时间后便寄生在人体内。仅仅十年呀！它能适应人体一次，就能适应第二次。”

“也许她不这么看。”

“也许我应该有权自己得出结论。”

他伸出一只手放在她膝头，让她平静下来。“我的想法跟你一样。继续说，她还有什么犟的地方？”

“这是我想说的第二点：她不同意作任何理论推演。不做分类研究，不开发进化模型。这些工作只要我想做，她就说我显然闲得没事干，于是增加我的工作量，直到压得我认输放弃为止。”

“我想，你肯定没有认输放弃。”

“这才是外星生物学家的真正事业。哦，她发明了新品种马铃薯，能够最大限度吸取当地土壤的养分——好；开发出新的苋属植物，只需六十亩耕地就能满足殖民地人民营养上的需求——太棒了。但这一切只不过是摆弄摆弄植物分子而已。”

“只有这样殖民地才能生存呀。”

“但我们根本没有了解任何情况。就像在海面游泳，你很自在，能游来游去一段距离，但你却不知道水下有没有鲨鱼！我们周围也许到处是鲨鱼，她却不想弄清楚。”

“还有没有第三点？”

“她不愿意和外星人类学家交换任何信息。不来往，不接触。完了。这是地地道道的发疯。我们不能离开这块圈起来的地方，也就是说，我们连棵可供研究的树都找不到。对这颗行星上的动植物，我们只知道碰巧被圈进来的这点东西：一群卡布拉、一点卡匹姆草、河边这个小小的生态环境。就这些。对森林里的动植物，我们一无所知。我们跟外星人类学家根本不交换信息。我们什么都不告诉他们，他们送来的数据资料，我们连文件都不打开便一删了之。她好像在我们周围筑起一道墙，隔绝交流，什么都出不去，什么都进不来。”

“也许她有自己的理由。”

“她当然有自己的理由。每个疯子都有自己的理由。只说一件事，她恨利波，恨透了他，甚至不准米罗提到他，不准我们跟他的孩子们一块儿玩。希娜和我多少年来都是最好的朋友，可她从不允许我放学后到她家去，也不准她到我们家来。米罗当了利波的学徒之后，她整整一年不跟他说话，饭桌边也不设他的位子。”

她看出代言人怀疑她的话，以为她夸大其词。

“我一点也没夸张，整整一年。他当上利波的学徒后第一次去外星人类学家工作站那天，回家后她不跟他说话，一句话都没有。他坐下来准备吃晚饭时，她当着他的面撤走了他的盘子，就那样，餐具一收，跟他不在场一样。晚餐时他就坐在那儿，瞪着她，后来父亲发火了，说他太没礼貌，让他滚出家门。”

“他又是怎么做的？出去了？”

“不，你不了解米罗。”埃拉苦涩地笑了一声，“他不争执，但也不屈服。

不管父亲怎么骂他，他从不还嘴。从不！我一辈子从没见过他跟别人对骂。母亲也——嗯，他每天离开外星人类学家工作站后照样回家，在摆着餐具的饭桌边的位子上坐下来。母亲也每晚收走餐具，他就坐在那儿，直到父亲发话让他出去。一个星期之后，一到母亲伸手去拿他的餐具时他就冲米罗大吼大叫。他喜欢这样，那个混蛋，他觉得这件事简直棒极了。他一直恨米罗，现在母亲终于站到他这边来了。”

“最后是谁认输了？”

“谁都没认输。”埃拉望着河水，知道她说的事多么残酷。在陌生人面前说出家里的丑事让她觉得很羞愧。但他不算陌生人，对吗？有了他，科尤拉又开始说话了，奥尔拉多也开始关心起周围的事情来了，格雷戈也正常多了——虽说时间不长。他不算陌生人。

“这事最后怎么收场的？”代言人问。

“猪仔们杀死利波后才收场。母亲是那么恨那个人——他一死，母亲就原谅了自己的儿子，以此庆祝。那天晚上米罗很晚才回家，我们已经吃过饭了。真是个恐怖的晚上，大家都害怕极了。猪仔们简直太吓人了，大家又是那么喜爱利波。当然，除了我母亲。母亲在家里等着米罗。他回来后走进厨房，坐在桌边，母亲拿出餐盘放在他面前，给他盛上吃的。一句话都没有，好像过去一年什么事都没发生一样。我半夜被惊醒了，听见米罗在浴室里砸东西、哭。我想没有其他人听到，我也没去找他，因为我觉得他不想让任何人听到他在哭。现在想来，当时我真该过去，可我实在太害怕了。”

代言人点点头。

“我当时真应该到他身边去。”埃拉又说了一遍。

“是的。”代言人说道，“你应该去。”

埃拉忽然觉得自己心里发生了一种奇怪的变化。代言人同意她的话，认为她那晚上没去米罗身边是个错误。她知道他说得对，他的判断是正确的。就在这一刻，她觉得自己的创伤被抚平了，好像简简单单一句话便洗清了她的痛苦。这是她第一次认识到语言的力量。与忏悔、赎罪和得到救赎不同，代言人所做的和神父不一样。他只让她说出自己的经历，再让她认识到现在的自己已经和过去不一样了。过去她犯了一个错误，这个错误改变了她，现在她已经幡然悔悟，再也不会重犯同样的错误。她已经变了，不再像过去那么害怕，成了一个更富有同情心的人。

如果我不再是过去那个被哥哥的痛哭吓得心惊胆战、不敢过去安慰他的小女孩，我又是什么人？流过围栏下的格栅的河水没有回答她。也许今天她还不能解开这个谜团：她是谁？现在，只需要知道她再也不是从前那个人，这就足够了。

代言人仍旧躺在草地上，看着西天的乌云。“我把我知道的一切都告诉你了。”埃拉说，“告诉你那些锁死的文档里有什么：德斯科拉达的资料。我只知道这么多。”

“不。”

“是真的，我发誓。”

“你是说你事事完全听你母亲吩咐啰？她要你别做任何理论推演，你就乖乖关上脑子，照她说的做？”

埃拉咯咯咯笑了。“她以为我听了她的。”

“可你没有。”

“我是个科学家，就算她不是，可我是。”

“她以前也是。”代言人说，“十三岁就通过了执业资格考试。”

“我知道。”埃拉说。

“皮波死前，她一直与外星人类学家共享资料。”

“这我也知道。她恨的只是利波。”

“那么，告诉我，埃拉，你在理论推演中有什么发现？”

“我没得出任何结论。但我发现了一些问题。这就是个不错的开头，对吗？除我之外，根本没人问问题。这难道不奇怪吗？米罗说，异乡人类学家们总是缠着他和欧安达，索要更多的信息、更多的资料，但法律限制了他们的手脚，他们无法了解更多情况。可我们呢，没有一个异乡外星生物学家向我们索取任何信息。他们只管埋头研究自己所处行星的生物圈，不问母亲任何问题。提出问题的只有我一个，可别人不理会我。”

“我理你。”代言人说，“我想知道你手里都有些什么问题。”

“好吧，比如说，我们围栏里圈进来了一群卡布拉，它们跳不出围栏，连碰都不能碰这一圈围栏。这一群里每一头我都检查过，给它们戴上了标志。你知道吗？里头没有一只雄兽，全是雌性。”

“运气不好呗。”代言人说道，“我还以为里面至少会有一头公的呢。”

“问题不在这儿。”埃拉说，“我不知道卡布拉里究竟有没有雄兽。过去五年时间，每一头成年卡布拉至少生产了一次。可这些家伙没有一头交配过。”

“也许它们用克隆的方式繁殖。”代言人说。

“幼畜的基因与母兽的不一样。在不被母亲发现的前提下，我在实验室里只能做这么多地下工作。它们中间是存在基因传递的。”

“会不会是雌雄同体？”

“不。那些卡布拉全都是纯粹的雌性，完全没有雄性生殖器官。这算不算一个重大问题？卡布拉不知怎么的，竟然能在没有性行为的情况下传承其基因。”

“这在神学上的意义可是非同小可啊[①]。”

“别开玩笑了。”

“哪方面的玩笑？科学还是神学？”

---

① 这里可能暗示耶稣的诞生方式，即圣母玛利亚以处女之身产下耶稣。

“随便哪边的玩笑都开不得。你还想不想听我发现的别的问题？”

“想啊。”代言人说。

“你瞧这个问题怎么样：你所躺的草地上的草，我们管它叫爬根草。水蛇都在这种草上孵化，一点点大的小蠕虫，很难看见。它们就吃这种草，还互相吞噬。每长大一点就蜕下一层皮。可到了一定时候，等草丛里黏糊糊的全是它们的皮，一下子，所有水蛇都爬进了河里，从此再也不回来。”

他不是外星生物学家，没有马上明白其中的含义。

“水蛇在这里产卵。”她解释道，“但它们从来不从水里钻出来，到这里产卵。”

“它们离开这里钻进水中之前就已经完成了交配和产卵。”

“对，当然是这样，我见过它们交配。可问题不在这儿，问题是：它们为什么是水蛇？”

他没明白。

“你看，它们已经完全适应了水下的生活。它们有肺，也有鳃，游起泳来非常高明，还有可以用来掌握方向的鳍，它们的整个成年生活都在水里度过。可它们在陆地上交配、产卵，为什么要进化成适应水下生活的形式？从进化角度考虑，繁殖之后的生活无关紧要——除了一件事之外：怎么抚养后代。而水蛇又完全不抚养它的下一代。生活在水下并不能提高它们这个种群的生存概率。它们钻进水里把自己淹死都没关系，因为繁殖过程已经结束了。”

“对呀。”代言人说，“我有点明白了。”

“水里也有些透明的蛋。我从来没见过水蛇在水里产卵，但水里和水边没有哪种动物体积大得可以产出这种卵，所以按逻辑推理，这些蛋是水蛇产的卵。可是，这些卵的体积相当大，直径达到了一厘米，它们全都是未受精的。养分还在，其他一切都有，就是没有胚芽。没有。有些卵有配偶子，就是一个基因细胞的一半，可以与另一半拼合成完整的基因。但没有任何一个卵是活的。另外，我们从来没有在陆地上发现水蛇的卵。前一天还什么都没有，只有一片爬根草，越来越茂盛，第二天草叶上就爬满了小小的水蛇。你看，这算不算个值得研究的问题？”

“这种生命循环形式倒真是奇特。”

“是啊。我很想找些资料，好好研究一下这个课题，但母亲不同意。我才向她一提，她就立即交给我一大堆苋属植物测试，让我再也抽不出时间到河边东翻西找。还有个问题：这里的物种为什么如此稀少？随便哪颗行星，哪怕像特隆海姆那样接近荒漠的行星，都会存在数以千计的物种，至少水里会存在许多物种。可据我所知，这儿却没有几种。我们只看到一种鸟——欣加多拉鸟；一种蝇类——吸蝇。吃卡匹姆草的反刍动物只有卡布拉一种。除了卡布拉，剩下的唯一一种大动物就是猪仔。树只有一种，草原上也只有卡匹姆草一种草，跟它竞争的植物只有一种名叫特罗佩加的藤，很长，在地面蔓生开去很多米。欣加多拉鸟用这种藤搭窝。就这些。欣加多拉鸟吃吸蝇，其他什么都不吃；吸蝇吃河边的藻类，还有我们的垃圾。就这样。没有什么吃欣加多拉鸟，也没有什么吃卡布拉。”

“实在有限啊。”代言人说。

“数量这么少是不可能的。这里的生态圈中空出来了数以千计的位置。进化过程不可能使一个星球的物种如此稀少。”

“除非这里暴发过一场大瘟疫。”

“一点不错。”

“某种东西把这里的所有物种几乎来了个一扫光，只剩下几种能适应的。”

“对呀。”埃拉说，“你懂了吧？我还有证据。卡布拉有一种围成圈的习性。只要你接近它们，它们会嗅嗅你，然后围成一个圆圈，成年卡布拉面朝里，随时准备用后蹄把你踢开，保护它们的幼畜。”

“许多动物都有这种习性。”

“但它们有什么可防御的呢？猪仔的活动范围只限于森林——他们从来不到草原地带打猎。不管是什么猛兽让卡布拉形成了这种旨在抵御外敌的行为模式，这些猛兽都消失了。而且为时不久，只有几十万年，也许五十万年吧。”

“而且，两千万年间这里没有发生过小行星撞击的事件。”代言人说。

“没有。那种灾变会消灭所有体型较大的动物，但会留下数百种小型动物。或者消灭所有陆上生命，只有海里的生命幸免于难。可是这儿，陆上、海里，不管什么环境都遭了灾，却又剩下几种大型动物。不，我认为是瘟疫。一种横跨各物种的瘟疫，可以使自己适应任何生命形式的瘟疫。当然，我们现在是不会注意到这种瘟疫的，因为凡是留下来的物种，都已经适应了它。它成了它们正常生活的一部分。唯一能让我们注意到这种瘟疫的情况——”

“——就是我们自己感染上了，”代言人说，“德斯科拉达。”

“现在你明白了吧？一切都跟德斯科拉达有关。我的外祖父母找到了阻止它杀戮人类的办法，但采用的办法是最复杂的基因治疗术。而卡布拉、水蛇，它们也发现了适应、生存的办法，我想它们的办法肯定不是服药。我认为这些事全都有关系：奇特的繁殖方式、荒凉的生态系统，最后都要归结到德斯科拉达病原体上。母亲却不允许我研究、检查这些现象，不准我研究它们背后的规律，它们如何与——”

“——与猪仔扯上关系。”

“这个嘛，当然，但不仅仅是猪仔，是一切动物。”

代言人仿佛强压着兴奋之情，好像她替他解决了一个最棘手的困难。“皮波死的那晚，她把跟自己正在从事的工作相关的笔记全都锁死了，还锁死了所有有关德斯科拉达研究的资料。不管她给皮波看了什么，肯定与德斯科拉达病原体有关，也与猪仔有关——”

“所以她才会锁死那些文档？”埃拉问。

“是的，是的！”

“那么，我是对的，是吗？”

“是的。”他说，“谢谢你，你帮了我一个大忙，比你想象的大得多。”

“这就是说，你很快就能替我父亲代言了？”

代言人郑重地望着她。“其实你并不想我替你父亲代言。你希望我替你的母亲代言。”

“她还没死。”

“但你要知道，替马考恩代言，我就必须解释他为什么娶娜温妮阿，他们俩为什么结婚这么多年一直没有分开。”

“我就是希望这样。我希望把所有秘密全部公开，所有文档全部解密，我再也不想有什么东西藏着掖着啦。”

“你不知道自己在要求什么。”代言人说，“如果所有秘密全部大白于天下，你不知道这会带来多大的痛苦。”

“你看看我们家，代言人。”她回答，“这些秘密已经把我们家整成那个样子，把它们公开还能怎么增加我们的痛苦？”

他朝她微笑着。不是快乐的微笑，而是——关切的，甚至是同情的微笑。“你说得对。”他说，“说得完全正确。但等你知道了一切之后，也许你还是会一时无法接受。”

“我已经知道了一切，至少知道了可能知道的一切。”

“人人都这么想，但他们想错了。”

“你什么时候代言？”

“我尽快吧。”

“为什么不能现在就说，就在今天？你还等什么？”

“跟猪仔谈话之前我什么都不能做。”

“你开玩笑吧？除了外星人类学家之外，没人能和猪仔谈话。这是星际议会的法令。没人能够超越这个法令。”

“是啊。”代言人说道，“所以会很难。”

“不是难，是不可能——”

“也许吧。”他说着，站起身来，她也跟着站了起来，“埃拉，你帮了我一个大忙。跟奥尔拉多一样，把能教我的都教给了我。但是，他不喜欢我用他教给我的知识做的事，觉得我出卖了他。”

“他还是个孩子，我已经十八岁了。”

代言人点点头，手放在她肩头拍了拍。“行，咱们没这个问题，咱们是朋友。”

她觉得话里似乎有点嘲讽的意思，也许更像一种恳求。“对，”她强调地说，“我们是朋友，永远都是朋友。”

他再一次点了点头，转过身，把船推下河，吧嗒吧嗒踩着苇丛和泥泞上了船。小船离岸，他坐好，伸出船桨划起来，接着又抬起头，冲她笑笑。埃拉还了他一个笑脸。这个笑容还不足以传达她心中的欣喜和那种如释重负的感觉。他认真地听了她的话，她说的一切他都理解，他会把一切处理得顺顺当当的。她对此坚信不疑。这种信念是如此强烈，她甚至没意识到这便是她骤然间产生的欣喜的根源。她只知道自己和死者代言人共处了一个小时，她一生中从没有像现在这么幸福。

她捡起自己的鞋穿上，回家。母亲肯定还在外星生物学家工作站。今天下午埃拉不想工作，她想回家做做晚饭。做晚饭时她总是一个人，她可不希望现在有谁来打扰她，也不希望出现什么需要立刻解决的问题。就让这种好感觉一直持续下去吧。

但她刚刚回家几分钟，米罗便闯进厨房。“埃拉，”他说，“知道死者代言人在哪儿吗？”

“知道。”她说，“在河里。”

“河里什么地方？”

如果她告诉他两人会面的地方，他就会知道他们不是偶然碰上的。“问这个干吗？”

“听着，埃拉，现在没时间打哑谜。我一定得找到他。我们给他留了信，可电脑找不到他——”

“他在下游的船里，正朝住处划。现在说不定已经到家了。”

米罗冲出厨房，奔进前屋，埃拉只听他噼噼啪啪敲着键盘。紧接着，他又转了回来。“谢谢。”他说，“晚饭别等我了。”

“什么事那么急？”

“没什么。”真可笑，这么焦急不安，嘴里却说“没什么”。两人同时大笑起来。“对，”米罗说，“不是没什么，确实有什么。可我现在不能说，行了吧？”

“行啊。”用不了多久，一切秘密都会大白于天下的，米罗。

“我真搞不懂，他怎么没收到我们发的信息。我是说，电脑不住地传呼他，他耳朵里不是有植入式电脑吗？电脑应该能找到他呀。对了，他一定关机了。”

“没有啊。”埃拉说，“他耳朵里信号灯亮着。”

米罗头一歪，眯起眼睛打量着她，“他耳朵里那个植入式电脑的信号灯只有一丁点儿大，你怎么会看见？反正，他在河里划船时你是没法看见的。”

“他到岸上来了，我们聊了会儿天。”

“聊什么？”

埃拉笑了。“没什么。”

他也笑了，但他脸上的神色有点不高兴。她理解：你有什么事瞒着我没什么，可我不能有秘密瞒着你，是这样想的吗，米罗？

但他没说什么。他现在太忙，必须找到代言人，而且得快，连回家吃饭都没工夫。

埃拉有一种感觉：代言人说不定很快就能跟猪仔们谈话，比她想象的更快。一时间，她高兴极了——用不着等多久了。

可兴奋劲儿很快就过去了，取而代之的是另一种情绪：恐惧。她常常做一个噩梦：希娜的爸爸利波倒在山坡上，被猪仔们大卸八块。但这次出现在她想象中的不是利波，而是米罗。不，不是米罗，是那个代言人。被折磨至死的是死者代言人。“不。”她悄声道。

她打个寒噤，噩梦般的景象消失了。她得好好替意大利面调调味，别让大家吃饭时又埋怨是一股苋糊糊的味道。

CHAPTER

14

叛徒

吃树叶者（笑）：“人类”说你们的兄弟死了以后，你们会把他们埋在土里，再用这些土造房子。

米罗：不，我们从不挖掘埋葬死者的地方。

吃树叶者（极度不安，一动不动）：那，你们的死者岂不是根本帮不上你们的忙吗?

——欧安达，《对话记录》103:0:1969:4:13:111

安德本以为自己走出大门时会遇上麻烦，但欧安达把手掌按在门边的盒子上，米罗一把便推开大门，三个人就这么走出去了。什么事都没有。原因可能和埃拉说的一样：没人想走出围栏，所以不需要严密的警卫措施。也许是因为当地人在米拉格雷待得心满意足，不想到其他地方去；也许是他们害怕猪仔；又或许是因为他们憎恨这种监禁状态，宁肯假装围栏不存在。到底是什么原因，安德这时还猜不出来。

欧安达和米罗提心吊胆，十分紧张。当然，这是可以理解的，他们违背了星际议会的法律，擅自把他带出围栏。但安德怀疑其中还另有原因。米罗的紧张中夹杂着几分急切，给人一种紧迫之感。他也许确实害怕，但他还是一心想看看这样做的后果。欧安达的态度保守得多。她的冷淡不仅出自恐惧，还有敌意。她不信任他。

所以，当她走到离大门最近的那棵树旁，等着米罗和安德跟上来时，安德一点也不奇怪。他能看出米罗一时有点气恼，但马上控制住了自己的情绪。他脸上的表情镇定如常，恐怕没人能比他做得更好了。安德不禁拿米罗和自己在战斗学校里认识的孩子相比，把他当战友掂量着，结论是米罗如果进了战斗学校，肯定成绩优异。欧安达也一样，但她取得好成绩的原因跟米罗不同。她认为自己应当对即将发生的事负起责任来，哪怕安德是个成年人，年龄比她大得多。她对他一点也不俯首帖耳。不管她害怕的是什么，都不会是当局的惩罚。

"就在这儿？"米罗问道，语气中不带什么情绪。

"或者在这儿，或者别去。"欧安达回答。

安德盘腿坐在树下。"这就是鲁特的树，对吧？"

他们的态度很平静，但回答前的短暂停顿已经把答案告诉了安德。他让他们吃了一惊：他居然知道过去的事。他们肯定认为这些事只与他们相关。也许我在这里是个异乡人，安德心里说，但我对这里的事不是一无所知。

"是的。"欧安达说，"他们似乎是从他这棵图腾树上得到的，嗯，指令最多。这都是最近的事，最近七八年吧。他们从来不让我们看见他们与图腾树说话时的仪式，这些仪式中好像包括拿磨光的粗棍子敲击树身。晚上有时候能听见。"

"木棍，用从树上掉下来的木头做的？"

"我们估计是这样。有什么关系吗？"

"他们不是没有伐木的石制和金属工具吗？是不是这样？另外，如果他们崇拜树木，可能就不会砍伐树木。"

"我们认为他们崇拜的不是树，是图腾，树代表死去的先人。他们，唔，在死者身上种树。”

欧安达想打住，既不想跟他说话，也不想盘问他。但安德不想给她留下这种印象，即这次探险全得听她或者米罗的。安德打算亲自与猪仔对话。从前代言时他从来不会让别人替他安排日程，现在也不会这么做。还有，他还掌握着他们所不知道的信息：埃拉告诉他的情况。

“还有呢？”安德问道，“其他时候他们也种树吗？”

两人对视一眼。“我们没见过。”米罗说道。

安德的问题不仅仅出于好奇，他心里想的是埃拉所说的这里生物奇特的繁殖特点，“这些树都是自己长出来的吗？树种从森林里散布出来？”

欧安达摇摇头。“除了在死者身上种树之外，我们从来没发现其他任何栽种形式。我们见过的树都是老树，除了这里的三棵。”

“如果不赶快的话，马上就会有第四棵了。”米罗说道。

啊，原来这才是他们紧张的根源。米罗之所以急不可耐，是为了不让另一个猪仔身上长出一棵树来。可欧安达担心的却是别的什么。他们无意间泄露给他的内情已经够多的了，现在他可以让她盘问自己了。他坐直身体，歪头仰望着上方的那棵树。树枝伸展，淡绿色的叶片代表着光合作用。这些都与其他世界上的植物没什么区别。这一定就是埃拉觉得矛盾的地方：这里的进化过程显然与外星生物学家在各个世界上所发现的一样，是同一个模式。可这个模式不知什么地方出了差错，崩溃了。只有十来个物种逃过了这场劫难，猪仔便是其中之一。德斯科拉达到底是什么东西？猪仔们是怎么适应它的？

他本想换个话题问：我们为什么非得躲在这棵树后？这可以勾出欧安达的话头。可就在这时，他的头略偏了偏，一阵几乎感觉不到的微风中，淡绿色的树叶轻轻拂动了一下。他突然产生了一种强烈的似曾相识之感。他在什么地方见过这样的树叶，就在不久前。但这是不可能的。特隆海姆没有大树，米拉格雷保留地里也没有树。可为什么他会觉得透过树叶的阳光如此熟悉？

“代言人？”米罗说。

“什么事？”他回答，从沉思中清醒过来。

“我们本来不打算带你来。”米罗坚定地说。但从他身体侧向欧安达的姿态上，安德看出米罗其实是希望带他来的，却又想与态度比较勉强的欧安达站在一起，向她表明自己与她是同一战线的。你们彼此相爱，安德心想。可是今晚，如果我替马考恩代言，我便只好告诉你们，你们其实是兄妹。我会将乱伦禁忌的楔子打进你们俩中间。你们一定会恨我的。

“你将看到—— 一些 ——”欧安达做了很大努力，但还是说不下去。

米罗笑了笑，说道：“我们称之为尝试行动。皮波偶然开了这个头，但利波有目的地继续这一行动，我们接班后仍然从事着这项尝试。这个项目我们进行得十分谨慎，循序渐进，不是一下子把星际议会的规定置于脑后。问题是猪仔们不时会经历危机，我们只能帮助他们。比如几年前，猪仔极度缺乏玛西欧斯虫，这种虫长在树干上，猪仔们靠它们为生——”

“你一开始就告诉他这个？”欧安达说。

啊，安德想，她不像米罗那样重视保持一致性。

“他要为利波代言。”米罗道，“这件事正好发生在他死之前。”

“这两者有什么关系？我们一点证据都——”

“其间关系就让我自己去发现吧。”安德平静地说，“告诉我，猪仔们出现饥荒后发生了什么事？”

“他们是这么说的：妻子们饿了。”米罗没理会欧安达的担心，“你瞧，为女性和孩子采集食物是男性猪仔的工作，可当时没什么食物了。他们不住暗示要出去打仗，说打起来的话他们可能会全部死光。”米罗摇着头，“他们说起这个好像还挺高兴。”

欧安达站了起来。“他连个保证都没做，没做任何保证。”

“你想让我做什么保证？”安德说。

“不要——让任何情况——”

“别打你们的小报告？”安德问。

欧安达显然对这种小孩子的说法十分气恼，但还是点了点头。

“这种事我无法保证。”安德说，“我的职业就是说实话。”

她朝米罗猛一转身。“你瞧见了吧！”

米罗吓坏了。“你不能说出去。他们会封死大门，从此再也不准我们出来。”

“那样的话，你就只好另外找份工作了？”安德问道。

欧安达憎恶地盯着安德说：“这就是你对外星人类学的看法？仅仅是一份工作？这片森林里居住着另一种智慧生命，一个异族，不是异种。我们必须了解他们。”

安德没有回答，也没有把视线从她脸上移开。

“这里的事就跟《虫族女王和霸主》里说的一样。”米罗说，“猪仔们就像虫族，只不过弱小得多，原始得多。我们需要研究他们，但仅仅研究是不够的。你可以冷静地研究野兽，不理会其中一个会不会死掉、被其他野兽吃掉。但这些是——他们和我们一样。我们不能袖手旁观，我们研究他们的饥荒，观察他们如何在战争中遭到毁灭，我们认识他们，我们——”

“爱他们。”安德说。

“没错！”欧安达挑战地说。

“但如果你们不管他们，如果你们根本没来过这儿，他们仍然不会灭绝。是不是这样？”

“是。”米罗回道。

“我跟你说过，他跟委员会一个样。”欧安达说。

安德没理她。“如果你们不管，会怎么样呢？”

“会，会——”米罗竭力寻找着合适的词儿，“这么说吧。你回到过去，回到古老地球的时代，远在虫族战争爆发之前，远在星际旅行实现之前。你告诉那时的人，你们可以穿行星际，移民到其他星球。然后再给他们演示种种奇迹：可以打开、关上的灯光，钢铁，甚至最不起眼的小东西，如盛水的陶器、农具。他们看到了，知道你是什么人，知道他们自己将来也会成为这时的你，做出你所表演的一切奇观。他们会怎么说：把这些东西拿走，别给我们看，就让我们过自己粗陋、短暂、原始的生活吧，让进化过程慢慢发展吧。会不会这么说？不会，他们说的是：给我们、教我们、帮助我们。”

“你应该说的是，我做不到，然后走开。”

“已经太晚了！”米罗说，“你还不明白吗？他们已经看见了那些奇迹！他们看见我们是怎么飞到这里来的，看见了我们这些高高大大的人，拿着魔术般的工具，掌握着他们做梦都想不到的知识。这时跟他们说句再见甩手就走已经太晚了。他们已经知道了存在这种可能性。我们在这里停留的时间越久，他们就越希望向我们学习，而他们学得越多，我们就越能发现学到的这些知识如何改善了他们的生活。只要你还有点感情，只要你把他们当成——当成——”

“当成人。”

“就当成异族好了。他们是我们的孩子。这你能理解吗？”

安德笑道：“你的儿子向你索要一块面包，你给他的却是石头。你算什么人呢？[①]”

欧安达点点头。“就是这句话。按照议会法令，我们就该给他们石头，

---

① 引自《圣经·新约·马太福音》，意为所得非需。

哪怕我们有吃不完的面包。”

安德站起身来。“好吧，咱们该上路了。”

欧安达不肯屈服，“你还没有做出任何保——”

“你读过《虫族女王和霸主》吗？”

“我读过。”米罗说。

“一个人自愿成为死者代言人，却做出伤害那些小个子、那些披奇尼奥的事。你想，会有这样的人吗？”

欧安达不那么担心了，但还是跟刚才一样充满敌意，“你真狡猾，死者代言人安德鲁先生。你对他说《虫族女王和霸主》，对我说《圣经》。为了达到目的，嘴皮子怎么翻都行。”

“我和别人交流时喜欢使用对方能够理解的语言。”安德说，“这不是狡猾，这是聪明。”

“那么，猪仔的事，你想怎么干就怎么干？”

“只要不伤害他们。”

欧安达冷笑一声。“会不会伤害他们，全看你怎么判断。”

“找不到别的可以依赖的判断，所以只好这样。”他从她身旁走开，走出枝叶扶疏的树荫，朝山头的森林走去。剩下的两人急忙一溜小跑跟上去。

“我得先提醒你一声。”米罗说，“猪仔们一直在问你的事。他们认定你就是《虫族女王和霸主》的作者。”

“那本书他们读过？”

“岂止读过，他们基本上把那本书的内容融入了他们自己的宗教，把我们送给他们的那本书当成了圣籍。现在，他们居然声称虫族女王也跟他们说起话来了。”

安德瞪着他。“虫族女王对他们说了什么？”

“说你就是最初那位死者代言人，你随身带着虫族女王，你会让她和他们生活在一起，让她教他们金属的事儿，还有——全是疯疯癫癫的乌七八糟的话。这是最棘手的事，他们对你抱着完全不切实际的幻想。”

米罗与欧安达显然认为猪仔们是把愿望当成了事实，两人这种看法倒也简单。但安德知道，虫族女王一直在自己的虫茧中与某个对象交流。“猪仔们说过虫族女王是怎么对他们说话的吗？”

走在他另一边的欧安达说:“不是对他们说，虫族女王只跟鲁特说话，鲁特再转告他们。这都是他们图腾崇拜的一个组成部分。我们一直装傻充愣，陪他们玩儿呗，装出相信的样子。”

“你们可真是屈尊俯就啊。”安德说。

“这是人类学田野考察的标准做法。”米罗说。

“可你们把心思都放在假装相信他们上，所以不可能从他们那里学到任何东西。”

两人一愣，不由得放慢脚步。安德一个人先走进森林，两人这才紧跑几步赶上来。“我们把自己的一生都花在学习他们上了。”

安德停下来。“我是说向他们学习。”三人这时已经进入了树林，阳光透过枝叶洒下来，斑斑点点，让他们的表情不太容易分辨。但他知道这两人脸上会有什么表情。恼火、气愤、轻蔑——这个什么都不懂的陌生人，居然敢对他们的专业评头论足？行啊，就让他们听听吧。“你们采取了高高在上的姿态，进行你们的尝试行动，帮助这些可怜的小东西，但你们完全忽略了这一点：他们也有什么东西可以教教你们。”

“比如什么！”欧安达质问道，“比如杀掉造福于他们、救活他们妻儿的恩人，把他活活折磨死？”

“既然这样，你们为什么容忍他们的这种行为呢？他们做出这种事之后，你们为什么还要继续帮助他们？”

米罗挡在欧安达和安德之间。保护她，还是担心她暴露出自己的弱点？安德猜测着。“我们是专业人员，知道人类与猪仔存在巨大的文化差异，这种差异是我们无法解释的——”

“你们只知道猪仔是某种动物，他们杀害皮波和利波，就好像卡布拉吃卡匹姆草一样，不应该受到责难。”

“对。”米罗回道。

安德笑了，“所以你们永远无法从他们那里学到任何东西，就是因为你们把他们看成动物。”

“我们把他们看成异族！”欧安达边说边一把推开米罗。她显然不希望接受任何人的保护。

“从你们对待他们的态度看，你们认为他们没有能力为自己的行为负责。”安德说，“异族是有能力对自己的所作所为负责的。”

“那你想怎么办？”欧安达嘲讽地说，“冲进树林，将他们全部送上法庭？”

“告诉你们，虽然你们和我本人在一起，但猪仔们通过死去的鲁特，对我的了解比你们深入得多。”

“你这话是什么意思？你总不会说自己就是最初那个代言人吧？”米罗显然认为这种想法荒唐无稽到了极点，“是不是说，你停在卢西塔尼亚轨道上的飞船里当真装着一批虫族成员，等着你把他们送下来，再——”

“他的意思是，”欧安达打断米罗的话，“他这个外行比我们更清楚该怎么跟猪仔打交道。照我说，这句话就是证明，我们根本不该把他带来见——”

欧安达突然不说话了。一个猪仔从灌木丛中露出头来。个头比安德想象的小，简做的电脑模拟图像可没有他那么重的味儿，不过那股味儿倒也不讨厌。“太晚了。”安德轻声道，“我想我们已经见面了。”

不知猪仔有没有表情，安德一点儿也看不出来。米罗和欧安达猜出了他的想法。“他非常吃惊。”欧安达轻声嘟哝着。说出安德不知道的事，这是教训教训他，让他放明白点儿。没关系，安德知道自己是个外行，他还希望，自己使他们那种循规蹈矩、天经地义的思维模式产生了一点小小的动摇。他们的思维模式已经僵化了，如果他想从他们那里获得帮助，就必须让他们打破旧的模式，得出新的结论。

“吃树叶者。”米罗说。

吃树叶者的目光一动不动停留在安德身上。“死者代言人。”他说。

“我们把他带来了。”欧安达说。

吃树叶者一转身，消失在树丛中。

“这是什么意思？”安德问道，“他怎么跑了？”

“你是说你猜不出来？”欧安达反问道。

“不管你喜不喜欢，”安德说，“猪仔想跟我对话，我也要和他们对话。最好的方法是你们帮助我理解所发生的一切。不过，也许你们也不明白他们的行为。”

安德看着他们进行激烈的思想斗争，最后他松了口气，米罗显然下了决心。他没有摆架子，只心平气和地回答：“你说得对，我们也不明白他们的行为、举动。我们和他们玩的都是猜谜游戏。他们问我们问题，我们也问他们问题。据我们所知，双方都没有有意识地向对方泄露任何信息。我们甚至不能向他们询问我们最感兴趣的问题，就是担心他们从中获得太多信息。”

欧安达仍不愿意与米罗步调一致地采取合作态度。“我们知道的东西，你二十年也别想了解到。”她说，“在树林里跟他们说十分钟话就想掌握我们的知识，你别做梦了。”

“我不需要掌握你们的知识。”安德说。

“你也觉得自己没这个本事？”欧安达问。

“有你们和我在一起，我当然不需要再费力气掌握你们的知识。”安德笑着说。

米罗知道安德这是在恭维他们，他也笑着说：“行，我就把我们知道的告诉你，不过能告诉你的恐怕也没有多少。吃树叶者见到你可能不是很高兴，他与另一个名叫‘人类’的猪仔不和。从前他们以为我们不会带你来，吃树叶者觉得他胜利了。可是现在，他的胜利被夺走了。也许这么一来，我们是救了‘人类’一命。”

“却搭上了吃树叶者的一条命？”安德问。

“这谁说得准？不过我有一种直觉，‘人类’把自己的一切全都押上去了，但吃树叶者没有。吃树叶者只想让‘人类’栽个跟头，却没打算取代他的位置。”

“但你没有把握。”

“这就是我们从来不敢问的事情之一。”米罗笑道，“你说得也对，这种事我们已经习以为常了，简直没意识到我们没向他们提出这个问题。”

欧安达气坏了，“他说得也对？我们怎么工作的他连见都没见过，却一下子成了评论家——”

安德没兴趣听他们争论，只管朝吃树叶者消失的方向走去，知道他们会跟上来的。那两人的确跟了上来，争论只好以后再说了。安德见他们跟上来，便继续提问。“你们进行的这个尝试行动，”他边走边说，“给他们提供了新食物吗？”

“我们教他们如何食用梅尔多纳藤的根茎。”欧安达说，回答得非常简洁，就事论事，不过至少她还在跟他说话。她虽然气愤，但并不打算一走了之，不参加这场至关重要的与猪仔的接触。“先浸泡，再晒干，以去除含氰的成分。这是短期解决方案。”

“长期解决食物问题要靠母亲目前已经中止了的苋属植物改造项目。”米罗说，“她开发出了一个新品种的苋，非常适应卢西塔尼亚的环境，适应到对人类无益的程度。卢西塔尼亚本土蛋白质成分太重，而地球蛋白质成分则太少了。但我们觉得这种东西应该对猪仔很有好处。我让埃拉给了我一些样本。当然，我没告诉她这件事有多么重要。”

埃拉知道什么、不知道什么，说出来恐怕会吓你一跳。安德心里说。

“利波把这种植物样本交给他们，教他们如何种植、如何碾磨、如何制成面粉再烘制出面包。那玩意儿难吃极了，但这是有史以来猪仔们能够完全控制的第一种食物。从那以后他们就吃得胖胖的，一副精神抖擞的样子。”

欧安达恨恨地说：“第一批面包才交给他们的老婆，这些家伙就杀害了我父亲。”

安德默然无语继续走着，绞尽脑汁思索其中的原因。利波才将猪仔们从饥饿中拯救出来，他们就杀了他？不可思议，但却发生了。杀死贡献最大的人，这样一个社会怎么能发展？应该相反才对啊，应当增加贡献最大的成员的繁殖机会，以此作为对他们的奖励，社会才能增加其作为一个整体的生存机会。杀死对集体生存做出最大贡献的人，猪仔们怎么还能生存下去？

但人类也有类似的例子。就说米罗和欧安达这两个年轻人吧，他们实施了尝试行动，从长远观点看，他们的做法比制定种种限制的星际委员会更聪明。但他们的行为一旦曝光，他们就会被迫离开自己的家园，被押往另一个世界。从某种角度来看，这等于死刑，到他们有机会重返故乡时，他们所有的亲人都早已离开人世。他们会接受审判，受到惩罚，也许会被投入监狱。他们的思想和基因再也没有传承的机会，人类社会也将因此受到打击。

可就算人类这样做，也不能说明这种做法是对的。可从另一方面看，如果将人类视为一个集团，将猪仔视为这个集团的敌人，上述做法就是有道理的。如果将任何帮助猪仔的行为视为对人类的威胁，那么，做出这种行动的人便确实应该受到惩罚。看来，惩罚帮助猪仔的人，制定这种法律的目的并不是为了保护猪仔，而是为了限制猪仔的发展。

安德这时已经明白了，禁止人类接触猪仔的法令根本不是为了保护猪仔，而是为了保持人类的主宰地位。从这个角度看，实施尝试行动的米罗和欧安达确实出卖了自己种族的利益。

“叛徒。”他说出了声。

“什么？”米罗问，“你说什么？”

“叛徒。就是出卖自己的种族、自绝于自己的人民的人。”

“啊。”米罗说。

“我们不是。”欧安达说。

“我们是。”米罗说。

“我从来没有做出任何违背人性的事！”

“人性？按佩雷格里诺的定义，我们早就没有人性了。”米罗说。

“可按照我的定义——”她开口反驳。

“按照你的定义，”安德说，“那么猪仔也是人。就凭这一点，你就成了叛徒。”

“你不是刚才还说我们把猪仔当成动物看待吗？”欧安达说。

“你们的做法很矛盾。帮助他们时你们把他们看作人，但当你们不直截了当问他们问题、想方设法欺骗他们时，你们就是把他们当成动物看待。”

“换句话说，”米罗说，“当我们遵守星际议会法令时，就是视他们为动物。”

“对。”欧安达说，“你说得对。我们就是叛徒。”

“那你呢？”米罗问，“为什么你也要当叛徒？”

“哦，人类早就没把我算成他们中间的一分子了。所以我才会成为死者的代言人。”

他们来到了猪仔的林间空地。

晚饭时母亲不在，米罗也不在。埃拉觉得这样挺好。如果他们中任何一个在家，埃拉就失去了权威，管教不了弟弟妹妹们。但母亲和米罗在家时并不管他们。这样一来，埃拉说话不管用，管用的人又不说话，家里于是一团糟。这两人不在时家里反而安静得多。

也不是说母亲和米罗不在时小家伙们就规规矩矩，只不过稍微听招呼些。今天她只吆喝了格雷戈几次，要他别在桌子下面踢科尤拉。金和奥尔拉多今天各有各的心事，不像往常那样不住地斗嘴。

晚饭吃完后才闹出乱子。

金往椅背上一靠，不怀好意地冲着奥尔拉多笑道："这么说，教那个间谍怎么刺探母亲机密的人就是你啰？"

奥尔拉多朝埃拉转过身来。"金那张臭嘴怎么又张开了，埃拉。下回你得替他缝紧些才行。"奥尔拉多总是这样，听上去像开玩笑，实际上是求她干预。

金不想让奥尔拉多找到帮手。"这次埃拉不会站在你那边，奥尔拉多，没人站你那边。你帮助那个东闻西嗅的间谍搜查母亲的文档，你的罪过跟他一样大。他是魔鬼的仆人，你也一样。"

埃拉见奥尔拉多气得浑身哆嗦，她还以为奥尔拉多会拿盘子朝金扔过去呢，可奥尔拉多的冲动不一会儿就过去了，他控制住自己。"对不起。"他说，"我本意并不是那样的。"

他服软了，他居然承认金说得对。

"我希望，"埃拉说话了，"你说对不起是别的意思，我希望你不会因为自己帮助了死者代言人而道歉。"

"他当然是因为这个道歉。"金说。

"因为，"埃拉说，"我们应该尽我们的全力帮助代言人。"

金跳起来，上身倾过桌子，冲着她的脸吼道："你怎么能说出这种话？他侵犯了母亲的隐私，打听她的秘密，他——"

埃拉吃惊地发现自己也跳了起来，猛地一把把他搡开，大叫起来，比金的嗓门还大。“这幢房子里有毒，一半就是因为母亲的那些秘密！所以要想把这个家理顺，也许只有一个办法，就是把她那些秘密暴露在光天化日之下，再把它们踩个稀巴烂！”她嚷不下去了，金和奥尔拉多缩在墙边，仿佛她的话是子弹，而他们是待毙的囚犯。埃拉把声音放低了些，态度却跟刚才同样激烈，“照我看，要想这个地方成个家的样子，死者代言人是唯一的机会。而母亲的秘密却是挡在他面前的唯一障碍。所以，我今天把我所知道的母亲的档案里的一切全都告诉了他，我想把我知道的每件事都告诉他。”

“那你就是最大的叛徒。”金说，他的声音颤抖，带着哭腔。

“我认为帮助死者代言人才是真正忠于这个家。”埃拉回答，“真正的背叛就是听母亲的吩咐，因为她这一辈子想的做的都是毁掉她自己，毁掉这个家。”

埃拉大吃一惊。失声痛哭的人不是金，竟是奥尔拉多。安装电子眼时已经切除了他的泪腺，所以事先没有泪水充盈，大家全都没有觉察到。只听他一声哽咽，贴着墙滑了下去，坐倒在地，头埋在双膝间，不住地痛哭着。埃拉明白他为什么哭。因为她告诉了他，爱那个代言人不是出卖自己的家庭，他没有过错。她说这些话时，奥尔拉多相信她，他知道她说的是事实。

就在这时，她的眼光从奥尔拉多身上抬起来，突然发现了门口站着的母亲。埃拉只觉得心里发慌。母亲说不定听到了她的话，这个想法吓得她颤抖起来。

但是母亲没有生气，只是显得有点悲伤，一脸倦容。她望着奥尔拉多。

愤怒欲狂的金终于发出了声音：“你听见埃拉说什么了吗？”

“我听见了。”母亲说，视线仍旧没有离开奥尔拉多，“也许她没说错。”

埃拉吃惊的程度一点也不亚于金。

“回各自的房间去吧，孩子们。”母亲平静地说，“我要和奥尔拉多谈谈。”

埃拉招呼格雷戈和科尤拉。两个小不点从椅子上滑下来，急忙奔到埃拉身旁，眼睛睁得大大的，充满敬畏。毕竟，连父亲都没本事让奥尔拉多哭起来。她把孩子们领出厨房，送他们回到卧室。她听见金的脚步声响过门厅，冲进自己的房间，一头扎在床上。厨房里奥尔拉多的抽泣声小了下去，渐渐平静了。自从他失去眼睛以来，母亲第一次把他搂在怀里，抚慰他，前后摇晃着他，泪水无声地淌在他的头发上。

米罗不知到底该怎么看待这个死者代言人。以前他总觉得代言人应该和神父差不多，或者说，跟理想中的神父差不多：平静、温和、远离尘嚣，谨慎地将俗世中的一切决定、行动留给别人。米罗总觉得代言人应当是个充满智慧的人。

没想到他却这么粗暴，这么危险。没错，他的确充满智慧，能够透过表象看到事实，可他说的话、做的事又全都胆大包天。话又说回来，事后一想，他总是对的。他有一种洞悉人类心灵的奇异能力，一看你的脸就知道你的内心深处，识破层层伪装，发现连你自己都没有意识到的隐秘。

眼前这一幕，米罗和欧安达以前看过无数次，那时是利波与猪仔们打交道。可利波做的一切他们都明白，他们知道他的方法，知道他的目的。但代言人的思路却让米罗完全摸不着头脑。此人具有人类的外形，可米罗觉得这个代言人不像来自另一个人类世界的异乡人。他跟猪仔一样让人无法理解，简直是另一个异族。不是动物，但离人类极其遥远。

代言人发现了什么？他看到了什么？看到了“箭”手里拿着的弓？看到了浸泡梅尔多纳藤的根茎用的陶罐？尝试行动的成果他发现了多少？有多少他误认为是猪仔们自己发明的？

猪仔们展开那本《虫族女王和霸主》。“你，”“箭”说，“你写了这本书？”

“不错。”死者代言人回答。

米罗望了欧安达一眼，她的眼睛说：看来代言人真是个大骗子。

“人类”插嘴道：“那两个人，米罗和欧安达，他们认为你是个骗子。”

米罗立即将视线转回代言人身上，他却没有看他。“他们当然是这么想的。”他说，“他们从来没有想过，鲁特的话也许是事实。”

代言人平静的话让米罗心中一震。这可能吗？从一个星系飞到另一个星系的人的确可以跨过几十年光阴，这种旅行有时会长达数百年，也许五百年。这样的旅行不用多少次，就能让一个人跨过三千年光阴。可如果说来这里的碰巧真的是那位最早的代言人，这也未免太过离奇。当然话说回来，如果最早的代言人的确是《虫族女王和霸主》的作者，那他肯定会对虫族之后人类发现的唯一一种智慧生命产生浓厚兴趣。不可能！米罗告诉自己，但他又不得不承认，这种可能性确实存在。

“他们为什么这么愚蠢？”“人类”问道，“听到事实，却不能辨别。”

“他们不是愚蠢。”代言人说道，“人类就是这样：我们从不质疑自己完全相信的东西。他们认定最早的死者代言人三千年前就死了，所以从不认真想一想，即使他们知道星际旅行有可能大大延长生命。”

“但我们告诉过他们。”

“你们只告诉他们，虫族女王对鲁特说，我就是这本书的作者。”

“所以他们应当知道我们说的是实话。”“人类”说，“鲁特是个智者，他是个父亲，他不会犯错误的。”

米罗没有笑，但他实在想笑一笑。代言人自以为聪明绝顶，瞧他现在该怎么办吧。猪仔们固执地认为他们的图腾树会说话，看他现在怎么解决。

“啊。”代言人说，“我们不懂的事情很多，你们也有很多事情不懂。我们双方应当多作些交流。”

“人类”紧挨着“箭”坐下来，分享后者代表特权的位子。“箭”似乎毫不介意。“死者代言人，”“人类”说，“你会把虫族女王带给我们吗？”

“我还没有决定。”代言人回答。

米罗又一次望望欧安达。代言人发疯了不成？居然暗示他可以把根本不存在的东西交给他们。

但紧接着，他想起代言人刚才的话：我们从不质疑自己完全相信的东西。米罗总觉得这是个无须解释的事实，人人都知道虫族已经彻底灭亡了。但有没有可能真有一位虫族女王幸存下来？所以死者代言人才写出了那么一本书，因为他有与虫族女王亲身交流的体验。不可思议到了极点，却并非完全没有可能。米罗现在已经不敢确信虫族是不是真的绝了种，他只知道人人都坚信不疑，而且三千年来没有一丝一毫的证据表明事实并非如此。

即使虫族真的还有幸存者，猪仔们怎么会知道？最简单的解释就是：猪仔将《虫族女王和霸主》里的故事融入了自己的宗教，无法理解世上还存在许多其他的死者代言人，没有一个是这本书的作者；也不能理解虫族已经死绝了，再也不会出现虫族女王了。这就是最简单的解释，也是最容易接受的。其他任何解释都会迫使他相信：不知通过什么途径，鲁特的图腾树真的可以向猪仔们说话。

“我们怎么才能让你决定？”“人类”说，“对妻子们，我们送给她们礼物，让她们同意我们的意见。但你是人类中最聪明的一个，我们又没什么东西可以给你。”

“你有很多东西可以给我。”代言人说。

“什么东西？你们的罐子难道不如这个？你们的箭不是比我们的强吗？我的斗篷是用卡布拉毛织的，你的衣服料子比我的好得多。”

“我要的不是这些东西。”代言人说，“我只需要实话。”

“人类”的身体前倾，因为激动和期待，身体绷得紧紧的。“哦，代言人！”话的重要性使他的声音变得沉重粗厚，“你会将我们的故事加入《虫族女王和霸主》吗？”

“我还不知道你们的故事。”代言人说。

“问我们吧！问什么都可以！”

“我怎么能诉说你们的故事呢？我只替死者代言。”

“我们就是死者！”“人类”喊了起来。米罗以前从没见过他如此激动。“我们每天都遭受着屠杀。人类占据了所有世界，漆黑的夜空中，飞船载着人类从一颗星星飞到另一颗星星，每一个空着的地方都被他们填满了。人类给我们设下愚蠢的限制，不许我们出去。这些其实都用不着，天空就是我们的围栏，我们永远也出不去！”“人类”边说边向空中跳起。他的双腿结实有力，这一跳高得惊人，“看，天空的围栏挡住了我，把我扔回地面！”

他奔向离他最近的一棵树，沿着树干爬上去，比米罗从前看见的任何一次爬得都要高。他爬上枝头，向空中一跃，在空中滞留的时间长得让人目瞪口呆，然后，行星重力将他拖下来，使他重重地摔在坚硬的地面。

这一摔好重，米罗听见撞地时他喘出一大口粗气。代言人冲向“人类”，米罗紧紧跟在他身后。“人类”已经奄奄一息了。

“他死了？”身后的欧安达问道。

“不！”一个猪仔用男性语言高喊起来，“你不能死啊！不！不！不！”米罗一抬头，吃惊地发现居然是吃树叶者。“你不能死！”

“人类”吃力地抬起一只虚弱无力的手，碰了碰代言人的面颊。他深深吸了口气，说：“你明白吗？代言人，只要能爬上那堵阻挡我们通向星星的高墙，我宁肯死。”

米罗和猪仔接触的这么多年里，加上以前的许多年，他们从来没说起过星际旅行，一次都没问过。但现在米罗明白了，他们问的所有问题都是为了发现星际飞行的秘密。外星人类学家们从来没发现这一点，因为他们相信——而且从未质疑——猪仔社会现在的技术水平离制造太空飞船这一步，还路途迢迢，至少也得再过一千年，才会出现这种可能性。但他们始终渴求着有关金属和发动机的知识，还有离开地面飞行的知识……这些，全都是为了发现星际飞行的秘密。

“人类”慢慢站起来，紧紧抓住代言人的手。米罗突然想到，接触猪仔这么多年，从来没有一个猪仔拉过他的手。他感到深深的悔恨，与之相伴的还有一阵嫉妒的刺痛。

看到“人类”没有受伤，其他猪仔们也聚过来，围在代言人周围。他们没有推推挤挤，只是尽可能站得离代言人更近些。

“鲁特说虫族女王知道怎么制造星际飞船。”“箭”说。

“鲁特说虫族女王会把一切教给我们。”“杯子”说，“金属、从石头里迸出的火、从黑色的水里造出的房子……一切！”

代言人抬起双手，止住了猪仔们的七嘴八舌。“如果你们渴了，看见我手里有水，你们都会请求我给你们喝。但如果我知道我的水里有毒，我该怎么办？”

“能飞到星星上去的飞船没有毒。”“人类”说。

“通向星际飞行的道路很多。”代言人说，“有些路好走，有些路难走。只要是不对你们造成伤害的东西，我都会给你们。”

“虫族女王向我们保证过。”“人类”说。

“我也向你们保证。”

“人类”向前一跃，一把抓住代言人的头发和耳朵，把他的脸拽到自己眼前。米罗以前从未见过猪仔做出如此暴烈的举动，他最怕的就是这个，猪仔们决定动手杀人了——

“如果你们把我们当成异族，”“人类”冲着代言人的脸大喊道，“就该让我们自己做出决定，而不是替我们决定！如果你们把我们当成异种，你现在就应该杀掉我们，就像你从前杀死虫族女王的所有姐妹一样！”

米罗惊得目瞪口呆。猪仔们认定这位代言人就是《虫族女王和霸主》的作者是一回事，但他们是怎么得出这个不可思议的结论，一口咬定他曾经犯下过异族屠灭的大罪？他们认为他是谁？魔王安德？

只见坐在那里的死者代言人泪流满面。他双眼紧闭，仿佛“人类”的指责全是事实。

“人类”转过头来，向米罗问道：“这是什么水？”他悄声道，然后触了触代言人的眼泪。

“我们就是这样表达痛苦、沉痛、难过。”米罗回答。

曼达楚阿突然大喊一声，这是一声可怕的呼唤，米罗闻所未闻，这声音就像濒死的动物的哀鸣。

“我们这样表示痛苦。”“人类”轻声道。

“啊！啊！”曼达楚阿叫道，“我见过这种水！在皮波和利波眼睛里，我见过这种水！”

一个接一个，最后汇成一片齐声哀鸣，所有猪仔都发出同样的哀号。米罗感到既恐怖又敬畏，还有点儿兴奋。几种感情交织在一起，同时涌上心头。他不知道眼前发生了什么事，但猪仔们敞开了多年来对外星人类学家隐瞒的感情，瞒了整整四十七年的感情。

“他们这样是不是因为爸爸？”欧安达悄声道，她的双眼同样因为兴奋熠熠发光，恐惧激出的汗水沾湿了她的头发。

米罗念头一起，话脱口而出，“他们不懂皮波和利波死的时候为什么哭，直到现在才明白。”

米罗完全不知道欧安达脑海里产生了什么想法，他只知道她转身就跑，跌跌撞撞，最后双膝跪地，双手拄着地面，失声痛哭起来。

唉，代言人一来，真是天翻地覆啊。

米罗跪在代言人身旁。代言人垂着头，下巴抵着胸口。“代言人，”米罗问道，“Como pode ser？这怎么可能？你难道真的是第一位代言人？

同时又是安德？”

“我没想到她会告诉他们这么多事。”他轻声说。

“可是，可是……死者代言人，写那本书的那个，他是人类懂得星际旅行后最杰出的智者，而安德却是个谋杀犯，把一个具有高度智慧、可以教会人类一切的美好种族斩尽杀绝了。”

“两个都是人啊。”代言人低声道。

“人类”就在他们身旁，他引述了一段《虫族女王和霸主》里的话：“疾病与灵药并存于每一个心灵，死亡与救赎也同时掌握在每一双手里。”

“‘人类’，”代言人说，“请告诉你的同胞，不要再为他们出于无知犯下的罪过悲伤了。”

“他们两人给了我们那么多最可宝贵的东西。”“人类”说。

“请让你的同胞安静下来，我有话要说。”

“人类”喊了几声，不是男性语言，而是妻子们的语言，代表权威的语言。猪仔们安静了，坐下来听代言人发话。

“凡是我力所能及的事，我都会替你们做。”代言人说，“但首先我必须了解你们，不然的话，我怎么诉说你们的故事？我必须先了解你们，否则的话，我怎么知道我们给你们的饮料会不会毒害你们？在这之后，最大的障碍依然存在：人类可以爱虫族，因为他们以为虫族已经彻底灭绝了。可你们还活着，所以他们仍然会怕你们。”

“人类”站起身来，指指自己的身体，好像这是一件虚弱无力的东西，“怕我们！”

“你们抬起头来，看到星星上满是人类，于是你们害怕了。人类也有同样的恐惧。他们害怕未来哪一天，他们来到一个新世界，却发现你们已经第一个占据了那个世界。”

“我们不想第一个来到新世界，”“人类”说，“我们希望和你们共同去那个新世界。”

“那么，请给我时间。”代言人说，“告诉我你们的情况，我再告诉他们。”

“问什么都可以。”“人类”说着，望了望其他猪仔，“我们会告诉你们一切。”

吃树叶者站了起来，他说的是男性语言，米罗听得懂，他说：“有些事你没有权利说出去。”

“人类”厉声反驳，他说的是斯塔克语。“皮波、利波、欧安达和米罗教了我们很多东西，这些他们一样没有权利教，但他们还是教会了我们。”

“他们的愚蠢不能作为我们愚蠢的借口。”吃树叶者说的仍然是男性语言。

“那么，他们的智慧也就不会成为我们的智慧。”“人类”反驳道。

吃树叶者说了几句米罗听不懂的树语，“人类”没有回答。吃树叶者转身走了。

欧安达回来了，她的眼睛哭得红红的。

“人类”转身对代言人说道：“你想知道什么？我们都会告诉你，让你看——只要我们做得到。”

代言人转向米罗和欧安达。“我该问他们什么？我知道得太少，不清楚该问什么。”

米罗看着欧安达。

“你们没有石头或者金属工具，”她说，“但你们的房子是用木材造的，你们的弓和箭也是。”

“人类”站在那儿，等着。好一阵子没人作声。“你怎么不说出你的问题？”“人类”最后问道。

他怎么会听不明白呢？米罗心想。

代言人说：“我们人类用石头或金属工具砍倒树木，再把木头修理成房子、箭或者木棍，就是你们手里拿着的这些工具。”

猪仔们过了一会儿才明白代言人话里的意思。接着，突然间，所有猪仔都跳了起来，发疯似的跑着，毫无目的，时时撞在一起，撞在树上和木屋上。大多数猪仔不作声，但时不时就会有一个发出嚎叫，和他们刚才发出的哀鸣是同一种声音。这场几乎寂静无声的猪仔大骚乱真让人毛骨悚然，仿佛他们一下子丧失了对自己身体的控制。外星人类学家们多年来谨守不交流政策，不向猪仔透露任何信息，可是现在，代言人打破了这个政策，结果竟演化成这种疯狂景象。

“人类”冲出人群，一头倒在代言人脚下。“哦，代言人！”他大声哭喊着，“求求你，别让他们用石头、金属工具砍我父亲鲁特！如果你们想杀人，有些年深日久的兄弟愿意献出他们的生命，我也会高高兴兴地死，但千万千万别杀我的父亲。”

“也别杀我父亲！”其他猪仔们也哭嚎起来，“还有我的！”

“我们绝对不会把鲁特种在离围栏那么近的地方，”曼达楚阿说，“如果我们早知道你们是——你们是异种！”

代言人又一次高举双手。“人类中有谁在卢西塔尼亚砍过一棵树吗？从来没有。这里的法律禁止这种行为。你们不用害怕我们。”

猪仔们安静下来，林间空地上一片沉寂。“人类”从地上爬起来，“你让我们对人类更害怕了。”他对代言人说，“我真希望你没有踏进我们的森林。”

欧安达的声音响了起来：“你们杀害了我的父亲，居然还有脸说这种话！”

“人类”抬起头来，震惊地望着她，一时说不出话来。米罗伸手搂住欧安达的双肩。一片寂静中，死者代言人又开口了，“你向我保证会回答我的所有问题，我现在就问你：你们的木屋、弓箭和木棍是怎么造出来的？我们只知道我们的办法，而且已经告诉你们了。请你告诉我你们是怎么做的。”

“兄弟们献出了自己。”“人类”说，“我告诉过你。我们把自己的需要告诉古老的兄弟们，给他们看我们需要什么样子的木材，他就会把自己给我们。”

“我们能看看是怎么做的吗？”安德问。

“人类”转过头，瞧瞧其他猪仔。“你是说，要我们要求一位兄弟献出自己的生命，目的只是让你看看？我们不需要新的木屋，从现在起很多年都用不着新木屋，箭也足够——”

“让他看！”

和大家一样，米罗也转过身来。从森林里钻出来的是吃树叶者，他迈着坚定的步伐走进人群中央。他谁都不看，仿佛是个信使，或者是个向全城发出召唤的召集者，对别人听不听自己的话毫不理会。他说的是女性语言，米罗只能听懂一点片断。

“他说的是什么？”代言人悄声问。

仍然跪在他身旁的米罗尽力翻译着：“显然他去了妻子们那里，她们说一切照你的吩咐办。话很多，意思没那么简单，他在说什么——这些词我不懂——说他们都要死了，还有什么兄弟们也要死了之类。可你看他们的样子，一点也不害怕，没有一个害怕。”

“我不知道他们哪种表情表示害怕。”代言人说，“我还不了解这个种族。”

“其实我也不了解。”米罗说，“现在只能交给你处理了。半小时里你就让他们激动成这个样子，我这么多年都没见过他们这样。”

“算是个天生的本事吧。”代言人说，“咱们做个交易好吗？我不告诉别人你们的尝试行动，你也不说出我是什么人。”

“这个容易。”米罗说，“反正我不相信。”

吃树叶者的演说结束了，说完后立即摇摇摆摆朝木屋走去，钻进里面不出来了。

“我们将向一位古老的兄弟恳求一份礼物。”“人类”说，“妻子们是这么说的。”

就这样，米罗站在那儿，一只手搂着欧安达，另一边站着代言人。出现在他们眼前的是猪仔们表演的神迹，比替加斯托和西达赢得圣人称号的奇迹更令人信服得多。

猪仔们聚集起来，在林间空地边缘一棵粗大的老树四周围成一圈。然后，猪仔们一个接一个依次爬上那棵大树，开始用棍子在树上敲击着。没过多久，猪仔们都上了树，一边唱着什么，一边用木棍在树干上敲出复杂的鼓点。“父语。”米罗轻声道。

没过多久，大树明显倾斜了。一半猪仔立即跳下树来，推着树干，让它向空地方向倾斜。树上剩下的猪仔敲打得更起劲了，歌声也愈加响亮。

大树粗大的枝丫开始一根接一根脱离树干，猪仔们敏捷地跑上前去，收集掉落的枝丫，将它们从大树即将倒下的地方拖开。“人类”将一根树枝拖到代言人面前，后者仔细检查着，让米罗和欧安达一块儿看。与树干相连的一端较粗，光滑极了，不是平的，而是呈略显倾斜的弧形。上面一点也不粗糙，也没有渗出树液。不管是什么使这根树枝从树干上脱落，绝对没有任何外力的迹象。米罗用手指碰了碰树枝，又凉又光，感觉好像大理石。

最后，大树只剩下一根笔直的树干，庄严、粗大。原来连着树枝的地方留下的斑痕在下午的阳光下闪闪发光。猪仔们的合唱达到了高潮，然后停止。这棵树斜斜地、优雅地倒了下来。一声巨响震动地面，然后一切复归于平静。

“人类”走到倒下的树前，抚过树干表面，轻声吟唱起来。在他手下，树皮绽开了，一条裂痕沿着树干上下延伸，最后，树皮裂成两半。许多猪仔上前捧起树皮，把它从树干上移开。两半树皮，一半裂向这边，一半裂向那边，合在一起就是完完整整的一卷。猪仔们将树皮抬走了。

“他们拿走树皮干什么？你以前见过他们使用树皮吗？”代言人问

米罗。

米罗只能摇摇头，他已经说不出话来。

这时，“箭”向前迈了几步，轻声吟唱起来。他的手指在树干上来回摩挲，好像在量出一张弓的长度和宽度。米罗眼睁睁看着原木上出现裂痕，没有树皮的树开始弯折、断开、粉碎。最后，出现了一张弓，一张漂亮的弓，像经过打磨一样光滑，躺在树干上的一道长槽里。

别的猪仔依次走上前去，在树干上用手指画出需要的东西的形状，吟唱着。他们离开树干时，手里拿着棍棒、弓和箭、边缘又薄又快的木刀、用来编织东西的木绳。最后树干的一半已经消失了，猪仔们齐齐退后，齐唱起来。树干震动起来，裂成几根长柱。这棵树完全用尽了。

“人类”缓缓走上前去，跪在木柱边，双手温和地放在离他最近的那根木柱上。他的头一偏，唱了起来。这是一支没有词的哀歌，是米罗平生听到的最悲伤的声音。歌声继续着，继续着，只有“人类”的声音。渐渐地，米罗发现其他猪仔们注视着自己，仿佛等待着什么。

最后，曼达楚阿走了过来，轻声道：“请。”他说，“你也应该为那位兄弟歌唱，这样才对。”

“但，但我不知道怎么……”米罗说道，觉得又害怕又手足无措。

“他献出了他的生命，”曼达楚阿说，“为了回答你的问题。”

回答了我的问题，却引起了另外一千个问题，米罗无声地说。但他还是走向前去，跪在“人类”身边，手掌握住“人类”握着的同一根木柱，发出了自己的声音。一开始，声音很低，迟疑着，对曲调没有把握。但他很快便理解了这首没有歌词的歌，感受到了自己手掌下死去的树。他的声音变得响亮高亢了，与“人类”的声音混合在一起，形成一曲嘹亮的、不和谐的歌。歌声哀悼着这棵树的死，感谢它所作的牺牲。歌声也是向它保证，它的死会带来部落的繁荣，带来兄弟们、妻子们和孩子们的幸福，他们都会过上幸福的生活，繁荣昌盛。这就是这首歌的意义，也是这棵树牺牲的意义。歌声消逝，米罗低下头，将额头顶着木柱，悄声说出自己最真切的誓言。五年前的山坡上，面对利波的尸体，他说的也是同样的话。

CHAPTER

15

代 言

“人类”：为什么没有其他人过来看我们？

米罗：获准走出大门的只有我们两个人。

“人类”：他们为什么不干脆翻过围栏呢？

米罗：你们猪仔当中有没有谁碰过那堵围栏？（“人类”没有回答。）一碰那堵墙，就会产生极大的痛苦。想翻过围栏的话，你身体的每一个部分都会同时产生无法想象的剧痛。

“人类”：为什么要翻墙？真傻，墙两边都有青草嘛。

——欧安达，《对话记录》103:0:1970:1:1:5

太阳升起才一个小时，波斯基娜市长爬上通向佩雷格里诺主教位于教堂的私人办公室的楼梯。堂·克里斯托和堂娜·克里斯蒂已经到了，神情严肃。佩雷格里诺主教一脸颇为自得的表情。米拉格雷政治和宗教领袖人物齐集在他的屋顶下时他总是非常得意。不过这次会议却是在波斯基娜市长的要求下召开的，市长还主动提议在教堂召开这次会议，因为她有飘行车，开车来很方便。佩雷格里诺主教喜欢这种身为殖民地主宰的感觉。但是，等会议结束时，他们就会知道，这个房间里没有谁还能继续主宰任何事了。

波斯基娜同大家寒暄之后，没有在分派给她的座位上坐下，而是坐在了主教自己的终端前，登录，运行她事先准备好的程序。终端上方的空间里出现了几层由很小的立方块组成的图形。最上方的一层只有很少几个立方块，其他几层的立方块数量要多得多。从最上面数起的一半层次都是鲜艳的红色，下面各层则均为蓝色。

“很漂亮。”佩雷格里诺主教说道。

波斯基娜抬头望着堂·克里斯托。“你认识这个模型吗？”

他摇摇头。“但我想我知道这次会议的目的所在。”

堂娜·克里斯蒂在椅子里向前倾过身子。“能不能找出一些隐蔽的所在，存放我们想隐藏的东西？”

佩雷格里诺主教脸上扬扬自得的神色消失了。“我怎么不知道这次会议的议题？”

波斯基娜在高脚凳上转过身子，看着他。“我被任命担任卢西塔尼亚殖民地总督的时候还很年轻。担任这个职务是我极大的光荣，是对我极大的信任。我从孩提时代就学习政府管理和社会体系，我在奥波托的任期虽然很短，但成绩还不错。不过任命我担任总督的委员会显然忽视了一个问题：我的疑心病很重，不很诚实，而且本位主义思想严重。”

“这些是你的长处，我们都十分钦佩。”佩雷格里诺主教说道。

波斯基娜淡淡一笑。“我的本位主义表现在，一旦把卢西塔尼亚殖民地交给我，我就更重视它的利益，而不是其他人类世界，或星际议会。我的不诚实表现在我欺骗了任命委员会，装成把议会的利益放在第一位，其实我心里的真实想法正好相反。我的疑心病则使我不相信议会有一天会让卢西塔尼亚具备与其他人类世界一样的独立性和平等地位，我认为这是绝对不可能的。”

“那当然。”佩雷格里诺主教说，“我们只是一个殖民地。”

“我们不是殖民地。”波斯基娜说，“我们只是一项试验。我认真研究过颁发给我们的特许状、执照，以及所有与我们相关的议会法令，我发现，我们没有普通殖民地所拥有的保密权。我发现星际委员会有能力随便进入殖民地任何机构和个人的任何密级的文档。”

主教大人的样子有点生气了。“你的意思是，委员会有权查看教会的机密文档？”

“啊，”波斯基娜说，“看来你也跟我一样，是个本位主义者。”

“按照星际法律，教会拥有自己的权力。”

“别对着我发火啊。”

“你怎么从来不告诉我。”

“如果我告诉你，你就会提出抗议，他们就会假装让步。那样一来的话，我就不能完成我该做的事了。”

“什么事？”

“就是这个程序。它监视着所有通过安塞波进出卢西塔尼亚殖民地的信息流。”

堂·克里斯托笑了起来，“你本来没权力这么做的。”

“这我知道。我刚才说过，我有许多见不得人的缺点。不过，我的程序从来没有发现任何大规模侵入我们文档的行动。当然，每次猪仔们杀死我们的外星人类学家时，我们的一些文档就会受到秘密检查，这些我们也想象得到。但从来没有大规模行动。直到四天之前。”

“死者代言人来了之后。”佩雷格里诺主教说道。

波斯基娜觉得有点好笑。主教显然把代言人来这里当成一件不得了的大事，一下子就把两者联系在了一起。她接着说道：“三天以前，有人通过安塞波对我们这里的文档进行了一次非破坏性的扫描。扫描模式很有意思。”她转身面对终端，改变了显示图形。图形表示，扫描只与最上面的几个层次相关，而且限制在一个特定领域中。“只进入了有关米拉格雷外星人类学家和外星生物学家的资料库。我们的加密手段对这次扫描根本不起作用，好像这些加密根本不存在一样。它可以发现一切，包括个人生活隐私。你说得对，佩雷格里诺主教，我当时相信，现在依然相信，这次扫描与代言人有关。”

“他在星际议会里没那么大的权力吧。”主教说。

堂·克里斯托沉思着点点头，“圣安吉罗曾在他的一本私人笔记里写道——这份资料只有圣灵之子修会的成员可以看到——”

主教兴奋地说：“这么说，圣灵之子修会的确保存着圣安吉罗那些没有公开的著作！”

“没什么大秘密。”堂娜·克里斯蒂说，“都是琐碎小事。这些笔记谁都可以读，但只有我们有这个兴趣。”

“他写道，”堂·克里斯托道，“那个代言人安德鲁的岁数比我们想象的更大，他的年龄甚至超过星际议会，而且，说不定权力比星际议会还大。”

佩雷格里诺主教不屑地哼了一声。“他不过是个毛头小伙子，最多不超过四十。”

“你们这种毫无意义的对立情绪只会浪费我们的时间。”波斯基娜厉声道，“我要求召开这次会议是因为情况紧急，也是出于对你们的礼貌。为了卢西塔尼亚政府的利益，我已经下令采取了行动。”

其他人沉默了。

波斯基娜转向仍然显示着刚才图像的终端。“今天早上，我的程序再一次向我发出警报。安塞波上又出现了第二次系统性的扫描。和上一次有选择的非破坏性扫描不同，这一次，它在以数据传送的速度读取一切文档。这表明我们的所有文档正被拷入其他世界上的电脑。接着，扫描程序改写了目录。现在只要安塞波上传来一道指令，我们电脑中的每份文件都将被彻底删除。”

波斯基娜看出佩雷格里诺主教有几分惊讶，但圣灵之子修会的两位教友却并不吃惊。

“为什么？”主教问道，“摧毁我们的所有文件——这种手段只会用在那些发生叛乱的国家或世界上，而且只有在计划彻底摧毁这些世界的时候，才会——”

“我发现，”波斯基娜对两位教友说，“你们跟我一样，也有本位主义思想，而且疑心病也不轻。”

“恐怕我们的关注领域比你的小得多。”堂·克里斯托说，“但我们也注意到了你说的网络侵入活动。圣灵之子是一个很大的机构，我们的修会只是它下属的许多修会之一。我们一直在将本会的资料传送给其他人类世界上的兄弟修会，唉，网络传输费用实在太昂贵了。兄弟修会在接到我们的资料之后也会替我们保存一个备份。但如果我们被视为叛乱殖民地，我想是不会允许我们采取这种资料恢复的手段的。不过，我们最重要的资料都做了纸质硬拷贝。把所有东西全部打印出来不太可能，但我们也许能把最要紧的打印出来，能对付下去就行了。也就是说，我们的工作不会遭到彻底摧毁。”

“这次入侵你早就知道？”主教问道，“你却没有告诉我？”

“请原谅我，佩雷格里诺主教，但我们没想到你竟然会没有察觉到这次入侵。”

“你也不相信我们的工作有什么重要性可言，值得打印出来加以妥善保存！”

“够了！”波斯基娜市长喝道，“打印件能保存的只是沧海一粟，卢西塔尼亚殖民地的打印机全部加起来也没多大用处。我们连最基本的需求都无法满足。我认为，我们的时间已经不多了，资料拷贝的过程不超过一个小时就会结束，那时他们就可以把我们的记忆体来个一扫光。就算从今天早晨入侵一开始就动手打印，仅打印每日必需的最关键的资料，我们能保存下来的仍然不到万分之一。我们的脆弱程度不会有丝毫改善。”

“就是说我们完蛋了。”主教说道。

“不。但我希望你们能够清楚地明白我们所处局势的极端危险性，只有在这个认识基础上，你们才可能接受唯一一种可行之道。这种解决办法肯定不合你们的口味。”

“这点我毫不怀疑。”佩雷格里诺主教说。

“一个小时以前，我正在为这个问题下功夫，想看看会不会有哪一个级别的文件不受侵入程序的控制。我发现有一个人的文件入侵程序完全跳过去了。最初我以为因为他是个异乡人，后来才发现原因复杂得多：卢西塔尼亚任何电脑的记忆体中根本没有保存死者代言人的文件。”

“一份都没有？这不可能。”堂娜·克里斯蒂说。

“他的所有文件都保存在安塞波网络上，不在我们这个世界，他的记录，他的财务情况，一切，包括发送给他的所有信息都不在。你们明白我的意思吗？”

“但他仍然可以进出自己的文件……”堂·克里斯托说。

“对于星际议会来说，他是隐身的。即使他们对进出卢西塔尼亚的所有信息设下障碍，他仍然可以进出自己的文档，因为电脑不把他的活动看作数据传送。这是他自己储存的数据，而且不在卢西塔尼亚上。”

“你是不是想，”佩雷格里诺主教说道，“把我们最机密、最重要的资料当成信息传送给他，那个邪恶得无法言说的异教徒？”

“我要告诉你的是，我已经这么做了。最重要、最敏感的数据传输工作已经完成。这次传输设定为最紧急，加上又是本地传输，所以比议会的拷贝速度快得多。我是给你们提出一项建议，请你们也做出类似传输，用我的优先权限，这项任务就可以超越本地所有电脑的优先级。如果你们不愿意，也行，我会把自己的优先权限用于传输我们政府的二类文件。”

“那他不是就可以任意阅读我们的文件啦？”主教问。

“是的，他可以。”

堂·克里斯托摇摇头。“只要我们要求他不要查看，他就不会查看这些文件。”

“你天真得像个小孩子。”佩雷格里诺主教说道，“我们连迫使他以后交还数据的办法都没有。”

波斯基娜点点头。“是这样。对我们来说最重要的东西全都掌握在他手里，还不还给我们都由他说了算。但我的看法和堂·克里斯托一样，我也认为他是个好人，在我们需要的时候会帮助我们的。”

堂娜·克里斯蒂站起身来。“对不起，不过我必须立即着手传输最关键的数据了。”

波斯基娜转向主教的终端，重新以自己的高优先级别模式登录。“输入你要送往代言人安德鲁信息队列的文件的级别。既然你已经打印出了部分文件，所以我想你的文件是依照级别分过类的吧。”

“我们还有多长时间？”堂·克里斯托问，堂娜·克里斯蒂已经在键盘上飞快地敲击起来。

“时间显示在上面。”波斯基娜手指朝空中的三维图像一指，指尖戳进不断倒计时的数字。

“我们已经打印出来的就甭管了。”堂·克里斯托道，“以后总会有时间再把那些数据输入电脑。反正打印出来的也只是最重要的一点，数量不多。”

波斯基娜对主教说：“我知道这样做你很为难。”

主教发出一声冷笑：“困难！”

“我希望，在拒绝这个建议之前，你再考虑考——”

“拒绝？！”主教说，“你以为我是傻瓜吗？尽管我极其憎恨这个欺世盗名、不敬神灵的骗子，但上帝只给了我们这一条路，只有这样才能保存教会最重要的资料。如果出于自己的骄傲拒绝这么做，我就是上帝不称职的仆人。我们的档案还没有划分出优先级别，需要再过几分钟才能准备妥当，但我相信圣灵之子会留给我们足够的时间传输资料。”

“你估计你需要多长时间？”堂·克里斯托问道。

“不需要多久，我想有十分钟就够了。”

波斯基娜有些惊讶，但很高兴。她原来担心主教会要求先传输自己教会的全部资料，之后才轮得到圣灵之子修会，以此证明教会的地位高于修会。

“谢谢你。”堂·克里斯托说，吻了吻主教伸出的手。

主教冷冷地看着波斯基娜。“你用不着这么吃惊，波斯基娜市长。圣灵之子修会的工作与俗世联系更密切，对俗世的机器的依赖程度也更大。神圣教会关注的则是高于俗世的精神领域，所以，公众记忆体中装载的只是我们教会的日常事务。至于说《圣经》，我们的方法很老派，所以教堂里还保存着十多部纸质印刷本。星际议会休想从我们手里夺走上帝的教诲。”他微微一笑，笑容相当凶狠。波斯基娜高兴地还了他一个笑脸。

“还有一个小问题。”堂·克里斯托说，“这里的资料被摧毁以后，假如我们再从代言人的文件中重新拷回来，星际议会会不会再来一次，重新毁掉档案？有什么办法能阻止他们吗？”

“这个问题相当难办。”波斯基娜回道，“先要看议会这么做想达到什么目的，我们才能考虑以后该怎么办。也许他们的目的并不是毁掉我们的资料，只想显示一下他们的威力，然后马上恢复我们最重要的信息。我不知道他们为什么想教训我们一顿，当然猜不出他们到底要走到哪一步才算完。如果他们的目的是想我们不敢起叛逆之心，那么，今后他们完全可能照样使出这一招。”

“可如果出于某种原因，他们已经下定决心要把我们当成叛逆处置，那又怎么办？”

“这个，如果当真糟糕到那步田地，我们最后的办法是，把资料全部拷入本地记忆体，然后——切断安塞波。”

“上帝呀。”堂娜·克里斯蒂喊道，“那我们就彻底孤立了。”

佩雷格里诺主教大发雷霆：“简直荒唐！堂娜，你认为基督非得依赖安塞波不可吗？那个议会难道有力量压制圣灵不成？”

堂娜·克里斯蒂脸红了，重新在终端上工作起来。

主教的秘书递给他一张列着文件清单的纸。“勾掉我的个人通讯文档。”主教说，“这都是已经发出的信息。至于其中哪些信件值得保存，就留给教会决定吧。它们对我个人没有价值。”

“主教大人可以传送文件了。”堂·克里斯托说道。他的妻子立即从终端前站起来，把位子让给主教的秘书。

“还有一件事。”波斯基娜说，“我想你们可能感兴趣。代言人已经宣布，他将于今天晚上在广场为已死的马科斯·希贝拉代言。”

“你怎么认为我会感兴趣？”主教冷冷地说，“你以为我会在乎他说什么吗？”

“我以为你会派出一位代表去听听。”

“谢谢你告诉我们。”堂·克里斯托说，“我想我会参加。我很愿意听听替圣安吉罗代言过的人今天会说些什么。”他转向主教，“如果你同意，我会把他所讲的转告给你。”

主教在椅背上一靠，勉强笑了笑。“谢谢你，但我会派个人参加的。”

波斯基娜离开主教的办公室，咔咔咔走下楼梯，走出教堂大门。她得赶快回自己的办公室。不管议会的计划是什么，得到他们传送过来的信息的人将是波斯基娜。

她没有告诉宗教领袖，因为这跟他们无关：她知道议会为什么这样做，至少知道个大概。在所有法律条文中，凡是给予议会将本殖民地视为叛逆的条款都与猪仔有关。

显然，外星人类学家闯下了天大的乱子。这种乱子既然波斯基娜不知道，那必定是大事，从卫星上都能看出来。监控卫星数据是唯一不经波斯基娜之手直接传给委员会的资料。波斯基娜已经推想过米罗和欧安达可能干了什么：偷偷放了一把森林大火？砍了树？在猪仔部落前挑起了战争？无论她想到的是什么，全都荒唐无稽，绝对不可能。

她试过把这两个人找来当面盘问，但他们不见了。他们通过大门出了围栏，进入森林，毫无疑问是去继续他们毁掉卢西塔尼亚殖民地的勾当去了。波斯基娜不断提醒自己，两个孩子还年轻，只不过犯了年轻人免不了的错误。

可不至于年轻到这么无知的地步吧。而且，在这么一个有许多聪明人的殖民地中，这两人的头脑是最聪明的。幸好星际法律禁止当地政府拥有用于拷问犯人的刑具，波斯基娜平生头一次愤怒得恨不能用用这种工具。我不知道你们以为自己在干什么，也不知道你们到底干了些什么，但不管怎么说，整个社会都将为你们的所作所为付出代价。如果还有公道的话，我一定要你们俩也付出代价。

声称不会参加任何代言仪式的人很多。他们都是好天主教徒，不是吗？主教不是告诉大家，代言人发出的是魔鬼的声音吗？

但是，自从代言人来了之后，让大家交头接耳的事就没断过。大多是没有根据的流言，在米拉格雷这样的小地方，流言如同枯燥生活中的调味品，而且，如果流言不被大多数人相信，那就算不上流言了。所以，小道消息早已传遍殖民地：马考恩的小女儿科尤拉，就是那个自从父亲死后一直不说话的小女孩，开口说话了，甚至成了学校里的话篓子；还有奥尔拉多，那个安着一双吓人的假眼、举止乖张的男孩，据说突然间高兴起来，变得兴高采烈了。也许是狂躁病发作，说不定还是中了魔哩。流言暗示说，代言人的手一碰上谁，就能治好他的病。此人还有一双邪恶的眼睛。如果他祝福你，你会身体安康，可如果他恨你，光凭他的诅咒就能杀死你。他的话里有魔法，可以让你俯首帖耳、唯命是从。当然，流言不是每个人都听说了，听说的也不是每个人都相信。但从代言人抵达到他准备开始替马科斯·希贝拉代言的这四天时间里，米拉格雷人已经一致下定决心（虽然没有公开宣布），他们将参加代言仪式，看那个代言人会说些什么——不管主教大人是不是禁止。

要怪只能怪主教自己。他利用自己的地位，公开宣称代言人是撒旦的信徒，说安德鲁是主教本人和所有好天主教徒不折不扣的对立面，是大家的对头。可是对于搞不懂复杂的神学理论的人来说，撒旦确实可怕、威力无比——当然上帝也是。他们知道主教鼓吹的善恶之分，但他们对强弱之别更感兴趣。后者才是每天过日子都能看到的区别。在这方面，他们是弱者，上帝、撒旦和主教大人是强者。主教的话提升了代言人的地位，使他成为与主教强弱相当的人物。难怪交头接耳的群众相信此人深具法力。

这样一来，虽说代言仪式开始前一个小时才通知，广场里仍然挤得满满当当，连面对广场的周边建筑上都站满了人，人群溢到小径上、小巷里、大街上。按照法律的要求，波斯基娜市长为代言人准备了一具麦克风，这是她自己在很少举行的公众集会上使用的。人们拥向演说台，四下打量着，看有没有熟人。人人都来了，马考恩的家人、市长，连堂·克里斯托和堂娜·克里斯蒂都来了，还有不少身穿长袍的教堂神父。纳维欧医生，皮波的寡妻，殖民地卷宗库管理员康茜科恩，利波的寡妻布鲁欣阿和她的孩子们也早早到场。有传言说，代言人不久以后还会替皮波和利波代言。

就在代言人走上讲台的时候，人群轰动了：佩雷格里诺主教大人也亲自来了，没有穿他的法衣，只穿了一袭朴素的普通神父袍。他居然来了，到这里来听代言人亵渎神明的话！不止一位米拉格雷人心中涌起甜蜜的企盼：他老人家会不会站将起来，以大法力击倒撒旦？《圣经》启示录以外从未出现的善恶大决战会不会就在此地展开？

这时，代言人站到麦克风前，等着人群安静下来。他个子挺高，还很年轻，苍白的肤色跟下面褐色皮肤的人群相比显得有点病恹恹的。可怕呀。大家静下来，代言人开口了。

“他以三个名字为人所知。官方记录中是第一个：马科斯·希贝拉。官方生卒年：生于1929年，死于1970年。在钢铁铸造厂工作。保险记录上没有任何污点。从来没有被逮捕过。一个妻子，六个孩子。一位模范公民，从来没有做过任何足以在公开记录中留下污点的坏事。”

听众们大多有点不自在。他们本来以为会听到滔滔雄辩，可代言人的话却没什么出奇之处。辞藻还赶不上布道的神父华丽，平铺直叙，简简单单，跟唠家常差不多。只有很少人意识到，正因为平淡，他的话才更加可信。他所说的不是锣鼓喧天的粉饰的事实，只是平平常常和生活一样真实的事实，它是那么真实，你甚至不会想到怀疑它。注意到了这一点的人中就有佩雷格里诺主教，这一点让他颇为不安。这个代言人真是一位可怕的对手，布道坛上火炽的抨击是打不倒他的。

“他的第二个名字是马考恩，大个子马科斯的意思，因为他身高体壮，岁数很小时就已经有了成年人的块头。他长到两米高的个子时才多大岁数？十一岁？说不准，但肯定是在十二岁之前。他的个头和体力在铸造厂很有用，那里的钢铸件体积不大，由人力直接搬运最便当，身强力壮在那里是很有用处的。很多人都要依靠马考恩的体力。”

广场里，来自铸造厂的人不住点头。他们都曾大吹大擂，说自己绝对不会跟那个异教徒说话，但是，他们中的某人显然跟他说了话。不过现在看来，这样做也对，免得代言人把马考恩的事儿说错了。现在，他们每个人都希望自己就是那个把这些情况告诉代言人的人。他们不知道的是，代言人根本没打算向他们打听。经过这么多年，很多事安德鲁·维京不用问都知道。

“他的第三个名字是畜生，狗。”

啊，对了。广场里的人们想，我们早就听说死者代言人就是这样，他们不尊重死者，不懂礼貌。

“当你们听说他的妻子娜温妮阿被打得鼻青脸肿、被打瘸了腿、嘴唇被打破缝了针时，你们就用这个名字称呼他。对她做出这种事，他真是一头畜生。”

他怎么敢这么说？他所说的那个人已经死了！但在愤怒之下，卢西塔尼亚人又有点不自在。和刚才相比，这时的不自在却出于截然不同的原因。他们不是亲口说过，就是心里这样想过。但他们是在马考恩活着时说这些话的，现在代言人在大庭广众之下这么说一位死者，真是太不应该了。

“不是说你们中有谁真正喜欢娜温妮阿，那位冷漠的女人也从来没向你们道过早安。但她的个子比他小得多，又是孩子的母亲，所以，他打她，就活该被称为畜生。”

人们觉得非常窘迫，互相小声嘟囔着。那些坐在娜温妮阿附近草地上的人偷偷打量她，却又忙不迭从她脸上移开目光。他们既急于看她有什么反应，同时又痛心地意识到代言人说的是实话，他们的确不喜欢她。他们既怕她，同时也怜悯她。

“告诉我，这是不是你们所了解的这个人？你们和他在酒吧里消磨的时间不少，但从来没把他当成朋友，你们从来没有和他结为酒友。你们甚至连他喝了多少酒都看不出来：一杯不喝时他神情凶狠，一触即怒；喝醉时同样神情凶狠，一触即怒。没有谁看得出区别。你们也从来没听说他交上哪个朋友，你们甚至不乐意看到他走进你们的房间。这就是你们所知的这个人，这头畜生，简直不能算是个人。”

说得对，大家心想，那个人就这德行。现在，代言人的粗鲁放肆带来的最初的冲击已经消退，他们渐渐习惯了他那种不粉饰事实的说话方式。但他们仍旧觉得发窘，因为代言人语气里有一丝讥讽，还不仅仅是语气，连他用的字眼都不大对劲。“简直不能算是个人。”这就是他说的话。他当然是个人。还有，他们隐隐约约觉得，代言人虽然知道他们对马考恩是什么看法，但却并不完全赞同。

“还有一些人，他铸造厂的同事，知道他是个可靠的工作伙伴。他们知道他从来不瞎吹大话，而是说到做到，能做多少就说多少。干活儿时靠得住。也就是说，在铸造厂的厂房里，他获得了你们的尊重，但当你们一走出工厂，你们就像别人一样对待他：不理睬他，藐视他。”

讥讽的味道加重了。可代言人的语气一点儿也没有变，仍然与刚开始讲话时一样：平铺直叙、简简单单。马考恩的工友们觉得无言以对：我们不该那样不理他，他在厂里是把好手，也许我们离开工厂后也应该像在工厂里那样待他。

“你们中间还有些人知道一些别的情况，但你们从来不怎么说起。你们知道，早在他的行为给他挣来‘畜生’这个名字之前很久，你们就给他起了这个名字。当时你们只有十岁、十一岁、十二岁，还是小男孩。他个子太大了，跟他站在一起你们觉得不好意思，也觉得害怕，因为他使你们感到自己没用。”

堂·克里斯托在妻子耳畔轻声道：“他们来是为了听点谈资，他却教他们担负起自己应该担负的责任。”

“也就是说，你们用了人类在面对比自己强大的外物时采用的办法。”代言人说，“你们抱成团，像成群结队的斗牛士，在最后一击之前先削弱公牛的力量。你们捅他，戳他，捉弄他，让他不停地转来转去，猜不出下一击会来自什么地方。你们用毒刺扎进他的皮肤，用痛苦削弱他、激怒他。因为，尽管他个子那么大，你们照样能把他整得团团转。你们可以整得他大喊大叫，可以让他逃跑，可以让他哭。瞧，他到底还是没你们强大啊。”

埃拉很生气。她想让他谴责马考恩，而不是为他找借口。难道说，凭着童年的不幸，就可以手一痒痒便把母亲打翻在地吗？

“我说这些不是想谴责你们。你们那时是孩子，孩子不懂事，孩子是残忍的。现在你们不会再这么做了。但听了我的话，你们自己也能看到你们行为的后果。你们叫他畜生，于是他成了畜生。在他以后的一生中，他伤害无助的人，殴打他的妻子，野蛮地斥骂他的儿子米罗，骂得他逃出家门。你们是怎么对待他的，他就是怎么做的；你们告诉他他是什么，他便成了什么。”

你是个蠢材，佩雷格里诺主教心想。如果一个人的行为总是以别人是怎么对待他的为基础，那么，就没有人应该对任何事负责。你的罪孽不是你自己的选择，哪里还有忏悔的必要？

好像听到了主教无声的质疑，代言人抬起一只手，仿佛把自己刚刚说的话一把扫开。“这并不是最后的答案。你们对他的折磨使他变成了一个阴沉的人，却并不会让他变成一个凶狂的人。你们长大了，不再像小时候那样折磨他；他也长大了，不再像小时候那样痛恨你们。他不是那种把仇恨埋在心里记一辈子的人。他的愤怒渐渐冷却，变成了持久的对他人的不信任。他知道你们瞧不起他，他也学会了不靠你们独自生活——平静地生活。”

代言人顿了顿，说出大家心里都在问的问题：“他为什么变成了你们大家都熟知的那个凶残的人？想一想，谁是他的凶暴的牺牲品？他的妻子，他的孩子。有些人打老婆孩子，是想以这种手段取得权力，由于他们太弱小，或者太笨，在外面的世界无法获得权力。那他能够威慑的还剩下谁呢？只有无助的妻子、孩子，因为生活所迫、传统习俗，或者——让人更难过——因为爱，和这样一个男人捆在了一起的妻子、孩子。”

说得对。埃拉心想，偷偷瞥了一眼母亲。这才是我想听的，这才是我请他来的目的。

“有些男人是这样。”代言人说，“但马科斯·希贝拉不是这样的男人。请想一想，听说过他打他的哪个孩子吗？随便哪个，有没有一次？你们之中和他一起工作的人，他有没有把他的意志强加于你们身上一次？事情对他不利时他会不会大发脾气？不，马考恩不是弱者，也不是一个邪恶的人。他有力量，但并不追逐权力，他渴望的是爱，而不是对他人的控制，他渴望的是忠诚。”

佩雷格里诺主教露出一丝冷漠的微笑，决斗者向值得尊重的对手致意时就是这么笑的。你走的可是一条险路啊，代言人。绕着事实真相打转，不时向它做一次佯攻。等你真正出手时，那一击将是致命的。这些人到这里来是为了娱乐，却不知道自己成了你的靶子。你会笔直地刺穿他们的心脏。

“你们中有些人应该还记得一件往事。”代言人说道，“马科斯当时大约十三岁，你们也一样。那一次你们在学校后面的山坡上捉弄他，比平常更凶，用石块威胁他，用卡匹姆草叶打他。他流血了，但他还是忍气吞声，尽量躲开你们，求你们住手。这时，你们中间有一个人朝他的肚子狠狠打了一拳。这一击对他的伤害比你们想象的要严重得多，因为那时他已经处于日后夺去他生命的病痛的折磨之下。当时他还不像后来那样对那种病痛习以为常。那种痛苦对他来说如同死亡一般可怕。他被逼得走投无路，你们让他痛苦到极点，于是他反击了。”

他怎么会知道的？好几个人心想。那是很久以前的事了。谁告诉他的？玩得过头了，就这么回事。我们其实不想把他怎么样，可当他抡圆胳膊，挥起斗大的拳头——他想伤我——

“倒下的可能是你们中的任何一个。你们这才发现，他比你们想象的更强壮。但你们最害怕的还不是这个，而是你们活该挨揍，这是你们自找的。于是你们急忙求救。等老师们来到现场时，他们看到了什么？一个小男孩倒在地上，哭着，淌着血，另一个跟成年人一样高大的男孩身上只有几处划伤，还在不住地说‘对不起，我不是有意的’。还有好几个男孩作证，说他无缘无故痛打那个小孩子，我们想拦住他，但这头畜生块头太大了，他总是专门欺负小孩子。”

小格雷戈被故事深深吸引住了。“Mentirosos! ”他大嚷起来。他们撒谎！附近几个人笑了起来，科尤拉嘘了一声，叫他别说话。

“那么多人作证，”代言人说，“老师们只好相信他们的指控。最后是一个小女孩站了出来，冷静地告诉老师，说自己看到了整个经过。马考恩只是自卫，他根本没惹那些孩子，只是使自己免受一群孩子的野蛮袭击。像畜生的不是马考恩，那些孩子才像畜生，她的话老师们立刻相信了。毕竟她是加斯托和西达的女儿。”

格雷戈瞪着母亲，眼睛亮晶晶的。他跳了起来，对周围的人大声宣布：“A mamãe o libertou! ”妈妈救了他！大家笑起来，转身看娜温妮阿，但她脸上一点表情都没有：他们流露出对她的孩子的喜爱，可她不领这个情。大家生气地移开视线。

代言人继续道：“娜温妮阿冷漠的态度和出众的头脑使她和马考恩一样，成为游离于人群之外的边缘人。你们中恐怕没有谁能想得起，她哪天曾对你们中的任何人做出过一点点友好的表示。可她当时挺身而出，救了马考恩。至于为什么，你们也清楚，她的本意不是救马考恩，而是不想眼看你们逃脱惩罚。”

他们点着头，露出会心的笑。这些人正是那些刚刚做出友善的表示却在她面前碰了一鼻子灰的人。娜温妮阿就是这号人，了不起的外星生物学家，咱们这些人可高攀不上。

“可马考恩不是这么想的。他常常被人家称为畜生，连自己都相信自己是一头畜生了。但娜温妮阿向他表现了同情心，把他当人看待。一个美丽的小姑娘，聪明绝顶，圣人加斯托和西达的女儿，像一位无比高傲的女神，她俯下身来，赐福于他，答应了他的祈祷。他崇拜她。六年以后，他娶她为妻。真是个动人的故事啊，不是吗？”

埃拉瞧瞧米罗，后者朝她扬了扬眉毛。“说得你几乎爱上那个老混蛋了，是不是？”米罗冷冷地说。

长长的停顿，然后突然响起代言人的声音，比刚才的声音响亮得多。这个声音让听众吃了一惊，抓住了他们。“为什么他后来那么恨她？打她？厌恶他们的孩子？而这个意志坚强的聪明女人会忍受他的虐待？她随时可以中止这段婚姻。教会也许不同意离婚，但离婚是存在的，她不会是米拉格雷第一个和丈夫离婚的人。她完全可以带着她饱受折磨的孩子们离开他。但是她没有。市长和主教都主动建议她离开他，她却告诉他们滚到地狱去。”

许多听众笑起来，他们可以想象出不好打交道的娜温妮阿是怎么让主教大人和市长碰这么一个大钉子的。尽管他们不喜欢娜温妮阿，可要说公然藐视权威当局，米拉格雷却只有她一个人能做到。

主教想起了十年前发生在他办公室的那一幕，她的原话和代言人引用的略有出入，但效果相差不大。可当时在办公室的只有他们两人，这件事他没有对任何人提过。这个代言人到底是什么人？怎么会对他不可能知道的事都了解得这么清楚？

笑声停止后，代言人继续说道：“在这一段双方痛恨的婚姻中，有一条坚固的纽带将这两个人紧紧捆在一起。这条纽带就是马考恩的病。”

他的声音低了下去，听众们竖起耳朵听着他的话。

“他还没有出世，这种疾病便决定了他的一生。父母双方的基因结合在一起，产生了病变。从青春期开始，马考恩的腺体就开始发生无可挽回的改变，细胞变成了脂肪性组织。这个过程由纳维欧医生来解释比我更称职。从童年时代起，马考恩就知道自己有这种病；他的父母在死于德斯科拉达瘟疫前知道了这种病；加斯托和西达在替卢西塔尼亚全体居民做基因检查时也知道了。但知道的人都死了。活着的人当中，只有那个接管外星生物学家档案的人知道——娜温妮阿。”

纳维欧医生大惑不解。如果她婚前就知道他患有这种不育症，为什么还会嫁给他？她应该知道他无法和其他人一样成为父亲的呀。这时，他明白了早就应该明白的一件事：马考恩和其他患者并没有什么不同，患这种疾病的人没有例外可言。纳维欧的脸因为紧张涨得通红：代言人即将出口的话是说不得的。

“娜温妮阿知道马考恩患的是绝症。”代言人说，“她同样知道，在嫁给他之前就知道，马考恩完全、绝对没有生育能力。”

听众过了好一会儿才明白代言人话里的含义。埃拉觉得自己的五脏六腑好像都融化了一样。她不用掉头去看也能感觉到，米罗全身僵硬，脸色像死人一样苍白。

代言人全然不顾人群中越来越响的嘈杂声。“我看过基因扫描图。马科斯·希贝拉从来没有成为任何一个孩子的父亲。他的妻子生过孩子，但那些孩子不是他的。这些，他全都明白，而她也知道他明白。这是这两个人结婚时做的一笔交易。”

人群的交头接耳变成抱怨，进而变成争吵。全场大乱中，金跳了起来，冲着代言人锐声嘶叫：“我母亲没干过那种事！胆敢说我母亲通奸，我杀了你！”

最后一句话出口时，广场里已是一片沉寂，只听见他的喊声在四下里回荡。代言人没有回答，视线也没有离开金被怒火烧红的脸。最后，金才意识到，是自己，而不是代言人，说出了那个可怕的词。这个词在他自己耳朵里震响，他的声音哽住了。他望着身旁坐在地上的母亲。娜温妮阿的姿势不像方才那么挺直僵硬，她的腰背有点弯曲，两眼盯着自己膝头不住颤抖的双手。“告诉他们，母亲。”金说，出乎他的意料，他的声音更像恳求。

她没有回答。一个字都没有说，也不看他。如果她不告诉他这些指控是无耻的谎言，那么，他就会把她颤抖的双手看作坦白，他就会认为她感到羞愧了，仿佛代言人说的是事实，哪怕金询问上帝，上帝也会做出同样的回答。他记得神父是怎么对他说的：上帝鄙视通奸者，因为他们胆敢亵渎上帝赐予人类的创造生命的力量，这种人一无是处，与阿米巴变形虫差不多。金只觉得嘴里一阵苦涩。代言人的话是真的。

“母亲，”他大声说，“你是通奸者吗？”

在场的人不约而同地抽了一口气。奥尔拉多跳起身来，拳头握得紧紧的。娜温妮阿这时才做出了反应，她伸出手，仿佛要拉住奥尔拉多，不让他打自己的兄长。可金几乎没怎么注意他跳起来捍卫母亲，他只注意到一点：米罗没有动。和他一样，米罗也知道这是事实。

金深深吸了口气，四下看看，一片茫然，一时不知该做什么。接着，他挤出人群。没有人对他说一句话，但人人都望着他。如果娜温妮阿否认对她的指控，他们会相信她，会一拥而上，把这个将如此大罪强栽在圣人女儿头上的代言人痛打一顿。可她没有否认，她的亲生儿子用那种话指责她，可她仅仅听着，什么都没说。这是真的。人们简直入了迷。他们中没几个人真正关心这一家，他们现在最想知道的是：谁是娜温妮阿孩子真正的父亲。

代言人平静地讲述自己刚才被打断的故事。“从父母死后到她自己的孩子出生，娜温妮阿只爱过两个人。皮波相当于她的教父，他成了娜温妮阿生活的基石。短短几年时间里，她体验到了家庭的幸福。可是他死了，娜温妮阿相信，是自己的过错导致了他的死亡。”

坐在娜温妮阿一家人附近的人看见科尤拉跪在埃拉面前，问道：“金为什么这么生气？”

埃拉轻声回答：“因为爸爸不是咱们真正的爸爸。”

“哦，那，代言人才是咱们真正的爸爸？”科尤拉充满希望地问道。埃拉冲着她嘘了一声。

“皮波死的那天晚上，”代言人说，“娜温妮阿向他展示了自己的发现，这个发现与德斯科拉达有关，涉及这种瘟疫与卢西塔尼亚动植物的关系。皮波在她的成果中有了进一步发现，他立即冲向猪仔们的森林。也许他把自己的发现告诉了他们，也许他们猜到了。娜温妮阿谴责自己的原因是：她使他发现了一个秘密，一个猪仔们不惜杀人也要隐藏的秘密。

“挽回她亲手造成的损失已经为时太晚，但她可以使这种事不至于再一次发生。所以，她锁死了所有有关德斯科拉达的文档，包括当天给皮波看的资料。她知道谁会对这些资料产生兴趣——利波，新任外星人类学家。如果说皮波是她的父亲，利波就是她的兄长，而且不仅是兄长。忍受皮波的死已经够难的了，利波如果再有什么三长两短，她将更加无法承受。利波向她索取这些资料，他要看。她告诉他，她永远不会让他看到。

“两人都知道这意味着什么。如果他娶了她，她加在文档上的保密程序对他就没用了。可是他们却爱得那么深，他们从来没有像现在这样需要对方。但娜温妮阿不可能嫁给他，因为他永远不能做出保证，不看那些文档，即使他做出保证，也是一个无法兑现的承诺。他最终一定会看到他父亲所看到的东西，而且会因此而死。

“拒绝嫁给他，可她又离不开他。所以她没有离开他。她与马考恩做了一个交易，她会成为他法律上的妻子，但她真正的丈夫、她所有孩子的真正的父亲，是利波。”

利波的寡妻布鲁欣阿摇摇晃晃地站起身，泪水像小河一样流下她的脸庞。她尖叫着：“Mentira，Mentira.”撒谎，撒谎。但她的哭泣不是出于痛苦，而是悲痛。从前她承受过失去丈夫的痛苦，现在又第二次承受了这种痛苦。她的三个女儿扶着她离开了广场。

看着她缓缓离开，代言人接着轻声说：“利波知道，他伤害了自己的妻子布鲁欣阿和他们的四个女儿，他恨自己。他极力躲开娜温妮阿，几个月，甚至几年。娜温妮阿也做了同样的努力。她拒绝见他，甚至不和他说话，禁止自己的孩子们提起他。每隔一段时间之后，利波便觉得自己已经能够面对她，不会再重犯过去的错误。但他错了。和一个永远比不上利波的丈夫生活在一起，娜温妮阿实在太孤独了。他们两人从来没有骗过自己，说他们做的事是坏事。他们只不过离不开对方。”

渐渐走远的布鲁欣阿听到了这段话。当然，现在说这些也安慰不了她。但目送着她远去的佩雷格里诺主教明白，代言人这段话是送给她的一份礼物。她是他嘴里说出的残酷真相的最无辜的受害者，但他没有任她彻底毁灭。他给了她一条路，使她可以在知道真相后继续自己的生活。他告诉她的是，这不是她的错。不管你做什么都改变不了。错的是你的丈夫，而不是你。仁慈的圣母啊，主教无声地祈祷着，让布鲁欣阿明白并且相信代言人话中的真意吧。

哭泣的不只是利波的寡妻，看着她远去的数百双眼睛里都含着泪水。娜温妮阿的奸情虽然惊人，但揭露她却是一件快事：这个铁石心肠的女人并不比其他人强，她照样有缺点。但在利波身上发现同样的缺点，这却不是件让人高兴的事。所有人都敬爱他，敬佩他的宽厚、仁慈和智慧。他们不希望知道，他们愿意这些都是假象。

这时，代言人却提醒他们，他今天并不是为利波代言。“马科斯·希贝拉为什么同意这样的交易？娜温妮阿以为他希望制造一个有妻子、有孩子的假象，好让自己在社会上不至于抬不起头来。这是原因之一。但是，他之所以娶她，最重要的原因是，他爱她。马考恩从来不指望娜温妮阿像他爱她一样爱他。因为他对她的态度是崇敬，把她当作女神，而且他知道自己身患绝症。他知道她不可能崇敬他，甚至不可能爱他。他只希望，也许有一天，她会对他产生感情。也许，还会产生某种程度的——忠实。”

代言人低下头。听众们听到了他没有说出口的话：她没有。

“每一个孩子，”代言人说道，“都是一个新的证明，向马考恩证明他错了。女神仍然觉得他一无是处。可为什么？他对她忠心耿耿，从来没在外人面前流露出一丝暗示，说这些孩子不是他的。他从来没有不遵守他对娜温妮阿许下的诺言。难道他不应该从她那里得到一点点回报吗？随着时间过去，他再也受不了了。他再也不听她的了，不再把她当作女神，而把她的孩子们视为杂种。当他伸手打她、辱骂米罗时，这就是他对自己说的话。”

米罗听到了自己的名字，却没把这个名字同自己联系起来。他与现实世界的联系前所未有地脆弱。今天受的刺激太多了：猪仔对树木所施的不可思议的魔法；母亲和利波是情人；和他联系得如此紧密，仿佛他自己身体一部分的欧安达从他身上撕开，现在成了另一类人，像埃拉，像科尤拉，成了他的另一个妹妹。他的视线空空洞洞，耳中传来的代言人的声音没有丝毫意义，只是纯粹的音响，可怕的音响。这个声音是米罗自己唤来的，来替利波代言。他怎么会知道，来的不是仁慈的牧师，而是第一位代言人本人？他怎么会知道，在洞察人心、洞悉人性、充满同情的面具下，隐藏的竟是毁灭者安德？这个传说中的魔头，这个犯下人类历史上最邪恶的大罪的恩人，决心不负自己的恶名，要尽情嘲笑皮波、利波、欧安达和他米罗一生的工作，要让他们瞧瞧，这些人五十年的工作加起来，还赶不上他与猪仔相处一个小时。这之后，他又挥起事实那无情的锋刃，冷酷地一击，便将欧安达与他彻底分开。就是这个声音，米罗现在的生活中只剩下这一个声音，这个无情的、可怕的声音。米罗紧紧抓住这个声音，尽自己的一切力量去憎恨这个声音。但是他做不到。因为他知道，他无法欺骗自己，他知道：安德的确是一个毁灭者，但他摧毁的是假象。假象不可能长久，它必须死亡。猪仔的真相、我们家的真相——这个从远古走来的人看到了，他没有被假象蒙蔽。我一定要好好听这个声音，从中汲取力量，使我也能睁眼直视真理的万丈光芒。

“娜温妮阿清楚自己是什么人。一个通奸者，一个伪善者。她知道自己伤害了马考恩、利波、她的孩子们、布鲁欣阿。她知道她害了皮波。所以她忍受着马考恩的惩罚。她就是用这种方式赎罪。但她觉得还不够，与马考恩对她的憎恨相比，她自己对自己的憎恨要强烈得多。”

主教缓缓点头。代言人把这些秘密公之于众，这是做了一件可怕的事。这种事本来只该在忏悔室里说。但佩雷格里诺感受到了这个行动的力量：迫使全社会的人发掘他们自以为了解的人的真实生活，一层层深入，每一次深入都会迫使人们再一次思索，因为他们是这个故事的一部分。这个故事他们看过一百次、一千次，却视若无睹，直到现在。越接近事实的核心，这个过程就越痛苦，但奇怪的是，到了最后，这种探索反而让人的心灵宁静下来。主教俯身在秘书耳边低声道：“至少，以后不会再有流言了——已经没有秘密可以流传了。”

“在这个故事中，人人都受到了伤害。”代言人说，“每个人都为自己所爱的人做出了牺牲。每个人都为自己所爱的人带来了巨大的痛苦。还有你们，聚在这里听我说话的你们，也是这种痛苦的原因之一。请记住：马考恩的一生是个悲剧，他任何时候都可以打破自己的誓言，中止与娜温妮阿达成的协议。但他的选择却是继续这一段婚姻。那么，他一定从中感到了某种幸福。还有娜温妮阿，她违背了上帝将一个社会维系在一起的律令，也承受了由此而来的痛苦。她惩罚自己，即使教会的惩罚也不可能比她施于自身的惩罚更重了。如果你们觉得自己有权非议她的话，请不要忘了：她承受了所有的痛苦，她做这一切都只为一个目的：不让猪仔杀害利波。”

代言人的话压在听众心里，沉甸甸的，像石头。

奥尔拉多站起来，走到母亲身旁跪下，一只胳膊揽着她的肩头。坐在她身边的埃拉低着头，小声哭泣着。科尤拉站在母亲面前，敬畏地望着她。格雷戈把脸埋在母亲膝头，抽泣着。近处的人们听见了他的哭喊：

“Todo papai é morto. Não tenho nem papai.”我所有的爸爸都死了，我没有爸爸了。

欧安达站在一条巷口前。刚才，在代言人的讲话结束前她陪着自己的母亲离开广场。现在，她四处寻找米罗，但他已经走了。

安德站在讲台后，望着娜温妮阿一家，真希望能做点什么来减轻他们的伤痛。代言结束后总会产生痛苦，因为代言人绝不掩饰事实真相。但很少有人的一生像马考恩、利波和娜温妮阿一样，在欺骗和谎言中度过。这种震撼实在太强烈了，每一点信息都会改变人们对他们了解和热爱的人的看法。讲话时，从抬头望着他的听众的脸上，安德知道他今天激起了巨大的痛苦。其实他自己的痛苦丝毫不亚于他们，就像他们把他们的伤痛转到了他的身上。事先一点心理准备都没有的是布鲁欣阿，但安德知道她还不是受创最深的人。受打击最大的是自以为前途在自己掌握之中的米罗和欧安达。但安德从前也体验过痛苦，他知道，今天这种伤口的愈合速度，将比从前的快得多。娜温妮阿也许自己没有意识到，但安德已经替她解除了一个她再也难以承受的重负。

“代言人。”波斯基娜市长说。

“市长。”安德应道。代言结束后他从不想和别人谈话，但总有些人执意要跟他谈谈。他已经习惯了，他尽量挤出微笑，“今天来的人比我想的还多。”

“对大多数人来说，只是一时的刺激。”波斯基娜说，“明天早上就会忘得精光。”

这种轻描淡写的态度让安德有点生气。“除非晚上再来一场更大的刺激。”他说。

“说得对，这个新刺激嘛，已经安排好了。”

安德这时才发现市长极度不安，正在努力控制自己的情绪。他拉了拉她的手肘，一只胳膊揽住她。她感激地靠在他的肩头。

“代言人，我应该向你道歉，你的飞船被星际议会征用了。这里发生了一件大罪行，极度严重，罪犯必须立即移交最近的人类世界特隆海姆，以接受审判。用你的飞船。”

安德怔了一下。“米罗和欧安达。”

她转过头，锐利的目光直盯着他。“你一点儿也不吃惊。”

“我不会让他们被带走的。”

波斯基娜抽身后退一步。“不让？”

“审判他们的原因我略略知道一些。”

“你来这里才四天，就已经知道连我都猜不透的事了？”

“有时候，政府才是最后知道消息的一方。”

“你只能让他们被带走，我们大家都只能眼睁睁地看着他们接受审判。原因很简单：星际议会把我们的文档剥了个精光。除了维持基本生活的最简单的程序，比如动力、供水程序，电脑记忆体里什么都没剩下。到明天，大家就什么工作都做不成了，我们没有足够的动力开动工厂、采掘矿石、耕种农田。事实上我已经被解除职务，失去了决策权，成了个警察总监。我的唯一任务是：无条件服从并执行卢西塔尼亚撤离委员会的命令。”

“撤离？”

“殖民地的特许状已经被收回了。他们正派遣飞船过来，准备把我们全部接走。这个星球上人类留下的一切痕迹都要彻底清除，连死人的墓碑都包括在内。”

安德分析她的态度。她不是那种一味服从上级命令的人。“你准备服从吗？”

“动力和供水是通过安塞波控制的，围栏也控制在他们手里。他们可以把我们关在这里，没有水，没有动力，我们别想逃出围栏。他们说，只要米罗和欧安达上了你的飞船飞向特隆海姆，便可以适当放宽这些限制。”她叹了口气，“唉，代言人，恐怕你这次到卢西塔尼亚旅行的时间没选择好。”

“我不是个观光客。”怎么会正好在自己来这里的同时，星际议会发现了米罗和欧安达的尝试行动？他怀疑这不是巧合。不过他没把自己的怀疑告诉她。“你们的文档有没有保存下来的？”

波斯基娜叹口气道：“我们没别的办法，只好把你拖下水了。我发现你的文件全都保存在安塞波上，不在卢西塔尼亚本地。我们已经把最重要的文件发送给你了。”

安德大笑起来，“好，太好了。干得漂亮。”

“好处有限。我们又取不回来，就算取回来，他们马上就能发现。到时候，你就跟我们一样麻烦不断了。而且下次就很难再钻这个空子了。”

“除非你从我的文件里把你们的资料拷回本地，然后立即切断与安塞波的联系。”

“那样一来，我们可就真成叛逆者了。这么大的损失，值得做吗？为了什么呢？”

“为了赢得一个机会，为了把卢西塔尼亚星球建设成一个理想的人类世界。”

波斯基娜笑了。“他们肯定会觉得我们非常重要，但叛徒的前景恐怕好不到哪儿去。”

“我提个请求，先不要急着采取行动，不要逮捕米罗和欧安达。过一个小时，你和这里的决策人士开个会，我列席，咱们一块儿商量商量。”

“商量怎么发动叛乱吗？我想不出为什么你要参与我们的决策。”

“开会时你们会知道的。我请求你，这个地方有一个极大的机会，不容错失。”

“什么机会？”

“弥补三千年前安德在异族屠灭中犯下罪孽的机会。”

波斯基娜瞪了他一眼。“你刚刚证明了自己会说大话，你还有其他本事吗？”

她也许是开玩笑，也许不是。“如果你觉得我刚才是在吹牛皮，那你可就太不明智了，也许你担当不起领导一个社会的责任。”他笑着说。

波斯基娜两手一摊，耸了耸肩。“Pois é.”就算是吧。她还能说什么呢？

“你会召集会议吗？”

“行啊。在主教的办公室。”

安德迟疑了一下。

“主教从不参加在别的地方举行的会议。”她说，“如果他不同意，叛乱的事根本不可能。”她伸手敲敲他的胸口，“说不定他压根儿不许你走进教会，你可是个异教徒啊。”

“但你一定会尽最大努力的。”

“为了你今晚做的事，我会尽力。这么短的时间就能这么深入地认识我的人民，只有智者才做得到。也只有像你这样冷酷无情才能公然将可怕的秘密说出口。你的长处和短处——我们都需要。”

波斯基娜转过身，急匆匆地走了。安德知道，在内心深处，她并不愿意执行星际议会的命令。这个打击太突然，太严厉了。事先连招呼都不打就罢免了她的职务，好像她是个罪犯似的。在不知犯了什么错的情况下，用强力迫使她就范。她渴望抗争，渴望有一种办法，能让她给星际议会一记响亮的耳光，告诉他们一边凉快去。如果有可能，干脆叫他们见鬼去。但她不是傻瓜，除非知道即将采取的措施有利于她和她的人民，否则她是不会贸然反抗议会的。安德知道她是个称职的总督，为了人民的利益，她会义无反顾地牺牲个人的尊严和声誉。

广场上现在只剩下他一个人。波斯基娜跟他谈话的当儿，大家都走了。安德觉得自己仿佛是一个年迈的士兵，在旧战场上踽踽独行，从拂过草丛的微风中倾听古老战场上的厮杀声。

“别让他们切断安塞波。”

耳朵里传来的这个声音让他吃了一惊，不过他不假思索地做出了反应，“简！”

“我可以让他们以为你切断了自己与安塞波的联系，但你果真这么去做，我就再也帮不了你了。”

“简，”他说，“这是你干的好事，对不对？如果没有你的提醒，谁会注意到利波、米罗和欧安达的活动？”

她没有作声。

“简，我很抱歉把你关掉了，我不是——”

他知道她明白下面的话，他用不着把这个句子说完。但她没有回答。

“我是不会关掉——”

有什么必要说完她听了开头就知道结尾的句子呢？她还没有原谅他，就是这样。不然的话，她早就叫他闭嘴、别耽搁她的时间了。但他还是忍不住再次开口道：“我很想你，简。真的很想你。”

她还是不作声。她已经说完了要说的话：继续保持安塞波的畅通。就这么多。至少现在就这么多。安德不在乎多等一会儿。知道她还在，还在倾听，这就够了。他不再是孤身一人。安德惊奇地发现自己的面颊已经被泪水沾湿了。他知道，这是宽慰的泪水，是一种宣泄。一次代言，一次危机，人们的生活被撕成碎片，殖民地的前途岌岌可危，我却流下了宽慰的眼泪，因为一个聪明过头的程序又开始对我说话了。

埃拉在他狭小的住处等着他，眼睛哭得红红的。“你好。”她说。

“我做的事你称心了？”他问。

“我真没想到。”她说，“他不是我们的父亲。我早该想到。”

“我看不出来你怎么早该想到。”

“我都做了什么呀？叫你上这儿来，替我父亲——马考恩——代言。”

她又抽泣起来，“母亲那些秘密……我还以为我知道是什么，还以为只是她那些文件……我还以为她恨利波。”

“我只是打开了一扇窗户，把外面的风放进来。”

“这些话你跟米罗和欧安达说去吧。”

“你好好想想，埃拉，大家总有一天会发现真相。这么多年他们一直被蒙在鼓里，这才是对他们最残酷的事。现在知道了事实，他们会想出解决办法的。”

“母亲那样的解决办法？只不过这次更糟，比通奸更可怕。”

安德轻抚着她的头发。她接受了他的安慰。安德想不起自己的父母对自己有没有这样做过。肯定做过，不然他从哪里学会的？

“埃拉，能帮我个忙吗？”

“帮你干什么？你的事不是已经做完了吗？”

“这事与替死者代言无关。我必须知道德斯科拉达的原理，在一个小时之内。”

“你只能问我母亲——只有她知道。”

“我想她今晚一定不想见我。”

“你的意思是让我去问她？我该怎么开口？晚上好，母亲，你刚刚在米拉格雷全城人面前证明了自己长期通奸，到今天为止，你一直在欺骗你的儿女，现在，如果你不介意，我想向你请教几个科学问题？”

“埃拉，这件事关系到卢西塔尼亚殖民地的存亡，还关系到你的哥哥米罗。”他伸手打开终端，“登录。”他说。

她莫名其妙，但还是照办了。电脑却不承认她的名字。“我的权限被取消了。”她吃惊地看着他，“为什么？”

“不仅仅是你，埃拉，大家都一样。”

“系统并没有崩溃。”她说，“有人删除了登录记录。”

“星际议会下令删除了保存在本地所有电脑记忆体中的资料，什么都没有了。这里被视为处于叛乱状态。他们要逮捕米罗和欧安达，要把他们押解到特隆海姆接受审判。只有一个办法能救他们：说服主教和波斯基娜，发动一场真正的叛乱。你明白吗？如果你母亲不把我需要的信息告诉我，米罗和欧安达就会被送到二十二光年以外。叛卖人类的罪名如果成立，有可能会判死刑。说实话，单是出庭接受审判已经相当于终身监禁了。即使他们还能回来，我们大家却都已经老得走不动，或者已经死了。”

埃拉呆呆地望着墙壁。“你想知道什么？”

“我需要知道，当委员会打开她的文件时，他们会在里面发现什么，还有德斯科拉达的原理。”

“好吧。”埃拉说，“如果是为了米罗，她会做的。”她挑战似的瞪着他，“她爱我们，这你知道吗？为了她的任何一个孩子，她甚至可以和你说话。”

“好。”安德说，“如果她能亲自来当然更好。一个小时以后，我在主教的办公室。”

“知道了。”埃拉说。有一会儿工夫，她怔怔地坐着不动。接着，不知什么地方哪根神经联通了，她一跃而起，急匆匆朝门口走去。

她突然止步，折回身来，拥抱着他，在他脸上吻了一下。“你把那些事全都说出来了，我很高兴。”她说，“我很高兴自己知道了真相。”

他吻了吻她的前额，送她出门。关上门，他在床上坐下，又躺下来望着天花板。他想着娜温妮阿，极力想象她现在的感受。不管你现在多么难熬，娜温妮阿，你的女儿正向你赶来。她相信，不管你多么痛苦，多么屈辱，你都会把自己的痛苦抛在脑后，行动起来，拯救你的儿子。

CHAPTER

16

围栏

一位拉比[①]在市场上向人们讲经说法。这时，一群人簇拥着一个妇人来了，她丈夫这天早上发现她与别人偷情。群众把她带到这里来，准备用石头砸死她。（关于这个故事，大家都知道那个最有名的版本[②]，但我的一位朋友——一位死者代言人——告诉我，还有两位拉比也处理过同样的事件。我要告诉你们的就是他所说的那两位拉比。）

拉比走上前去，站在妇人身边。群众很敬重他，于是忍住怒火，手里掂着沉甸甸的石头，等着。“这里有没有人，”拉比问大家，“对别人的妻子或别人的丈夫产生过不正当的企图？”

大家小声议论着，说：“我们都有过这种念头，但是，我们中没有谁把念头付诸行动啊。”

拉比说：“那么，跪下来，感谢上苍赐予了你们坚定的意志吧。”他拉起妇人的手，领她走出市场。放走她之前，他悄声对她说：“请告诉市长大人是谁救了他的情妇，让他知道我是他忠实的仆人。”

---

① 犹太教神职人员。

② 指耶稣基督告诉群众，你们当中自认德行无亏的，就可以上前来砸死这个人。群众于是宽恕了罪人。

妇人就这样活下来了，因为社会太腐败，无法惩罚坏人坏事。

另一位拉比，另一个城市。和刚才的故事一样，他走到她身边，制止群众的行为，说："你们中谁没有罪过，就让他掷出第一块石头吧。"

大家局促不安，他们想起了各自的罪过，不再抱成一团急于惩罚这个妇人了。他们想，也许有一天，我也会像这个妇人一样，我也会希望得到众人的宽宥，希望大家再给我一次机会。我想他人如此待我，我也应该如此待她才是。

他们松开手，石头掉到地上。拉比弯下腰去，捡起一块，高高举在妇人头上，用尽力气砸下去。石头砸碎了她的头骨，她的脑浆溅在卵石铺成的地面上。

"我也同样是个罪人。"他对群众说，"但是如果我们只允许没有丝毫瑕疵的人执行法律，法律便会死亡，我们的城市也会随之死亡。"

妇人就这样死去了，因为社会太僵化，不能容忍不合规范的行为。

这个故事有个最出名的版本，之所以出名，正是因为它在我们的经历中是如此罕见。大多数社会在腐败和僵化中摇摆不定，一旦超出界限，这个社会便告消亡。只有一位拉比敢于要求我们保持平衡，既能维护法律，又能包容差异。结果是很自然的，我们杀死了他。

——圣安吉罗，《致一位异教徒的信》103:72:54:2

Minha irmã。我的妹妹。这句话在米罗脑子里轰鸣不已、震耳欲聋，直到响得他再也听不到，成为无时不在的背景声：欧安达是我妹妹。她是我的亲妹妹。他的双脚习惯性地把他带出广场，穿过游乐场，翻过山丘凹处。稍远处更高的山头坐落着教堂和修会，耸立在外星人类学家工作站之上，像监视围栏大门的堡垒。他为什么到这儿来？来见他母亲？他们约好在外星生物学家工作站见面吗？或者只是按平时的习惯下意识地走到这里？

他站在外星人类学家工作站门外，想找个理由说服自己进去。今天在这儿是干不成什么事的。今天的工作报告他还没写呢。去他的，反正他也不知道该怎么写。魔法，就是这么回事。猪仔们冲着树唱上一阵子，大树自己就变成种种家什了。比辛辛苦苦干木匠活儿强多了。看来，当地原住民比以前所认为的更复杂。同一件东西能派好多用场。每棵树既是图腾，又是墓碑，还是一座小小的锯木厂哩。我的妹妹！好像该做件什么事，但我想不起到底是哪件事了。猪仔的生活才是最明智的。像兄弟一样共同生活，从来不去操心女人的事。这种生活对你最合适不过，利波，这可是千真万确的大实话。不，我不该叫你利波，应该叫爸爸才对。妈妈没告诉你，真是太可惜了。不然的话，你还可以把我抱在膝盖上颠着玩儿哩。一个膝盖上坐欧安达，另一个膝盖上坐米罗，两个最大的孩子。咱们这俩孩子可真棒，同一年生，只差两个月。老爸当时可真忙啊，偷偷摸摸到妈妈地盘上跟她幽会。大家还替你难过哩，没有儿子，只有几个女儿。家族的名字没有人继承了。真是瞎操心，你的儿子大把抓，多得快从杯沿溢出来了。我的妹妹也比我想象的多得多。可是比我希望的多了一个。

他站在大门旁，仰头望着猪仔的山头上茂密的树林。夜里去那儿实现不了什么科研目的。这样的话，我干脆实现非科学目的好了，去瞧瞧他们部落能不能多收留一个兄弟。我的个子可能太大了，木屋里的猪仔铺位多半盛不下。睡外面好了。我爬树不大在行，但懂点技术呀，我现在再也感受不到任何约束了，你们想知道什么，我就说什么。

他把右手放在识别盒上，伸出左手想拉开大门。瞬间，他没反应过来发生了什么事。接着，他的手像放在火里，又像被活活锯断一样。他疼得大叫一声，缩回左手。自从围栏建成以后，外星人类学家的手放在识别盒上时，它从来没有出现过这种炽热状态。

“马科斯·米罗·希贝拉，奉卢西塔尼亚撤离委员会的命令，已收回你进出围栏的权限。”

这道围栏自从建成以来，从未质疑过任何一位外星人类学家。米罗愣了好久才明白它说的意思。

“你和欧安达必须立即前往警察总监波斯基娜处，后者将以星际议会的名义对你们实施逮捕，并将你们押送特隆海姆接受审判。”

一时间，他只觉得天旋地转，胃里一阵翻腾。他们发现了。偏偏是这个晚上。一切都完了，失去欧安达，失去猪仔，失去工作，一切都没有了。逮捕到特隆海姆，代言人不就是从那儿来的吗？二十二光年的旅途。所有亲人都将不复存在，只有欧安达。我唯一的亲人，她却是我的亲妹妹——

他的手猛伸出去，又一次狠拽大门，无法忍受的疼痛再次传遍他的胳膊：所有痛觉神经全部触发，全部同时传递出烧灼感。我不可能就此消失，无影无踪。他们封死了大门，没有一个人出得去，没有人能到猪仔那里去，没有人把消息通知猪仔。猪仔们等着我们去见他们，但再也不会有人走出这扇大门了。我出不去，欧安达出不去，代言人也出不去。没人能出去。不做任何解释。

撤离委员会，他们会把我们撤走，消除我们在这里留下的一切痕迹。这是有条文规定的，但他们的措施比条文更加严厉。他们到底发现了什么？怎么发现的？代言人告诉了他们？他心里只有事实，对事实上了瘾。我一定得向猪仔们解释我们为什么不再去见他们了，我必须跟他们解释清楚。

他们走进森林时，总有一只猪仔监视着他们。现在会不会同样有猪仔盯着他？米罗拼命挥手。但天色太暗了，他们肯定看不见。也许能看见？没人知道猪仔的夜间视力怎么样。可不管他们看没看见他，猪仔们没有过来。用不了多久，一切都来不及了。如果远在其他人类世界的异乡人正监视着这里，他们必然已经通知了波斯基娜，她也肯定上路了，驾着飘行车掠过草丛直飞过来。逮捕他，她将非常非常不情愿，但这是她的职责，她会执行的。跟她争辩怎么做才能对人类和猪仔更好是没用的，她不是那种敢于质疑法律的人，上级怎么说，她就得怎么做。他不会反抗，身处围栏之中，想躲又能躲到哪儿去呢？卡布拉兽群里？他只会束手就擒。但在他投降之前，他一定得通知猪仔，一定得告诉他们。

他沿着围栏疾行，离开大门，来到教堂所在那座山的山脚下。这是一片开阔的草地，附近没有住户，没人听得到他的声音。他一边走，一边喊。没有话，只是一种高亢的啊啊声。他和欧安达在猪仔群中分头做事时就用这种喊声招呼对方。他们会听到的，一定得让他们听到，一定得让他们过来，因为他无法穿过围栏。来吧"人类"、吃树叶者、曼达楚阿、"箭"、"杯子"、"日历"，随便哪个都行，全部都来也行。来吧，我要对你们说，说我再也不能和你们说话了。

金可怜兮兮地坐在主教办公室的一张圆凳上。

"伊斯特万，"主教平静地说，"几分钟后我还有个会，但我想先跟你谈谈。"

"没什么可谈的。"金说，"您警告过我们，您预言的事发生了。他的确是魔鬼。"

"伊斯特万，我们先谈谈，你再回家去，好好休息。"

"我再也不回去了。"

"我主耶稣可以跟罪孽比你母亲深重得多的罪人一起同桌进餐，并且原谅他们。难道你认为自己的德行超过了我主，不屑于跟有罪的人住在一起了？"

"他原谅了通奸者，但那些女人不是他母亲。"

"不是每一位母亲都像仁慈的圣母那般纯洁。"

"这么说你站到他那边去了？教会向死者代言人让路？我们是不是应该拆掉教堂，用教堂的砖瓦造一座露天剧场，埋葬死者之前先让代言人对他们大放一通厥词？”

主教轻声道：“我是你的主教，伊斯特万，在这个星球上主教代表耶稣基督，对我说话应该表现出对这个职位应有的敬重。”

金气呼呼地站在那儿，一声不吭。

“我的看法是，如果代言人没有把这些事情公开宣布出来，可能会更好些。有些事最好私下知会有关人士，我们也就不会当着众人的面承受这种冲击了。所以我们才有忏悔的制度，使我们在与自己的罪孽斗争时可以避开世人的眼睛。但你也要看到，伊斯特万，代言人虽然说出来了，但那些事的确是真的。对吗？”

“对。”

“伊斯特万，现在我们想想看，今天之前，你爱你的母亲吗？”

“是的。”

“这位母亲，在获得你敬爱的时候，已经犯下通奸的罪过了？”

“上万次了。”

“我想还不至于。但你刚才告诉我你爱她，虽然她已经犯下了通奸的罪过。现在的她与昨晚的她难道不是同一个人吗？昨天与今天之间她并没有变成另外一个人。也许，发生改变的是你自己？”

“昨天的她是个谎言。”

“因为羞愧，她没有把自己的罪过告诉自己的孩子，但她爱你，抚育你，教导你，难道这些也是——”

“她才没怎么抚育我呢。”

“如果她来教堂忏悔，获得了天主的宽恕，那她根本没有必要告诉你了。你到死都不会知道。那种情况下，她没有欺骗，因为她已经获得了宽恕。她不再是一个通奸者了。承认事实吧，伊斯特万，你的愤怒不是因为她的罪过，而是因为你试图在全城人面前替她辩护，等真相大白时，你觉得自己丢了丑。”

“你把我说得像个傻瓜。”

“没有人觉得你是个傻瓜，大家都把你看成一个忠心耿耿的儿子。但现在，如果你想成为天主真正的信徒，你就应该原谅她，让她明白，你现在比过去更加爱她，因为现在你知道了她所承受的痛苦。”主教看了一眼办公室的门，“我现在要在这里开一个会。请你到里间去，祈祷上帝宽恕你那颗不愿予人宽恕的心吧。”

金看上去不再怒气冲冲，而是可怜巴巴的，他走进主教办公桌后的帷幕里。

主教的秘书打开门，请死者代言人进来。主教没有起身迎接。他吃惊地看到，代言人屈膝跪下，向他垂首致意。天主教徒只在公开场合向主教致意时才行这种大礼。佩雷格里诺想不出代言人这么做有什么意图。但那个人就跪在那儿，等着。主教只好起身走到他身边，伸出戴着主教戒指的手给他吻。可代言人仍旧跪着，佩雷格里诺终于开口道：“我赐福于你，我的孩子，不过我不知道你这么谦恭是不是有意嘲弄。”

代言人仍然低着头道：“我一点也没有嘲弄的意思。”他抬起头来，望着佩雷格里诺。“我父亲过去就是个天主教徒。为了避免麻烦，他假装自己不是。为了这种对信仰的不坚定，他始终没有原谅自己。”

“你受过洗吗？”

“我姐姐说我受过洗礼，出生后不久父亲便为我施了洗礼。我母亲是个新教教徒，反对洗礼，他们还为这个吵过一架。”主教伸手扶起代言人。代言人笑了一下，“请想想看。一个不敢公开的天主教徒和一个背教的摩门教徒吵得不可开交——为了他们公开宣称不再相信的宗教的某个仪式。”

佩雷格里诺有点怀疑，代言人竟是天主教徒，说不定这是做出来的姿态。“我还以为，”主教说，“你们代言人在……怎么说呢，在宣誓从事这一职业时，就要放弃其他所有宗教信仰呢。”

“我不知道其他代言人是怎么做的，我想不会有什么规定吧——至少在我成为代言人时没有这种规定。”

佩雷格里诺主教知道死者代言人是不该撒谎的，但他的话明显是个借口。“代言人安德鲁，在上百个人类世界中，没有哪个世界的天主教徒需要隐瞒自己的信仰，这种情况已经延续三千年了。这是星际飞行给我们带来的一个重大好处，使地球不再受到人口方面的限制①。你不会告诉我你的父亲生活在三千年前的地球上吧。”

“我告诉你的是，我父亲郑重地给我施了洗礼。正是为了他，我做了他一生中从来没有机会做的事，正是为了他我才会在一位主教面前跪下，接受他的祝福。”

“但我祝福的人是你呀。”你还在回避我的问题。这就暗示着，我的推测，即你父亲生活在三千年前的地球上，是正确的。但这个问题你不愿意多说。堂·克里斯托说过，你这个人完全不是你外表所显示的那副样子。

“很好啊。”代言人说，“我比我父亲更需要祝福。他已经去世了，而我面前的难题却太多。”

“请坐。”代言人选了墙边一张凳子坐下，主教坐在自己办公桌后宽大的交椅上。“真希望你今天没有代言。时间太不凑巧了。”

“没想到议会会做这种事。”

“但米罗和欧安达触犯法律的事你是知道的，波斯基娜告诉我了。”

“只是代言前几个小时才发现。你们没有立即把他们逮捕起来，我非常感谢。”

---

① 天主教禁止信徒采取避孕措施，地球人口爆炸时天主教徒受到一定程度的压抑（见《安德的游戏》），所以主教才这么说。

“这是俗世政府的事，跟我没有关系。”主教轻描淡写地说。但两人都知道，如果他坚持，波斯基娜肯定会照办，她会不顾代言人的请求将两个人逮捕起来。“你的讲话对大家打击很大啊。”

“恐怕的确比过去的代言更伤人些。”

“这么说——你的工作到此就结束了？撕开伤口之后，包扎的工作留给别人？”

“不是撕开伤口，佩雷格里诺主教，是施行一次外科手术。如果事后我能做什么帮助抚平创伤的话，我会做的。我会留下来，尽自己的力量帮忙。工作时我不会给患者打麻药，但我会帮助他们杀菌消毒。”

“知道吗？你应该当牧师。”

“家里最小的儿子通常只有两种选择：当牧师，或者当军人。我父母给我选了第二条路。”

“最小的儿子，而且你还有个姐姐。你又出生在法律禁止生育两个以上孩子的时代，那时，除非特许，否则不能生第三个。大家称这种第三个孩子为多余的孩子。对吗？”

“你的历史知识真是渊博。”

“你当真出生于人类实现星际飞行之前的地球？”

“佩雷格里诺主教，我们现在应该关注的是卢西塔尼亚的未来，而不是我这个显然只有三十五岁的代言人的个人历史。”

“卢西塔尼亚的未来是我关注的问题，代言人安德鲁，不是你的。”

“你关注的是卢西塔尼亚上人类的未来，主教，我关心的还有坡奇尼奥。”

“行了，咱们就别比较谁关注的范围更大了吧。”

秘书又一次打开门，波斯基娜、堂·克里斯托和堂娜·克里斯蒂走了进来。波斯基娜来回看了看主教和代言人。

“地板上没有血，你是在找这个吗？”主教说道。

“我只是在揣摩屋里的温度而已。”波斯基娜说。

“暖洋洋的，充满双方的彼此欣赏。”代言人说，“没有憎恨的寒冰，也没有灼人的怒火。”

“代言人原来是一位天主教徒，这是从施过洗礼的角度来说，不是指个人信仰。”主教说，“我为他祝福，他看来变得老实多了。”

“我一直对权威充满敬意。”代言人说。

“可你一来就用检察官的口气来威胁我们呢。”主教脸上带着含义不明的微笑提醒他。

代言人脸上的笑容同样模棱两可。“你也曾经告诉群众我是撒旦，让大家不要跟我说话。”

主教和代言人相视而笑，其他人也带着几分紧张笑起来，坐下，等着。

“会是你提请召开的，代言人。”波斯基娜说道。

“请原谅。”代言人说，“我还邀请了另一个人参加这次会议，我们能不能再等几分钟。她来以后就好办了。”

埃拉发现母亲在自家的房子外，离围栏不远。轻风吹过，卡匹姆草丛沙沙作响。母亲的头发在风中轻轻掀动。埃拉过了一会儿才发现自己为什么吃惊：母亲多年来从来没有散开过头发。以前被紧紧扎成发髻的头发现在缓缓地飘拂着，长期被扎紧的地方弯成波浪形。这一刻，埃拉明白了。代言人是对的，母亲会接受他的邀请。不管今天他的话给她带来多大的屈辱、多么深重的痛苦，却让她解脱了，让她可以公然站在这里，站在日暮黄昏中，凝望着猪仔的山头。也许她看的不是山头，而是围栏。也许她想起了在这里或是其他地方私会的那个男人，他们彼此相爱，却不得不躲开旁人的眼睛。永远偷偷摸摸，永远躲躲藏藏。埃拉觉得，母亲其实很高兴。现在大家都知道利波是她真正的丈夫，也是我真正的父亲。母亲很高兴，我也一样。

母亲没有转身，但她肯定听到了埃拉穿过草丛发出的声音。埃拉在几步之外停下脚步。

“母亲。”她说。

“看来不是一群卡布拉。”母亲说，“你的动静可真不小，埃拉。”

“那个代言人。他希望得到你的帮助。”

“是吗？”

埃拉把代言人的话讲给母亲听。母亲没有转身。埃拉说完后，母亲等了一会儿，才转身走上山坡。埃拉赶上几步，“母亲，”她说，“母亲，你会告诉他德斯科拉达的事儿吗？”

“是的。”

“这么多年都没说，为什么现在要说？以前你为什么不告诉我？”

“因为你的工作干得挺出色，没我的帮助你也能做得挺好。”

“你知道我在做什么？”

“你是我的学徒。我有进入你任何文件的权限，不会留下任何痕迹。如果我不看看你的工作，我还算得上老师吗？”

“可——”

“你藏在科尤拉名下的文件我也读过。所有十二岁以下孩子的文件情况都会每周向父母汇报一次。你不是母亲，所以不知道。你跟我一块儿去见他，我很高兴，这样我就用不着事后再对你说一遍了。”

“你走错路了。”埃拉说。

母亲停下脚步。“代言人不是住在广场附近吗？”

“开会的地方是主教的办公室。”

母亲第一次直视着埃拉。“你和那个代言人打算对我做什么？”

“我们打算救米罗。”埃拉说，“还有卢西塔尼亚殖民地，如果可能的话。”

“居然想让我走进蛇窟——”

“主教是我们这边的——”

“我们这边！这么说，你所谓的我们，就是你和那个代言人啰？你以为我没注意到？我所有的孩子，一个接一个，他都要从我手里骗走——”

“他没有骗走任何人。”

“他骗走了你们。专说好听的，拣你们想听的说，才会——”

“他没有专说好听的。”埃拉说，“也没有拣我们想听的说。他只把事实告诉我们，我们知道他说的是事实。他赢得的不是我们的感情，而是我们的信赖。”

“不管他从你们那儿得到的是什么，你们反正是不会给我的。”

“我们希望给你，真的，我们希望信赖你。”

这一次，埃拉没有回避母亲锐利的目光，掉开视线的是母亲。当她重新看着埃拉时，眼里闪烁着泪光。“我一直想告诉你们，”母亲说的不是文件的事，“看到你们那么恨他，我想告诉你们，他不是你们的父亲，你们的父亲是个仁慈、善良的人——”

“可他没有勇气自己告诉我们。”

母亲眼睛里重新燃起怒火。“他想要告诉你们，但我不准他说。”

“告诉你吧，母亲。我爱利波，和米拉格雷每个人一样敬爱他。可他戴着一副假面具，和你一样。虽然没有人知道，但你们的谎言伤害了我们大家。我不怪你，也不怪他。但我感谢上帝让代言人来到这里，他把事实告诉了我们，让我们得到解脱。”

“当你对谁都不爱的时候，”母亲低声说，“说出真相是容易的。”

“你这样想吗？”埃拉问道，“这方面我想我知道，母亲。我觉得，你没有真正了解任何人，了解他们隐藏在假象下面的真相——除非你爱他们。我觉得代言人爱父亲，我是说马考恩，我觉得在代言之前，他便理解他、爱他。”

母亲没有回答，她知道女儿说得对。

“我知道他爱格雷戈，还有科尤拉、奥尔拉多、米罗，甚至还有金和我。我知道他爱我。他的行动告诉了我，我知道这是事实，因为他从来不对任何人撒谎。”

泪水涌出母亲的眼眶，从她的面颊上淌下来。

“我骗了你，骗了所有人。”母亲说，她的声音很低，哽咽着，“但请你相信我：我是爱你的。”

埃拉拥抱着母亲。多少年来第一次，她感到母亲也拥抱了自己。横亘在她们之间的谎言已经消失，代言人抹掉了她们中间的阻隔。她们再也不用彼此试探、小心翼翼了。

“就算现在，你还在想着那个该死的代言人，对吗？”母亲悄声问。

“你也是。”埃拉回答。

母亲笑起来，两人笑得直抖。“对。”她停住笑声，把女儿一扯，瞪着她的眼睛道，“这个家伙，总是横在咱母女之间。”

“对。”埃拉说，“不过不是一堵墙，而是一座桥，联系着我们。”

米罗看到了猪仔们。他们从山上下来，离围栏还有一半距离。在森林中，他们的行动悄然无声，可到了高高的卡匹姆草丛中，他们可就不太高明了。随着他们奔跑的脚步，草丛哗啦啦响成一片。或许他们是响应米罗的召唤而来，觉得没有必要躲躲藏藏。跑近了些，米罗认出了来人：“箭”、“人类”、曼达楚阿、吃树叶者、“杯子”。他没有冲着他们叫喊，他们跑近后也没有出声，只隔着围栏静静地望着他。在这之前，从来没有一个外星人类学家把猪仔叫到围栏边。他们不作声，正好显示出他们的急切。

“我再也不能去找你们了。”米罗喊道。

他们等着他的解释。

“异乡人发现了我们的行动，发现我们触犯了法律。他们把围栏封死了。”

吃树叶者摸摸下巴，“你知道异乡人看到的是什么吗？”

米罗恨恨地笑了一声，“他们还有什么看不见的？来到我们中间的只有一个异乡人。”

“不。”“人类”说，“虫族女王说不是代言人。虫族女王说他们是从天上看见的。”

难道是卫星？“他们从天上会看见什么呢？”

“也许看见我们打猎。”“箭”说。

“也许看见了我们给卡布拉剪毛。”吃树叶者说。

“也许看见了苋田。”“杯子”说。

“这些他们都看见了。”“人类”说，“他们可能还看见了妻子们生下了三百二十个孩子，这都是第一次庄稼收割之后的事。”

“三百个！”

“三百二十。”曼达楚阿说。

“吃的东西足够。”“箭”说，“现在我们肯定能打赢下一场战争。我们的敌人会种许多许多棵树，种满他们的地盘，妻子们也会种下许多棵母亲树。”

米罗只觉得一阵恶心。他们所有的工作和牺牲就是为了这个？让某个猪仔部落取得短期优势？他差点脱口而出，利波不是为了让你们称霸这个星球而死的。但他所受到的训练压下了这句话，代之以一个不带评论色彩的问题：“这些新生的孩子都在哪儿？”

“这些小兄弟没有一个和我们在一起。”“人类”解释道，“我们要做的太多了：从你们这里学习，再把知识教给住在其他木屋里的兄弟们。我们没有时间训练小兄弟。”接着，他又自豪地补充了一句，“这三百多个孩子当中，足有一半是我父亲鲁特的。”

曼达楚阿神色凝重地点着头，“妻子们非常重视你教给我们的知识，她们对代言人抱了极大的希望。但你现在告诉我们的消息，坏消息，真是太坏了。如果异乡人恨我们，我们该怎么办？”

“我不知道。”米罗说。与此同时，他的脑筋飞转，研究着他们刚刚告诉他的种种信息。三百二十个新生婴儿，这是人口爆炸。而且鲁特不知怎么竟成了一半婴儿的父亲。今天之前，米罗只会把这种说法当成猪仔们图腾信仰的一部分，但亲眼目睹一棵树在听了他们一首歌之后把自己连根拔起，分解成种种器具之后，他从前的所有假设都动摇了。

可现在汲取新知识又有什么用？他们再也不会让他做报告了，他无法从事进一步研究，之后四分之一个世纪，他会被押上一艘飞船，由别的人继续他的工作。或者更糟，没有人继续他的工作。

“不要急。”“人类”说，“你们会看到的：死者代言人会把一切都处理妥当。”

“是啊，代言人，没错，他会处理好一切。”就像他处理我和欧安达一样——我的亲妹妹。

“虫族女王说，他会教导异乡人爱我们——”

“教导异乡人！”米罗说，“真要有那个本事，他最好动作快点。反正来不及救我和欧安达了，他们马上就会逮捕我们，把我们押出这个星球。”

“送到星星上去？”“人类”渴盼地问。

“是，送到星星上去，去接受审判！因为帮助了你们而接受惩罚。去那个地方就得花二十二年，他们是永远不会放我们回来的。”

猪仔们面面相觑，竭力汲取这个新知识。好好琢磨吧，米罗想，想想代言人会怎么替你们解决一切问题。我也信任过代言人，结果却并不美妙。猪仔们聚在一起，交头接耳，交换着意见。

“人类”从人群中走出来，走到围栏边。“我们把你藏起来。”

“他们永远别想在森林里找到你。”曼达楚阿说。

“他们有一种机器，能凭我的气味找到我。”米罗说。

“哦。不过法律不是禁止他们在我们面前使用机器吗？”“人类”说。

米罗摇摇头。“这些反正不重要。大门封死了，我打不开。我出不了围栏。”

猪仔们互相瞅着。

“但围栏里也有卡匹姆草呀。”“箭”说。

米罗怔怔地看看地上的草。“又怎么样？”他问道。

“嚼呀。”“人类”说。

“为什么？”米罗问道。

“你们人也嚼卡匹姆草的，我们见过。”吃树叶者说，“那天晚上，在山坡上，我们看见了。代言人和那些穿袍子的人中的一个嚼这种草。”

“另外还见过好多次。”曼达楚阿道。

看到他们急成那样，米罗不由得发火了，“这跟围栏有什么关系？”

猪仔们又一次面面相觑。然后，曼达楚阿从地上摘下一片卡匹姆草叶，叠成厚厚的一摞，塞进嘴里嚼起来。过了一会儿，他在地上坐下来。其他猪仔们开始捉弄他，用指头捅他、掐他，可他一点反应都没有。最后“人类”给了他狠命的一掐，见曼达楚阿仍旧没有反应，猪仔们开口唱了起来，用的是男性语言：准备好了，该开始了；准备好了，该开始了。

曼达楚阿站起来，一开始有点摇摇晃晃立足不稳，接着便直直冲向围栏，向围栏高处攀爬，到顶端一个翻身，四脚落地，落在围栏里米罗那边。

曼达楚阿开始攀爬围栏时，米罗跳起来，喊出了声。还没等他喊完，曼达楚阿已经站在了他的身边，正忙着拍打身上的灰尘哩。

“这不可能。”米罗说，“围栏会刺激身体上所有痛觉神经，不可能爬过来。”

“噢。”曼达楚阿说。

围栏另一侧，“人类”的双腿猛地对搓起来。“他不知道！”他喊道，“人类不知道！”

“这种草肯定有麻醉作用，”米罗说，“所以你不会产生痛觉。”

“不。”曼达楚阿说，“我知道疼，很疼很疼，全世界最疼最疼。”

“鲁特说围栏比死还可怕。”“人类”说，“全身没有一处不疼。”

“可你们受得了。”米罗说。

“那一半疼。”曼达楚阿说，“动物的你觉得疼，但树的你不在乎。这种草让你成为你的树。”

就在这时，米罗想起了一件小事，在利波可怕的死亡现场的刺激下，他早就忘了这个细节。死者的嘴里有一团草，所有死去的猪仔嘴里也有——麻醉剂。看上去像骇人听闻的酷刑，但痛苦并不是这一行为的目的。他们用了麻醉剂。这种行为的目的完全不是折磨与痛苦。

“还等什么？”曼达楚阿说，“嚼草呀，跟我们走。我们把你藏起来。”

“欧安达。”米罗说。

“哦，我去找她。”曼达楚阿说。

“你不知道她住哪儿。”

“知道，我知道。”曼达楚阿回答。

“这种事我们一年要做好多回。”“人类”说，“所有人的住处我们都知道。”

“可从来没人见过你们。”米罗说道。

“我们很小心。”曼达楚阿说，“再说，你们又没有找我们。”

米罗想象着十来个猪仔半夜三更偷偷摸摸爬进米拉格雷的情景。城里没有警卫，只有十来个上夜班的人晚上还在户外。猪仔们个头很小，往卡匹姆草丛里一钻就看不见了。难怪尽管有那么多旨在不让他们知道机器的条文，他们仍然知道得一清二楚。他们肯定看见了采矿过程，观察过班机是如何着陆的，见过窑里是怎么烧砖的，发现了人们如何播种耕耘人类食用的苋属植物。难怪他们知道应该向我们索要什么东西。

我们可真蠢啊，以为可以阻止他们学习我们的文化。他们瞒着我们的秘密比我们想对他们隐瞒的秘密多得太多了。还说什么文化优越感呢？

米罗扯起卡匹姆草来。

“不。”曼达楚阿道，从他手里拿过草叶，“根不能要。把根吃下去不好。”他扔掉米罗拔的草，从自己手里的草中分出一些。这些草大约距根部十厘米。曼达楚阿把草叠成一团，递给米罗。米罗嚼起来。

曼达楚阿又掐了几把。

“这个你不用担心。”米罗说，“去找欧安达。他们随时都可能逮捕她。去呀，快去。”

曼达楚阿望望自己的同伴，从他们脸上发现了米罗瞧不出来的同意的表情，转身沿着围栏朝欧安达的住处奔去。

米罗又嚼了一点草，然后掐了自己几把。和猪仔说的一样，他能感觉到疼，但却不在乎。他只知道，这是唯一的出路，想继续留在卢西塔尼亚，这是唯一的办法。留下来，也许还能和欧安达在一起。去他妈的规矩，所有规矩全都去他妈的。一旦他离开人类社会，进入猪仔的森林，这些规矩全都管不着他。他会成为一名人类的叛徒，他们已经把这个罪名安到他头上了。他和欧安达可以把人类的所有发疯的规定甩在一边，想怎么过就怎么过，抚育自己的子孙后代，具有全新价值观的子孙后代，向猪仔学习，向森林学习，学习所有人类世界不知道的新知识。星际议会再也约束不了他了。

他奔到围栏边，双手抓住。痛苦丝毫不亚于平时，但现在他不在乎了。他向围栏顶端爬去。但每一次接触围栏，痛苦便增加一分。越来越痛，他开始在乎了，每一分疼痛都可怕地刺激着他。他开始明白了，卡匹姆草对人类不起作用，但这时他已经爬上了围栏顶端。剧痛到了令人发疯的地步，他已经无法思考了。惯性带着他登上围栏顶部，就在翻越时，他的头穿过围栏的垂直作用场。身体的所有痛觉骤然间全部集中于大脑，他的全身好像着了火一样，烈火熊熊，吞噬了他。

小个子们恐怖地看着他们的朋友挂在围栏顶端，头和身体在一侧，腿却悬在围栏另一侧。他们同时大叫起来，想抓住他，上去把他拉下来。但他们没有嚼草，围栏他们碰不得。

听到同伴们的尖叫，曼达楚阿转身跑了回来。他的体内还残留着足够的麻醉剂，他爬了上去，把那具沉重的躯体从围栏上推了下去。米罗着地时一声钝响，伴随着骨头折裂的声音。他的胳膊还触着围栏，猪仔们连忙把他拉开。他的脸在极度痛苦中扭歪了。

“快。”吃树叶者喊道，“我们必须把他种起来，不然他会死的。”

“不！”“人类”喊道，将吃树叶者从米罗僵硬的躯体边一把推开。“我们还不知道他会不会死！疼痛只是假象，这你也应该知道，他连一道伤都没有，疼痛会过去的——”

“不会过去的。”“箭”说，“你们看他。”

米罗的手紧紧攥成拳头，腿折弯在身体下，脊梁和脖颈向后弯曲。他还在一口口短促、艰难地呼吸着，但他的脸却皱成一团，皱得越来越紧。

“在他死之前，”吃树叶者说，“我们必须让他生根。”

“去找欧安达。”“人类”转身对曼达楚阿喊，“快去！去找她，告诉她米罗快死了。告诉她大门封死了，米罗到了我们这一边，他快死了。”

曼达楚阿拔腿便跑。

秘书打开房门，安德还不敢放心，直等看到娜温妮阿才真正松了一口气。让埃拉去找她时，他肯定她会来。但等待的时间一分钟一分钟过去，他心里渐渐没底了，他真的了解她吗？不过现在，他清楚了，她确实是他所想象的那个女人。他注意到她解开的头发，被风吹得略有些散乱。自从来到卢西塔尼亚，安德第一次见到那个年轻姑娘的影子，正是那个姑娘的痛苦把他召唤到这里。多久以前？不到两个星期，二十多年以前。

她很紧张，忧心忡忡。安德理解她的心情——自己的过错被揭露后这么短的时间便来到主教大人的办公室。如果埃拉把米罗的处境告诉了她，那她的紧张情绪肯定更重了。不过这些紧张都是一时的。安德从她脸上看得出来，还有她轻松自如的动作、沉着的目光。这是卸下长期欺骗的负担的结果，安德所希望的正是这个结果，他始终相信最后一定会是这样。我来这里不是为了伤害你，娜温妮阿，看到我的话给你带来的更多是好处，而不是羞耻，我真是太高兴了。

娜温妮阿站了一会儿，看着主教。不是挑战的目光，而是带着尊严的客气的目光。他也用同样的态度接待她，轻声请她就座。堂·克里斯托欠身让座，但她笑着摇摇头，在墙边另一张凳子上坐下，紧挨着安德。埃拉也进来了，站到母亲和安德身后。像站在父母身后的女儿，安德心想。他立即将这个念头逐出脑海。还有更重要的事要做。

“我看，”波斯基娜说道，“你要开的这个会肯定非常有意思。”

“我想议会已经决定了。”堂娜·克里斯蒂说。

“星际议会，”佩雷格里诺主教开口道，“指控你儿子犯下了——”

“我知道指控他的罪名是什么。”娜温妮阿说，“刚刚知道，是埃拉告诉我的。不过我一点儿也不吃惊，我的女儿埃拉也一直暗中违背我这个导师给她做出的规定。他们俩都更加忠于自己的良心，而不是忠于别人给他们设置的规章制度。如果你们的目的是维持既定秩序的话，这当然是一种缺点；但如果你们的目的是学习新知识、适应新环境，那么，这就是一种美德。”

“我们聚在一起并不是为了审判你儿子。”堂·克里斯托说道。

“我请大家来，”安德说，“是因为我们必须做出一项决定：是否继续执行星际议会给我们下达的命令。”

“我们没有多少选择的余地。”佩雷格里诺主教说道。

“我们有很多选择。”安德说，“也有很多理由必须加以选择。你们至少已经做了一个选择：在你们的资料即将被剥夺时，你们决定暗中保存它们，把它们托付给我，一个陌生人。我不会辜负这种信任，无论什么时候，只要你们提出要求，我都会立即归还这些资料，不读，不改动。”

“谢谢你。”堂娜·克里斯蒂说，“可是当时我们还不知道对我们的指控会发展到多么严重的地步。”

“他们要把我们全部撤离。”堂·克里斯托说。

“所有东西都控制在他们手里。”佩雷格里诺主教说。

“情况我已经告诉他了。”波斯基娜说。

“他们并没有控制一切。”安德说，“他们只能通过安塞波实现对你们的控制。”

“但我们不能切断安塞波呀。”佩雷格里诺主教说，“这是我们与梵蒂冈联系的唯一途径。”

“我不是建议你们切断安塞波，只是告诉你们我能做到什么。我希望像你们信任我一样信任你们，因为我下面要告诉你们的事，一旦被泄露出去，会给我，以及我所爱、所依赖的另一个人带来无法估量的损失。”

他依次看着大家，每个人都郑重点头，表示同意。

“我有一个朋友，完全控制着联系所有人类世界的安塞波网络，这种控制没有被任何人察觉。她的能力只有我一个人知道。我问她时，她告诉我，她可以让所有异乡世界以为我们卢西塔尼亚脱离了安塞波网络。实际上，我们仍然能够向其他世界传递加密信息，比如传往梵蒂冈。只要我们愿意。我们可以读取远程记录，截取远程通讯。一句话，我们什么都能看见，而他们则是什么都看不见的瞎子。”

“切断与安塞波的联系，哪怕假装切断，都是叛乱行为，会导致战争的。”波斯基娜说，声音嘶哑，喘不过气来。但安德能看出，她对这个主意很感兴趣，只不过竭尽全力抗拒着它的诱惑，“不过我得说，如果我们真的发了疯，决定投入战争，代言人提供给我们的显然是一个巨大优势。无论什么有利条件我们都需要——如果我们疯得打起仗来的话。”

“叛乱不能给我们带来丝毫好处。”主教说，“却会让我们丧失一切。

把米罗和欧安达送到另一个世界去接受审判，我很难过，特别是他们还那么年轻。但法庭无疑会考虑到这一点，宽大为怀。只要遵守议会的命令，我们就能使这个殖民地的人民免于更大的灾祸。”

“把他们全部撤离这里，你认为这个灾祸还不够大吗？”安德问。

“是的，是的，这是一场大难。但我们这里毕竟违背了法律，理当接受惩罚。”

“但如果法律是建立在误解的基础上，而惩罚之重，又远远超出了过错应得的待遇。那我们该当如何？”

“这方面我们无法判断。”主教说。

“只有我们才有能力判断，我们也必须加以判断。如果我们遵守议会的命令，我们便是在说，法律没问题，惩罚是公正的。这也许正是这次会议结束时你们会得出的结论，但在得出结论之前，有些事大家必须知道。这些事中，一部分我可以告诉你们，另一部分只有埃拉和娜温妮阿可以告诉你们。在掌握这些情况之前，请你们不要仓促地做出结论。”

“我总是希望尽可能多地掌握情况。”主教说，“当然，做最后决定的是波斯基娜，不是我——”

“决定权掌握在你们所有人手中，政府领导人、宗教领袖、知识精英。你们中只要有一个反对叛乱，叛乱便不可能。没有教会的支持，波斯基娜不可能唤起民众，没有政府的支持，教会便没有力量。”

“可我们没有力量。”堂·克里斯托说，“修会只能提供意见。”

“卢西塔尼亚每个人都会信服你们的智慧和公正。”

“你忘了第四种力量，”佩雷格里诺主教说，“你自己。”

“我在这里是个异乡人。”

“一个最伟大的异乡人。”主教说，“你来了才四天，却抓住了这里人民的心——我最担心的就是这个，事先我也预言过。现在你又建议我们冒着丧失一切的危险发动叛乱，你果然像魔王撒旦一样可怕。但是，你没有打算趁那艘飞船带着我们的两个年轻人飞向特隆海姆的时候一道离开，你留下来了，跟我们在一起，听从我们安排。”

“我听从你们安排，”安德说，“是因为我不想继续当个异乡人。我想成为这里的公民，成为你的学生，你的教区居民。”

“以死者代言人的身份？”主教问道。

“以安德鲁·维京的身份。我还有些别的技能，也许能派上用场，特别是如果你们发动叛乱的话。另外，我在这里还有一些其他工作，如果人类撤离卢西塔尼亚，这些工作都无法完成了。”

“我们不怀疑你的真诚。”主教说，“但你毕竟初来乍到，如果我们心存疑虑的话，还请你不要见怪。”

安德点点头。除非掌握更多情况，主教是不会多说什么的了。“现在我把我知道的情况告诉你们。今天下午，我和米罗、欧安达一块儿去了森林。”

“你！原来你也触犯了那条法律？”主教几乎从椅子里站了起来。

波斯基娜伸手安抚愤怒的主教。“侵入我们文件的活动早在今天下午之前很久就开始了。议会的命令不可能跟他有关。”

“我的确触犯了法律。”安德说，“因为猪仔们想见我。不断地要求见我本人。他们见过班机着陆，知道我来了。还有，我也不知是好是坏，反正他们读过《虫族女王和霸主》。”

“他们给猪仔那种书？”主教问。

“还给了他们《新约》。”安德回答，“但猪仔们觉得自己与虫族女王之间的共同点更多，这你不会吃惊吧。我把猪仔们的话告诉你们：他们请求我说服所有人类世界，不要孤立他们。你们看，猪仔对围栏的看法跟我们不一样。我们视之为保护他们不受人类文化影响的一种措施，他们却把它看成阻拦他们学习人类知道的种种奇妙知识的障碍。他们认为，我们的飞船载着人类从一颗星星飞到另一颗星星，在上面殖民，占据了所有星星。五千年、一万年之后，等他们终于能够飞进太空时，所有的世界都早已被人类占据了。他们没地方可去。他们把我们的围栏看作种族屠灭的工具，把他们像动物一样关在卢西塔尼亚，我们则飞进太空，随意占据宇宙中的星星。”

“真是胡说八道。”堂·克里斯托说，“我们的目的根本不是这个。”

“不是吗？”安德反驳道，“那我们为什么那么一心一意使他们不受我们的影响？这和科学研究无关，这种做法甚至不是正常的外星人类学研究。请记住，我们的安塞波、星际飞船、重力控制技术，甚至包括我们用来毁灭虫族的武器，所有这一切都来自我们同虫族的接触。所有这些，我们全都是在他们第一次进入我们星系时遗留下的基地上学到的。在我们真正理解其原理之前许久，我们便用上了这些技术。其中有些东西的原理，比如核心微粒，我们至今仍然不理解。正是因为接触了远比我们发达的文化，人类才得以进入太空。仅仅几代时间，我们便利用他们遗留下来的机器，超过了他们，甚至毁灭了他们。所以我们才会筑起围栏——我们害怕猪仔们也会同样对付我们。这个意思他们也知道。他们懂，他们恨它。”

“我们不怕他们。”主教说，“他们是——蛮子，老天在上——”

“我们在虫族眼里也是。”安德说，“但在皮波、利波、欧安达和米罗眼里，猪仔们从来不是蛮子。是的，他们跟我们不一样，区别之大远甚于异乡人。但他们仍然是人。是异族，不是异种。所以，当利波看到猪仔们遭到饥馑，准备通过战争减少人口时，他没有采取科学家的做法。他没有站在一边观察战争，记录死亡和痛苦。他采取的行动是基督徒的行动，他拿走了娜温妮阿开发的、生物性状特别适应这个星球而不适于人类的苋属植物，教导猪仔们种植它，收获它，以它为食。我相信，星际议会发现的正是猪仔人口的增长和苋田。这种对法律的破坏不是为破坏而破坏，它的动机是关心，是爱。”

“你怎能将这种犯上行为称为基督徒应有的行为？”主教说。

“他的儿子向他索取面包，他却给他石头，这样的人算什么人呢？”

“魔鬼也会援引《圣经》，为自己的行为辩护。”主教说。

“我不是魔鬼。”安德说，“猪仔也不是。他们的婴儿因为饥饿挣扎在死亡线上，利波给了他们吃的，救了他们。”

“瞧瞧他们对他做了什么好事！”

“对，我们就来看看他们对他做了什么。他们杀死了他，用的是与杀死自己部落中最受尊重的成员完全相同的方式。这难道不能告诉我们些什么吗？”

“告诉我们他们极度危险，没有任何良心可言。”主教说。

“告诉我们对他们来说，死亡具有完全不同的意义。如果你真正相信一个人已经达到了完美无缺的程度，再过一分他便会丧失这种完美，对他们来说，现在就死，直升天堂，岂不是一件美事？”

“你竟敢嘲弄我们！你根本不相信天堂。”主教说。

“但是你相信！还有那些卫教而死的烈士又怎么说？佩雷格里诺主教，难道他们不是幸福地上了天堂吗？”

“他们当然上了天堂。但杀害他们的人却是畜生。杀害圣人的人，他们的灵魂将在地狱中受到永恒的诅咒。”

“但要是那些死者不是上了天堂，而是就在你眼前转变成为另一种生命形态呢？猪仔死后会不会变成别的什么？要是他变成了一棵树，能继续活上五十年、一百年、五百年呢？”

“你胡说些什么呀。”主教说。

“你是想说猪仔能够从动物变成植物？”堂·克里斯托问道，“从生物学的基本原理上看，这是不可能的。”

“是不可能。”安德说，“整个卢西塔尼亚只有寥寥几个物种适应了德斯科拉达活了下来。因为只有这几个物种具备这种变形的能力。当猪仔们杀死他们的一个成员后，这个成员变形成了树。这棵树至少部分保存了这个成员的智力。因为就在今天，我亲眼看到猪仔对一棵树唱歌，没有任何一件工具触及树身，但树自己倒了下来，自己变成了猪仔们需要的种种木质工具。这不是梦，米罗、欧安达和我都亲眼看到了，也听到了他们唱的歌，看到他们摸着木头，为树的灵魂祈祷。”

“这些跟我们怎么做决定有什么关系？”波斯基娜问道，“就算是吧，就算森林都是由死去的猪仔组成的吧，这也只跟科学家有关啊。”

“我是想说，当猪仔们杀死皮波和利波时，他们认为自己是在帮助他们两人进入生命的下一个阶段、下一种形态。他们不是野兽，他们是异族，将最高荣誉给予为他们做出最大贡献的人。”

“又是你那种大变活人的把戏，对不对？”主教说，“跟你今天代言时一模一样，让我们一次又一次看到马科斯·希贝拉，每一次都以全新的眼光。现在你又要我们把猪仔看成体面的正派人？好吧，我们就把他们看作体面的正派人。但我不会背叛议会，付出如此巨大的代价，只为让科学家们教会猪仔怎么制造冰箱。”

“主教，请别这样。”娜温妮阿说道。

大家望着她。

“你是说，他们夺走了我们所有的文件，所有的文件他们都有读写权限？”

“是的。”波斯基娜回道。

“这么说，我文件里的所有内容，跟德斯科拉达有关的内容，他们都知道了。”

“是的。”

娜温妮阿双手叠放在膝上。“那他们是不会让我们撤离的。”

“我也这么想。”安德说，“所以我才让埃拉请她参加会议。”

“为什么不会让我们撤离？”波斯基娜问道。

“因为德斯科拉达。”

“胡说。”主教说，“你父母已经发现了治愈手段。”

“不是治愈。”娜温妮阿说，“只是控制，让病发作不起来。”

“这我们知道。”波斯基娜说，“所以我们才在饮水里加入添加剂科拉多。”

“卢西塔尼亚上的每一个人都是德斯科拉达的携带者，除了代言人，他可能还没来得及染上。”

“添加剂又不贵。”主教说，“嗯，当然，他们可能还是会把我们隔离起来，我看他们很可能这么做。”

“没有地方可以隔离我们。”娜温妮阿说道，“德斯科拉达具有无穷无尽的变异形态，可以攻击任何种类的基因物质。我们可以服用添加剂，但能给每根草都服用添加剂吗？每一只鸟？每一条鱼？给海洋里每一种浮游生物服用添加剂，这可能吗？”

“所有生物都会受到感染？”波斯基娜问道，“我以前还不知道呢。”

“我没有告诉任何人。”娜温妮阿说，“但我开发的每一种植物中都内置了防护措施，苋属植物、马铃薯，都有。让这些植物的蛋白质起作用其实并不困难，真正困难的是让植物自身产出德斯科拉达抗体。”

波斯基娜震惊不已。“也就是说，无论我们走到哪儿——”

“我们都会引发当地生态圈的彻底毁灭。”

“你居然把这个当成秘密隐瞒起来了？”堂·克里斯托难以置信地问。

“没有这个必要。反正没有谁打算离开卢西塔尼亚。”娜温妮阿盯着膝头上的手，“这方面的信息中有某种内容导致皮波的被害。我把它当成秘密，免得其他人知道。可是现在——经过埃拉这几年的研究，还有代言人今晚说的话——现在我已经知道了皮波的发现是什么。德斯科拉达可以分裂基因分子，阻止它们重新组合成正常形态或进行自我复制。但它的作用还不仅于此。德斯科拉达可以使一种生物的基因与另一种完全不同的生物基因结合起来。卢西塔尼亚的所有生物都有动植物两种形态，成对生长：卡布拉的对应物是卡匹姆草，水蛇对应着爬根草，吸蝇对应苇子，欣加多拉鸟对应特罗佩加藤。猪仔则对应着森林里的树。”

“你是说一种东西变成了另一种东西？”堂·克里斯托既感兴趣，同时又有点厌恶。

“猪仔的变形是比较独特的：从尸体变成树。”娜温妮阿说，“卡布拉也许是通过卡匹姆草授粉怀孕，吸蝇则可能是从河里芦苇的穗里孵化出来的。这种现象值得研究，我早就该专心研究这个问题了。”

“这问题他们现在会发现吗？”堂·克里斯托问，“从你的文件里？”

“不会马上发现，但十年、二十年之后，在任何异乡人来到我们这里之前，他们就会发现。”娜温妮阿回答。

“我不是科学家。”主教说，“这儿好像人人都懂，只剩下我一个不明白的。这些跟撤离的问题有什么关系？”

娜温妮阿绞着双手。“他们不可能让我们离开卢西塔尼亚。”她说，“无论他们把我们弄到什么地方，我们随身携带的德斯科拉达病原体都会杀死当地一切生物。把所有人类世界上的外星生物学家全部加起来，都不足以防止哪怕单独一个星球受到侵袭。等接我们走的飞船到这里时，他们就会知道不能把我们撤走。”

“那就没问题了。”主教说，“咱们所有麻烦都解决了。如果我们现在通知他们，连撤离船队都省得派了。”

“你错了。”安德说，“佩雷格里诺主教，一旦他们知道德斯科拉达的危险性，他们一定会采取措施，确保不会有人离开这颗行星，永远不会。”

主教不屑一顾。“什么？你是说他们会炸掉这颗行星？得了吧，代言人，人类中已经没有安德这样的人了。他们最多不过把我们隔离在这里——”

“既然如此，”堂·克里斯托说道，“我们凭什么要听他们的吩咐呢？我们可以向他们发送一条消息，通知他们德斯科拉达的事，并且告诉他们，我们永远不会离开这颗星球，他们也不要来。万事大吉。”

波斯基娜连连摇头。“你以为他们中没有人会说：‘只要有一个卢西塔尼亚人访问别的星球一次，那个星球就完了。他们拥有一艘飞船，他们有潜在的叛乱倾向，还有一群杀戮成性的猪仔。卢西塔尼亚人的存在对其他人来说是个巨大威胁。’”

“谁会说这种话呢？”主教问道。

“梵蒂冈的人当然不会说这种话。”安德说道，“但议会的职责可不是拯救人的灵魂。”

“也许他们这种想法是对的。”主教说，“你自己也说过，猪仔们渴望星际飞行。可无论他们去了哪里，他们都会给那里带去死亡。连无人定居的星球都会遭到破坏，是不是这样？他们会干些什么？无穷无尽地把我们这里的惨淡景象复制到其他星球上？森林只由一种树组成，草原只长一种草，吃这种草的东西只有卡布拉，上面飞的只有欣加多拉鸟？”

“我们将来有可能找到解决德斯科拉达的办法。”埃拉说。

“但我们不能把自己的未来建立在这么小的概率上。”主教说。

“这正是我们必须起而抗争的原因。”安德说，“因为议会恰恰就是这个想法。这和三千年前那场种族屠杀一样。人人都谴责异族屠灭，因为这一行动毁灭了整整一个外星种族，最后却发现这个种族对我们并没有恶意。但在当时看来，虫族的意图就是要毁灭人类，人类的领袖们别无选择，只有全力还击。现在，我们又把同一个两难处境摆在了他们面前。他们本来就害怕猪仔，如果再知道德斯科拉达的事，从前一切保护猪仔的假面具都会抛到九霄云外。为了人类的生存，他们一定会摧毁我们。也许不会毁掉整颗行星，正如你刚才所说，现在已经没有安德这种人了。但他们肯定会消灭米拉格雷，还要杀掉知道我们的所有猪仔，再派遣一支部队监视这颗星球，不让任何猪仔脱离原始状态。如果是你，你会做出任何别的选择吗？”

“这种话可不是死者代言人说得出来的。”堂·克里斯托说。

“当时你在场，”主教说，“第一次发生这种事的时候你就在现场，对不对？毁灭虫族的时候。”

“上一次我们无法与虫族交流，不可能知道他们是异族而不是异种。但是这一次，在这里的是我们。我们知道自己不会离开这颗星球，去毁灭别的世界，除非德斯科拉达的问题解决，我们能安全地出去。这一次，”安德说，“我们要保证让异族活下来。今后如果有谁想写一下猪仔的故事，也用不着再当死者代言人。”

秘书猛地推开门，欧安达冲了进来。“主教，”她说，“市长，你们一定得来，娜温妮阿——”

“出什么事了？”主教问道。

“欧安达，我不得不逮捕你。”波斯基娜说。

“等会儿再逮捕我吧。”她说，“是米罗，他翻过了围栏。”

“不可能。”娜温妮阿说，“会杀死他——”突然间，她恐怖地意识到自己说出口的话，“快带我去——”

“找纳维欧。”堂娜·克里斯蒂说。

“你们没听明白。”欧安达说，“我们够不着他，他在围栏外面。”

“那我们怎么办？”波斯基娜问。

“把围栏关掉。”欧安达说。

波斯基娜绝望地看着大家。“我做不到呀。委员会已经接管了一切，通过安塞波。他们是绝不会关掉围栏的。”

“那米罗就死定了。”欧安达说。

“不！”娜温妮阿喊道。

在她身后，一个小小的身影走进房间。矮小、毛茸茸的。除了安德之外，其他人没有一个亲眼见过猪仔，但他们立即明白了这是什么。“请原谅，”猪仔说，“是不是说我们现在可以把他种起来了？”

没人费心问他是怎么进入围栏的，所有人都拼命捉摸着他的意思：把米罗种起来？

“不！”娜温妮阿尖叫一声。

曼达楚阿大出意料。“不？”

“我觉得，”安德说，“你们不应该继续栽种任何人类成员。”

曼达楚阿变得一动不动。

“你在说什么？”欧安达说，“你把他吓坏了。”

“我想，今天过后，他还会更加害怕。”安德说，“来吧，欧安达，把我们领到围栏边米罗那里。”

“可如果翻不过围栏，我们去了又能做什么？”

“给纳维欧医生打电话。”安德说。

“我去找他。”堂娜·克里斯蒂说，“你忘了，电话已经不通了。”

“我说，这有什么用？”波斯基娜固执地问道。

“我刚才跟你们说过，”安德说，“如果你们决定叛乱，我们可以切断安塞波网络，这样就可以关掉围栏了。”

“你是想用米罗的处境迫使我们发动叛乱啰？”主教说。

“是的。”安德说，“他是你们的人，对不对？所以，牧羊人，别管那九十九头了，咱们先救回这一头①。”

“这是在做什么？”曼达楚阿问。

“你领我们到围栏那儿去。”安德说，“快，请快点儿。”

大家奔下楼梯，来到办公室下面的教堂。安德听见主教紧跟在他身后，嘴里嘟哝着什么扭曲经文实现个人目的之类的抱怨。

曼达楚阿打头，大家穿过教堂的过道。安德发现主教在圣坛前停了

---

① 引自《圣经》中关于迷羊的比喻，牧羊人为了一只走失的羊，撇下其他九十九只羊，四处冒险寻找。

一会儿，俯视着走在人类前面的毛茸茸的小个子。到了教堂外，主教一把拉住他。“告诉我，代言人。”他说，“只是问问你的意思。如果围栏废了，如果我们起来反抗议会，是不是所有禁止人类接触猪仔的法律都会被废除？”

“我希望这样。”安德回答，“我希望在我们和他们之间，不再有任何人为的障碍。”

“那么，”主教说，“意思是我们可以向小个子们传授耶稣基督的福音了？不会有法律禁止这个吧？”

“对。”安德回道，“他们也许不愿意改变信仰，但肯定不会有规定禁止你向他们传道。”

“这我可得好好想想。”主教说，“我亲爱的异教徒，你建议的叛乱说不定会打开一扇大门，使整整一个伟大种族信奉我主耶稣。也许，你到这里当真是上帝的旨意。”

等主教、堂·克里斯托和安德赶到围栏时，曼达楚阿已经领着两个女人先到了。埃拉挡在娜温妮阿身前，后者双手向前伸着。安德一看就知道，当母亲的想爬出围栏，到自己儿子身边去。她朝他哭喊着：“米罗！米罗，你怎么能干出这种事，怎么能爬出——”安德连忙赶上去，尽力让她平静下来。

围栏另一边站着四个猪仔，目瞪口呆地望着来人。

为米罗的生命担心得直哆嗦的欧安达还保持着理智，她把安德没看到的情况告诉了他。“那是‘杯子’、‘箭’、‘人类’和吃树叶者。吃树叶者想让其他人把米罗种起来。我想我现在明白了他是什么意思，不过我们没事。‘人类’和曼达楚阿已经劝他们别那么做了。”

“但这个问题我们还是解决不了。”安德说，“米罗为什么会干出这种蠢事来。”

“来这儿的路上曼达楚阿已经告诉我了。猪仔们嚼卡匹姆草，可以起到麻醉作用，之后便可以攀爬围栏了。显然他们多年来一直这么干。他们以为我们不这么做的原因是出于对法律的尊重，现在他们知道了，卡匹姆草在我们身上起不到相同作用。”

安德走到围栏边。“‘人类’。”他叫道。

“人类”向前迈了一步。

“我们可以关掉围栏，但一旦我们这么做，我们就是和其他所有人类世界开战。你明白我的话吗？一边是卢西塔尼亚上的人类和猪仔，另一边是其他世界的人类。”

“噢。”“人类”说。

“我们打得赢吗？”“箭”问道。

“也许打得赢。”安德说，“也许打不赢。”

“你会把虫族女王给我们吗？”“人类”说。

“给你们之前，我得先见见你们的妻子们。”安德说。

猪仔们变得僵硬了。

“你在说些什么呀？”主教问道。

“我必须会见妻子们。”安德对猪仔们说，“因为我们必须先达成一项协定，一个条约。就是许多条规定，我们双方都必须遵守。你懂我的意思吗？人类不能按你们的方式生活，你们也不能按人类的方式生活。但如果我们想在不存在围栏的条件下和平共处，如果我要把虫族女王交给你们，帮助你们，教导你们，你们就得向我们做出某些保证，而且要信守这些诺言。你们懂吗？”

“我懂你的意思。”“人类”说，“可想见妻子们，你不知道你要求的是什么。她们的脑子跟我们兄弟们不一样，她们聪明的方式也跟兄弟们不一样。”

“所有决定都由她们做出，是不是这样？”

“当然。”“人类”说，“不然怎么行？她们看管着母亲们呀。但我警告你，跟妻子们说话是非常危险的，尤其是你，因为她们非常非常尊重你。”

“如果要废除围栏，我必须跟妻子们说话。如果我不能跟她们说话，围栏就不能关，米罗也只有死。我们也只能遵照议会的命令，全体撤离卢西塔尼亚。”安德没告诉他们人类恐怕也会跟他们一个下场——被屠杀净尽。他总是说实话，但不一定把所有的话全都说出来。

“我带你去妻子们那里。”“人类”说。

吃树叶者走到他身边，嘲弄地抓了他的肚皮一把。“他们给你起的名字真起对了。”他说，“你可真是个‘人类’，不是跟我们一伙的。”吃树叶者说完便跑，但“箭”和“杯子”拉住他不放。

“我带你去。”“人类”说，“你废掉围栏，救米罗的命。”

安德转向主教。

“决定不该由我下。”主教说，“决定权在波斯基娜手里。”

“我曾向议会宣誓效忠，但现在我正式背弃这个誓言，以拯救我的人民。我决定废除围栏，希望叛乱给我们带来的是收获，而不是损失。”

“如果能向猪仔布道，就是收获。”主教说。

“等我跟妻子们会面时，我会提出这个要求。”安德说，“其他的我就不能保证了。”

“主教大人！”娜温妮阿喊道，“皮波和利波已经死在外面，不能让米罗也死啊！”

“废除围栏。”主教说道，“我不想让这个殖民地直到完蛋都没有聆听过上帝的教诲。”他笑了笑，“只盼加斯托和西达两位圣人法力无穷。我们现在可真是需要他们帮忙啊。”

“简。”安德低声道。

“我真爱死你了。”简说，“只要我给你说清情况，你简直什么都能办到。”

“切断安塞波，关闭围栏的能量场。”安德说道。

“好了。”她说。

安德奔向围栏，爬了上去。在猪仔的帮助下，他扛起米罗重新爬上围栏顶端，将米罗僵硬的躯体交到等候着的主教、市长、堂·克里斯托和娜温妮阿手里。纳维欧这时刚与堂娜·克里斯蒂一起跑下山坡。他们能替米罗做的已经做完了。

欧安达开始攀爬围栏。

“回去。”安德说，“我们已经把他抱回来了。”

“如果你要去见妻子们，”欧安达说，“我就要跟你一起去。你需要我的协助。”

安德无法反驳，她跳下围栏，来到安德身旁。

纳维欧跪在米罗身旁。“他居然敢爬围栏？”他说，“这绝对不可能。钻进能量场，没人能忍受那种痛苦。”

“他能活吗？”娜温妮阿急切地问。

“我怎么知道？”纳维欧一面说，一面两三下扯掉米罗的衣服，将传感器贴在他身上，“医学院里从来没讲过这种病例。”

围栏又摇晃起来，埃拉爬了过来。“你的帮助我不需要。”安德说。

“总得有个懂点外星生物学的人出去看看吧，是时候了。”她反驳道。

“留在这儿，照顾你哥。”欧安达说。

埃拉挑战地瞪着她。“他也是你哥。”她说，“我们要做的是保证把我们的工作做好，即使他死了，我们也要保证他没有白死。”

三个人跟着“人类”和其他猪仔走进森林。

波斯基娜和主教目送他们远去。“早上睁开眼睛时，”波斯基娜说，“我怎么也不会想到再上床睡觉的时候，我已经成了个叛乱分子。”

“我也是，我做梦都想不到死者代言人居然会成为咱们的大使。”主教说。

“问题是，”堂·克里斯托说，“人类会不会最终原谅我们。”

“你觉得我们犯了大错吗？”主教厉声问道。

“当然不是。”堂·克里斯托说，“我认为，我们正向某种恢宏伟大不可仰视的东西迈进，但是，只要是真正的伟大前进，几乎从来不会得到人类的原谅。”

“幸运的是，”主教说，“人类的裁决并不重要。现在，我该为这个小伙子祈祷了，医学手段显然已经到了可以施展的极限。”

CHAPTER

17

妻子们

查出撤离舰队携带着“小大夫[①]”的消息是怎么泄露的。这个任务极其重要，为最优先级。再查出这个所谓的德摩斯梯尼是谁。按照法律规定，将撤离舰队称为第二个异族屠灭者显然是一种背叛行为，如果星际议会竟然不敢谴责这种行径并加以阻止，我看不出这个议会还有什么继续存在的必要。

与此同时，请继续评估得自卢西塔尼亚的文件。我不相信他们发动叛乱的原因仅仅是为了救那两个铸下大错的外星人类学家，这是完全不符合理性的行为。那位市长的背景中没有暗示她可能丧失理性的材料。如果那里真的发生叛乱，我要知道谁是这场叛乱的领导者。

皮约特，我知道你已经尽了最大努力。我也一样，所有人都是这样，也许连卢西塔尼亚人也是。但我的职责是保证所有人类世界的安全与完整。我的责任比当年的霸主彼得大一百倍，但权力只有他的十分之一。另外，我远远不具备他所具有的天才。我相信，如果现在我们有彼得，你和大家都会更放心些。我还担心，到头来我们也许还需要另一个安德。

---

① 一种星球毁灭级的核武器，见“安德”系列第一部《安德的游戏》。

没有人希望看到异族屠灭，可一旦出现这种情况，我希望，化成飞烟的是另外一方。到了爆发战争的时候，人类就是人类，外星人就是外星人，各占一方。在生死关头，所有关于异族、异种的废话全都必须抛到九霄云外。

这些解释你满意吗？请相信，我不会软下心肠，你也一样，要硬起心来。带给我结果，而且要快。

爱你，吻。巴娃。

——戈巴娃·埃库姆波与皮约特·马提诺夫的通信，

引自德摩斯梯尼《第二次异族屠灭》87:1972:1:1:1

"人类"在林中领路。猪仔们轻松自如地翻山越岭，涉过一条小河，穿过茂密的灌木丛。"人类"很活跃，手舞足蹈，时时爬上某棵树，碰碰它们，跟它们说上几句。其他猪仔要拘谨得多，只偶尔参与他的怪动作。和安德他们一起走在后面的只有曼达楚阿。

"他为什么那么做？"安德轻声问。

曼达楚阿一时没明白他的意思，欧安达解释道："为什么'人类'要爬到树上去，碰它们，对它们唱歌？"

"告诉它们这里来了第三种生命。"曼达楚阿回答，"这么做太不礼貌了，他总是这么自私，这么傻。"

欧安达有点吃惊，看看安德，又看着曼达楚阿。"我还以为大家都喜欢'人类'呢。"她说。

"这是给他的荣誉。"曼达楚阿说，"应当这么做。"接着，曼达楚阿捅捅安德的屁股，"不过，有件事他傻透了。他以为你会给他荣誉，他以为你会让他具有第三种生命。"

"什么是第三种生命？"安德问。

"皮波的礼物，他不给我们，要自己留着。"曼达楚阿说道，随即加快步伐，赶上其他猪仔。

“他说的话你明白吗？”安德问欧安达。

“我现在还是不习惯听到你直接问他们问题。”

“可得到的回答把我听得稀里糊涂。”

“第一，曼达楚阿很生气；第二，他对皮波不满。第三种生命，皮波不给他们的一种礼物？这些我们以后会明白的。”

“什么时候？”

“二十年吧。也许二十分钟。外星人类学就是这么有趣。”

埃拉也碰了碰那些树，不时打量一番灌木丛。“全都是一种植物，包括灌木丛，再加上那种缠在树上的藤。欧安达，你见过其他种类的植物吗？”

“我没发现。不过我从来没注意这些。这种藤叫梅尔多纳，玛西欧斯虫好像以它为食。我们教会了猪仔如何食用梅尔多纳藤的根茎。这还是在食用苋之前的事。所以，他们现在的食物延伸到了食物链的下层。”

“看。”安德说。

猪仔们停下了脚步，背对三人，面向一块林间空地。不一会儿，安德、欧安达和埃拉便赶上他们，目光越过他们的头顶望着这片浴在月光下的空地。这块地相当大，地面光秃秃的。空地边缘是几栋木屋，中间没什么东西，只有孤零零一棵大树，这是他们在森林中见过的最大的树。

树干似乎在移动。“爬满了玛西欧斯虫。”欧安达说。

“不是玛西欧斯。”“人类”说。

“三百二十个。”曼达楚阿说。

“小兄弟们。”“箭”说。

“还有小母亲们。”“杯子”补充说。

“如果你们胆敢伤害他们，”吃树叶者说，“我们会杀掉你们，不种你们，还要砍倒你们的树。”

“我们不会伤害他们的。”安德说。

猪仔们没有朝空地迈进一步，他们等着。等啊等啊，最后，在几乎正对着他们的方向，最大的一栋木屋附近有了点动静。是一个猪仔，但体积比他们见过的任何猪仔都大。

“一个妻子。”曼达楚阿轻声说。

“她叫什么名字？”安德问道。

猪仔们一转身，怒视着他。“她们不告诉我们名字。”吃树叶者说。

“如果她们有名字的话。”“杯子”补充说。

“人类”伸过手，把安德一拉，让他弯下腰来，凑在他耳边悄声道：“我们一直管她叫大嗓门，没有一个妻子知道。”

女性猪仔望着他们，然后曼声吟唱起来——没有别的词可以形容那种婉转悠扬的音调。她用妻子的语言说了一两句话。

“你应该过去。”曼达楚阿说，“代言人，你。”

“我一个人？”安德问，“我希望能带欧安达和埃拉一起去。”

曼达楚阿用妻子的语言大声说了起来。跟女性的曼妙声音相比，他的话听上去是一连串呜噜呜噜。大嗓门回答了他，和上次一样，只唱了短短一两句。

“她说她们当然可以过去。”曼达楚阿报告说，“她说难道她们不同样是女性吗？人类和小个子的区别她有点搞不清楚。”

“还有一件事。”安德说，“你们至少也应该过去一个，替我当翻译。或许，她也会说斯塔克语？”

曼达楚阿重复了安德的请求。回答很简短，曼达楚阿听了显然不大高兴。他拒绝翻译。“人类”解释道：“她说你可以任意选择一位翻译者，只要不是曼达楚阿就行。”

“那么，我们希望你来替我们翻译。”安德说。

“你必须第一个走进生育场。”“人类”说，“她们邀请的是你。”

安德迈进空地，走在溶溶月光中。他听见埃拉和欧安达跟了上来，“人类”在最后面吧嗒吧嗒迈着步子。现在他看到，前面不止大嗓门一个女性，每个门口都露出几个脑袋。“这里有多少妻子？”安德问。

“人类”没有回答。安德转身看着他，重复自己的问题：“这里有多少妻子？”

“人类”仍然没有回答。这时大嗓门唱了起来，声音比刚才大些，带着命令的语气。“人类”这才翻译道：“在生育场里，代言人，只有回答一位妻子提出的问题时你才能说话。”

安德严肃地点点头，转身向林边其他男性猪仔候着的地方走去，欧安达和埃拉跟在他后面。他听见大嗓门在身后唱着什么，这时他才明白为什么男性给她起这个名字——她的声音大极了，连树都震动起来。“人类”赶上来，拽着安德的衣服。“她问你为什么走，你没有获得离开这里的许可。代言人，这样做非常非常不好。她很生气。”

“告诉她，我来这里不是为了下命令，也不是为了听命令。如果她不能平等待我，我也不能平等待她。”

“我可不能跟她说这种话。”“人类”说。

“那她就不会明白我为什么走了，对吗？”

“这可是非常大的荣誉啊，被请到妻子们这里来。”

“死者代言人到这里来拜访她们，这也是她们极大的荣誉。”

“人类”一动不动地站了一会儿，因为焦急全身都僵硬了。接着，他转过身，对大嗓门说起来。

她安静下来。空地上一时鸦雀无声。

“希望你知道自己在做什么，代言人。”欧安达小声嘀咕着。

“我在临场发挥。”安德回答，“你觉得下面会发生什么事？”

她没有回答。

大嗓门走进那所大木屋。安德一转身，朝森林里走去。大嗓门的声音马上便响了起来。

“她命令你等一等。”

安德没有停步。“如果她要我回来，我也许会。但你一定要告诉她，‘人类’，我不是来发号施令的，但也不是来听别人发号施令的。”

“我不能说这种话。”“人类”说。

“为什么？”安德问道。

“让我来。”欧安达说，“‘人类’，你不能说这种话，是因为害怕呢，还是因为没有可以表达这层意思的语言？”

“没有语言。一个兄弟跟妻子说话时不是请求而是命令，这是完全颠倒的，没有这种语言。”

欧安达对安德说：“这可没办法了，代言人，语言问题。”

“她们不是可以理解你的语言吗？‘人类’？”安德问道。

“在生育场不能用男性语言讲话。”“人类”说。

“告诉她，就说我的话用妻子们的语言表达不出来，只能用男性语言，告诉她说，我——请求——她同意你用男性语言翻译我的话。”

“你可真是个大麻烦，代言人。”“人类”说。他转过身，对大嗓门说起来。

突然间，空地上响起十几个声音，全是妻子的语言，十几首歌咏般的调子响起，汇成一片和声。

“代言人，”欧安达说，“现在你已经差不多违反了人类学考察中的每一条规定。”

“我还没有违反的是哪几条？”

“眼下我只想得起一条：你还没有杀掉哪个考察对象。”

“你忘了一点。”安德说，“我不是考察他们的科学家，我来这里是作为人类的大使，与他们谈判条约的。”

那一片声音乍起乍落，妻子们不作声了。大嗓门出了木屋，走到空地中央，站的地方离那棵大树很近。她唱了起来。

“人类”在答话，用的是兄弟们的语言。欧安达急匆匆翻译道：“他正把你说的话告诉她，就是要相互平等那些话。”

妻子们再次爆发出一片杂音。

“你觉得她们会做出什么反应？”埃拉问。

“我怎么可能知道？”欧安达说，“我到这儿来的次数跟你一样多。”

“我想她们会理解的，也会在这个前提下让我重新走进空地。”安德说。

“为什么这么想？”欧安达问。

“因为我是从天上来的，因为我是死者代言人。”

“别扮演高高在上的白人上帝的角色。”欧安达说，“一般而言，这种做法没什么好结果。”

“我没把自己看成皮萨罗①。”安德说。

在他的耳朵里，简低声道：“那种妻子的语言，我渐渐琢磨出了点门道。基本语法与皮波和利波记录的男性语言很接近，‘人类’的翻译也起了很大作用。妻子的语言与男性语言的关系很密切，但是更加古老，更接近原初状态。女性对男性说话全都使用命令性的祈使句，男性对女性则用表示恳求的句子。妻子语言中对兄弟们的称呼很像男性语言中对玛西欧斯的称呼，就是那种长在树上的虫子。如果这种话就是爱的语言，他们能够繁殖真是个奇迹。”

安德微微一笑。听到简重新对自己说话真好，知道自己会得到她的帮助，感觉真好。

他这才意识到，曼达楚阿一直在问着欧安达什么，因为欧安达小声答道：“他在听他耳朵里的珠宝说话。”

---

①弗朗西斯科·皮萨罗：十五、十六世纪西班牙探险家，印加帝国的征服者。

“那就是虫族女王吗？”曼达楚阿问。

“不是。”欧安达说，“那是个……”她尽力想找个能说明问题的词，“是个电脑，就是能说话的机器。”

“能给我一个吗？”曼达楚阿问。

“以后吧。”安德回答，把欧安达从困境中解救出来。

妻子们沉默了，再次只剩下大嗓门的声音。男性猪仔们突然兴奋起来，踮着脚尖上蹿下跳。

简在他耳朵里悄声说：“她现在说起男性语言来了。”

“真是伟大的一天啊。”“箭”轻声说，“妻子们竟然在这样一个地方说起男性语言来了。以前从来没有发生过。”

“她请你进去。”“人类”说，“邀请方式是姐妹对兄弟的方式。”

安德立即走进空地，直直走向她。虽说她比男性高得多，却仍比安德矮了足足五十厘米，所以他蹲了下来。两人四目相对。

“谢谢你待我这么仁慈。”安德说。

“这句话我可以用妻子的语言翻译出来。”“人类”说。

“算了，都用你的语言翻译吧。”安德说。

他照办了。大嗓门伸出一只手，触摸着安德光滑的前额、微微凸出的下颌。她一根指头按了按他的嘴唇，又轻轻按按他的眼皮。安德闭上眼睛，但没有退缩。

她说话了。“你就是那位神圣的代言人吗？”“人类”翻译道。简悄悄纠正道：“‘神圣的’这三个字是他自己加的。”

安德直视着“人类”的眼睛：“我不是‘神圣的’。”

“人类”呆了。

“告诉她。”

“人类”焦灼不安地左思右想，最后显然认定安德是危险性更小的一方，“她没有说神圣的。”

“只把她说的话译给我听，尽可能准确些。”安德说。

“如果你不是个圣人，”“人类”说，“你怎么会知道她说了什么话？”

“请你照我的话做。”安德说，“做个忠实的翻译。”

“对你说话我可以忠实，”“人类”说，“但对她说话时，她听到的可是我的声音，是我说出你的那些话。我不能不说得——非常谨慎。”

“一定要直译。”安德说，“不要害怕。让她准确地知道我说了什么，这非常重要。这样，你告诉她，说是我说的，请求她原谅你以这么粗鲁的方式对她讲话，说我是个粗鲁的异乡人，你只好准确地翻译我说的话。”

“人类”翻了个白眼，却还是对大嗓门说起来。

她的回答很简洁。“人类”翻译道：“她说她的脑袋不是梅尔多纳藤的根茎刻出来的，她当然能够理解。”

“对她说，我们人类从来没见过这么大的树。请她对我们解释她和其他妻子拿这棵树派什么用场。”

欧安达惊骇不已。“你可真是开门见山哪。”

但等“人类”译完安德的话后，大嗓门马上来到树旁，手抚树身，唱了起来。

现在他们离那棵树很近，能看到树干上密密麻麻爬满蠕动的小东西，大多数不到四五厘米。看上去约略有点像胎儿，粉红的躯体上覆着一层黑毛。他们的眼睛是睁着的，挣扎着爬到同伴们上面，争抢着树干上那些斑点状物质附近的位置。

“苋糊。”欧安达说。

“都是婴儿。”埃拉说。

“不是婴儿，”“人类”说，“这些已经快长到会走路的年龄了。”

安德走近那棵树，伸出手去。大嗓门立即不唱了。但安德没有住手，他的手指触到了树身，挨近一个猪仔婴儿。他爬到安德的指头边，爬上他的手，紧紧抱住不放。“你能把他分辨出来吗？他有名字吗？”安德问。

惊恐万状的“人类”急促翻译着，然后复述大嗓门的回答。“这是我的一个兄弟。”他说，“等他能用两条腿走路时才会给他起名字。他的父亲是鲁特。”

“他的母亲呢？”安德问。

“哦，小母亲们没有名字。”“人类”说。

“问她。”

“人类”问了，而后她回答。“她说他的母亲非常结实、非常勇敢。怀了五个孩子，她长得很胖。”“人类”碰碰自己的额头，“五个孩子是个大数目，她还很胖，所有孩子都能自己喂养。”

“他母亲也是喂他这种苋糊吗？”

“人类”吓坏了，“代言人，我说不出这种话，用什么语言都说不出。”

“为什么？”

“我告诉你了。她很胖，能自己养所有孩子。把那个小兄弟放下来，让妻子对树唱歌。”

安德把手放到树上，那个小兄弟一扭一扭爬开了。大嗓门又唱起来。欧安达怒视着这个鲁莽的代言人，埃拉却非常兴奋。“你们还不明白吗？新生儿以自己母亲的躯体为食。”

安德倒退一步，极感厌恶。

“你怎么这么想？”欧安达问。

“看他们是怎么在树上蠕动的，跟玛西欧斯虫完全一样。他们与玛西欧斯虫一定是竞争对手。”埃拉指着一块没有涂上苋糊的树身，“树渗出树液，就在这些裂缝里。在德斯科拉达瘟疫爆发之前，一定有许多昆虫吃这种树液，包括玛西欧斯虫和猪仔婴儿。他们要争抢树液。正是由于这个原因，猪仔们才能把自己的基因分子与这些树的基因分子混合起来。婴儿在树上，成年猪仔必须时时爬上树去，赶走玛西欧斯虫。尽管他们现在有了足够的其他食物，他们的整个生命周期还是和树联系在一起。在他们自己变成树之前很久就是这样了。”

“我们现在研究的是猪仔的社会结构，”欧安达不耐烦地说，“不是发生在古代的进化史。”

“我正在进行高难度谈判呢。”安德说，“所以拜托你们安静会儿，尽可能多学多看，别在这儿开研讨会。”

大嗓门的歌声达到了最强音，咔嚓一声，树干上出现了一道裂痕。

“她们不至于为了我们把这棵树弄倒吧。”欧安达吓坏了。

“她是请求这棵树敞开自己。”“人类”摸摸自己的额头，“这是母亲树。整个森林里只有这一棵。这棵树绝不能受伤，否则我们的孩子只好从别的树上出生了。我们的父亲也都会死掉。”

其他妻子的声音也响了起来，与大嗓门形成合唱。不一会儿，母亲树的树干上张开了一个大洞。安德立即走到它的正前方，朝里面望去。可洞里太黑，什么都看不见。

埃拉从腰带上抽出照明棍，递给安德。欧安达一把抓住她的手腕。“这是机器！”她说，“不能带到这儿来。”

安德轻轻从埃拉手里接过照明棍。“围栏已经倒了。”他说，“现在我们大家都可以参加你的尝试行动了。”他把照明棍在地上插好，打开，手指轻抚棍身以减弱光线，让光线均匀分布。妻子们发出压低嗓子的惊呼，大嗓门碰了碰“人类”的肚皮。

“我早就说过，说你们可以在晚上造出小月亮。”他说，“我告诉他们你们随身带着小月亮走路。”

“我想让光线照进母亲树里面，不会出事吧？”

“人类”向大嗓门转译，后者伸手要过照明棍。她双手颤抖着捧起照明棍，轻声吟唱起来。然后，她轻轻转动照明棍，让一束光照进洞里。但她几乎立即便缩回手，将照明棍指向另外的方向。“这么亮，会让他们变瞎的。”“人类”说。

简在安德耳朵里悄声道："她的声音在树身内部引起了一种回音，光线照进去时，回音的调子立即变了，一下子变高了，形成另一种声音。那棵树在回答，用大嗓门自己的声音回答她。"

"你可以看到里面的情况吗？"安德低声问。

"跪下来，带我靠近点，横着扫过那个洞口。"安德照办，头部缓缓地从左向右移过洞口，让植入珠宝的耳朵横过洞口。简描述着她看到的情况，安德跪在那里，好长时间一动不动。接着他转向另外两个人。"是小母亲们。"安德说，"里面都是小母亲，全都怀了孕。不足四厘米长，其中一个正在生产。"

"用你的耳朵看到的？"埃拉问。

欧安达跪在他身旁，极力朝树洞里张望，但什么都看不见，"这种繁殖方式真让人难以置信。雌性在婴儿期便达到性成熟，生产，然后死亡。"她问"人类"："外面树身上那些小家伙都是兄弟，对吗？"

"人类"向大嗓门重复了这个问题。妻子伸手从树干缝隙里抠出一个稍大点的婴儿，唱了几句解释的话。"这就是一个年轻的妻子，""人类"翻译道，"等她长大后，她会和其他妻子一起，照顾孩子们。"

"只有这一个是妻子吗？"埃拉问。

安德打了个哆嗦，站起身来。"这一个或者不能生育，或者根本不交配。她不可能自己生孩子。"

"为什么？"欧安达问。

"没有产道。"安德说，"婴儿们只有吃掉母亲才能出世。"

欧安达小声念了一句祷词。

埃拉却极感好奇。"真是太神奇了。"她说，"可她们的体积这么小，怎么交配？"

"这还用说，把她们带到父亲们那里去。""人类"说，"还能怎么办？父亲们不可能到这里来，对不对？"

"父亲们，"欧安达说，"指的是最受敬重的树。"

"说得对。""人类"说，"父亲们的树干都成熟了，他们把他们的粉尘放到树干上，放进树液里。我们把小母亲放到妻子们选定的父亲树上。她在树干上爬，树液里的粉尘就进了她的肚子，往里面填进小家伙。"

欧安达无声地指指"人类"肚皮上的小凸起。

"对，这就是运载工具。得到这份荣耀的兄弟把小母亲放在他的运载工具上，让她紧紧抓住，直到来到父亲身边。"他摸摸自己的肚子，"在我们的第二种生命中，这是最美不过的美事。如果做得到的话，我们真想整晚搬运小母亲。"

大嗓门唱起来，很响亮，声音拖得长长的。母亲树上的树洞开始闭合。

"这些雌性，这些小母亲，"埃拉问道，"她们有自己的意识吗？"

"意识"这个词儿"人类"不懂。

"她们是清醒的吗？"安德问。

"当然。""人类"回答。

"他的意思是，"欧安达解释道，"这些小母亲有思考能力吗？她们听不听得懂语言？"

"她们？""人类"说道，"不，她们和卡布拉一样笨，只比玛西欧斯虫聪明一点点。她们只能做三件事：吃、爬、抓紧运载工具。这些长在树洞外的不一样，他们已经开始学习了。我还记得自己趴在母亲树上的事，也就是说，从那时起我就有记忆了。不过像我这种能记起那么久以前的事的猪仔是很少的。"

泪水涌上欧安达的双眼。"所有这些当母亲的，她们出生、交配、生育、死亡，这一切在她们还是婴儿时就发生了。她们连自己是不是真正活过都不知道。"

"这种情形是非常极端的。"埃拉说，"雌性很早就达到了性成熟，雄性则很晚。占据主宰地位的雌性都是不能生育的，真有讽刺意义。她们统治着整个部落，却不能传下她们自己的基因——”

“埃拉，”欧安达说，“咱们能不能发明出一种办法，让小母亲既能怀上后代，又不至于被自己的孩子吃掉。比如剖腹产。再发明一种富含蛋白质的物质取代她们的尸体成为婴儿的食物。那样的话，这些雌性能不能长到成年期？”

没等埃拉答话，安德抓住两人的胳膊，把她们拉到一旁。“你们好大的胆子！”他压低嗓门道，“换个角度想想如何？如果猪仔发明出一种办法，可以让人类的女婴怀上孩子，这些孩子可以吃掉他们母亲小小的尸体。你们作何感想？”

“你胡说八道些什么！”欧安达说。

“真恶心！”埃拉说。

“我们到这里来的目的不是要毁掉他们生活的根基。”安德说，“来这里的目的是寻找双方共享这个星球的道路。一百年、五百年后，等他们的技术发展到一定地步，他们自己可以做出这种决定：是否改变他们的生育方式。但我们不能替他们设计出一个社会，突然让数量与男性相同的大批女性进入成年期。让她们干什么？她们再也怀不上孩子了，对不对？也不能取代男性成为父亲，对不对？你们让她们怎么办？”

“但她们连活都没好好活过，就死了——”

“是什么样的人就过什么样的生活。”安德说，“要作出什么改变必须由他们说了算，而不是你们，不是你们这些被人类观念蒙住双眼的人，一心希望他们过上幸福美满的生活——跟我们一样。”

“你说得对。”埃拉说，“当然，你是对的。很抱歉。”

在埃拉看来，猪仔不能算人，只是另一种奇特的外星动物，她早就习惯了动物们种种非人类的生活模式。但安德看出欧安达大受震动：她早就将猪仔看作“我们”，而不是“他们”。她接受了他们以前的种种奇行，甚至包括杀害她的父亲，毕竟这些行为还不能算大异于人类。这意味着，她远比埃拉更能接受猪仔，也更能容忍他们。但同时也使她对他们这种残暴行为更为反感。

安德还发现，与猪仔们接触多年后，欧安达也染上了猪仔们的一种身体姿势习惯：极度焦灼时便凝立不动，整个躯体都僵了。他像父亲一样轻轻揽住她的肩头，把她拉进自己怀里。

欧安达稍稍放松了一点儿，她发出一声神经质的笑。“知道我不停地想着什么吗？”她说，“我在想，小母亲们没接受洗礼就死去了。”

“如果佩雷格里诺主教让他们改了宗教，”安德说，“也许他们会允许我们朝母亲树的树洞里洒圣水、念祷词。”

“别开我的玩笑。”欧安达轻声说。

“我不是开玩笑。至于现在，我们应该要求他们做出一定程度的改变，使我们可以和他们共同生活。此外再也不能提更多要求了。我们自己也要做出一定改变，使他们可以接受我们。或者双方在这一点上达成一致，或者我们重新竖起围栏。因为到那时，我们就真的威胁到他们的生存了。”

埃拉点点头，同意了。但欧安达的躯体还是那么僵硬。安德的手指在欧安达肩头一紧，她吓了一跳，点点头，表示同意。他放开手。“抱歉。”他说，“但这就是他们的生活方式。如果你愿意，也可以这么说，上帝就是这样安排他们的。所以不要按你自己的形象重新塑造他们。”

他转向母亲树。大嗓门和“人类”还在等着。

“请原谅我们岔开了一会儿。”安德说。

“没关系。”“人类”说，“我把你们说的话告诉她了。”

安德心里一沉。“你跟她说我们在说什么？”

“我说她们想做点什么，让我们更像人类，可你不准她们这么做，不然的话你就要回去重新立起围栏。我告诉她，你说我们应该继续当我们的小个子，你们也继续当你们的人类。”

安德不禁露出微笑。他的翻译很准确，而且这个猪仔相当有头脑，没有说得非常详尽。妻子们有可能真的希望小母亲们生过孩子后还能活下来，但她们却不知道这种看似简单、人道的行为将会带来何等巨大的后果。“人类”真算得上是个第一流的外交家：说出事实，但回避了问题。

“好。”安德说，“现在咱们已经见过面了，该讨论些重大的问题了。”

安德在地上坐下。大嗓门蹲在他对面，唱了几句。

“她说，你必须把你们知道的知识全部教给我们，把我们带到星星上去，把虫族女王交给我们，还要把这个以前我们没见过的人带来的照明棍给我们。不然的话，到了黑漆漆的夜里，她就会把这片森林的所有兄弟派出去，趁你们睡觉时把你们统统杀死，高高地吊起来，让你们碰不到地面，休想进入第三种生命。”看到安德吃惊的表情，“人类”伸出手去碰碰他的胸口，“不，不，请你理解，这些话其实毫无意义。我们跟其他部落说话时一开头总这么说。你以为我们是疯子吗？我们永远不会杀你们的！你们给了我们苋、陶器，还有《虫族女王和霸主》，我们怎么会——”

“告诉她，除非她收回这些威胁，否则我们再也不会给她任何东西。”

“我不是跟你说过吗？代言人，这些话没有任何意义——”

“她的话已经说出来了，如果不收回这些话，我不会跟她对话。”

“人类”告诉了她。

大嗓门跳起来，跑到母亲树跟前，绕着树身走着，双手高举，大声唱着。

“人类”朝安德斜过身子。“她在向那位伟大的母亲以及所有妻子诉苦，说你是个兄弟，却不明白自己的身份。她说你很粗鲁，简直不可能跟你打交道。”

安德点点头。“这就对了，知道这个就说明取得了一点进展。”

大嗓门再次蹲在安德面前，用男性语言说起来。

“她说，她永远不会杀死任何人类，也不会允许任何兄弟做出这种事。她说请你记住，你比我们中的任何一个都高一倍，你们什么都知道，而我们什么都不知道。她这么低三下四，你满意了吗？可以和她说话了吗？”

大嗓门望着他，阴着脸，等着他的回答。

“是的。”安德说，“我们现在可以开始谈判了。”

娜温妮阿跪在米罗床头，金和奥尔拉多站在她身旁。堂·克里斯托已经把科尤拉和格雷戈领进了他们自己的房间，在米罗痛苦的喘息声中，隐隐约约听得见堂·克里斯托跑了调的催眠曲。

米罗的眼睛睁开了。

“米罗。”娜温妮阿说。

米罗呻吟一声。

“米罗，你是在自己家里，躺在自己床上。围栏的能量场还没有关闭时你爬了上去，受了伤。纳维欧医生说你受了脑损伤，我们还不知道损伤是不是永久性的。你也许会瘫痪，但你会活下来的，米罗。纳维欧医生还说有很多措施可以弥补你损失的身体功能。你明白我的话吗？我把实话告诉你，一时会很难熬，但你的伤势是可以抢救的，我们会尽最大努力。”

他轻声呻吟起来，不是表示痛苦的声音。他好像想说什么，却发不出声音。

“你的嘴巴能动吗，米罗？”金说。

米罗的嘴缓缓张开，又慢慢合拢。

奥尔拉多把手举到米罗头上一米处，慢慢移动。“你能让眼睛跟着我的手吗？”

米罗的眼睛随着奥尔拉多的手移动着。娜温妮阿捏捏米罗的手。“你能感觉到我捏你的手吗？”

米罗又呻吟起来。

“闭嘴表示不，”金说，“张开嘴表示是。”

米罗闭上嘴，发出“嗯”的音。

娜温妮阿再也控制不住自己的感情。尽管嘴里说着宽心话，但眼前的事，实在是发生在她孩子们身上的一场最可怕的灾难。奥尔拉多失去眼睛时她还以为最大的事故莫过于此了。可看看现在的米罗，瘫在床上动弹不得，连她手的触摸都感觉不到。皮波死时她体会过一种痛苦，利波死时她体会过另一种，马考恩的死也曾给她带来无尽的悔恨。她甚至记得看着别人将她父母的遗体放入墓穴时，那种心里空无一物的刺痛。但是，这些痛苦没有哪一种比得上现在，眼睁睁地看到自己的孩子在受罪，而自己却无能为力。

她站起来，想离开。为了他，她不会在这里哭，只会在别的房间里无声地哭泣。

“嗯，嗯，嗯。”

“他不想让你走。”金说。

“如果你想我留下，我会留下的。”娜温妮阿说，“但你现在应该睡觉，纳维欧说你应该多睡——”

“嗯，嗯，嗯。”

“他也不想睡觉。”金说。

娜温妮阿好不容易才忍住，没有厉声呵斥金，告诉他她自己明白米罗在说什么。但现在不是发脾气的时候，再说，替米罗想出表达想法的办法的人是金。他有权利感到骄傲，有权利替米罗说话。他用这种办法表示自己仍是这个家庭的一员，不会因为今天在广场里听到的事而放弃这个家。他用这种办法表示自己原谅了她。所以，娜温妮阿什么都没说。

“也许他想告诉咱们什么。”奥尔拉多说。

“嗯。”

“要不，想问咱们什么？”金说。

“啊，啊。”

“这怎么办？”金说，“他的手不能动，不能写出来。”

“没问题。”奥尔拉多说，“用扫描的办法。他能看，我们把终端拿来，我可以让电脑扫描字母，碰上他想要的字母时他说是就行。”

“太花时间了。”金说。

“你想用这个办法吗？”娜温妮阿说。

他想。

三个人把他抬到前屋，在床上放平。奥尔拉多调整终端显示图像的位置，让米罗能看见显示在上面的字母。他写了一段程序，让每个字母高亮显示一秒钟。试了几次才调整好时间，让米罗来得及发出一个表示肯定的声音。

米罗则把自己想说的话用尽可能简洁的方式表达出来，这样速度可以更快些。

P-I-G .

“猪仔。”奥尔拉多说。

“对。”娜温妮阿说，“你为什么要翻过围栏到他们那儿去？”

“嗯嗯嗯！”

“他是在问问题，母亲。”金说，“不想回答问题。”

“啊。”

“你想知道那些等着你翻过围栏的猪仔的情况吗？”娜温妮阿问。是的。

“他们回森林去了，和欧安达、埃拉、代言人一起。”她简单说了说主教办公室的会、他们所了解的猪仔的情况，最重要的是他们决定怎么做。“关掉围栏救你，米罗，这就意味着背叛议会。你明白吗？委员会的规定已经废除了。围栏现在只是几根栏杆。大门始终开着。”

泪水涌上米罗的眼睛。

“你想知道的就这些吗？”娜温妮阿说道，“你真的应该睡觉了。”

不，他说。不，不，不，不。

“等一会儿，等他的眼泪干了再扫描。”金说。

D-I-G-A F-A-L——

“Diga ao Falante pelos Mortos.①”奥尔拉多说道。

“把什么告诉代言人？”金说。

“你现在该睡觉，以后再告诉我们。”娜温妮阿说，“他好几个小时以后才能回来。他正在跟猪仔谈判一系列有关我们和猪仔关系的条约。让他们不再杀死我们中的任何人，就像杀死皮波和利——你父亲一样。”

但米罗拒绝睡觉。他继续一个字母一个字母拼出自己想说的话。其他三人则尽力猜测他想告诉代言人什么。他们明白了，他想让他们现在就去，在谈判结束前赶到。

于是，娜温妮阿把家和小孩子托付给堂·克里斯托和堂娜·克里斯蒂照看。离开之前，她在大儿子床边站了一会儿。刚才的工作已经让他精疲力竭了，他双目紧闭，均匀地呼吸着。她轻轻握住他的手，爱抚着。她明白他不可能感受到自己的触摸，也许她想安慰的是她自己，而不是他。

他睁开眼睛。她感到他的手指微微地捏了捏她的手。“我感觉到了。”

---

① Diga ao Falante pelos Mortos（葡萄牙语）：告诉死者代言人。

她悄声对他说，“你会好起来的。”

他闭上眼睛。她站起身，摸索着走向门口。“我眼睛里进了东西，”她告诉奥尔拉多，“领着我走几分钟，一会儿我就能看见了。”

金已经奔到围栏前。“大门离这儿太远了！”他喊道，“你能翻过去吗，母亲？”

她翻过去了，虽然不大容易。“我敢说，”她说，“波斯基娜以后会让我们在这里开一扇门的。”

已经快到半夜了。睡意袭来，欧安达和埃拉困得有点儿撑不住了。但安德没有。与大嗓门的谈判激发了他的全副精力，即使现在就回家，他也得再等好几个小时才睡得着。

他现在对猪仔的想法和愿望有了大为深入的了解。森林就是他们的家，他们的国家。以前，他们只需要这一种产业。但现在，有了苋田之后，他们明白了草原一样有用，想把草原也控制在自己手中。但他们却基本上完全不知道怎么衡量土地的大小。他们想耕种多大面积的土地？人类需要多大面积？猪仔们自己都不大明白自己的需要，安德就更难掌握了。

更难办的是法律和政府的观念。妻子们说了算——对猪仔们来说，就这么简单。安德费了好大力气才让他们明白人类的法律跟他们不一样，人类的法律是为了满足人类的需要。为了让他们明白人类为什么需要自己的法律，安德向他们解释了人类的繁殖情况。知道人类居然成年后才交配，而且法律规定男女平等，大嗓门惊骇不已。安德不禁暗自好笑。人类的家庭观念、人群聚合不依血缘关系，在大嗓门看来，“只有兄弟们才会这么愚蠢”。安德知道，身为兄弟的“人类”因为自己的父亲拥有许多配偶倍感自豪，但妻子们选择谁有资格担任父亲的角色时，出发点只有部落的利益。部落，谁当父亲对部落有利，她们只关心这两点。

最后，他们明白了：人类居住区只应该采用人类法律，猪仔居住区则使用猪仔法律。至于怎么划分居住区域则是另外的问题。经过三个小时的谈判，双方就一个问题达成了一致：在森林中使用猪仔法律，进入森林的人也必须遵守猪仔法律；人类法律适用于围栏里面的地区，进入这个地区的猪仔也必须遵守人类法律。星球的其他地区留待今后划分。成果不大，但总算有了第一个成果。

“你必须理解，”安德告诉她，“人类需要许多土地。这方面的问题我们刚刚开始讨论。你想要虫族女王，让她教你们怎么开采矿石、怎么提炼金属制造工具，但她同样需要土地。很短一段时间之后，她的力量就会比人类和小个子更强大。”他解释道，她生下的每一个虫人都会绝对服从她的命令，无比勤劳。他们的成就和力量将很快超过人类。一旦她在卢西塔尼亚重获新生，每一个重大问题都必须考虑到她。

“鲁特说我们可以信任她。”“人类”说。他接着翻译大嗓门的话，“母亲树也相信虫族女王。”

“你们会把自己的土地分给她吗？”安德坚持问道。

“这个世界大得很。”“人类”替大嗓门翻译道，“她尽可以占据其他部落的森林，你们也是。我们把那些地方送给你们。”

安德看看欧安达和埃拉。“这倒不错。”埃拉说，“可那些森林真是他们的吗？他们有权把那些地方送给别人吗？”

“回答是不。”欧安达说，“他们甚至跟其他部落开战呢。”

“如果他们给你们带来麻烦的话，我们可以替你们杀掉他们。”“人类”建议道，“我们现在已经很强大了。三百二十个婴儿！十年后，没有任何一个部落能抵抗我们。”

“‘人类’，”安德说，“请你告诉大嗓门，我们现在只跟你们一个部落打交道，今后还会跟其他部落打交道。”

“人类”急忙翻译，话像滚珠一样倒出来。大嗓门的回答同样迅速：“不不不不不。”

“她反对的是什么？”安德说。

“你们不能和我们的敌人来往，只能找我们。如果你们找他们，你们就跟他们一样是我们的敌人。”

就在这时，他们身后的森林映出灯光。“箭”和吃树叶者领着娜温妮阿、金和奥尔拉多走进妻子们的空地。

“米罗让我们来的。”奥尔拉多解释说。

“他怎么样了？”欧安达问。

“瘫了。”金直截了当地回答，娜温妮阿倒不用寻思婉转的说法了。

“老天。”欧安达轻声道。

“大多数症状都是暂时性的。”娜温妮阿说，“我走之前捏了捏他的手，他感觉到了，也捏了我的手。虽然只是一下，但说明神经系统还没有坏死，至少没有全部坏死。”

“请原谅。”安德说，“不过这些话你们可以回米拉格雷再说，我们这儿还有重要的事要谈。”

“对不起。”娜温妮阿道，“米罗有件事想告诉你。他不能说话，是一个字一个字拼出来的，我们串起来才弄明白了他的意思。米罗说猪仔们正准备开战，利用从我们这里获得的优势，武器和人员数量的优势，没有哪个部落抵挡得住他们。按我的理解，米罗是这个意思，战争的目的不仅仅是征服领土，还是一个基因混合的机会，可以散布本部落男性的基因。打赢的部落可以使用从对方战死者尸体上长出的树。”

安德看着“人类”、吃树叶者和“箭”。“这是事实。”“箭”说，“当然是事实。我们现在是最聪明的部落了，我们当父亲比他们强得多。”

“我明白了。”安德说。

“所以米罗要我们今晚立即来找你，”娜温妮阿说，“在达成协议之前，谈判必须终止。”

“人类”站起来，上蹿下跳，好像打算飞到空中一样。“这些话我不翻译。”他说。

“我来。”吃树叶者说。

“等等！”安德大喝一声，比他平时的声音响亮得多。大家顿时安静下来，他的声音似乎回荡在森林中。“吃树叶者，”安德说，“我只要‘人类’替我翻译，不需要别人。”

“你算什么？不准我跟妻子们说话？我才是猪仔，你不是。”

“‘人类’，”安德说，“告诉大嗓门，我们之间说的话，如果吃树叶者翻译出来，他肯定是在撒谎。如果她让他偷听我们的话，我们现在就回家去，你们从我们手里什么都得不到。我也会带走虫族女王，替她另找个星球安家。你明白我的话吗？”

他当然明白，安德看得出他很高兴。吃树叶者想取代“人类”的位置，中伤他，同时中伤安德。“人类”翻译结束后，大嗓门对吃树叶者说了几句。吃树叶者垂头丧气地退进树林，和其他猪仔们待在一起。

但“人类”不是安德手中的木偶，他没有丝毫感恩戴德的表情。“人类”盯着安德的眼睛，“你刚才说过，你们不会改变我们的生活方式。”

“我是说不会迫使你们做出不必要的改变。”

“这跟必要不必要有什么关系？这是我们和其他猪仔之间的事。”

“小心，”欧安达说，“他很生气。”

想劝服大嗓门，他先得说服“人类”。“你们是我们在猪仔中认识的第一批朋友，我们信任你们，爱你们。我们绝不会伤害你们，也不会让其他猪仔部落具有超过你们的优势。但我们来这里不光是找你们，我们代表着全人类，要把我们掌握的知识教给你们全体猪仔，不管是哪个部落。”

“你没有代表全人类，你们马上要和其他人类世界开战。你们怎么能说我们的战争不对，而你们的就是对的。”

不管皮萨罗有什么不利条件，他显然不会遇到这种困难。“我们正尽力避免和其他人类世界的战争。”安德说，“如果战争真的爆发，这也不是我们的战争，目的不是想凌驾于其他世界。这是为你们打的战争，目的是想为你们赢得飞向群星的机会。”安德张开巴掌，“我们宁肯与其他人类世界隔绝，和你们一样成为异族。”他把手掌握成一个拳头，“人类、猪仔和虫族女王，在卢西塔尼亚上共同生活，成为一个整体。所有人、所有虫族和所有猪仔一起生活。”

“人类”不作声了，思索着安德的话。

“代言人，”他终于开口道，“我们很难啊。在你们人类来到这里之前，我们总是杀掉其他部落的猪仔，在我们的森林中奴役他们的第三种生命。这片森林曾经是一片战场，大多数最古老的树都是死在战争中的战士。我们最古老的父亲就是那场战争中的英雄们，我们的房子则是用战争中的懦夫做的。我们的一生都准备着在战场上打败我们的敌人，让我们的妻子们能在另一片战场森林中找到一棵母亲树，使我们的部落更加强大。最近十年里，我们学会了用箭，可以杀死远处的猎物，我们学会了怎么制造水罐和卡布拉皮囊，能盛着水穿过干涸的地方。苋和梅尔多纳藤的根茎使我们有了比玛西欧斯虫更好的食物，还可以携带着它们走出我们的故乡森林。我们为这一切欣喜若狂，因为我们可以成为战争中的胜利者，可以带着我们的妻子、我们的小母亲和我们的英雄走遍这个伟大世界的各个角落，甚至飞到星星上去。这是我们的梦啊，代言人，你现在要我们放弃这一切，让这个梦想烟消云散？”

这些话很有说服力，没有谁能告诉安德该怎么回答。

“这是一个美好的梦想。”安德说，“每一个活着的生命都有这种梦想，这种渴望正是生命的根本——蓬勃生长，直到能看见的一切地方都是你的，成为你的一部分，受你的控制。正是这种梦想使我们走向辉煌。但要实现它，有两条路可以选择。一是杀死对抗者，吞并它们，或者毁灭它们，直到没有什么东西同你对抗。但这是一条邪恶的路，你告诉全宇宙，只有我能变得伟大，为了给我让路，你们其他一切都必须交出自己拥有的东西，变得一无所有。你懂吧，'人类'，如果我们也这么想，这么做，我们就会杀掉卢西塔尼亚上的所有猪仔，彻底夺取这个星球。如果我们做出这种邪恶的事，你们的梦想还会剩下多少？"

"人类"努力理解着安德的话。"我明白你们本来可以从我们手里夺走我们自己那一点点可怜的东西，但你们没有，却给了我们非常珍贵的礼物。但是，如果我们不能使用这些礼物，你们为什么还要给我们？"

"我们希望你们成长壮大，飞到星星上去。我们希望你们强壮有力，生出成千上万兄弟和妻子，我们想教你们种植各种植物，喂养各种牲口。这两位女人，埃拉和娜温妮阿，会不断工作，终身工作，开发出越来越多可以生长在卢西塔尼亚上的植物，她们发明的每一种好东西都会给你们，让你们成长壮大。但你们有了这些礼物，为什么另外森林中的猪仔就非死不可呢？如果我们把同样的礼物给他们，你们又会有什么损失呢？"

"如果他们跟我们一样强大，我们会得到什么好处？"

我在跟这位兄弟唠叨些什么呀，安德想。他的族人从来就认为自己是一方，其他部落是另一方。这颗星球上大大小小的森林很多，每一座森林里都有一个猪仔部落。我现在想完成的是整整一代人的工作：教会他以全新的眼光看待自己的种族。"鲁特是个了不起的猪仔吗？"安德问。

"要我说，他是。""人类"说，"他是我的父亲。他的树不是最老的，也算不上是最大的。但我们不记得有哪位父亲被种下之后，能在这么短的时间里生下了这么多孩子。"

"也就是说，他的所有孩子都是他的一部分。他的孩子越多，他也就越了不起。""人类"点点头。"你一生中做出的成就越大，你的父亲也就因为你变得更伟大。是这样吗？"

"孩子们的成就越大，父亲树就越光荣。"

“为了让你的父亲更伟大，你会砍掉其他同样伟大的树吗？”

“不是这么回事。”“人类”说，“其他伟大的树也是我们部落的父亲，比较低级的树是我们的兄弟。”安德看得出“人类”有点犹豫，他在抗拒安德的思路，因为这种思路很奇特，倒不是因为他的想法完全错了，或者不可理喻。他其实已经开始有点明白了。

“看看妻子们，”安德说，“她们没有孩子，所以永远不可能像你父亲那么伟大。”

“代言人，你要知道，她们是最伟大的，整个部落都听从她们的指挥。如果她们管得好，部落就繁荣，部落越繁荣，她们也就越强大——”

“哪怕你们当中没有一个是她们的亲生孩子。”

“我们怎么可能是她们亲生的？”“人类”问。

“但你还是帮助她们变得伟大，哪怕她们既不是你的父亲也不是你的母亲，你越强大，她们也就随着你的强大而强大。”

“我们都是一个部落的……”

“但你凭什么说你们是一个部落的？你们的父亲不同，你们的母亲也不同。”

“因为我们就是部落！住在这片森林里，我们——”

“如果来自另外部落的一个猪仔走进你们的森林，要求你们让他留下来，成为你们的兄弟——”

“我们永远不会让他成为父亲树！”

“但你们想让皮波和利波成为父亲树。”

“人类”的呼吸变得急促起来。“我明白你的意思了。”他说，“我们把他们当成自己部落的一员。他们是从天上来的，但我们把他们当成兄弟，想让他们成为父亲。只要我们认定这是一个部落，它就成了一个部落。如果我们说部落是这片森林里所有的小个子加上所有树，那么这个部落就是这样，哪怕这里有些最老的树是来自两个不同部落战争的阵亡者。

我们成了一个部落，因为我们说我们是一个部落。”

安德不禁暗自赞叹这个小个子异族思维的敏锐程度。人类中又有多少人能明白这个道理，让这种想法打破狭隘的部落、家庭和国家界限?

“人类”走到安德背后，靠在他身上。他的后背感受到了这个年轻猪仔的分量，“人类”的呼吸吹拂在安德脸上，他们的脸靠在一起，两个人的眼睛都望着同一个方向。安德立即明白了。“我看到的东西你也看到了。”他说。

“你们人类成长壮大了，因为你们使我们成了你们的一部分，人类加上虫族加上猪仔，我们成了一个部落，我们的强大也就是你们的强大，你们的强大也就是我们的强大。”安德可以感觉到“人类”的身体在这个新观念的冲击下颤抖着，“你对我们说，我们也应该这样看待其他部落。所有部落在一起，成为一个部落，我们成长，他们也因此成长。”

“你们可以派出老师，”安德说，“把你们的兄弟派到其他部落，让他们的第三种生命在其他森林里生根发芽，在那里养育下一代。”

“恳求妻子们同意这种奇怪的请求肯定很难。”“人类”说，“说不定根本不可能。她们的脑筋跟兄弟们不一样。一位兄弟可以想很多事，但妻子只想一件事：怎么做对部落有利，再深入下去，怎么做对孩子们和小母亲有利。”

“你能让她们理解这一层意思吗?”安德问。

“应该做得比你好。”“人类”说，“但也说不定，可能我会失败。”

“我觉得你不会失败的。”安德说。

“你今天晚上到这里来，与我们结盟。这个部落的猪仔和你们住在卢西塔尼亚的人类结盟。但卢西塔尼亚以外世界的人类不会理睬我们的盟约，这片森林之外的猪仔也不会。”

“我们希望与他们结下相似的盟约。”

“在这个盟约里，你们保证把所有知识都教给我们。”

“只要你们能理解，越快越好。”

“无论我们问什么你们都会回答。”

“只要我们知道答案。”

“只要！如果！这些不是盟约里应该有的话。请你直截了当地回答我，死者的代言人。”“人类”直起身，走到蹲着的安德面前，从上向下看着他，“你保证把你们知道的一切都教给我们吗？”

“我们保证。”

“你也保证让虫族女王复活，让她帮助我们？”

“我会复活虫族女王，你们也应当与她约定盟约。人类的法律约束不了她。”

“你保证复活虫族女王，不管她会不会帮助我们？”

“我保证。”

“你保证你们走进森林时会遵守我们的法律，你也同意划分给我们的草原也按照我们的法律办？”

“是的。”

“为了保护我们，你们会同所有星星上的人类战斗，让我们也有机会飞到星星上去？”

“我们已经处于战争状态了。”

“人类”松弛下来，退后几步，蹲在他刚才的位置，伸出一根指头在地上画着。“现在，说说你们对我们的要求。”“人类”说，“在你们的城市中我们会遵守你们的法律，在划给你们的草原上也是一样。”

“是的。”安德说。

“你们不想让我们出去跟其他部落打仗。”“人类”说。

“是这样。”

“就是这些吗？”

“还有件事。”安德说。

“你这些要求已经是几乎不可能实现的了。”“人类”说，“竟然还有要求。”

“第三种生命，”安德说，“是怎么回事？你们杀死一个猪仔，他就长成了一棵树。是这样吗？”

“第一种生命是在母亲树里面的时候。我们看不见光，只能闭着眼睛吃母亲的身体和树液。第二种生命时，我们生活在半明半暗的森林中，能跑能走能爬，能看能唱能说，能运用我们的双手。第三种生命时我们伸向太阳，汲取阳光，一片光明，除了在风中，我们一动不动，只能思考。这段时间里，哪位兄弟敲你的树干，你就可以对他说话。这就是第三种生命。”

“我们人类没有第三种生命。”

“人类”瞪着他，大惑不解。

“如果我们死了，哪怕你们把我们种起来，也不会长出什么东西。没有树。我们从来不汲取阳光。我们死的时候，就是死了，一切都结束了。”

“人类”望着欧安达。“但你给我们的另一本书上老在说死后怎么怎么样、怎么复活。”

“但不会成为一棵树。”安德说，“不会成为你能看到能摸到能对话的任何东西。也不能回答你的问题。”

“我不信。”“人类”说，“如果你说的是真的，为什么皮波和利波要我们把他们种起来？”

娜温妮阿在安德身旁跪下，抓住他——不，靠着他，希望听得更清楚些。

“他们是怎么请求你们把他们种起来的？”安德问。

“他们给了我们最好的东西，得到了我们最大的敬意。人类与跟他们接触的猪仔组在一起，比如皮波和曼达楚阿、利波和吃树叶者。曼达楚阿和吃树叶者都以为他们能赢得第三种生命，可每一次，皮波和利波都不给他们。他们坚持要把这份礼物留给自己。如果人类根本没有第三种生命的话，他们为什么要这么做？”

传来娜温妮阿的声音，激动得嘶哑了。“如果他们要把第三种生命给曼达楚阿或吃树叶者，他们该怎么做？”

“这还用说，把他们种起来呀。”“人类”说，“和今天一样。”

“和今天什么一样？”安德说。

“就是你和我呀。”“人类”说，“‘人类’和死者代言人。如果我们达成了协定，妻子们和其他人类成员都同意了，那今天就是个大日子，一个伟大的日子。然后，或是你把第三种生命给我，或是我把第三种生命给你。”

“用我自己的手？”

“当然。”“人类”说，“如果你不给我这份荣誉，我就必须给你。”

安德想起了两个多星期以前第一次看到的图像，皮波被肢解，被掏空五脏六腑，身体四肢被摊开，被种起来了。“‘人类’，”安德说，“一个人能犯的最大罪行就是谋杀。最残忍的谋杀方式就是把人活活折磨死。”

“人类”又一次蹲坐着一言不发，尽力琢磨安德的意思。“代言人，”他最后说，“我一直在想，如果人类没有第三种生命，把他们种起来就是杀了他们，永远杀死了。在我们看来，皮波和利波对不起曼达楚阿和吃树叶者，让他们到死都享受不到他们的成就所应得的荣誉。在我们看来，你们的人从围栏里跑出来，把皮波和利波从地里拔起来抬走，让他们生不了根，你们才是谋杀。但现在我用另一种眼光看，皮波和利波不愿让曼达楚阿和吃树叶者进入第三种生命，因为对他们来说那样做等于谋杀。他们宁肯自己死，也不愿亲手杀死我们中的任何一个。”

“是的。”娜温妮阿说。

“但如果是这样的话，你们人类看到他们躺在山坡上，为什么不冲进森林把我们全杀光？为什么不放一把大火，把所有父亲树和最伟大的母亲树全烧光？”

吃树叶者在林边痛哭起来，这是伤心欲绝的哭泣，是无法忍受的痛苦造成的哭泣。

“如果你们砍了我们一棵树，”“人类”说，“哪怕只杀害一棵树，我们就一定会在夜里冲过去，杀死你们，把你们全杀光。就算你们当中有人逃出来，我们的信使也会把这件事告诉每一个部落，你们休想活着离开这个世界。但我们杀害了皮波和利波，为什么你们不消灭我们？”

曼达楚阿突然间从“人类”背后钻了出来，喘息着一头栽倒在地，两手伸向安德。“就是这双手，我用这双手杀了他。”他大哭起来，“我想给他光荣，但我永远杀死了他的树！”

“不。”安德说，他握住曼达楚阿的手，“你们都以为自己在救对方的命。他伤害了你，你也伤害——杀死了他。但你们都相信你们做的事是对的。现在，知道这些就够了。你们知道了真相，我们也一样。我们知道你们的本意不是谋杀，你们也知道当你们用刀子割开一个人时，他就真的死了。‘人类’，这就是我们盟约中的最后一条，永远不能让一个人进入第三种生命，因为我们不知道怎么处理第三种生命。”

“我把这件事告诉妻子们时，”“人类”说，“你将会听到真正的恸哭，声音就像雷霆击断树干。”

他转过身，站在大嗓门身边，对她说了几句。然后转向安德。“你们走吧。”他说。

“可我们还没有议定盟约呢。”安德说。

“我必须告诉所有妻子们。你在这里时她们是不会扔下小家伙，走到母亲树下听我说的。‘箭’会领你们走出森林，在山坡上鲁特那儿等我。想睡的话先睡一会儿。我会把盟约内容告诉妻子们，尽量让她们明白：我们必须像你们对待我们一样善待其他部落。”

突然，“人类”冲动地伸出手，摸着安德的肚子。“我自己跟你签订一个盟约。”他说，“我会永远尊重你，但绝不会杀死你。”

安德也伸出手，将手掌贴在“人类”暖乎乎的肚子上。“我也会永远尊重你。”

“等我们签订了你和我两个部落之间的盟约，”“人类”说，“你会给我光荣让我进入第三种生命吗？能让我长得高高的汲取阳光的养分吗？”

“动手的时候能不能快些？不要那么缓慢、折磨人——”

“让我变成一株哑树？让我永远当不上父亲？让我一点荣誉都没有，自己的树液只能让那些脏兮兮的玛西欧斯虫吃，等兄弟们对我唱歌时，再捐出我的木头？”

“能让别的人动手吗？”安德问，“一个能理解你们生死观的猪仔兄弟？”

“你还不明白，”“人类”说，“只有这样整个部落才知道我们双方说出了实话。或者你让我进入第三种生命，或者我让你进入，否则的话就不会有什么盟约。我既不想杀你，代言人，咱们又都希望达成协定。”

“好的，我干。”安德说。

“人类”点点头，抽回手，回到大嗓门身边。

“ó Deus[①]，”欧安达悄声道，“你怎么硬得下心去？”

安德没有回答，他跟着“箭”，默然无语。娜温妮阿把自己的照明棍交给走在前面的“箭”，“箭”像个孩子似的玩弄着照明棍，让光线忽

---

① ó Deus（葡萄牙语）：上帝呀。

大忽小，一会儿让光悬在空中，一会儿又让它像吸蝇一样猛扑进树丛和灌木丛。安德从来没见过哪个猪仔像这样欢天喜地。

在他们身后，他们能听见妻子们的声音，这是一首挽歌，声音凄厉至极。“人类”告诉了她们皮波和利波的惨死，还有他们为什么不愿对曼达楚阿和吃树叶者做出他们认为是谋杀的举动。走出很远之后，妻子们的恸哭声才渐渐小了下去，比他们的脚步或林间的微风还轻。几个人到这时才开口说话。

“这就是为我父亲的灵魂所作的弥撒。”欧安达轻声说。

“也是为我的父亲。”娜温妮阿说。大家都知道，她说的是皮波，而不是故去已久的加斯托和西达。

但安德没有加入谈话。他不认识皮波和利波，没有她们那种悲伤的回忆。他想的只是这片森林中的树，这些树曾经都是活生生会呼吸的猪仔，每一棵都是。猪仔们可以对他们唱歌，和他们说话，还能听懂他们的话。但安德没这个本事。对他来说，树不是人，不可能是人。如果他把刀子插进“人类”的身体，在猪仔们眼中，这不是谋杀，而对安德来说，他却是在夺走自己唯一能理解的生命。作为一个猪仔，“人类”好像他的兄弟一样，但对安德来说，成了树之后，他最多只能算一块墓碑。

他再一次告诫自己，我一定得杀，尽管我发过誓，永远不夺走另一个人的生命。

他觉得娜温妮阿的手拉住他的肘弯，她靠在他身上。“帮帮我。”她说，“夜里我简直跟瞎子一样。”

“我的夜视力好极了。”奥尔拉多在她身后高高兴兴地说。

“闭嘴，傻瓜。”埃拉悄声骂道，“母亲想跟他一块儿走。”

娜温妮阿和安德都听见了她的话，两人都感到对方无声地笑了一下。娜温妮阿靠紧了些。“我想，该做的事，你会硬下心肠去做的。”她声音很轻，除了安德，其他人都听不见。

“我有那么冷酷？”他说。语气是开玩笑，但这些字眼却在他嘴里发出一股苦涩味儿。

“你的同情心足以使你坚强到把烧红的烙铁放到伤口上，”她说：“如果治伤的办法只有这一种的话。”

她有权利这样说，她就是那个体会过烙铁烧灼着自己隐藏得最深的伤口的人。他相信了她的话，他那颗因为等待血淋淋的工作而收缩起来的心稍稍松快了些。

开始安德还以为自己肯定睡不着。可直到娜温妮阿在他耳边轻唤时他才醒了过来。他发现自己躺在卡匹姆草地上，头枕着娜温妮阿的膝盖。天还黑着。

“他们来了。”娜温妮阿轻声道。

安德坐起来。以前是个孩子时，他一下子就能从熟睡中彻底醒来。但那时他接受的是军人的训练。现在，他过了一会儿才明白自己在哪儿。欧安达和埃拉都醒了，正向远处张望着。奥尔拉多还在熟睡，金刚刚醒过来。鲁特的第三个生命阶段——那棵大树，就在几米外的山坡上。最高最近的山头，矗立着教堂和修会的建筑。

正对教堂就是森林，从林中走出一群猪仔。“人类”、曼达楚阿、吃树叶者、“箭”、“杯子”、“日历”、“虫”、树干舞者，还有其他几个兄弟，欧安达不认识。“以前从来没见过。”她说，“肯定是从其他兄弟们的木屋来的。”

达成协定了吗？安德悄悄问自己，我只关心这一个问题。“人类”说服了妻子们以新的眼光看待这个世界了吗？

“人类”捧着什么东西，用树叶裹着。猪仔们无声地把它放在安德面前，“人类”小心地打开包裹。是一本电脑打印的书。

“《虫族女王和霸主》。”欧安达轻声说，“这本书是米罗给他们的。”

“契约。”“人类”说。

他们这才发现书放反了，空白的书页朝上。在照明棍发出的光下，他们看到上面有手写字母。字母很大，一个个写得很笨拙。欧安达吃惊地说：“我们从没教过他们怎么制造墨水。”她说，“也没教他们写字。”

“‘日历’学会了字母。”“人类”说，“他用树枝在地上写。‘虫’用卡布拉的粪便和晾干的玛西欧斯虫造出了墨水。你们就是这样签署契约的，对吗？”

“对。”安德说。

“如果不写在纸上，以后我们可能会产生分歧。”

“这样很好，”安德说，“把它写下来是对的。”

“我们做了一些改动，这是妻子们的愿望，我觉得你会接受的。”“人类”指着协定说道，“你们可以和其他部落签订契约，但契约内容只能与这一份完全一样。你们没有教我们的东西也不能教给其他部落。你能接受吗？”

“当然。”安德说。

“下面一条就简单了，在这儿。如果我们产生了分歧该怎么办？如果我们在土地划分上不能达成一致该怎么办？所以，大嗓门说，让虫族女王充当人类和小个子的仲裁者；让人类充当小个子和虫族女王之间的仲裁者；让小个子充当虫族女王和人类之间的仲裁者。”

安德想，这简单的一条到底有多简单。当世没有一个人像他这样，还记得三千年前虫族是多么可怕，他们像昆虫一样的身体是人类每一个孩子的噩梦。米拉格雷的人民会接受他们的仲裁吗？

是很难，但并不比猪仔接受我们的要求更难。“好的，”安德说，“这一条我们可以接受，这样安排很好。”

“还有一点变化。”“人类”说，他看着安德，咧开嘴笑了。样子有点吓人，猪仔的脸并不适合做出人类的表情。“所以才花了这么长时间，改动的地方稍稍多了一点。”

安德还了他一个笑容。

“如果哪个猪仔部落不与人类签署这样的契约，又袭击签署了契约的猪仔部落，那么，我们就可以与他们开战。”

“你所说的袭击是什么意思？”安德问。如果他们把平平常常的侮辱也视同袭击，那禁止战争的约定岂不成了一纸空文。

“袭击，”“人类”说，“指的是其他部落的猪仔走进我们的森林，杀死我们的兄弟或者妻子。堂堂正正开战不是袭击，下战书也不是袭击。如果事先没有下战书就开战，这就是袭击。我们不会接受对方的战书同意开战，所以开战的唯一途径就是受到另一个部落的袭击。我早就知道你会问的。”

他指出条约上的文字，条约确实清楚说明了袭击的定义。

“这一条也可以接受。”安德说。这样一来，很长时间都不会有战争的威胁，时间也许会长达几个世纪，因为要使这个星球上的每个猪仔部落都签署同样的协定，可能就需要花这么长时间。安德想，也许在与最后一个部落签署协定之前很久，大家都会看到和平的好处，那时恐怕已经没有谁想挑起战争了。

“最后一条改动。”“人类”说，“你把协定弄得这么困难，所以妻子们想惩罚惩罚你们。但我想你不会把这一条看成是惩罚。既然禁止我们将你们带入第三种生命状态，协定签署之后，人类也不能让兄弟们进入第三种生命状态。”

安德一时还以为这意味着自己获得了解放，不用去做那件皮波和利波都拒绝过的可怕的工作了。

“协定签署之后，”“人类”说，“带给我们这件礼物，你是第一个人，也是最后一个人。”

“我希望……”安德说。

“我知道你希望什么，我的朋友、代言人。”“人类”说，“你觉得这种事就像谋杀。但对我——当一个猪仔获准进入第三种生命状态，成为一位父亲时，他挑选自己最敬重的对手或最信任的朋友帮助他上路。你、代言人——自从我学会斯塔克语、读了《虫族女王和霸主》之后，我一直在等你。我无数次告诉我的父亲鲁特：人类之中，他会理解我们。后来，鲁特告诉我你的飞船到了，飞船上是你和虫族女王，我那时就知道，帮助我上路的人是你，只要我做得好的话。”

“你做得很好，‘人类’。”安德说。

“看这儿。”“人类”说，“看到了吗？我们学着你们人类的样子签了字。”

最后一页的底部，精心写着两个笔画笨拙的词。“‘人类’。”安德念出声来。另一个词他看不出是什么。

“这是大嗓门的真名。”“人类”说，“看星星者。她不大会用书写棒，妻子们不常使用工具，这种事都是兄弟们的。她希望我告诉你她的名字，还要告诉你：因为她经常向天上看，所以才有这个名字。她说她那时还不知道，但她一直等待着你。”

多少人把希望寄托在我身上啊，安德想。但说到底，希望只存在于各人自己身上，存在于召唤我的娜温妮阿、埃拉和米罗身上，“人类”和看星星者身上，也在那些害怕我到来的人身上。

“虫”拿来墨水杯，“日历”拿来笔：一小截细木枝，上面开一条细槽，还有个蓄墨水的小坑，往墨水杯里一蘸就能盛一点墨水。为了签下自己的名字，他在墨水杯里蘸了五次。“五。”“箭”说。安德这时才知道，“五”对猪仔来说是个神圣的数字。这是碰巧了，但如果他们要把它视为吉兆，那更好。

“我将把这份协议书带给我们的总督和主教。”安德说。

“人类历史上签过的一切文件中……”欧安达说，这句话不需要说完，人人都知道她想说什么。“人类”、吃树叶者和曼达楚阿细心地将签过字的书本裹在树叶里，没有交给安德，却交给了欧安达。安德心一沉，一下子搞懂了：猪仔还有事需要他完成，不能让东西占他的手。

“现在，契约已经按人类方式完成了。”“人类”说，“你必须按我们小个子的规矩完成它。”

“签了字还不够吗？”安德说。

“今后，有签了字的文件就足够了。”“人类”说，“因为人类成员中签下那份文件的同一双手也用我们的方式完成了仪式。”

“我会做的。”安德说，“我答应过你。”

“人类”伸出手，从安德的喉头抚到他的肚子。“兄弟的话不只在他的嘴里，”他说，“也在他的生命中。”他转向其他猪仔，“让我在与我父亲并肩而立之前最后跟他说一次话。”

两个以前没见过的陌生猪仔手握那种叫作爸爸棍的小棍走上前来，和“人类”一起走到鲁特的树前，一边敲打树干，一边用树语唱起来。树干几乎立即便裂开了。这棵树还不大，树干比“人类”的身子粗不了多少，他费了不小的力气才挤进树里。钻进去之后，树干重新闭合。爸爸棍的敲击节奏变了，但一刻都没有停过。

简在安德耳朵里悄声道：“树干内部因为敲击产生的共振节奏改变了。”她说，“树在慢慢地改变共振声，使之成为语言。”

其他猪仔开始动手为“人类”自己的树清出地方。安德注意到了他们准备栽种“人类”的位置，从围栏大门方向看过来，鲁特在左，“人类”在右。从地上拔起卡匹姆草是件辛苦活儿，金也帮着他们干起来，不久奥尔拉多、欧安达和埃拉都开始动手拔草。

欧安达拔草前先把协议书交给了娜温妮阿。娜温妮阿捧着书来到安德身边，定定地望着他。“你签的名字是安德·维京，”她说，“安德。”

甚至在他自己听来，这个名字都丑陋不已，他不知多少次听过这个名字，被当成侮辱人的绰号。“我的岁数比我的长相大些。”安德说，“我毁掉虫族的故乡时用的就是这个名字。现在这个名字出现在人类和异族签订的第一份文件上，也许会让大家对它的看法发生点变化。”

“安德。”她轻声道。她将那份协议书紧紧压在胸前。这是一本厚书，包括《虫族女王和霸主》的全文，打印纸背面就是那份协议书。“我从来没找神父忏悔。”她说，“我知道他们会鄙视我的罪过。但你今天当众宣布我的罪过时，我觉得自己可以承受，因为我知道你不会鄙视我。当时我不知道为什么，直到现在。”

“我没有鄙视他人的资格。”安德说，“到现在为止，我还没有找到一个人，我可以对他说：你的罪孽比我更加深重。”

“这么多年了，你始终把人类犯下的罪孽背负在自己身上。”

“唔，这个嘛，我觉得自己就像该隐①。”安德说，“额头上刻着记号。虽说交不到什么朋友，但也没有什么人害你。”

种树的地方准备好了。曼达楚阿用树语对敲击树干的猪仔说了几句，他们的敲击节奏变了，树干又一次裂开。“人类”挤出来，犹如大树生下的婴儿。他走到清理出来的空地中央，吃树叶者和曼达楚阿每人递给他一把刀子，“人类”对两人说起话来。用的是葡萄牙语，让安德和其他人也能听懂，而且也能够比斯塔克语更好地传达出自己此时的情感。“我告诉了大嗓门，因为我们和皮波、利波之间可怕的误会，你们丧失了自己通向第三种生命的道路。她说你们会得到自己的机会，向上生长，进入光明。”

---

① 该隐：引自《圣经》，该隐杀了自己的兄弟亚伯，上帝立下记号，禁止为亚伯报仇而杀害该隐。

吃树叶者和曼达楚阿松开刀子，轻轻碰了碰“人类”的肚子，后退到空地边缘。

“人类”将两柄刀子递向安德，都是用薄薄的木片做的。安德想象不出来，用什么方法才能把木片削得如此之薄，如此锐利，却又非常结实。当然了，这不是用任何工具磨制的，它们直接来自某一株活着的树的心脏，作为礼物交给自己的兄弟，帮助他们进入第三种生命状态。

理智上知道“人类”并不会死去是一回事，但真正相信却完全是另一回事。安德一开始没有接过刀，只轻轻抚着刀背。“对你来说这并不是死亡，但对我……昨天我才第一次见到你，但今天我已经把你当成了自己的兄弟，就好像把鲁特当成自己的父亲一样。可到明天的太阳升起的时候，我就再也不能对你说话了。对我来说，这就是死亡，‘人类’，不管你是怎么想的。”

“你可以来找我，坐在我的树荫下。”“人类”说，“看看从我的树叶间洒下来的阳光，靠在我的树干上休息。再替我做一件事，在《虫族女王和霸主》里添上新的一章。就叫《‘人类’的一生》吧。告诉你们的人，我是如何在我父亲的树干上孕育，出生在黑暗中，吃着我母亲的血肉；告诉他们，我度过了生命的黑暗阶段，进入了半明半暗的第二种生命状态，从妻子们那里学会了说话，利波、米罗和欧安达又教会了我种种神奇的技艺；告诉他们，在我第二种生命的最后一天，我真正的兄弟从天上下来，我们一起签订了协议，使人类和猪仔成为一个部落，再也不是一个人类部落、一个猪仔部落，而是同一个异族部落。然后，我的朋友帮助我踏进第三种生命状态，帮助我走进光明，让我伸向空中，使我能够在死亡降临之前成为上万个孩子的父亲。”

“我会讲述你的故事的。”安德说。

“那么，我就得到了真正的永生。”

安德接过刀，“人类”仰面朝天躺在地上。

“奥尔拉多，”娜温妮阿说，“金，回大门里去。埃拉，你也回去。”

“我要看，母亲。”埃拉说，“我是个科学家。”

“你的眼睛会遗漏东西。”奥尔拉多说，“我可以记录下一切。我们可以昭告各个世界的人类，说我们已经签署了协议。我们还可以给猪仔们看，让他们知道代言人按他们的方式签订了协议。”

“我也不走。”金说，“连仁慈的圣母也可以站到血淋淋的十字架下。”

“那就留下吧。”娜温妮阿轻声道。她也留下了。

“人类”的嘴里塞满卡匹姆草，但他没怎么嚼。“多嚼嚼，”安德说，“这样你就什么都感觉不到了。”

“这样不对。”曼达楚阿说，“这是他第二种生命的最后时分，体会这个身体的痛苦是好的。这样，当进入第三种生命、超越痛苦的时候，你还可以回忆起来。”

曼达楚阿和吃树叶者告诉安德该从哪里、怎么下刀。动作要快，他们告诉他，还将手伸进鲜血漫流的躯体里，指点他应该割掉哪些器官。安德的双手迅速稳定，他的身体也很平静。即使他忙于切割，不可能四处张望，他也知道，在血淋淋的现场上空，“人类”的眼睛注视着他、观察着他，充满感激和爱，充满痛苦和死亡。

就在他双手下面，变化发生了。速度之快，几分钟内，大家都亲眼看到了它的生长。几个较大的器官震动起来，树根从它们中间插入地表，须蔓在躯体内部向各处伸开，“人类”的眼睛因为最后的痛苦睁得圆圆的，在他的脊柱位置，一根幼芽向上长了出来，两片叶子，四片叶子——

然后便停止了。躯体已经死亡，最后一阵抽搐也停止了，一株树已经在“人类”的脊柱上扎下根。“人类”的记忆、灵魂已经转移到了这株刚发嫩芽的树上。完成了，他的第三阶段的生命开始了。不久之后，等到太阳升起的时候，这些树叶就会第一次享受到阳光的滋润。

其他猪仔们跳起舞来，开始庆祝。吃树叶者和曼达楚阿从安德手里接过刀，插在“人类”的头颅两边。安德无法加入他们的庆祝，他全身是血，还有一股刚才切割肢体带来的恶臭。他手脚并用，从尸体边爬开几步，来到高处看不到杀戮现场的地方。娜温妮阿跟着他。经过这一天的工作、这一天的情绪起伏，几个人都已经精疲力竭了。他们什么都没有说，什么都没有做，倒在厚厚的卡匹姆草丛上互相倚靠着，终于全都沉沉睡去。猪仔们则载歌载舞，走进了森林。

太阳快升起来时，波斯基娜和佩雷格里诺主教来到大门前，等候代言人从森林回来。过了整整十分钟，他们才发现一点动静。不在森林边缘，在离这里近得多的地方。有个男孩，正睡眼惺忪地冲着一丛灌木撒尿。

“奥尔拉多。”市长喊道。

男孩转过身来，匆匆系好裤子，叫起高高的草丛中熟睡未醒的其他人。波斯基娜和主教打开大门，迎着他们走去。

“这是我第一次真真实实感到我们已经发动了叛乱。”波斯基娜说道，“有点傻气，对不对？我这还是第一次走在围栏外面呢。”

“他们为什么整晚待在外面？”佩雷格里诺不解地说，“门开着，他们完全可以回来呀。”

波斯基娜迅速打量了门外那群人一番。欧安达和埃拉像姐妹一样手挽着手，奥尔拉多和金在她们身后。那儿，代言人在那儿，坐在地上，后面是娜温妮阿，手放在他的肩上。他们等着，什么都没说。最后安德才抬起头来看着他们。“协定签好了。”他说，“这份契约不错。”

娜温妮阿举起一个树叶包着的小包。“他们把协议写下来了。”她说，“让你们签字。”

波斯基娜接过包裹。“午夜之前，所有文件都恢复了。”她说，“不只是我们存到你名下的那些信息。代言人，不管你的朋友是谁，他可真厉害。”

“她。”代言人说道，“她叫简。”

这时，主教和波斯基娜都看见了倒在下面空地上的是什么。他们这才明白代言人手上身上脸上那一片片深色痕迹是什么。

“靠杀戮得来的条约，”波斯基娜说，“我宁肯不要。”

“先别急着下结论。”主教说，“我想前一个晚上的事比我们看到的复杂得多。”

“您真是位智者，佩雷格里诺主教。”安德轻声说。

“我会向你解释的。”欧安达说，“整件事埃拉和我最清楚。”

“这是一种圣礼。”奥尔拉多说。

波斯基娜难以置信地望着娜温妮阿。“你竟然让他看？”

奥尔拉多敲敲自己的眼睛。“所有猪仔们都会看到的，总有一天会看到，通过我的眼睛。”

“这不是死亡，”金说，“这是复活与新生。”

主教走到被肢解的尸体旁，碰了碰从胸腔长出的那棵小树苗。“他的名字叫‘人类’。”代言人道。

“你的也是。”主教轻声说。他转过身来，望着这一小群人。正是这些人前所未有地扩大了人类的定义。我究竟算牧羊人呢，还是羊群中最困惑、最不知所措的一只？主教自问。“来吧，你们大家，跟我去教堂。弥撒的钟声就要响了。”

孩子们聚起来，准备走了。娜温妮阿也站起来准备离开，她停下脚步，朝代言人转过身来，询问地看着他。

“就来，”他说，“马上就来。”

她与众人跟着主教走进大门，朝山上的教堂走去。

弥撒快开始时，佩雷格里诺才看见代言人走进教堂大门。他停了一会儿，找到娜温妮阿一家，几步走过去，坐在她身边的座位上。这是过去马考恩坐的地方，在全家一起出席的寥寥几次教堂仪式中。

主教的注意力转到自己的职司上。过了一会儿，再次望去时，佩雷格里诺看到格雷戈坐到了代言人身旁。佩雷格里诺想起了刚才姑娘们告诉他的条约内容，想起了那个名叫“人类”的猪仔的死，还有以前皮波和利波的死。一切都清楚了，所有碎片组合起来拼合成了事实。那个年轻人米罗躺在床上，他的妹妹欧安达照料着他。那个迷失了灵魂的娜温妮阿重新找回了自我。那一道在它圈禁起来的人们心中投下深深阴影的围栏，现在静静地立在那儿，再也不可能对谁造成伤害，成了无关紧要的摆设。

和圣饼的奇迹一样，在他手中变成了上帝的血肉[①]。我们一直认为自己不过是一撮微尘，突然间却发现上帝的血肉存在于自己身上。

① 做弥撒时发给信徒食用的薄饼，天主教视之为上帝的血肉。

CHAPTER

18

虫族女王

进化没有将产道和乳房赋予他的母亲，这个以后会被称为“人类”的小东西在子宫中找不到出口，除非用他嘴里的牙齿。他和他的兄弟姊妹吃掉了母亲的身体。因为“人类”是胎儿中最强壮的，也是最活跃的一个，所以他吃得最多，变得更强壮了。

“人类”生活在一片漆黑中。吃完母亲后，他只能吮吸他的世界里垂直的平面上的一种甜甜的汁液。这时他还不知道，这些垂直面是一棵空心大树的内部，那种汁液则是大树渗出的树液。他也不知道，与他一起挤在黑暗中、个子比他大得多的虫子是年龄更大些的坡奇尼奥，马上就要离开黑暗的树洞了；小一些的虫子则是比他更小的同胞。

他关心的只有吃、蠕动、向光明前进。不时会传来一种他还不能理解的节奏，每到这时，一束光便会突然照进他的黑暗世界。伴随着这种节奏的还有一种声音，这时的他也不明白其中含义。大树在这一刻轻轻震动，停止渗出树液，大树的全部精力都用于改变某一处树干的形状，打开一个洞口，让光线射进来。只要有光，“人类”便向着光前进。光线消失时，“人类”的方向感也随之消失，重新漫无目的地蠕动，寻找可供吮吸的树液。

终于有一天，他的个子长得几乎比其他所有的小东西都大了，树洞里已经找不出比他更大的坡奇尼奥。光线照进来时，身强力壮、动作迅速的他抢在洞口封闭之前赶到了。他蜷曲着身体，在洞口边缘攀爬着，柔软的腹部下生平第一次感受到大树粗糙的外皮。但是，他几乎没有感觉到这种崭新的痛苦——光明使他目眩神迷。光不限于一个地方，它到处都是，也不是灰蒙蒙的，而是鲜亮的绿色、黄色。狂喜延续了许多秒钟，然后，他又饿了。但在母亲树的树干上，只有树皮皴裂处才有树液，很难够到。还有，和他一起聚在树皮上的坡奇尼奥不再是树洞里的小东西，他们可以很容易地将他推到一边。这里的同胞们全都比他的个头大，他们占据着最容易获得树液的地方，把他从这些位置轰走。这是一个全新的世界，一个全新的生命阶段，他害怕了。

今后他学会语言时，他会想起这一段从黑暗奔向光明的旅途，他会将这个过程称为从第一种生命向第二种生命的过渡，称为从黑暗的生命进入了半明半暗的生命。

——死者代言人，《“人类”的一生》1:1-5

米罗决定离开卢西塔尼亚，乘代言人的飞船去特隆海姆。也许在法庭上，他会说服其他人类世界不要与卢西塔尼亚开战。即使出现最坏的情形，他也会成为一位烈士，以此来刺激人们的思想，让人们记住他是为了某种事业而献身。不管出现哪种情况，都比待在这里强。

攀爬围栏之后头几天，米罗恢复得很快，可以感受、移动双臂双腿，能像老年人一样拖着脚挪动步子，手臂和手也能动弹了，再也不用让母亲替自己洗澡。可到了这个地步之后，复原速度忽然放慢，最后终于停滞下来。“就这样了。”纳维欧说，“能治的已经治好，剩下的就是永久性的了。你很幸运，米罗，可以走，可以说，是个完整的人。不比一个健康的，唔，百岁老人受到的局限更大。我当然更希望告诉你，你恢复得跟攀爬围栏之前一样，具有二十岁年轻人的活力和运动能力。但我毕竟不用告诉你，这辈子你都下不了床，必须裹上尿布，插上各种导管，只能听听轻音乐，而且一点儿也感受不到自己的身体。”

这么说我该兴高采烈啰，米罗想。我的十指在胳膊前面蜷成毫无用处的两团，我调节不好说话的声音，自己听着都觉得含混不清。成了百岁老人，我是不是应该欢天喜地，渴望着再活上他八十年？

他不需要二十四小时不间断看护之后，家里的人便各忙各的去了。这段时间大事不断，既兴奋又刺激，他们无法待在家里守着一个残废的哥哥、儿子、朋友。他完全理解，也不想把他们拖在家里。他想跟他们一起出去。他的工作还没有结束，而现在，这么长久的企盼之后，所有苛刻的规章制度都废除了，他终于可以向猪仔们提出那些长期困扰着他的问题了。

一开始，他试图与欧安达一块儿工作。她每天早晚都来看他，在希贝拉家的前屋写她的报告。他读她的报告，问她问题，听她说这一天的事。她也很郑重地记住他想问猪仔们的问题。可几天之后，他就发现虽然她带回了猪仔们对自己所提问题的答复，却没有后续研究。她真正的兴趣是她自己的工作。米罗不再让她替自己提问了。他躺下来，告诉她，他对她正在从事的研究更感兴趣，她的研究也更有意义。

事实却是，他讨厌见到欧安达。对他来说，发现她是他的妹妹是件痛苦、可怕的事。如果是他一个人决定，他会将所有禁忌、习俗抛到一边，把她娶过来，如果有必要，干脆搬进森林和猪仔们一起生活。但欧安达却属于社会，信守社会禁忌，绝不可能打破这唯一一条真正通用于宇宙的人类禁忌。发现米罗是自己的哥哥时她很伤心，但她立即将自己与他隔开，忘记两人过去的甜蜜时光。

如果他也能忘记的话就好了，但他不能。每次看到她，见她对自己多么拘谨，多么客气，多么和善，他的心都觉得一阵阵刺痛。他是她的哥哥，残废的哥哥。她会好好照顾他，但过去那种爱却一去不复返了。

他刻薄地拿欧安达和自己的母亲相比。母亲也爱自己的爱人，不管他们中间隔着什么样的障碍，但母亲的爱人毕竟是个完完整整的人，一个有本事的人，不像他，一堆毫无用处的肉。

所以，米罗留在家里，研究其他人的工作报告。知道别人在做什么，自己却不能参与，这是一种折磨。但总比什么都不做，只呆呆地看终端上的电视、听音乐强。他可以打字，很慢，把十指中最僵直的食指对准要按的键按下去。这种打法不可能输入任何有意义的资料，连写份备忘录都不行。但他可以调出其他人的公开文件，看看别人在做什么，以此与大门打开后卢西塔尼亚飞速发展的种种重要工作保持某种程度的联系。

欧安达正与猪仔们一块儿编撰一部词典，包括男性与妻子语言，加上语音系统，这样一来猪仔们便可以将自己的语言写成文字。金在协助她的工作。但米罗知道他有自己的目的。金希望成为前往其他坡奇尼奥部落的传教士，抢在他们看到《虫族女王和霸主》之前向他们灌输福音书。他想至少将部分经文翻译成猪仔们自己的语言。所有这些涉及猪仔语言文化的工作都很好、很重要，可以保存过去的文化，做好与其他猪仔部落交流的准备。但米罗知道这项工作光靠欧安达是无法完成的，堂·克里斯托手下的学者们也身穿修会袍服进入森林，温和地向猪仔们提问，以自己渊博的知识回答他们的问题。米罗相信，欧安达很欢迎这种协助。

就米罗所知，安德和波斯基娜及其手下的政府技术人员在从事另外一项重要工作。他们铺设了管道，从河里将水引向母亲树所在的空地。他们还建立了发电设备，指导猪仔们使用电脑终端。同时还教他们各种最基本的农业技术，驯养卡布拉耕种农田。各种层次不同的技术一下子涌入猪仔部落，情况一时颇有些混乱。但安德向米罗解释，他是想让猪仔们立即看到与人类签约带来的巨大好处：活水、通过显示三维图像的终端可以阅读图书馆里的所有著作、晚上有照明电。但这一切在猪仔们看来还近于魔法，完全依赖于人类社会。与此同时，安德正努力使他们做到自给自足，发挥自己的创造性，利用自身资源。辉煌的灯光将会成为各部落众口相传的传言，但在很多很多年内，这种传言仍将仅被视为神话。带来真正变化的将是木犁、镰刀、耙地的技术和苋种。有了这些，猪仔人口就会增长十倍，多余人口将迁往其他地方，他们会在随身带着的卡布拉皮囊里装着一小包苋种，在脑袋里装着耕作知识。

这就是米罗渴望参加的工作。但到了苋田中，凭他蜷曲成爪的手、蹒跚的步子,他又能干什么呢？他能坐在纺机前用卡布拉毛纺毛织布吗？想教猪仔，他却连话都说不清楚。

埃拉的项目是改良一系列地球植物，甚至扩大到小动物和昆虫，使这些新物种能抵抗甚至中和德斯科拉达。母亲时时给她提供一些帮助，给她出点主意，但仅限于此，她还有更重要、更秘密的工作要完成。安德把这个只有他家里的人和欧安达知道的秘密告诉了他：虫族女王还活着，一旦娜温妮阿为她和她即将出生的孩子找到抵抗德斯科拉达的办法，虫族女王就会复活。

这项工作米罗仍旧参加不了。历史上第一次，人类将和另外两个外星种族共同生活在一个星球上，成为异于其他人类世界的异族，米罗却任何工作都做不了。他比猪仔更不像个人。他动手、说话的能力还不到原来的一半，已经算不上是个能够使用工具、运用语言的高等动物了。他现在成了个异种。大家都把他当个宠物养着。

他想走，想消失得无影无踪，甚至脱离自己。

但不是现在。这里出现了一个新问题，只有他一个人知道，也只有他一个人能解决。他的终端出了怪事。

他不再完全瘫痪之后第一个星期便发现了这个情况。当时他正在扫描欧安达的文件，发现自己什么都没做便进入了机密文档。这些文档由好几重保护程序锁着，他不知道口令，只在做最常规的扫描，却调出了文件的内容。这是她对坡奇尼奥进化过程的推测，欧安达在文件里写下了她设想的猪仔们在德斯科拉达瘟疫爆发前的社会与生活模式。这种事两个星期之前她还会告诉米罗,与他讨论。但现在她却把它当成机密文件,根本不告诉他。

米罗没有告诉她自己看到了她的文件，但在谈话中他有意把话题向这个方面引。一旦米罗表现出兴趣，她很乐意谈论自己的想法。米罗有时感到他们又回到了从前，只是现在他讨厌听到自己含糊不清的说话声,于是不大说自己的想法,只听着她说,过去会反驳的地方现在则听过了事。不过，看到了她的保密文档，米罗明白了她目前对什么问题真正感兴趣。

但他怎么会看到这些文件呢?

这种情况接二连三地发生。埃拉的文件、母亲的文件、堂·克里斯托的文件。猪仔们摆弄起他们的新电脑的时候，米罗还可以用隐身模式观察他们的行动，这种模式他从来没在终端上见到过。他可以看到他们终端上发生的一切，向他们提出点小建议，改动点什么。他特别喜欢猜测猪仔们真正想做的是什么，暗中帮他们一把。可他什么时候得到了这种非正常的、强有力的控制电脑的能力?

终端还会自我学习，使自己更适应他。现在他不用键入一长串指令，只需开个头，机器就会自动做出响应。最后他甚至连登录都不用了，一碰键盘，终端便列出他的常规活动，逐项扫描。他只需要触一个键，机器便会直接开始他想从事的活动，省掉了一大批中间过程，免得他一个字母一个字母痛苦地敲击。

最初他以为是奥尔拉多替他新编了个程序，或者是市长办公室的哪个人。但奥尔拉多只看着他的终端，说了句“Bacâna”，绝了。他向市长发了一条信息，但她没回话，来的却是死者代言人。

“这么说，你的终端帮了你很大的忙。”安德说。

米罗没有回答，他想的是市长干吗让代言人来回答他的信息。

“市长并没有收到你的信。”安德说，“收到的人是我。还有，你最好不要告诉别人你的终端的事。”

“为什么？”米罗问，只有这个词他可以说清楚，不用含混不清。

“因为帮助你的不是一个新程序，是一个人。”

米罗笑起来。从那个程序帮助他的速度上看，不可能是哪个人。事实上，它比他以前用过的所有程序都快得多，而且智力更高，更有创造性。它比人类快，却比程序聪明。

“我想，这是我的一个老朋友。至少是她把你的信告诉我的，还建议我请你更谨慎些。你瞧，她有点害羞，也没多少朋友。”

“有多少？”

“就现在看来，刚好两个。之前几千年时间里，只有一个。”

“不是人类。”米罗说。

“异族。”安德说，“比绝大多数人更有人性。很长时间以来，我们俩一直互爱互助，互相依靠。但这几个星期以来，自从我来到这里之后，我们就有点分开了。我的精力——更多地放在我周围的人身上，放在你家里人身上。”

“母亲。”

“是的，你母亲，你的兄弟和妹妹们，还有有关猪仔的工作、虫族女王的工作。我的那位朋友过去总是和我长谈，但现在我没有时间。有时我们伤害了对方的感情。她很孤独，我发现，她给自己另外找了个伴儿。”

“Não quero.”我不需要任何人陪伴。

“你需要的。”安德说，“她已经帮了你很大的忙了。现在，你知道了她的存在，你会发现她是一位——好朋友。你再也找不到比她更好、更忠诚、更有帮助的朋友了。”

“你说的不会是只哈巴狗吧？”

“别油腔滑调。”安德说，“我向你介绍的是第四个智慧种族。你不是外星人类学家吗？她知道你，米罗。你身体的残疾一点儿也不妨碍你跟她交流，现在一个陪她的人都没有，她孤零零一个人住在联系所有人类世界的安塞波网络上。她是一切活人中智力最高的，而你是她愿意对之透露身份的第二个人。”

“这是怎么回事？”她怎么会存在？她怎么会知道我？为什么会选择我？

“问她自己吧。”安德摸了摸耳朵里的植入式电脑。“只提一点忠告：一旦她彻底相信你之后，永远带着她，不要对她有任何秘密。从前她有过一个爱人，他把她关掉了。只是一个小时，但他们两人之间的关系却发生了质变。他们成了——只是朋友，好朋友，最忠实的朋友，直到他死那一天都是朋友。但他一生都会后悔自己无意中对她的不忠实。”

安德的眼睛湿润了。米罗明白了，不管居住在那部电脑里的是什么，它不是一个幻影，而是这个人生命的一部分。他正将自己的这部分生命、自己的这个朋友交给米罗，像父亲对待自己的儿子。

安德走了，没有再说一句话。米罗转向终端。上面出现了一个三维图像。她很小，坐在一张凳子上，靠着一堵墙——也是三维图像。她长得不美，但也不丑。她的脸很有个性，一双一见之下再难忘怀的眼睛，既清纯，又忧伤。嘴唇很美，宜喜宜嗔。她的衣服像一层虚无缥缈的轻纱，掩着下面孩子般的躯体。她的双手轻轻放在膝头，姿势既像坐在跷跷板上的孩子，又像坐在爱人床头的姑娘。

“你好。”米罗轻声道。

“你好。”她说，“我请他介绍我们认识。”

她很安静，很拘束，但觉得不好意思的却是米罗。很长时间里，除了家里人，他生活中的女人只有欧安达一个，他在社交方面没什么信心。与此同时，他也意识到同自己说话的对象是一个三维图像。图像和真人几乎没什么分别，但毕竟是投射在空中的镭射图像。

她抬起一只手放在胸口。“什么都感觉不到。”她说，“我没有神经。”

泪水涌上米罗的眼眶，这是自伤自怜的眼泪。一生之中他可能再也找不到比这个三维图像更真实的女人了。如果他想抚摸某个姑娘，他那双残手只能笨拙地抓扒，有的时候，一不留心，他还会淌口水，自己却一点都不知道。真是好一个情人。

“但我有眼睛，”她说，“也有耳朵。所有人类世界上的一切我都能看到。我用上千具望远镜遥望天空，每天我都会听到上万亿次对话。”她轻轻笑了，“我是宇宙中最大的长舌妇。”

接着，她站起身来，变大了，更近了，只能显出腰部以上，好像她冲着一具看不见的摄像机走了几步。她的眼睛闪闪发亮，注视着他。“而你是个只上过本地学校的小伙子，没见过多少世面，一辈子看到的只有一座城市、一座森林。”

“没多少旅游的机会。”他说。

“咱们以后再想想办法。”她回答，“今天打算干什么？”

“你叫什么名字？”

“你用不着叫我的名字。”她说。

“那我怎么叫你？”

“只要你需要我，我就在这儿。”

“但我想知道你的名字。”他说。

她指指自己的耳朵。“等你喜欢上了我，愿意时时刻刻跟我在一起，到那时我再告诉你我的名字。”

一阵冲动下，他把自己从没有告诉任何人的计划告诉了她。“我想离开这里。”米罗说，“你能让我离开卢西塔尼亚吗？”

她一下子装出风骚样子，开玩笑地说：“可咱们才认识不久呢！希贝拉先生，我可不是你想的那种姑娘。”

“好好，也许咱们该多花些时间互相了解。”米罗大笑着说。

她不知怎么摇身一变，化为一只瘦瘦的野猫，姿态优雅地爬上一根树枝，喵喵叫了几声，伸出一只爪子梳洗打扮起来。“我一爪子就能打折你的脖子，”她挥着锐利的爪子低声说道，声音却充满诱惑，“等你落了单，我一下子就能亲断你的喉咙。”

米罗又大笑起来。这时他才发现，这场对话中，他完全忘了自己含混不清的声音。她能听懂他说的每一个字，从来没说过“什么？我没听清”。其他人客气礼貌得让人恼火的那些话她一次都没说过。她不需要做出任何特别努力就能明白他的意思。

“我想了解一切，”米罗说，“想知道一切知识，掌握事物的本质。”

“这个计划真是太棒了。”她说，“写求职信时别忘了加上这两句。”

安德发现，奥尔拉多驾驶飘行车比他高明。这孩子的景深视觉比正常人好得多，而且，他只要把眼睛与车载控制电脑联在一起，驾驶过程几乎就是全自动的。安德尽可以把所有精力都用于四面观察上。

勘探飞行开始时，四面的景物显得很单调。无尽的草原，大群大群的卡布拉，远处不时出现一座森林。当然，他们从不接近那些森林，不想引起居住在森林里的猪仔们的注意。他们有任务，为虫族女王寻找一个理想的家，距离森林和猪仔太近不合适。

今天他们朝西去，这是鲁特的森林的另一边。他们沿着一条小河飞行，直到它注入一大片水域，一排排碎浪冲刷着岸边。安德尝了尝水，咸的。海洋。

奥尔拉多让车载终端显示出卢西塔尼亚这一地区的地图，指出两人现在的方位、鲁特的森林，以及最近的其他居住着猪仔的森林。这个地点不错。安德的脑海中传来虫族女王的赞同。近海，水源充足，阳光灿烂。

他们溯河而上，掠过水面飞行数百米，来到一道缓堤上。“有地方停车吗？”安德问。

奥尔拉多找到了一处地方，离山丘五十米左右。他们沿着河岸走着，苇从渐渐让位给爬根草。当然，卢西塔尼亚上每条河都是这样。埃拉获准接触娜温妮阿的文件，开始研究这个课题后没费什么力气就确定了基因模式：芦苇与吸蝇共生，爬根草则与水蛇是一对儿，至于无尽的卡匹姆草则用含着丰富花粉的穗擦过雌性卡布拉的肚子，使它们产下下一代用粪便给卡匹姆草施肥的动物。卡匹姆草的根部则是盘缠的特罗佩加藤，埃拉证明其基因与欣加多拉鸟相同。这种鸟在地面筑巢，使用的建筑材料正是特罗佩加藤。同样的基因对子在森林中也随处可见：玛西欧斯虫从梅尔多纳藤的种子里孵化，长大后又产下梅尔多纳种子。一种名为普拉多的小昆虫则与森林中叶片闪闪发亮的灌木丛是一家。最重要的是猪仔和树，分别居于当地动植物王国的顶层，却融合成为同一种生命。

清单上就这么多，这就是生活在卢西塔尼亚地表的所有动物、植物。水里还有许多其他种类的动植物。但总的来说，德斯科拉达让卢西塔尼亚变成了一个单调的世界。

但即使这么单调，也具有一种特别的美。地形起伏变化，与其他世界没什么区别：河流、山丘、山脉、荒漠、海洋、岛屿。地形变化的合奏中，间杂着小块森林的卡匹姆草原便是永恒的背景声。眼睛逐渐习惯了这里地表的高低起伏，四散分布的岩石、峭壁、凹地，还有阳光下亮晶晶涌动的水波。卢西塔尼亚和特隆海姆一样，是少有的几个只有一种调门的世界，不像大多数世界充分展现出无穷无尽的变化。但特隆海姆变化较少的原因是它几乎不适于人类居住，其地表温度只能勉强维持生命。卢西塔尼亚则不同，它的温度和土壤条件热情邀请播种耕耘者的犁铧、采矿者的十字镐、泥水匠的瓦刀。把生命带到这里来吧，它呼唤着。

安德不知道，他爱上这个世界，原因便是它和他自己荒芜的生命是如此相似。他的童年被别人无情地剥夺了，规模虽然较小，但残酷程度却丝毫不亚于这里的德斯科拉达病毒。但生命仍在顽强地坚持着，从夹缝中挣扎求生。小个子们以三种生命形式顶住了德斯科拉达，安德·维京则熬过了战斗学校，挺过了长年的孤独。这个世界天造地设与他相配，在他身边走在爬根草地上的男孩就像他的儿子，他觉得自己仿佛从他的婴儿时代起就认识他了。我知道这是什么滋味，被一道高墙把自己与整个世界隔开，奥尔拉多。我已经让这堵墙倒塌了，你可以自由地走在这片土地上，饮用大地上的清泉，从土地上得到安慰，收获爱。

河岸渐渐形成台地，从台地到河边大约十几米距离。土壤的湿度正好，既可以挖掘，又不用担心挖出的洞穴会垮塌。虫族女王是穴居型的生命，安德感到一种挖掘的渴望，于是他掘了起来，奥尔拉多在身边帮忙。土壤很容易便挖开了，洞穴的顶盖很结实，不会塌陷。

对，就是这里。

就这么决定了。

“就是这儿。”安德大声说。

奥尔拉多咧开嘴笑了。安德其实是在跟简说话，也听到了她的回答。“娜温妮阿认为他们成功了，测试结果全部呈阴性。在克隆出来的虫人细胞中加入新抗体之后，德斯科拉达病毒没有发作。埃拉认为她培育出来的雏菊能够自然产生抗体。如果当真可行的话，你只需要到处撒下雏菊的种子，虫人只需要吸吮花汁就能让德斯科拉达无计可施。”

她的语气很活跃，却只谈正事不开玩笑，一点玩笑都没有。“好。”安德说，他觉得很嫉妒——简跟米罗说话肯定不是这样，逗笑、取乐、开心，跟从前与安德说话时一样。

赶走这一丝嫉妒很容易。他伸手搭在奥尔拉多肩头，把男孩拉近些。两人回到等候着的飘行车上。奥尔拉多将这个地点标注在地图上，储存起来。回家路上安德和奥尔拉多说说笑笑，安德爱他，奥尔拉多也需要安德。几百万年的进化史决定了，安德最需要的就是这种关系。与华伦蒂在一起的这么多年里，这方面的饥渴啃啮着安德的心，驱赶着他从一个世界飞往另一个世界。这个有一双金属眼睛的孩子，他的聪明又淘气的小弟弟格雷戈，还有具有直觉式理解力、天真无邪的科尤拉，高度自我控制、严于律己的金，像岩石一样独立坚强、行动起来坚决果断的埃拉，还有米罗……

米罗，我无法安慰米罗，在这个世界、这个时间里不行。他丧失了自己终身从事的工作，丧失了自己健全的肢体和对未来的憧憬，无论我说什么、做什么，都不可能给他找到有价值的工作。他生活在痛苦中，爱人变成了自己的亲妹妹，再也不能继续与猪仔交流，他们已经转向其他人寻求友谊和知识。

“米罗需要……”安德喃喃自语。

“米罗需要离开卢西塔尼亚。”奥尔拉多说。

“唔。”

“你不是有一艘飞船吗？”奥尔拉多说，“我以前读过一个故事，也许是电视，说虫族战争中的一个英雄马泽·雷汉。他让地球免于劫难，但大家知道，他不能永生，等下一次战争爆发时，他将已经死去很久了。于是他们把他送上一艘飞船，以光速飞行，让他飞出去再飞回来就行。对他来说只是两年，但地球上已经过了一百年了。”

“你觉得米罗需要这么极端的办法吗？”

“战争肯定会爆发的，到时候需要有人拿主意。米罗是卢西塔尼亚最聪明的人，也是最棒的。你知道，他并没有疯，就算父亲还在的那段时间也没有——我是说马考恩。对不起，习惯了，我还是叫他父亲。”

“没关系，从很多方面来看，他是你们的父亲。”

“米罗最有头脑了，他明白怎么做最好，他想出来的办法总是最棒的。连妈妈都要依靠他。照我看，等星际议会派来对付我们的舰队飞到的时候，我们肯定需要米罗。他会研究所有信息，他不在时我们学到的所有东西都交给他研究，让他把各种情况放到一块儿分析，再告诉我们该怎么做。”

安德忍俊不禁。

“这么说，这个主意糟透了。”奥尔拉多道。

“你比我认识的所有人看得更清楚。”安德说，“我还得好好想想，不过你可能说得对。”

两人默不作声地飞了一会儿。

“我刚才只是说说而已。”奥尔拉多说，“想起什么就说什么，把他跟过去那个故事扯到了一起。说不定那个故事根本不是真的。”

“是真的。”安德说。

“你怎么知道？”

“我认识马泽·雷汉。”

奥尔拉多吹了声口哨。“你的年龄可真大呀，比这些树都老。”

“比所有人类殖民地都老。可惜，这么大岁数，还是不够聪明。”

“你真的是安德？那个安德？”

“所以我的密码也是它。”

“有件事挺好玩的。你来这里之前，主教告诉大家你是撒旦，家里只有金一个人把他的话当了真。可如果主教告诉我们你是安德，说不定你一来这儿大家就会在广场里拿石头砸死你。”

“那你们现在为什么不砸我？”

“现在已经了解了你嘛。这就大不一样了，对不对？现在连金都不恨你了。等你真正了解了什么人，你很难再恨他。”

“也许该这么说，除非你不再恨他，否则很难了解这个人。”

“这算不算循环论证？堂·克里斯托说绝大多数真理只能用循环论证的方式表述。”

“我觉得这跟真理没什么关系，奥尔拉多。只是原因与结果的关系。造成结果的原因很多，很难分清，但科学只相信第一个原因：推翻一块多米诺骨牌，其他各块也随之倒下。但一涉及人，真正重要的原因却是目的。这个人到底打的是什么主意。只要知道他真正想要的是什么，你就再也无法恨他了。你可以怕他，却恨不起来，因为你自己心中也有跟他一样的想法。”

“你是安德，妈妈可不喜欢这个。”

“我知道。”

“但她还是爱你的。”

“我知道。”

“还有金，说来真好笑。知道你是安德后，他因为这个更喜欢你了。”

“因为他喜欢四处征讨，我的名声之所以那么坏，就是因为我赢了一场征讨。”

“我也更喜欢你了。”

“是啊。”安德说。

“你杀的人比历史上任何人都多。”

“干什么都要做到最好，你母亲不是这样教你们的吗？”

“你替父亲代言时，我简直替他难过死了。你让大家互爱互谅，但你怎么却在异族屠灭中杀了那么多人？”

“我当时以为自己是在打游戏，不知道是来真的。但这不成其为理由，奥尔拉多。即使知道是真正的战争，我也会做出同样的事情。当时我们以为他们想杀死我们，我们错了，但当时我们没法知道真相。”安德摇摇头，“我懂得更多，了解自己的敌人，所以我打败了她——虫族女王。我太了解她了，了解到爱上她的程度。也许是太爱她，爱到了解的程度。我不想再打下去了，当时我想退学，想回家，于是我炸了她的星球。”

“但今天我们找到了理想的地方，可以让她重获新生。”奥尔拉多严肃起来，“你肯定她不会找我们报仇吗？不会消灭人类，从你开始吗？”

“就我所知，”安德说，“我有把握。”

“也就是没有百分之百的把握。”

“把握大到将她复活的地步。”安德说，“我们对任何事情的把握，最多也只能大到这个地步了。相信到一定程度，然后据此行动，仿佛自己的信念就是事实本身。当我们的信念大到那种程度，我们便称之为知识、事实，把身家性命押在上面。”

“我猜你现在做的就是这种事，认定她就是你所相信的那种人，把你的命押在这个信念上。”

“我的心气儿比你说的还要高那么一点儿。我也把你的命押上去了，还有其他所有人的命，我骄傲得连别人的意见都没征求过。”

“真有意思。”奥尔拉多说，“如果我问什么人，他们愿不愿意信任安德做出关系到全人类命运的决定，他们会说当然不愿意。但如果我问他们信不信任死者代言人，他们就会说信任，至少大多数人会这么说。他们怎么也想不到你们是同一个人。”

“是呀。”安德说，“有意思。”

两人都没有笑。过了好长时间，奥尔拉多又开口了，他的思绪飘荡到一个对他来说更要紧的问题上，“我不愿意三十年都见不到米罗。”

“那时你就四十二岁了。”

“他回来时跟现在差不多大，二十岁。只有我的一半。如果有哪个女孩子愿意嫁给眼睛会发出金属光的人，到那时我说不定还会结婚，甚至有了孩子。他再也认不出我了，我不再是他的小兄弟。”奥尔拉多咽了口唾沫，“就像他已经死了一样。”

“不。”安德说，“像从第二种生命状态进入了第三种生命状态。”

“就是像死了一样。”奥尔拉多固执地说。

“也像重获新生。”安德说，“只要能不断获得新生，偶尔死几回也没什么关系。”

第二天，华伦蒂打来了电话。安德在终端上键入指令时手指都哆嗦起来。这不仅仅是一条信息，而是视频电话，通过安塞波传送。虽然昂贵到了极点，但这不成问题。卢西塔尼亚与其他人类世界的通讯表面上已经切断，在这种情况下，简居然把这个电话转过来，说明事情极为紧急。安德立即想到华伦蒂会不会发生了危险，星际议会猜出安德与叛乱有关，通过他找到了她。

她老了些。从三维图像上看，特隆海姆凛冽的风霜在她脸上刻下了岁月的印记。但她的笑容还和从前一样，眼睛里闪烁着安德熟悉的亮光。看到在岁月中变得苍老的姐姐，安德一时说不出话来。她也陷入了沉默，因为安德看上去毫无改变，唤起了留在她记忆深处的往昔。

“唉，安德。”她叹了口气，“我要像你这样永葆青春该有多好啊。”

“我还恨不得老得像你一样美丽呢。”

她笑起来，随即又哭了。他没有。他怎么会哭？离开她不过一两个月，而她则整整思念了他二十二年。

“我想你也听说了我们跟议会闹矛盾的事。”安德说。

“我猜这事儿准少不了你的功劳。”

“只不过碰上了。”安德说，“但我很高兴来到这里，我想留下来。”

她点点头，擦干眼泪。“我猜到了。但我得打个电话弄明白。我不愿意花二十年飞去见你，到了却发现你已经去了别的地方。”

“来见我？”他问。

“你那边那场革命让我的生活变得刺激和忙碌了，安德。二十年抚育家庭、教学生、爱我的丈夫、平静地生活，我还以为德摩斯梯尼的生活从此永远结束了呢。可接着便传来消息：非法接触猪仔啦，卢西塔尼亚发生叛乱了啦。大家议论纷纷。我看出过去那种仇恨又抬头了。还记得从前那些虫族的录像吗？记得它们曾经给人们带来多大的恐怖吗？现在这里到处能看到你们那儿猪仔杀人的图片，就是那些外星人类学家，我记不住名字。但那些图片到处都是，煽动大家的战争情绪。然后又传来了德斯科拉达的事，说无论哪个卢西塔尼亚人离开那个星球去别的世界，就会彻底毁掉那个世界，说那是一种最最可怕的瘟疫——”

“这是真的。”安德说，“但我们正在想办法，让德斯科拉达不会随着卢西塔尼亚人到别的世界去肆虐。”

“安德，不管是真是假，战争就要爆发了。我不像别的人，我还记得战争。所以，我让德摩斯梯尼复活了。我发现了一些文件和备忘录——他们的舰队上装备着‘小大夫’，安德。如果他们执意要干，就能把卢西塔尼亚炸个粉身碎骨，就像——”

“就像我从前做过的那样。正是报应不爽啊，你觉得呢？让我也落个同样下场。以剑为生者[1]——”

“别跟我开玩笑，安德！我现在是个结了婚的中年人啦，没兴趣瞎胡闹，至少现在没有。我写了很多揭露星际议会的文章，以德摩斯梯尼的名义发表。他们正在找我，说这是叛国行为。”

“这么说你要到这儿来？”

“不只是我，亲爱的雅各特把渔船队交给了他的兄弟姐妹，我们买了一艘飞船。显然这儿有些人对星际议会也很不满，帮了我们一把。一个名叫简的人，切入电脑，掩盖了我们的行迹。”

“我认识简。”安德说。

“这么说你真的在这儿也有个组织？发给我一条信息，说我可以和你通话。当时我真是吓了一大跳。你们的安塞波网络不是已经切断了吗？”

“我们的朋友很有本事。”

“安德，雅各特和我今天就动身，带着我们的三个孩子。”

“你的大女儿——”

---

① 西方谚语，以剑为生者，必死于剑下。

“塞芙特，就是你走的时候让我成了个大胖子的家伙，她现在快二十二岁了，非常可爱。还有一个好朋友，孩子们的老师，叫普利克特。”

“我有个学生就叫那个名字。”安德想起了两个月前的那场讨论。

“哦，对了，那是二十二年前的事了，安德。不着急，你还有二十二年的时间准备迎接我。说不定还要更长些，三十年左右，我们得做几次空间跃迁，第一次先朝别的方向跃，让他们猜不到我们是去卢西塔尼亚。”

到这儿来。三十年后，到那时我比现在的她更老。到那时，我会有了自己的家，自己的孩子们，到那时他们都已经长大成人，和她现在的孩子们一样大。

他想起了娜温妮阿，想起了米罗，想起给虫族女王找到孵化地点那天奥尔拉多说的话。

“如果我送个人去和你们会合，”安德说，“你会介意吗？”

“跟我们会合？在太空里？不，不用派人来接我们，安德，牺牲太大，太不值得了。我们有电脑导航，不用再——”

“不，不是为你们，虽然我很想让他见见你。他是这儿的一个外星人类学家，在一次意外中受了很重的伤，脑损伤，有点像中风。有个我信任的人说，他是卢西塔尼亚上最聪明的人，但因为伤势，他跟这里的一切工作都断了联系。我们以后会需要他的。他是个非常好的人，能在你们旅途的最后一周教会你们不少东西。”

“你的朋友能不能替我们设定航线，安排飞船会合点？我们虽然也是驾船的好手，但驾的是海船。”

“你们启程后，简会更新你们飞船电脑里的资料。”

“安德，对你是三十年后，但对我，我几星期后就能见到你了。”她哭了起来。

“说不定我会和米罗一同上路，来接你。”

“别！”她说，“等我到你那儿的时候，我巴不得看到你跟我一样老皮皱脸。要是你还跟现在终端上这个三十岁的毛头小子一样，我可受不了。”

“三十五喽。”

“老老实实等着！”她下命令了。

“好吧。”安德说，“还有，米罗，就是那个我派到你那儿去的小伙子，请把他看作我的儿子。”

她郑重地点点头。“现在可真是危难时刻啊。我真希望彼得在。”

“我不希望。如果这儿这场小小的叛乱是他挑起的，到头来他非当上所有人类世界的霸主不可。我们其实只想他们别管我们的事。”

“想要这个，却不想要那个，恐怕这是不可能的。再见，我亲爱的弟弟。”

他没有回答，只注视着她，望着她，直到她狡黠地一笑，切断了通讯。

安德用不着把飞向太空的事告诉米罗，简已经全都告诉他了。

“你姐姐是德摩斯梯尼？”米罗问。安德现在已经习惯了他含混不清的声音，或许他现在说得更清楚些了？现在听起来已经不难听懂了。

“我们是个天才家庭。”安德说，“希望你喜欢她。”

“我希望的是她喜欢我。”米罗笑道，不过看上去颇有几分担心。

“我告诉她，”安德说，“让她把你看作我的儿子。”

米罗点点头。“我已经知道了。”突然，他带着点挑战的口气说，“她把你们的对话记录给我看了。”

安德觉得有点不舒服。

简的声音在他耳朵里响起。“我应该先征求你的同意，”她说，“可你自己也知道，你会同意的。”

安德介意的不是隐私问题，而是简与米罗如此亲密。习惯起来吧，他对自己说，她现在照料的人是他。

“我们会想念你的。”安德说。

“会想念我的人已经开始想念我了。”米罗说，“他们觉得我已经死了。”

“我们需要你活着。”安德说。

“可等我回来时，我还是十九岁，还是脑损伤。”

“你还是米罗，还是那么才华横溢，我们也还是那么信任你、爱你。叛乱是你开的头，米罗，围栏也是为你倒下的。不是为了什么伟大的理想，而是为你。别辜负我们。”

米罗笑了，但安德说不清笑容中的那一丝扭曲是因为他的瘫痪，还是表示那是个痛苦、恶毒的笑。

“告诉我一件事。”米罗说。

“就算我不告诉你，”安德说，“简也会的。”

“不是什么很难回答的问题。我只想知道，皮波和利波为了什么而死，猪仔们又为什么给予他们荣誉。”

安德比米罗自己更加明白他的问题的含义，他明白眼前的小伙子为什么如此关心这个问题。米罗是在翻越围栏几个小时前刚刚知道利波是自己真正的父亲，然后，他便永远丧失了将来。先是皮波，接着是利波，最后是米罗，父亲、儿子、孙子，三代外星人类学家为了猪仔丧失了自己的未来。米罗希望明白前辈们为什么而死，借此明白自己牺牲的价值。

问题是，真相也许会让米罗觉得所有这些牺牲其实全无价值。于是安德用一个问题回答他的问题。“你自己难道还不知道为什么吗？”

米罗说得很慢、很认真，让安德能听明白自己含混不清的话。“我知道，猪仔们以为他们是将一份极高的荣誉给予皮波和利波。说到利波，我甚至知道具体是哪件事。那是第一次苋田收获时，他们有了充足的食物，因此希望表彰他。但是，为什么不在早些时候？我们教他们食用梅尔多纳藤的根茎时为什么不杀他？为什么不是我们教他们制造罐子、箭的时候？”

“事实是？”安德说。

米罗从安德的语气中听出了事实会让人觉得难以接受。“你说。”

“其实皮波和利波都不应当得到这份荣誉。妻子们不是为了苋的事犒赏他。事实是，吃树叶者劝说她们孵化出一大批孩子，哪怕他们离开母亲树后没有食物可吃。这是一次巨大的风险，如果他错了，整整一代幼年猪仔便会饿死。带来食物的是利波，但大大提高人口数量，以至于必须用这么多食物才能供养的人是吃树叶者。”

米罗点点头。“那皮波呢？”

“皮波把自己的发现告诉了猪仔，即德斯科拉达虽然可以杀死人类，却是猪仔们正常的生理机制，他们的机体可以控制能够杀死人类的德斯科拉达。曼达楚阿告诉妻子们，这意味着我们甚至比小个子还要虚弱，让人类比猪仔强大的原因不是天生的，不是我们的个头、我们的大脑和语言，我们只是碰巧比他们先发展了几千年。如果他们能够掌握人类的知识，我们人类并不能居于他们之上。曼达楚阿的发现是：猪仔与人类是平等的。这才是妻子们想表彰的大发现，而不是皮波给他们的信息，尽管这个信息导致了曼达楚阿的发现。”

“所以，他们俩都——”

“猪仔们既不想杀死皮波，也不想杀死利波。这两次中，应该获得那种残酷的荣誉的都是猪仔。皮波和利波之所以死，唯一的原因是他们不愿意拿起刀子，杀害一位朋友。”

安德尽量控制自己的表情，不愿泄露内心的痛苦。但米罗一定看出来了，他的话直指安德自己的痛处。“而你，”米罗说，“你什么人都可以杀。”

“算是我生来就有的天赋吧。”安德说。

“你可以杀死‘人类’，因为你知道，这是帮助他进入一个新的、更好的生命阶段。”米罗说。

“是的。”

“让我走也是同一个原因。”米罗说。

“是的，”安德说，“送你走已经很接近杀死你了。”

“但我能过上新的、更好的生活吗？”

“我不知道。我只知道你现在能四处走走，比树强。”

米罗笑了。“看来我至少有一点比‘人类’强，能活动。说话时也不用别人拿棍子敲我。”米罗又露出自嘲的表情，“当然，他可以生出一千多个孩子，这点我可赶不上。”

“话先别说死，谁说你一辈子只能打光棍？”安德说，“说不定你会大吃一惊的。”

“但愿如此。”米罗说。

两人没有说话，过了一会儿，米罗说：“代言人？”

“叫我安德吧。”

“安德，这么说，皮波和利波死得毫无价值？”安德知道他想问的是什么：我忍受的痛苦也一样吗？

“他们因为不能杀害他人而死，”安德说，“死因比这更糟糕的多的是。”

“有的人既不能杀人，也不能死，也不能活。你认为这种人算什么？”

“别欺骗自己了。”安德说，“总有一天，这三样事你都会做的。”

米罗第二天走了，告别场面泪雨横飞。娜温妮阿几周后都不能回自己的家，因为米罗不在的痛苦太难以忍受了。虽然她同意安德的做法，也觉得米罗应该走，但仍然无法忍受失去自己孩子的痛苦。安德不禁想到，他被人带走时自己的父母是不是也感到同样痛苦。他怀疑他们没有这种感受，也不希望他回来。现在，他已经像父亲一样疼爱另一个男人的孩子，其程度远甚于亲生父母对自己的爱。好啊，这就是他对他们的报复，三千年后，他要让他们看看，真正的父亲应该是什么样子。之后，佩雷格里诺主教便在自己的教堂里替他们主持了婚礼。

婚礼之前有两件大事。夏季的一天，埃拉、欧安达和娜温妮阿将她们的研究成果交给他：猪仔的生命周期和社会结构，包括男女两性，还有对远古猪仔生活的推测，即德斯科拉达将他们与树永远结合在一起之前，那时的树对他们来说只不过是栖息地。安德自己也得出了结论，知道了坡奇尼奥究竟是什么，特别是，那个名叫“人类”的猪仔在进入生命的光明阶段之前究竟是什么。

写作《“人类”的一生》时，他与猪仔们在森林中共同生活了一个星期。曼达楚阿和吃树叶者认真地读了他的手稿，与他讨论，安德再做进一步完善，最后，这本书完成了。完成那天，他把所有与猪仔相关的人都请来：希贝拉一家、欧安达和她的姐妹、将技术的奇迹带给猪仔的全体工作人员、圣灵之子修会的学者、佩雷格里诺主教、波斯基娜市长，他把这本书读给他们听。书不长，不到一个小时就读完了。他们聚集在离“人类”已经三米高的树苗不远处的山坡上，鲁特的树荫替他们遮挡着下午的阳光。“代言人，”主教说，“你使我成为一个人道主义者。”其他人则什么话都没有说，这时没说，以后也无法用言辞表达他们对这本书的看法。但从这一天起，他们了解了猪仔，正如《虫族女王》的读者知晓了虫族，《霸主》的读者明白了忧心忡忡、以各种手段不断追求伟大辉煌的人类。“这就是我召唤你来到卢西塔尼亚的原因。”娜温妮阿说，“我曾经渴望着写出这样一本书，但把它写出来的是你。”

“这个故事中我的角色比我希望的重得多。”安德说，“但你实现了你的梦想，娜温妮阿，有了你的工作，才有这本书。是你和你的孩子们使我成为一个更加完整的人，只有这样我才能写出这本书。”

他在书上署下自己的名字，和署在他上一本著作上的名字一样：死者的代言人。

简将这本书传遍各个人类世界，同时也传送了人类与猪仔签订的协议，奥尔拉多记录的“人类”进入光明阶段的全过程。她把这些文件安插在各个人类世界的每处地方，把它们交给愿意读的人、能够理解的人。复制件从一台电脑传送到另一台电脑，等星际议会知道消息时，它已经传遍四方，再也控制不住了。

他们采取了另一种办法，极力否认，说这是伪造的：图像是模拟生成的，文字分析结果证明这本书不可能出自前两本书的作者，安塞波网络的记录表明它不可能来自卢西塔尼亚，因为卢西塔尼亚已经没有安塞波联系了。有些人相信了他们的话，大多数人不在乎，还有许多读过《“人类”的一生》的人不愿意相信猪仔们是异族。

但有些人相信。他们也读过德摩斯梯尼几个月前写下的揭露文章，开始将正在驶往卢西塔尼亚的舰队称为“第二次异族屠灭者”。这是个令人无比厌恶的名字。这样说的人太多了，人类世界上找不到足够的监狱监禁他们。星际议会还以为战争将在三四十年后舰队抵达卢西塔尼亚时爆发，但现在，战争已经爆发了，而且将是一场残酷的战争。许多人相信死者代言人写下的著作，许多人已经接受了猪仔，将他们视为与人类相等的异族，将一心杀死他们的人称为谋杀者。

秋季的一天，安德带上细心包好的虫茧，与娜温妮阿、奥尔拉多、金和埃拉一起飞过数公里覆盖着卡匹姆草的山岳平原，来到河边那座山丘。在此之前播下的雏菊已经在这里蓬勃生长起来，这儿的冬季气候会很温和，虫族女王也不会受到德斯科拉达的侵袭。

安德小心翼翼捧着虫族女王来到河岸，将她安置在他和奥尔拉多准备好的洞穴中，并在洞穴外放好一头刚宰杀的卡布拉。

然后，奥尔拉多驾车送大家回去。虫族女王的意念使安德心中充满巨大的喜悦，这种狂喜使他的心脏简直无法承受。安德喜极而泣。娜温妮阿搂住他，金轻声念着祷词，埃拉唱起曾经流传在巴西丛林草原上的一首愉快的民歌。这是幸福的时光，这是美好的地方。童年时代，当安德在严格消毒的战斗学校的走廊中，准备为将来的战争拼杀时，他从来没想过自己会有今天的幸福。

“我现在可以死了。”安德说，“我一生的工作已经完成。”

“我也是。”娜温妮阿说，“但我想，你是说到了我们一道开始生活的时候了。”

他们身后，在河边一个浅浅的洞穴的潮湿阴冷的空气里，一副有力的下颚撕开虫茧，一只腿和骨架似的躯体挣扎着钻了出来。她的翅膀渐渐张开，在阳光下晒干，她虚弱地挣向河边，弄湿她已经变干的躯体。她咬啮着卡布拉的肉。在她体内，还没有孵化的虫卵呼唤着生命。她将头一批十几个卵产在卡布拉的尸体上，然后吃起附近的雏菊来，想感受自己终于重获新生的身体内发生的变化。

阳光照在她背上，微风拂过她的翅膀，她脚下的河水凉丝丝的，她的卵热乎乎的，在卡布拉的尸体上渐渐成熟——这是生命，等待了那么长时间，直到今天她才真正感受到的重临大地的生命。不是她的种族生命的终止，而是新生命的开始。

[本书完]

奥森·斯科特·卡德
Orson Scott Card

1951年出生于华盛顿州。在加利福尼亚州、亚利桑那州和犹他州长大。

美国作家、评论家、公众演说家、散文作家、专栏作家、
反对同性婚姻的政治家，同时也是摩尔门教拥护者和终身执业成员。

作为科幻小说家十分多产，共有12个系列，
其中安德系列就有包括长篇、短篇、有声读物等20部作品，另有3部还在计划中。

目前和妻子一起定居于北卡罗来纳州，为当地一份报纸撰写专栏文章，
空余时间在阳台上喂养鸟、松鼠、花栗鼠、负鼠和浣熊。

死者代言人

作者 _ [美] 奥森 · 斯科特 · 卡德　　译者 _ 段跣 高颖

编辑 _ 徐羚婷　　装帧设计 _ 何月婷　　主管 _ 吴涛

技术编辑 _ 白咏明　　责任印制 _ 梁拥军　　出品人 _ 吴畏

营销团队 _ 李洋 毛婷 孙烨

果麦

www.goldmye.com

以 微 小 的 力 量 推 动 文 明

图书在版编目(CIP)数据

死者代言人 / (美) 卡德著 ; 段跣, 高颖译. —— 杭州 : 浙江文艺出版社, 2016.6（2025.6重印）

ISBN 978-7-5339-4491-9

Ⅰ. ①死… Ⅱ. ①卡… ②段… ③高… Ⅲ. ①长篇小说－美国－现代 Ⅳ. ①I712.45

中国版本图书馆CIP数据核字(2016)第066604号

责任编辑　瞿昌林
装帧设计　何月婷

死者代言人
[美] 奥森 · 斯科特 · 卡德 著
段跣 高颖 译

出版　浙江文艺出版社
地址　杭州市环城北路177号　邮编 310003
经销　浙江省新华书店集团有限公司
发行　果麦文化传媒股份有限公司
印刷　河北鹏润印刷有限公司
开本　880mm × 1230mm　1/32
字数　322千字
印张　12.75
插页　2
版次　2016年6月第1版
印次　2025年6月第42次印刷
书号　978-7-5339-4491-9
定价　45.00元

INTERNATIONAL FLEET

PROFILE
个人信息

BATTLE SCHOOL CERTIFICATE
战斗学校新手证明

This is to certify that ________
of ________ Army of ________ Fleet
Age ________ Height ________ Weigh ________
is a member of ________ Patrol, of Troop No. ________

____
Sergeant

年龄 ________ 身高 ________ 体重 ________
隶属于 ________ 编队，编号 ________
以此证明 ________ 为 ________ 舰队 ________ 战队成员

____
中士

CURRICULUM 课程		DATE 日期
1	________	________
2	________	________
3	________	________
4	________	________
5	________	________

001.

WORDS

Welcome to the Battle School.
You are far far away from
your home now.

欢迎来到战斗学校，
这里离地球非常非常远。

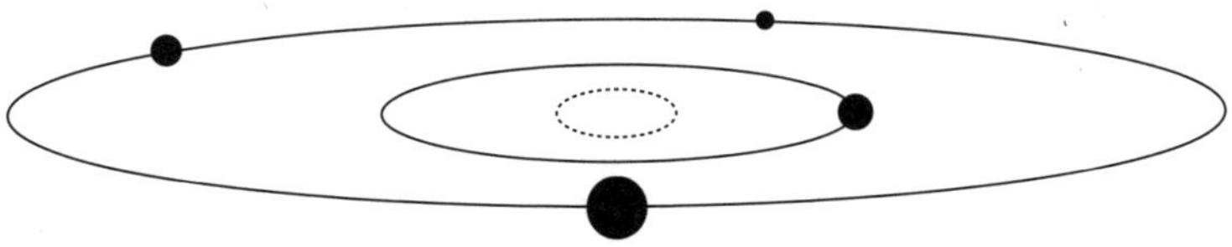

The only reason to have you here is that
the human race is very close to
being eliminated.

你来这儿的唯一原因，
是人类正面临种族灭绝。

The Second Invasion nearly destroyed us.

虫族第二次入侵，几乎使我们全军覆没。

Their technology level is
beyond understanding,
their soldiers outnumber us.

它们的科技碾压我们，数量也远超我们。

They know our strategies,
they've learned our weaknesses.

不仅了解我们的策略，
还掌握了我们的弱点。

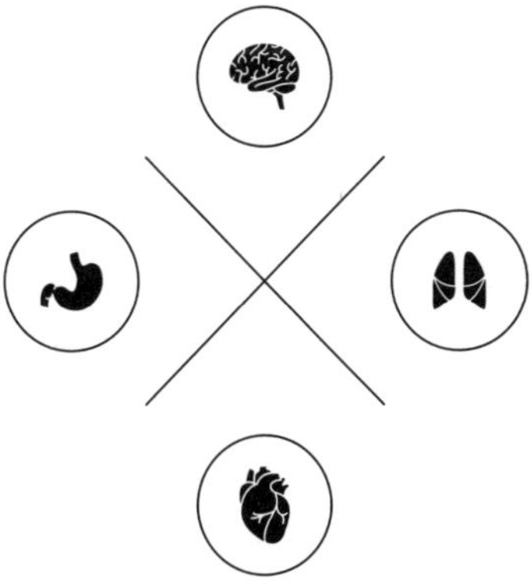

Last time we had
the legendary Mazer Rackham
to save the world.
This time, we are counting on you.

上一次拯救我们的是传奇英雄马泽·雷汉。
这一次，我们需要你。

You won’t expect to
face a fair challenge here.

在这里，你将面临最不公平的挑战。

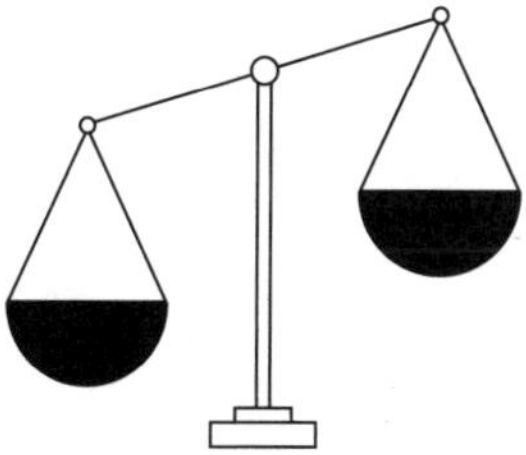

Grab anything to fight,
because there's no rule to
follow or experience to share.

利用所有可以利用的，
不要循规蹈矩，不要畏首畏尾。

If the buggers get you,
they'll show you no mercy,
so why should us?

虫族比我们残忍一百倍，
所以别指望我们会怜悯你。

When the next wave comes,
would you go sob in your bed,
or fight for your chance to
survive in your position?

在虫族的下一波大规模侵略来临时，
你是愿意躲在被窝里哭鼻子，
还是坐在驾驶舱里为自己争取一线生机？

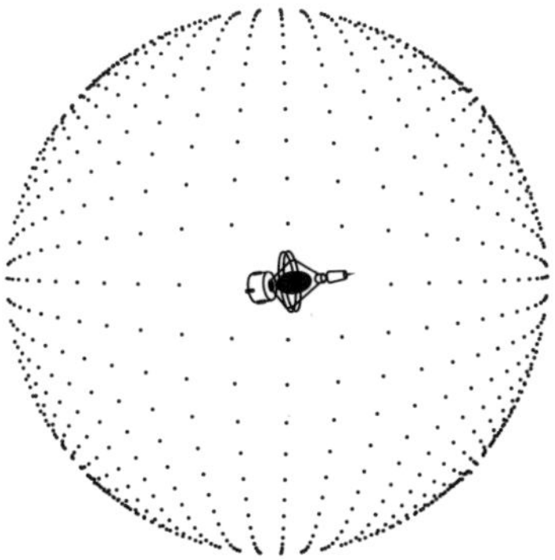

Never mind your parents,
your friends or the earth any more.
Leave everything behind.

忘了你的父母，
忘了你的朋友，
忘了地球上的一切。

No one will protect you.
No one will even notice you.
You are nobody until
you prove yourself in the game.

在这里没有人会保护你，
没有人会注意你，
你什么都不是，除非你能在游戏中证明自己。

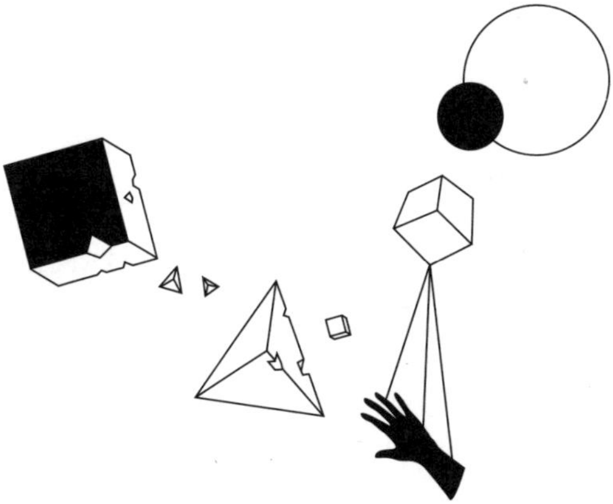

Tighten your uniform,
stiffen up your upper lip.
There's only one way to
kill the buggers and stay alive—

穿上你的制服，咬紧你的牙关。
杀死虫族并且不被杀死的方法只有一个——

002.

DICTS

6 Facts about the Buggers

关于虫族的 6 个秘密

1. Buggers are organic, like human being.
2. Their genic system is similar to us.
3. Despite of the appearance of bugs, they developed endoskeleton.
4. They have far more complicated organs than ants.
5. They communicate mind to mind, instantaneously.
6. A single bugger cannot move without the control from a Queen.

1. 虫族是有机生物体，与人类类似。
2. 遗传物质与人类类似。
3. 虽然类似昆虫，但是进化出了内骨骼，外骨骼几乎全部退化。
4. 生理结构像是地球上的蚂蚁，但是有着复杂专业的内部器官。
5. 它们通过一种超距的方式进行交流。
6. 它们所谓的个体，只是受到母后的控制，没有母后控制的单个的个体不会移动。

International Fleet

国际联合舰队

The International Fleet was a military organization formed to protect Earth from the Formics after the end of the First Invasion.

第一次虫族入侵结束后，国际联合舰队是为了保护地球而成立的军事组织。

After the end of the First Formic War, the nations of the world came together to establish multiple governments, militaries, and leadership positions to defend Earth from future attacks from the Formics. Along with the creation of the Hegemony and the offices of Polemarch and Strategos, the International Fleet was formed to be a military presence in the SOL System, protecting the human race from any hostile aliens who try to invade.

第一次虫族战争结束后，世界各国一起建立了联合政府、军队和领导职务保卫地球免受来自虫族未来的攻击。随着领导权的建立和官员制度的确立，国际联合舰队在太阳系中成为保卫人类种族免受其他外星种族入侵的军事机构。

Battle School

战斗学校

The Battle School was a military installation based in a space station orbiting Earth. It was designed to train and evaluate children as future officers in the International Fleet for the imminent battle against the Formics. It included both "standard" educational techniques (such as classroom studies), and "games" designed specifically to develop the unique characteristics required of its students. One of the most unique features of the space station was the Battle Room, a large microgravity chamber where different armies competed.

战斗学校是建立在环绕地球的太空站上的军事设施，旨在为国际联合舰队培养未来的指挥官，对抗虫族入侵。课程包括教室内授课和“战斗室”游戏比赛。在战斗室内，各支战队将在失重状态下进行战术上的对抗。

Launch Group

新兵队

A group of 'Launchies' arrived at the school once every few months, with the groups staying together for approximately two years before being transferred into armies. As a launchy, students learned the basics of Battle School life and zero G combat. Launchies were typically between the ages of 6 and 8.

每隔几个月会有一批新兵送来战斗学校，接受两年左右的训练后进入战队。新兵们将学会适应战斗学校的生活和零重力下的战斗。新兵的平均年龄为 6–8 岁。

Armies

战队

A Battle School army was made up of forty soldiers, with armies distinguished by their color code and symbol. Within the armies were Toon Leaders and a Commander who took on greater responsibilites in the Battle Room. Soldiers rarely remained in the same army throughout their time at Battle School, and students were often transferred between armies based on merit, or lack thereof, with any soldier having the opportunity to take the position of commander if they displayed sufficient skill to the teachers.

一支战队由 40 名队员组成。每个战队都有各自的颜色代码和动物标志。战队长和战斗小组组长在战斗室中肩负重大责任。战队之间经常交换队员，任何人都有机会通过自身优异的表现成为组长。

Army Command

战队长

Exceptional students were given the opportunity to command an army. This typically occurred between the ages of 11 and 13. Commanders were given special privileges and were expected to lead their armies to success. A new commander typically had three months to train their army before they were given their first battle.

格外优秀的学生(一般在 11–13 岁)有机会领导整支战队。战队长拥有最高指挥权，唯一的任务就是带领战队赢得比赛。在一般情况下，新上任的战队长有 3 个月时间训练战队，然后开始第一场比赛。

Battles

战斗

The primary method of assessment in the Battle School were the battles between armies, which normally occurred once every two weeks. Commanders were expected to train their armies to work together in order to defeat the opposing armies. In most cases, the style of battles had stagnated with armies using rigid formations that left little room for independent action and adaptability.

每支战队大约两周会进行一次比赛，战队长会提前收到通知，有针对性地训练战队克敌。到目前为止，战队间已经形成几套固有战术，留给个人发挥的空间有限。

Daily Life

日常生活

Outside of the Battle Room, soldiers lived the life of typical military school students. Students attended classes on military strategy, history, and tactics, and were also taught various math and science courses. Students were expected to exercise for at least half an hour daily and also received at least an hour of free time. Lights out was at 2200 (10:00 PM) and they remained off until 0600 (6:00 AM).

战斗学校采取了典型的军事化管理方式，除了战斗训练之外，学生将在课堂上学习战术、历史、数学和科学课程。每天至少有半小时锻炼时间和一小时自由活动时间。晚上 10 点后熄灯，直到第二天早上 6 点。

The Battle Room

战斗室

The Battle Room was the most significant part of Battle School aside from housing. The chamber was at the center of the rotating "wheel" of the Battle School space station, where the centrifugal force that generated the artificial gravity on the station had the lowest magnitude. There were actually nine identical Battle Rooms, each usually open for practices and for scheduled games.

战斗室是战斗学校中除了宿舍外最重要的房间，位于战斗学校的“车轮型”空间站的旋转中心，由离心力造成的人工重力是该房间的重力接近于零。战斗室总共有 9 间，可以随时进行个人或者战术的训练。

Rules

规则

The objective of the Battle Room game was to either freeze all players of the opponent's army, or to have four soldiers place themselves or their helmets, unfrozen, on the four sides of the enemy's gate.

赢得战斗的方式有两种：冻结所有敌方战队队员，或者四名队员通过对方的大门。

Flash Pistol
训练枪

A Flash Pistol was used in zero gravity competitions and training in the Battle Room. A laser shot from the pistol would immobilize any shot region on an opponent's flash suit, effectively immobilizing him or her. It had a trigger, a red button (for a tight, laser-like beam) and a white button (for large-area illumination) .

训练枪是零重力环境下的战斗室中进行训练的重要装备。镭射光束能够立即冻结战斗服上被击中的部位。按下训练枪上的红色按钮，会切换到镭射光束，而白色按钮是照明模式。

Flash Suit

战斗服

The Flash Suit was a suit worn by students competing in the Battle Room. Flash Suits were specially constructed to be mostly bind-free during normal use, but had special light sensors in the fabric that could tell if it had been "hit" by a Flash Pistol. When hit, a portion of the Flash Suit (or all of it, depending on the "lethality" of the hit) would become immobile, or "frozen." A hit in one of the "vital" areas causes the entire suit to become immobilized, including a clamp in the helmet that prevents the soldier from talking. Another aspect of Flash Suits is their glow: in a darkened room, undamaged portions of the suit emit a slight glow, whereas damaged parts are completely dark.

在战斗室训练的学生必须身穿战斗服。普通环境中的战斗服轻盈舒适，但在纤维中藏有感应器，能够感应训练枪射出的光束，并根据受到伤害的大小冻结相应范围，如果收到的伤害够大，甚至会直接冻结整套装备，切断头盔中的通讯器。在黑暗中，没有受到攻击的战斗服会发出微光。

Stars
星星

A star was an obstacle found in the Battle Room that soldiers were forced to maneuver around and find ways to use to their advantage in zero gravity. For any given battle there could have been a vast range of stars present, anything from none to very large numbers clustered randomly, or evenly spaced, sometimes even giving an obvious advantage to a single army.

星星是战斗室中的障碍物，可供队员藏身或埋伏其中。利用星星来为制造优势是基本的战术。每一场战斗中的星星数量和位置都会变化，来模拟真实太空战争中的小行星带。

List of Armies

战队列表

Dragon Army	飞龙战队
Rabbit Army	野兔战队
Salamander Army	火蜥蜴战队
Phoenix Army	凤凰战队
Rat Army	野鼠战队
Asp/Snake Army	毒蛇战队
Badger Army	野獾战队
Centipede Army	蜈蚣战队
Condor Army	秃鹰战队
Ferret Army	雪貂战队
Flame Army	飞焰战队
Griffin Army	狮鹫战队
Hound Army	猎狗战队
Leopard Army	猎豹战队
Lion Army	雄狮战队
Manticore Army	奇美拉战队
Scorpion Army	毒蝎战队
Spider Army	蜘蛛战队
Squirrel Army	松鼠战队
Tide Army	潮汐战队
Tiger Army	猛虎战队
Wave Army	怒涛战队

All warfare is based on deception.

兵不厌诈。

—— Han Feizi

——韩非子

If you know the enemy and know yourself, you need not fear the result of a hundred battles.

知己知彼，百战不殆。

—— Sun Wu

——孙子

It is fatal to enter any war without the will to win it.

没有必胜的把握绝不开打！

—— General Douglas MacArthur

——道格拉斯·麦克阿瑟